Ma vie commence demain

ANNIE LYONS

Ma vie commence demain

roman

Titre original : DEAR LIZZIE

Traduction de l'américain par KARINE XARAGAI

Le visuel de couverture est reproduit avec l'autorisation de :
Femme : © ARCANGEL/MARK OWEN
Réalisation graphique couverture : G. PETIT

HARLEQUIN
83-85, boulevard Vincent-Auriol, 75646 PARIS CEDEX 13.
Service Lectrices — Tél. : 01 45 82 47 47
www.harlequin.fr
ISBN 978-2-2803-6032-6

A papa et maman, avec tout mon amour

Chapitre 1

Fin juillet

Un froid glacial régnait dans l'église. Lizzie Harris resserra les pans de sa veste, surprise par la différence de température après la chaleur estivale du dehors. Elle avait failli ne pas venir. En se préparant, ce matin, elle avait réfléchi à ce qui se passerait si elle n'y allait pas, aujourd'hui. Personne ne viendrait la chercher. Rien ne s'en trouverait changé. Elle se montrerait à la hauteur de sa réputation, voilà tout. Pourtant, elle était venue. Elle était venue pour une seule et unique personne : celle qu'elle aimait le plus au monde et l'une des rares à tenir à elle.

Lizzie s'était donc reprise, avait passé sa robe violette achetée pour l'occasion, s'était forcée à monter dans sa voiture et était arrivée en avance, ce qui n'était pas vraiment dans ses habitudes. Postée à bonne distance, elle avait regardé les gens arriver, peu désireuse d'attirer l'attention. Pas encore. Elle ne se sentait pas prête à affronter une telle épreuve. Chaque fois qu'elle repérait un visage connu, elle fermait les yeux et se répétait qu'elle faisait ce qu'il fallait. Elle devait tenir jusqu'au bout, être forte. Elle ne se décida à bouger que cinq minutes avant le début du service. Seules quelques personnes se pressaient encore vers l'église. Dans de telles circonstances, il n'est pas convenable d'arriver en retard. Lizzie dut se rappeler plusieurs fois de mettre un pied devant l'autre alors qu'elle remontait l'allée et pénétrait dans l'église. *Respire et avance.* L'estomac noué, elle balaya du regard la foule compacte qui s'était rassemblée à l'intérieur. Joe était assis au premier rang, le bras passé autour de Sam, qui lui parut invraisemblablement petit pour un garçon de dix ans. Tous deux contemplaient l'autel devant lequel avait été installé le cercueil recouvert d'un pashmina de soie violette. Un homme d'une cinquantaine d'années s'approcha d'eux et posa une main sur l'épaule de Joe. Ce dernier tourna la tête et le gratifia d'un pâle sourire. Lizzie se demanda si Joe la reconnaîtrait. Elle le salua d'un geste de la main, mais il reporta son attention vers l'autel, le visage figé de chagrin, et serra son fils encore plus fort contre lui. Elle regarda autour d'elle. Apparemment, tout le monde avait suivi les indications du faire-part de décès : chacun était habillé en violet ou en des couleurs approchantes. L'atmosphère était empreinte d'un puissant parfum de lavande et *Hopelessly Devoted to You* s'échappait des haut-parleurs, en accompagnement des murmures étouffés que venait parfois interrompre un reniflement plus sonore que les autres.

Lizzie se demandait où s'asseoir lorsqu'elle sentit une présence à ses côtés. Elle se retourna et se trouva face à une femme hagarde, marquée par le chagrin.

— Bonjour, maman, murmura-t-elle d'une voix rauque.

Sa mère la regarda comme si elle examinait une tache rebelle et Lizzie perçut autre chose dans son regard, un sentiment qu'elle avait toujours lu dans ses yeux : de la déception.

— Tu es venue aux obsèques de ta sœur, c'est déjà ça. J'espère cependant que tu ne songes pas à me faire honte en te cachant au fond de l'église. Aie au moins la correction de t'asseoir au premier rang, avec sa famille. Tu dois bien cette ultime politesse à Bea.

Puis sa mère tourna les talons et, dans un éclair de jupe violette, remonta la nef pour aller s'installer à la droite de Joe.

Lizzie ressentit soudain un besoin impérieux de se ruer hors de l'église, de rentrer chez elle et de fermer sa porte au monde entier. Après tout, quelle importance ? Sa fuite ne ferait que confirmer tout le mal que sa mère pensait déjà d'elle. Quant à Joe… elle pourrait toujours invoquer le chagrin comme excuse, il comprendrait. Son beau-frère n'était pas du genre à mettre en doute la parole de quiconque ; en tout cas, il n'avait jamais mis en doute celle de son épouse.

Alors que les accents mélancoliques d'Olivia Newton-John diminuaient de volume, la congrégation fit silence, consciente de l'imminence de la cérémonie. Quelqu'un s'avança vers Lizzie et lui toucha le coude avec douceur.

— Lizzie ?

Tournant la tête, elle se retrouva nez à nez avec une femme qu'elle avait connue dans son enfance : Evelyn Chambers, l'épouse du pasteur.

— Tu veux bien aller prendre place au premier rang ? suggéra celle-ci en la guidant vers l'avant de l'église avec une aisance qui trahissait son habitude de ce genre de situations. Le service est sur le point de commencer.

Lizzie remonta la nef dans un état second. Elle se sentait engourdie, comme si elle se regardait évoluer d'en haut, incapable de contrôler son propre corps. Elle n'avait d'autre choix que de continuer à avancer. Sur son passage, les gens échangeaient quelques coups de coude et commentaires chuchotés. Arrivée au premier rang, elle se tourna vers sa mère qui, les lèvres pincées, l'ignora avec froideur. Joe leva les yeux et, la reconnaissant, lui adressa un sourire de gratitude tout en lui faisant signe de venir s'asseoir à la gauche de Sam. Lizzie prit une profonde inspiration et alla s'installer à côté de son neveu. Le petit garçon la dévisagea avec étonnement, puis, la mine perplexe, il interrogea son père dans un murmure parfaitement audible :

— C'est qui ?

Autour d'elle, Lizzie sentit les gens s'agiter sur leur banc, intrigués, mais elle garda le regard braqué droit devant elle : le service funèbre commençait.

Tout le monde s'accorda à louer cette cérémonie d'adieu : un hommage admirable rendu à une fille, une épouse, une mère et une sœur profondément aimée. Le pasteur avait évoqué avec chaleur l'enfant qu'il avait vue grandir et entrer dans la vie adulte et le chœur avait chanté avec tendresse et révérence. Joe prononça l'éloge funèbre d'une voix tremblante, puis le cortège conduit par Sam accompagna le cercueil de Bea jusqu'à la porte, sous les sanglots redoublés de l'assistance. Seules Lizzie et Stella Harris demeuraient les yeux secs. Lizzie savait que sa mère n'était pas femme à afficher son chagrin et elle-même avait reçu de Bea des consignes strictes.

« Interdiction de brailler comme un veau pendant ma grande scène finale, Lizzie Lou. Les larmes, on en a eu notre dose. Je ne veux pas que ma sortie soit gâchée par ta figure tartinée de morve », avait-elle déclaré avec un large sourire. Toutefois, Lizzie s'était demandé avec inquiétude si elle serait capable d'obéir au souhait de sa sœur. Car c'était bien joli de consentir à tant de stoïcisme du vivant de Bea. Faire des promesses du vivant de la personne que vous aimiez le plus au monde, c'était un jeu d'enfant. Mais lorsque cette personne n'était plus là pour vous guider, c'était une autre histoire. Lizzie se connaissait ; elle ne craignait pas de s'effondrer en sanglots hystériques. Mais elle était saisie par le caractère totalement irréel que revêtait cette scène : être assise dans une église et contempler le cercueil de sa sœur. Elle se sentait spectatrice de la situation, presque protégée de la réalité. Elle n'avait pas sa place ici, parmi tous ces gens. Elle se contentait d'assister à la scène depuis une position de retrait, incapable de relier la sœur qu'elle avait connue au corps contenu dans ce cercueil. Elle se sentait engourdie, comme momentanément anesthésiée contre la douleur du deuil. Le chagrin était toujours là, mais profondément enfoui en elle.

Dans son dos, les gens attendaient patiemment qu'elle quitte l'église au bras de sa mère, à la suite du cercueil. Mais, continuant d'ignorer sa fille, Stella Harris entreprit de progresser seule vers la sortie par l'allée principale, derrière la procession. Consciente que toutes les têtes se tournaient vers elle, Lizzie sentit l'affolement la gagner. Elle entendait d'ici les raisonnements que faisaient les gens. « Un jour comme aujourd'hui, elle devrait soutenir sa mère, c'est certain. Notez bien qu'elle n'a jamais été la plus attentionnée des filles… Pas comme Bea. » Lizzie se déroba à leurs regards critiques en se concentrant sur le cercueil de sa sœur, puisant du courage dans sa présence dans la mort comme elle l'avait fait de son vivant. Emboîtant le pas à sa mère, elle la suivit jusqu'à la sortie de l'église.

Dehors, la chaleur du soleil lui caressa le visage et elle mit sa main en visière pour regarder Joe et les autres porteurs faire glisser le cercueil de sa sœur à l'intérieur du corbillard stationné sur le parvis. Une crémation, à laquelle Bea n'avait pas souhaité qu'on assiste, devait avoir lieu. « Merde, c'est trop triste ! Quand ils tirent ce rideau comme si la porte se refermait définitivement sur ta vie… Non, merci ! Moi, je veux que ça soit une célébration de mon existence. Je veux que ça ressemble au genre de fête qui m'aurait plu. Pourquoi les gens se prennent-ils autant la tête avec la mort, alors qu'en réalité c'est un phénomène aussi naturel que la vie ? » Sentiment que ne partageaient cependant pas la plupart des personnes présentes aux funérailles de Bea. D'accord, les gens avaient respecté ses dernières volontés : ils portaient du violet et passaient la musique qu'elle avait demandée, mais c'était eux qui restaient. Eux qui devaient affronter la vie sans elle ; et en voyant Sam, ce petit garçon de dix ans à jamais privé de sa maman, personne ne pouvait avoir le cœur à la fête. C'était bien une tragédie qui se jouait sous leurs yeux.

Pour Lizzie, c'était différent. Elle ne connaissait pas la Bea de tous ces gens. Elle ne connaissait que sa Bea à elle, dans leur univers intime de sœurs. Lizzie ne faisait pas partie de ce réseau de personnes qui voyaient en la jeune femme une brillante avocate, une mère et une épouse dévouée, une fille chérie. Pour Lizzie, c'était Bea. Rien que Bea. Celle qui l'avait si souvent aidée à se relever, celle qui avait toujours été là pour elle. Et c'était uniquement pour sa sœur qu'elle était venue aujourd'hui. Aussi, les yeux rivés sur le corbillard qui s'éloignait, elle ne vit pas de raison de s'attarder plus longtemps.

Comme le cortège commençait à se disperser, elle décida de filer à l'anglaise. Son intention ? Rentrer chez elle, se mettre en pyjama et regarder *Grease*, leur film préféré, en buvant un maximum de vin rouge, voire un peu plus. Elle voulait fuir ce sentiment d'impuissance, cette impression de n'être plus qu'un bateau laissé à la dérive par la disparition de sa sœur, sans espoir de jamais retrouver le bon cap. Comment allait-elle affronter l'existence sans Bea pour la guider et la protéger ? Depuis six mois, elle savait que ce moment finirait par arriver. Toutes les deux, elles en avaient discuté, mais n'empêche : rien ne vous prépare à un tel séisme. Dans ce monde où l'on n'a d'autre choix que de lutter ou de fuir, Lizzie avait toujours choisi cette dernière solution, par réflexe, mais on ne peut pas fuir la mort. On peut l'ignorer, la nier, la chasser de son esprit, mais on ne peut combattre son caractère inéluctable.

Lorsque Joe lui avait annoncé le décès de Bea au téléphone, elle avait accueilli la nouvelle avec un calme résigné. C'était étrange, d'apprendre la mort de sa sœur de la bouche de cet homme qu'elle connaissait à peine... Mal à l'aise, elle avait voulu abréger la communication, y mettre un terme le plus vite possible. Elle entendait la voix de Joe, voilée de chagrin, mais ne savait vraiment pas quoi lui dire.

— Merci de m'avoir prévenue, avait-elle fini par répondre, honteuse du côté dérisoire de sa réaction.

— Je te rappellerai pour te préciser la date des obsèques, avait-il conclu avant de raccrocher.

Lizzie avait alors contemplé le téléphone. Qu'était-elle censée éprouver, maintenant ? Bea était morte. C'était fini. Elle se retrouvait seule. Et pourtant elle était toujours debout, sur ses deux pieds, dehors, le soleil brillait, la vie continuait sans sa sœur. Une partie d'elle-même était groggy. A l'heure du décès de Bea, elle n'aurait pas été surprise outre mesure de voir les murs se refermer sur elle ou la terre se mettre à trembler sous ses pieds. Elle s'était aussi attendue aux larmes — aux sanglots déchirants causés par sa perte —, mais rien n'était venu. Les minutes s'étaient muées en heures qui s'étaient muées en jours. Elle pensait à Bea à chaque seconde de la journée, en travaillant à la librairie, en faisant ses courses, en préparant le dîner, et pourtant aucune larme ne mouillait ses yeux. Chaque soir, elle s'écroulait sur son lit, épuisée à force de penser à sa sœur, mais elle ne pleurait pas : elle en était incapable, et le pire c'est qu'elle ignorait pourquoi. Elle avait cru que les obsèques lui serviraient de catalyseur… à tort : ses yeux restaient secs. Sa peine était toujours là, cependant, semblable à une masse lourde et compacte, installée au plus profond de son être.

Elle regarda sa mère et Joe. Ils étaient entourés de gens, tous désireux de présenter leurs condoléances, comme si les paroles de sympathie pouvaient atténuer la douleur du deuil. En réalité, ils étaient soulagés qu'un tel drame ait épargné les leurs, et comment aurait-on pu leur en vouloir ? Personne ne venant vers elle, Lizzie vit dans son exclusion le feu vert dont elle avait besoin pour s'échapper. Elle chaussa ses lunettes de soleil et se dirigea vers sa voiture sans un regard en arrière. Une fois à l'intérieur, elle poussa un soupir de soulagement et mit le contact. Au même instant, un petit coup frappé à la vitre lui fit tourner la tête : le visage inquiet de Joe la scrutait, à côté d'un Sam à la mine renfrognée. Elle appuya sur le bouton pour baisser la vitre, morte de honte. Comment pouvait-elle laisser ce malheureux veuf et son fils lui courir après alors qu'elle tentait de filer en douce ? Les premières paroles de Joe ne firent qu'accroître son sentiment de culpabilité.

— 'jour, Lizzie. Désolé de ne pas avoir pu te parler à l'église. Voilà, je voulais simplement te remercier d'être venue.

Elle marmonna quelque chose comme : « C'est tout naturel. » Un silence gêné s'ensuivit. Pouvait-elle décemment démarrer maintenant ? Avec un peu de chance, elle n'écraserait pas le pied de son beau-frère d'un coup d'accélérateur…

— On fait une fête pour maman, lui dit Sam d'un air farouche et méfiant.

Il lui lançait clairement un défi.

Elle bredouilla lamentablement :

— Ah, d'accord... Mais je ne sais pas si...

— Tu devrais venir, suggéra-t-il simplement.

Son père intervint :

— Voyons, Sam, Lizzie n'est peut-être pas libre...

Lizzie se sentit partagée entre gratitude et détresse vis-à-vis de son beau-frère, qui, très gentiment, tentait d'arrondir les angles.

— Pourquoi ? Maman aurait voulu qu'elle soit là. C'est sa sœur, dit Sam.

— Mais bien sûr, reprit Joe, si le cœur t'en dit, ça nous ferait très plaisir que tu sois des nôtres, Lizzie.

Elle regarda Sam et comprit qu'elle ne s'en tirerait pas si facilement. Le visage renfrogné de son neveu lui rappelait l'expression qu'avait parfois Bea. Une expression qui disait : « Allez, sœurette, fais-le pour moi. » Et, comme chaque fois que sa sœur lui demandait une faveur, Lizzie accepta sans poser de question, avec même un petit sourire en prime.

— J'aimerais beaucoup me joindre à vous.

Joe répondit, satisfait :

— Parfait. On se retrouve à la maison, alors.

Les Goode habitaient juste à côté de Smallchurch, tout près de l'endroit où Lizzie et Bea avaient grandi. Quand Bea avait épousé Joe, elle avait clairement manifesté sa volonté de rester près de ses parents afin de donner à ses enfants l'éducation rurale qu'elle-même avait reçue. De son côté, Joe était si amoureux qu'il aurait vécu dans les égouts, si elle le lui avait demandé. Ils s'étaient donc installés dans un vieux corps de ferme plein de coins et de recoins, entouré de vastes champs et offrant une vue spectaculaire sur la campagne du Kent. Bea aimait tout particulièrement que le terrain soit délimité par des arbres fruitiers et des noisetiers. La maison en elle-même nécessitait beaucoup de travaux et ils avaient employé un temps et une somme considérables à la transformer en foyer accueillant.

Lizzie n'avait encore jamais vu la ferme, mais elle ne fut étonnée ni par sa taille ni par son décor. Bea avait toujours eu le sens du beau, sans parler d'un goût très sûr. Au bord de la nausée, Lizzie gara sa voiture dans l'allée gravillonnée et pénétra par la porte d'entrée ouverte. Au milieu du hall, un escalier monumental s'élevait vers un large palier. Lizzie imagina un arbre de Noël décoré de manière exquise, trônant en haut des marches. Quand Bea et Joe avaient acheté la ferme, sa sœur lui avait annoncé qu'elle avait désormais « suffisamment de place pour deux arbres de Noël. J'ai toujours rêvé d'avoir une maison assez grande pour abriter deux arbres de Noël ! » Parallèlement à sa passion de toujours pour les tubes de John Travolta et d'Olivia Newton-John, Bea était une fervente adepte de toutes les occasions festives. A cette évocation, Lizzie se mit à sourire, émue, quand des voix lui parvinrent, rompant la magie du souvenir. Les voix se rapprochaient de la porte, à droite de l'escalier. Elle fonça vers la pièce située à sa gauche. Elle avait encore besoin d'un peu de temps avant de pouvoir parler à quelqu'un. Un buffet était disposé sur une longue table rectangulaire poussée contre un mur. Comme au petit déjeuner, où son angoisse l'avait empêchée d'avaler quoi que ce soit, la vue et l'odeur de toute cette nourriture lui soulevèrent le cœur. Elle détourna la tête et s'aperçut qu'elle n'était pas seule. Planté devant la cheminée, Sam regardait une grande photographie sur toile les représentant, lui, son père et sa mère. Sur ce cliché informel, ils riaient aux éclats tous les trois. Les bras de Bea enveloppaient Sam d'un geste protecteur. Si sa sœur n'y avait pas figuré, il aurait pu s'agir de n'importe quelle famille, songea Lizzie. Subitement, elle se fit l'effet d'une intruse. Elle n'était pas chez elle, dans cette maison. Alors qu'elle hésitait sur la conduite à tenir, Sam se tourna vers elle et ce fut comme si une décharge électrique la frappait. La ressemblance avec Bea était stupéfiante.

Sam ne souriait pas, mais il n'affichait plus son air renfrogné de tout à l'heure. En fait, son visage reflétait surtout de la curiosité.

— Tu veux un gâteau ? lui demanda-t-il en allant se choisir un gros muffin au chocolat sur la table du buffet. C'est maman et moi qui les avons faits avant qu'elle meure. On les avait mis au congélateur pour qu'ils moisissent pas avant les obsèques.

Lizzie entendit son estomac gargouiller — un mélange de faim et d'angoisse —, mais la placidité avec laquelle son neveu acceptait sa présence chez lui l'incita à prendre un muffin. Elle se mit à en grignoter le dessus.

— Mmm… délicieux.

Sam parut satisfait.

— Viens, je vais te montrer ma balançoire.

Elle le regarda passer la porte, indécise : devait-elle le suivre ? Le petit garçon marqua un temps d'arrêt sur le seuil, et ses yeux se plantèrent dans les siens. De nouveau, elle fut frappée par ce regard. Cette détermination.

— Viens, répéta-t-il.

De même qu'elle n'avait jamais rien su refuser à Bea, Lizzie céda à son neveu. Elle le suivit dans le jardin, traversant la vaste pelouse qui descendait en pente douce vers un ruisseau. La balançoire était accrochée à la branche d'un pommier d'aspect robuste.

— Tu peux me tenir mon gâteau, s'il te plaît ?

Lizzie lui rendit volontiers ce service et le regarda empoigner l'épais bout de bois qui faisait office de siège, puis se balancer sans bruit. Sam la dévisageait, triomphant. Sans doute attendait-il une quelconque réaction de sa part…

— C'est très futé, dit-elle, remarque qui lui parut singulièrement dénuée d'inspiration.

Impression certainement partagée par Sam, qui profita de l'élan pour sauter de la balançoire à sa hauteur et reprendre son gâteau. Il désigna le bout de bois :

— Tu peux essayer si tu veux.

Stella Harris n'aurait pas apprécié de voir sa fille indigne se donner en spectacle aux obsèques de sa sœur, quand bien même Bea, elle, aurait à coup sûr adoré.

— Non, ça va. Je préfère te regarder.

En plus, c'était la vérité.

Sam hocha la tête d'un air solennel et recommença à se balancer, le muffin à la main, cette fois.

— Pourquoi tu étais jamais venue avant ? lui demanda-t-il, de retour près d'elle.

Lizzie admira sa franchise d'enfant. Pour Sam, ce n'était qu'une question toute simple alors que, pour elle, c'était une boîte de Pandore reléguée tout au fond d'un placard depuis des lustres. Pourquoi avait-elle attendu quinze ans pour revenir sur les lieux de son enfance ? Pourquoi en était-elle restée éloignée si longtemps ?

— Tu sais, je n'habite pas tout près…

— Tu habites où ?

— Juste à côté de Londres…

Pourvu que son neveu n'ait pas trop de notions de géographie…

— C'est pas loin !

Mince ! Pourquoi les gosses étaient-ils aussi calés, de nos jours ?

— Et puis je travaille beaucoup.

— Ah…, fit Sam, visiblement plus réceptif à cet argument. Maman aussi travaillait beaucoup, avant d'être malade.

Lizzie opina, espérant que le débat était clos. Il ne l'était pas.

— Mais on aurait pu venir te voir, nous.

— Sans doute, oui.

— Pourquoi on l'a pas fait, alors ?

Lizzie hésita. Que répliquer à ça ? C'était la première fois qu'elle avait une véritable conversation avec Sam et, de toute évidence, lui et Bea partageaient bien plus qu'une simple similitude de traits. Quelque chose dans l'interrogatoire franc et direct de son neveu lui rappelait énormément sa sœur.

Attendrie, elle s'efforça de gagner du temps :

— Tu ressembles beaucoup à ta maman.

— C'est ce que tout le monde dit, répliqua Sam d'un air d'ennui. Alors, pourquoi on te voyait pas ?

Lizzie soupira.

— C'est compliqué...

Sam shoota dans un caillou.

— Les adultes disent toujours ça.

Lizzie ne se sentait pas compétente pour ce genre de discussion. Sam avait besoin de réponses. Mais était-elle la personne la mieux indiquée pour lui en fournir ? Sans doute pas.

— Je voyais ta mère, avant.

En prononçant ces mots, elle comprit son erreur. Sam fronça les sourcils.

— T'aimes pas les enfants ?

Pour le petit garçon, le monde était tout noir ou tout blanc. *Tu as choisi de ne pas me voir. Conclusion, tu ne m'aimes pas.*

— Ce n'est pas ça.

— C'est quoi, alors ?

Lizzie préféra se taire.

— Ça a quelque chose à voir avec Granny ?

— Oui, répondit-elle d'une voix mal assurée.

— Parce que, Granny, elle parle jamais de toi. Ou plutôt c'est nous qui devons pas parler de toi quand elle est là.

— Ah, d'accord... (*Comme ça, au moins, je suis fixée.*) Et est-ce que ta maman parlait de moi, quelquefois ?

Sam haussa les épaules.

— Des fois. Elle disait que tu t'étais fâchée avec

Granny et que c'est pour ça que tu voulais pas revenir à la maison.

Lizzie opina.

— C'est à peu près ça, oui.

— Elle te manque, ma mère ?

Il guettait sa réaction, mais Lizzie n'eut pas une seconde d'hésitation.

— Enormément.

Sam hocha la tête, satisfait d'avoir obtenu une réponse sincère.

— Je vais me chercher un autre gâteau.

Et, sur ces bonnes paroles, il remonta la pelouse sans un regard en arrière.

Lizzie avait presque envie qu'il reste. C'était peut-être bizarre, de livrer ses sentiments les plus intimes à un garçon de dix ans, mais elle avait l'impression que son neveu la comprenait, qu'il connaissait la même Bea qu'elle, qu'il avait eu avec elle la même relation facile, basée sur l'amour et la confiance. Ils avaient tous deux perdu leur source de protection et de réconfort. La différence, c'était que Sam avait encore son père, sa grand-mère et sans doute des tas d'amis pour l'entourer de leur affection et l'aider à faire son deuil, alors que Lizzie, elle, n'avait plus personne. Elle était seule. Elle avait volontairement bâti toute son existence ainsi, car elle avait toujours eu Bea. Mais, maintenant que celle-ci était morte, elle n'avait strictement plus personne vers qui se tourner. Cette prise de conscience lui tordit l'estomac de panique. Elle regarda la maison, tentant d'imaginer sa sœur apparaissant par la porte de derrière, lui faisant signe et traversant tranquillement le jardin pour venir la rejoindre.

— Tu me manques, Bea…

Que faire à présent ? Retourner à l'intérieur pour chercher Sam ? Non, elle risquait de tomber sur Joe ou, bien pire, sur sa mère… A cet instant, elle remarqua une silhouette masculine qui s'engageait sur la pelouse et se dirigeait vers elle. Dans un premier temps, elle prit l'homme pour Joe, puis elle mit sa main en visière et, là, elle le reconnut. Elle fut prise d'un besoin irrépressible de s'enfuir, mais il s'avançait vers elle d'un pas décidé, agitant la main de loin en souriant. Quinze ans qu'elle ne l'avait pas revu ! Et, en le regardant approcher, elle fut aussitôt transportée dans le passé. Chaque fois qu'il entrait dans une pièce, elle sentait son cœur bondir dans sa poitrine, son ego d'adolescente brûlant d'attirer son attention. Avec lui, elle avait eu l'impression de ne rien avoir à craindre, d'être unique, jusqu'à ce que leur belle histoire tourne au désastre. Il avait sans doute remarqué son expression réservée, car il lui parut hésitant, cherchant à savoir d'après l'expression de son visage si elle accepterait de lui parler. Lizzie s'exhorta mentalement au calme. Quel besoin avait-elle de s'imposer cette épreuve maintenant ? A la réflexion, il ne lui semblait même pas souhaitable d'affronter un jour le chagrin que lui avait causé cet homme. Partir. Elle avait envie de partir. Mais elle fixa courageusement ses yeux bleu azur et s'efforça d'afficher un visage neutre. Il lui sourit d'un air confiant. C'était l'une des choses qu'elle préférait chez lui, à l'époque. Adolescent, il rayonnait de l'attrait frais et poupin de la jeunesse. Avec l'âge, son physique s'était affirmé et quelques fils d'argent striaient ses cheveux bruns.

— Bonjour, Lizzie. Ça me fait plaisir de te voir.

Sa voix était chaude et sincère, mais pas question pour Lizzie de se laisser prendre à son charme décontracté. Trop d'eau avait coulé sous les ponts depuis l'époque où ils sortaient ensemble. C'était en partie à cause de lui qu'elle avait quitté Smallchurch et n'y était pas revenue jusqu'à aujourd'hui.

— Salut, Alex.

Soit la froideur de son ton lui échappa, soit il choisit de l'ignorer.

— Ça va, tu tiens le coup ? lui demanda-t-il en esquissant le geste de lui toucher le bras.

Elle fit un pas en arrière.

— Ça va, merci.

Mensonge sur toute la ligne, évidemment, mais elle n'allait tout de même pas s'épancher auprès de lui !

— En fait, j'étais sur le point de partir.

Il sembla surpris, mais prit acte de sa réponse d'un petit hochement de tête.

— Je comprends. Je tenais seulement à t'assurer de ma profonde sympathie, pour Bea. Je sais combien vous étiez proches, toutes les deux.

Lizzie sentit ses yeux se remplir de larmes, ce qui la fit bouillir. Comment osait-il s'approprier sa perte ? Comment osait-il prétendre comprendre quoi que ce soit ?

— Si je peux faire quelque chose…, reprit-il.

Oh ! trop aimable, vraiment…

Sauf, que venant d'Alex, ces paroles lui faisaient l'effet d'un cadeau minable. Non désiré, en plus ! Elle aurait pu réagir d'une centaine de façons, lui lancer à la tête toutes ces phrases qu'elle avait ressassées durant tout ce temps…

Sauf que ce n'était pas Alex Chambers, la vedette du jour. C'était Bea, sa défunte sœur chérie.

— Je m'en sortirai très bien, merci.

Et elle repartit en direction de la maison.

Encore un mensonge éhonté. Des mots rassurants qui ne rimaient à rien.

Bouleversée, elle franchit la porte de la terrasse en hâte, passa devant un petit groupe de personnes qui s'entretenaient à mi-voix en dégustant de la pavlova aux fraises. Toutes tournèrent la tête à son irruption dans la pièce, mais elle les ignora. Elle s'autorisait à fuir. De toute façon, Bea n'aurait pas voulu qu'elle reste, après sa rencontre avec Alex. Elle avait presque atteint la porte d'entrée lorsqu'une voix s'éleva dans son dos.

— Ah, Lizzie… Je ne m'étais pas aperçue que tu étais là.

Dans la bouche de n'importe qui d'autre, ces quelques paroles auraient pu prendre des accents de joie sincère, mais Stella Harris parvenait à en faire un simple constat, froid et critique.

Lizzie se tourna vers elle. Dans la pénombre de l'église, elle n'avait pas pu la dévisager correctement. Mais chez Bea, dans ce hall lumineux qu'inondait un soleil sans pitié, Lizzie eut un choc : en quinze ans, sa mère avait terriblement vieilli. Celle-ci avait quarante-cinq ans la dernière fois qu'elle l'avait vue. Aujourd'hui, elle en paraissait soixante-dix. Son visage n'était plus qu'un réseau de rides, comme une carte retraçant le parcours de toute une vie. Sa mère l'observait sans sourire, nullement émue. Lizzie ne supportait pas ce regard.

— Je m'en vais. Tu veux bien dire au revoir à Joe de ma part ?

— Ne compte pas sur moi.

Stella cherchait la bagarre, c'était clair à présent. Mais ce genre de confrontation était au-dessus de ses forces. En tout cas, un jour comme aujourd'hui. Elle avait eu tort de venir ici, dans cette maison. C'était comme si le passé lui infligeait une succession de gifles en pleine figure. Elle aurait pu faire face si Bea avait été là, mais, toute seule, non.

Elle tourna les talons :

— Au revoir.

— Bon, j'imagine que je ne te reverrai pas...

Lizzie perçut plus de regret que de reproche dans l'intonation de Stella.

Etonnée, elle se retourna pour la dévisager : les traits de sa mère étaient empreints d'une tristesse qui reflétait la sienne. C'était plus qu'elle n'en pouvait supporter.

— Au revoir, maman.

Elle se précipita vers sa voiture, se jeta sur la portière et se laissa tomber sur le siège du conducteur : voilà, c'était presque fini ! Elle était pratiquement venue à bout de cette journée atroce. Maintenant, il ne lui restait plus qu'à rentrer. Chez elle, elle serait en sécurité. Un petit coup frappé à la vitre la fit sursauter. Joe. Un paquet coincé sous le bras, il levait les mains en signe d'excuse. Elle baissa la vitre en soupirant et proféra un énième mensonge :

— Joe… Désolée, je voulais te dire au revoir, mais je n'ai pas réussi à te trouver.

— Pas de souci, répondit-il, raisonnable comme à son habitude. C'est juste que j'ai quelque chose à te remettre. De la part de Bea.

Lizzie considéra le paquet qu'il lui tendait par la vitre baissée. A la vue de l'écriture de Bea et du petit nom qu'elle lui donnait toujours, « Lizzie Lou », elle sentit son cœur s'emballer.

— Tu sais ce qu'il y a dedans ? lui demanda-t-elle avec un filet de voix.

Joe secoua la tête.

— Non, mais Bea m'avait laissé des instructions très précises. Je devais te le remettre le jour de ses obsèques. Tu sais comment elle était…, ajouta-t-il avec un sourire plein de tendresse.

Lizzie acquiesça en silence. Baissa de nouveau les yeux sur ces quelques mots écrits et les caressa, bouleversée. Joe s'effaça un peu, comme pour ne pas lui imposer sa présence dans ce moment intime.

— Bon, je ferais mieux de te laisser partir… Merci d'être venue, en tout cas. Ça comptait beaucoup pour Sam et moi.

Lizzie savait qu'elle manquait à tous ses devoirs envers son beau-frère. Elle aurait dû lui adresser des paroles de sympathie, manifester quelque chose de sincère, mais elle était trop intriguée par le cadeau posthume de Bea et trop obnubilée par l'envie de s'en aller. Elle déposa le paquet avec précaution sur le siège du passager, telle une mère couchant son nouveau-né dans son berceau.

— Merci, Joe. Au revoir.

Ce fut tout ce qu'elle réussit à articuler avant de démarrer. Au bout de quelques kilomètres à peine, elle se gara sur le bas-côté de la route et, les mains sur le volant, contempla le ciel d'été lumineux, l'esprit traversé de mille pensées concernant sa sœur. Elle prit le paquet et le serra contre sa poitrine. Alors, elle sentit les larmes s'échapper enfin de ses yeux et les sanglots la submergèrent avec une telle violence qu'elle crut qu'ils ne cesseraient jamais.

Chapitre 2

Août

— Comment vous dites ?

— Un livre vert. En vitrine.

— Où ça ?

— En vitrine. La semaine dernière. Vous aviez un livre vert. Je voudrais le voir, s'il vous plaît.

Occupée à nettoyer le rayon consacré à la poésie, Lizzie jeta un coup d'œil par-dessus son épaule. Derrière son comptoir, une petite mamie ronde fixait son client avec perplexité. De l'autre côté du même comptoir, un petit papy rond soutenait son regard sans ciller. Lizzie s'avança pour leur venir en aide.

— C'est bon, Mme Nussbaum. Je crois savoir ce que veut M. Hobson.

Et, passant près d'une table où étaient exposés des livres de poche, elle en prit un.

— C'était le Hessayon, M. Hobson ? L'édition mise à jour de *Votre pelouse* ? Il était en vitrine avec plusieurs ouvrages sur le jardin, la semaine dernière.

D'ailleurs, j'en ai un autre qui, à mon avis, devrait aussi vous plaire. Sur les clématites.

Une expression ravie apparut sur le visage de M. Hobson, qui se laissa entraîner vers le présentoir. Dix minutes plus tard, il était l'heureux acquéreur de trois livres supplémentaires sur le jardinage.

— Cette fille est une perle. Une véritable perle !

Mme Nussbaum opina avec enthousiasme et lui fit au revoir de la main.

Alors que le tintement du carillon signalait le départ du vieux monsieur, elle se tourna vers Lizzie :

— J'ai *keine Idee* de ce qu'il vient de dire.

Sur ce, Mme Nussbaum retourna se percher sur son tabouret, derrière le comptoir, et désigna le magasin d'un large geste :

— Peut-être *che* deviens trop vieille pour tout ça…

— Mais pas du tout, madame N. Il vous faut juste augmenter le volume de votre appareil auditif.

— *Was is' das ?*

Les sourcils froncés, Mme Nussbaum inclina la tête vers Lizzie pour mieux entendre.

Lizzie se planta devant elle et montra son oreille du doigt.

— Votre appareil auditif, le volume est peut-être à zéro.

Mme Nussbaum se mit à tripoter le petit appareil, toujours confuse.

— Allô ? *Ja*. C'est mieux. Je crois que le volume de mon appareil auditif était à zéro.

Lizzie sourit. Travailler dans la librairie de Mme Nussbaum était une véritable aubaine. Elle adorait son métier et, en cette période de deuil, il la distrayait de son chagrin. Malgré tout, il y avait toujours un moment dans la journée où soudain un petit détail venait lui rappeler sa sœur. Un peu plus tôt, par exemple, elle était tombée par hasard sur *La Cloche de détresse*. Elle avait senti immédiatement son cœur se serrer et les larmes lui monter aux yeux. Ridicule ! Bea avait une sainte horreur de Sylvia Plath. Un jour, alors qu'elle travaillait sur une dissertation de terminale particulièrement difficile, elle avait même balancé par la fenêtre toute une sélection de ses œuvres, atteignant malencontreusement le facteur avec une édition reliée de *La Cloche de détresse*. Coup de chance, leur mère n'était pas à la maison et leur père avait réussi à amadouer le pauvre homme avec une tasse de thé et une assiette de gâteaux secs. Bea et elle en avaient rigolé durant des jours. Lizzie réfléchit. Si la vue de ce livre l'avait bouleversée à ce point, c'est que, du vivant de sa sœur, Lizzie lui aurait sûrement envoyé la photo de la couverture du fameux bouquin, en ajoutant la légende : « Planque-toi, Pat le facteur ! » Au lieu de quoi elle avait dû se réfugier un moment dans la réserve pour laisser libre cours à sa peine. En un sens, elle était soulagée d'avoir redécouvert sa capacité à pleurer, même si les larmes n'atténuaient ni la douleur ni l'ampleur du deuil. Le chagrin, avait-elle constaté, n'obéissait à aucun schéma ou processus, contrairement à ce que prétendaient certaines personnes. Il vous rattrapait de manière sournoise, vous tombait dessus sans prévenir et vous donnait envie de hurler de désespoir.

A la librairie, Lizzie avait l'impression d'avoir un espace pour pleurer sa sœur à sa façon et à son rythme.

Ici, personne ne connaissait Bea ; Lizzie avait seulement signalé qu'elle avait eu un décès dans sa famille. Cette annonce n'avait soulevé aucune question et, de son côté, elle n'était pas entrée dans les détails. Le paquet que lui avait laissé Bea lui procurait également un certain réconfort. Jusqu'à présent, elle avait sans cesse repoussé le moment de l'ouvrir, mais la situation ne pouvait pas se prolonger éternellement. Deux semaines s'étaient écoulées depuis les obsèques de Bea, et chaque jour la vue de ce cadeau posthume lui réchauffait le cœur, comme si, d'une certaine manière, sa sœur ne l'avait pas quittée. Cependant, l'épisode de *La Cloche de détresse* était venu lui rappeler qu'elle devait à Bea d'ouvrir le paquet pour découvrir son contenu. Voilà pourquoi elle avait décidé que ce soir serait le bon. Elle entendit Mme Nussbaum farfouiller dans le tiroir-caisse ; elle en sortit finalement un billet, qu'elle lui tendit.

— Et si tu allais nous acheter du *Käsekuchen* à côté ? C'est moi qui régale, précisa la vieille dame avec un sourire.

— D'accord, dit Lizzie, même si elle rechignait à entrer dans le café voisin.

Ouvert depuis quinze jours à peine, il proposait des pâtisseries aussi exquises que tentantes : un mélange fatal quand on essaie plus ou moins de garder la ligne. L'autre problème de cet établissement, c'était le patron. Au premier abord, il avait, comme aurait pu le souligner Bea d'un ton admiratif, « tout ce qu'il fallait là où il fallait ». Toutefois, son relationnel laissait à désirer. Il ne souriait jamais aux clients, grommelait une réponse laconique lorsque ceux-ci avaient l'audace de commander quelque chose et concluait la transaction par un « merci » à peine audible. En résumé, si ses gâteaux et son café n'avaient pas été aussi délicieux, ce type aurait sans doute établi le record historique de la plus brève durée de vie d'un commerce.

Lizzie imaginait d'ici à quelle sauce l'aurait mangé Bea... Elle ne comptait plus les fois où, avec sa sœur, elles avaient dû subir l'impolitesse d'un vendeur sans éducation. « Et maintenant, qu'est-ce qu'on dit ? » leur lançait Bea comme si elle s'adressait à un petit enfant de quatre ans. Pour la peine, elle obtenait en général un froncement de sourcils, mais aussi, dans l'ensemble, un service plus satisfaisant. Lizzie, elle, n'avait pas le cran de sa sœur. Elle fuyait les conflits au maximum et n'avait pas suffisamment confiance en elle pour remettre les gens à leur place, raison pour laquelle elle repartait toujours de ce café mal à l'aise et les joues en feu. Cela dit, peut-être que l'esprit de Bea l'habitait aujourd'hui, car elle eut une sorte de déclic : oui, aujourd'hui, elle se sentait d'attaque pour tenir tête à ce mec ! Elle poussa la porte de l'établissement, le visage empreint d'une tranquille indifférence, du moins l'espérait-elle. Mais son bel élan fut coupé net : c'était une femme qui se tenait derrière le comptoir ! Grande, mince et séduisante ; chevelure caramel relevée en un chignon flou, le tout maintenu par un crayon. La tendre moitié du patron, à l'évidence. Elle accueillit chaleureusement Lizzie, qui, surprise par sa présence et son amabilité, demeurait muette.

La jeune femme l'encouragea d'un sourire radieux :

— Vous désirez ?

— Euh… du cheesecake. Je voudrais du cheesecake, s'il vous plaît, demanda Lizzie d'une voix d'automate.

La femme acquiesça de la tête et alla regarder dans la vitrine réfrigérée. Découvrant le plat où ne restaient que quelques tristes miettes de gâteau, elle eut une moue de contrariété. Puis elle leva les yeux vers Lizzie, tout sourire.

— Attendez, je vais voir si Ben en a fait d'autres.

Ben. C'était donc le nom du type… La jeune femme s'éclipsa en cuisine. Lizzie l'entendit le questionner et obtenir quelques grognements en réponse. Echange qui se conclut par un :

— C'est bon, merci, Ben ! Pas la peine de faire ta tête de cochon !

La femme réapparut derrière le comptoir.

— Je suis vraiment désolée, nous n'en avons plus pour aujourd'hui. Mais à la place je vous recommande notre shortbread du millionnaire. Vous verrez, c'est un vrai régal !

Lizzie accepta d'un signe de tête.

— Deux, s'il vous plaît.

La femme sourit et fit un geste en direction de la cuisine.

— Ah, celui-là… vous parlez d'un ours mal léché ! C'est pour ça qu'on m'a embauchée, il faisait fuir les clients.

Lizzie esquissa un sourire timide et tendit son billet, pressée d'en finir.

— Vous travaillez à la librairie, non ? l'interrogea l'employée en lui remettant les gâteaux et sa monnaie.

Lizzie fit oui de la tête. Cette femme dégageait une

impression de franchise et de générosité, combinaison carrément sympathique.

— Je m'appelle Lizzie.

Le visage de la jeune femme s'illumina.

— Enchantée, Lizzie. Moi, c'est Susie.

Un rugissement leur parvint de la cuisine :

— Susie !

Quelques secondes plus tard, le propriétaire de la voix apparaissait à la porte, la figure assombrie par une expression de profond mécontentement.

— Tiens, voilà l'ours qui sort de sa tanière..., murmura Susie avec un clin d'œil complice à l'intention de Lizzie. Ben, je te présente Lizzie, elle bosse à la librairie d'à côté.

Le visage toujours aussi renfrogné, Ben gratifia Lizzie d'un bref regard doublé d'un infime signe de tête.

— Mm... ça va ? grommela-t-il avant de se retourner vers Susie. Où t'as mis la farine ?

— Excuse-le, Lizzie. Il a dû subir une greffe de personnalité et, manque de pot, on lui a transplanté le caractère de « L'HOMME LE PLUS IMPOLI DE GRANDE-BRETAGNE », déclara Susie en appuyant bien sur les mots.

Ce faisant, elle fixait Ben d'un regard lourd de sens.

— Alors, Susie, la farine ? insista Ben, nullement démonté.

Susie lui fit les gros yeux avant de se retourner vers Lizzie avec un sourire chaleureux.

— Désolée, faut que j'y aille. Mais j'ai été ravie de parler avec toi, Lizzie. A plus ?

— Oui... Au revoir.

Avant de repartir, Lizzie jeta un dernier coup d'œil

au dénommé Ben et nota dans un coin de sa tête la conclusion qui s'imposait :

« Ne venir dans ce café que lorsque Susie sert au comptoir. »

Ce mec-là avait des problèmes…

En franchissant le seuil de la librairie, elle remarqua que sa patronne n'était plus à sa place habituelle, à savoir juchée sur son tabouret, derrière la caisse. Des voix lui parvinrent de la section « jeunesse ». Elle sourit : Mme Nussbaum était assise sur une petite chaise en plastique rouge, à côté d'un garçonnet d'environ cinq ans.

— Et ça te plaît, d'être vieille ? lui demandait celui-ci.

Sa franchise fit glousser Mme Nussbaum.

— Bah, ça ne me dérange pas. Même si parfois j'aimerais bien avoir un corps un peu moins déglingué !

— Tu pourrais t'en acheter un autre, suggéra le petit garçon, sérieusement.

Mme Nussbaum sourit.

— Ah, ça, ce serait bien, par exemple !

— Je pourrais t'en construire un en Lego.

— Ça serait très gentil de ta part, euh, comment t'appelles-tu, déjà ?

— Harry.

— *Danke*, Harry.

— Ça veut dire quoi, « *danke* » ?

— Merci. En allemand.

Mais Harry était déjà prêt à enchaîner sur un autre sujet :

— T'as peur de mourir ?

Lizzie retint son souffle, mais Mme Nussbaum répondit sans se troubler.

— Non, pas vraiment. Je serai même contente de revoir mon Léonard.

— C'est qui, Léonard ?

— Mon mari. Il est mort.

— Ah... Tu crois au paradis, alors ?

— Mais oui, Harry.

L'enfant fit la moue.

— Mon père, lui, il y croit pas.

— Ah... Et toi, Harry, qu'est-ce que tu crois ?

— Moi, je veux que, le paradis, il existe.

— Alors, il te faut y croire.

Lizzie se décida à s'immiscer dans leur conversation. Sa patronne en profita pour ajouter, l'air radieux :

— Tiens, tu vois cette dame ? Eh bien, c'est Léonard qui me l'a envoyée !

Le petit Harry leva un regard impressionné sur Lizzie.

— Wouah... C'est un ange, alors ?

— J'aime à le croire, oui, répliqua Mme Nussbaum, le visage épanoui.

Lizzie gardait pourtant un souvenir légèrement moins paradisiaque de ses débuts à la librairie. Elle avait débarqué ici après une énième rupture sentimentale qui l'avait conduite à fourrer toutes ses affaires dans un sac pour sauter dans le premier train. Arrivée au terminus, elle avait lentement pris conscience de l'endroit où elle se trouvait, à une heure à peine du lieu où elle avait grandi, révélation qui l'avait rendue malade. Son premier réflexe avait été de vouloir remonter aussitôt dans le train et de repartir dans une autre direction. Mais une petite voix dans sa tête l'en avait empêchée. La semaine précédente, Bea lui avait paru moins enjouée que d'habitude, au téléphone. Et, depuis, Lizzie s'était inquiétée.

— Tout va bien ? lui avait-elle demandé.

Sa sœur avait soupiré.

— Pfff… je dois faire des examens. Rien de grave, j'en suis sûre.

— Mais quel genre d'examens ?

— Bah, des examens médicaux… Bon, et toi ? Comment ça se passe avec ton glandeur de mec ?

— C'est pas un glandeur.

— T'as raison, il a juste un poil dans la main. Tu as besoin de fric ?

C'était le désir de vivre plus près de Bea qui l'avait poussée à s'engager dans la rue principale — et une soudaine averse qui l'avait fait s'abriter dans la librairie. Enfin, c'était son choix de livre — *Le Meilleur des mondes* — qui avait attiré vers elle une Mme Nussbaum plutôt renfrognée.

— Ce livre.

— Oui ? avait patiemment répondu Lizzie.

— Pourquoi vous l'avez choisi ?

Lizzie avait marqué une seconde d'hésitation. Cette bonne femme avait-elle toute sa tête ? D'un autre côté, sa question l'intriguait.

— Eh bien… c'est un de mes romans préférés. Je ne l'ai pas lu depuis un certain temps, alors quand je l'ai vu j'ai eu envie de le feuilleter…

La vieille dame avait plongé son regard dans le sien, comme si elle voulait déchiffrer ses pensées.

OK… Carrément à l'ouest, la mamie.

La libraire s'était reculée d'un pas et un sourire radieux avait transformé son visage.

— Ça vous dirait, de travailler pour moi ?

C'était il y a deux ans. Lizzie avait eu le job, elle l'avait appris par la suite, grâce au titre qu'elle avait choisi : *Le Meilleur des mondes*, qui était également le roman préféré de Léonard, le mari de Mme Nussbaum, qu'elle venait de perdre. De plus, la vieille libraire était aussi très désireuse de loger son employée dans l'appartement aménagé dans la réserve, au-dessus du magasin. Et, de son côté, Lizzie était ravie de lui rendre ce service. La seule personne à connaître son adresse, c'était Bea.

— Je suis fière de toi, sœurette, lui avait confié celle-ci, peu de temps après, alors qu'elles échangeaient des nouvelles devant un verre de vin, en ville. On dirait que les choses commencent à s'arranger pour toi. Tchin !

— Tchin ! avait répliqué Lizzie, rayonnante.

Sa sœur avait l'air fatiguée.

— Et ces examens, tu les as faits ?

Bea avait éludé sa question d'un geste désinvolte.

— C'est rien du tout, j'en suis sûre. J'aurai les résultats la semaine prochaine. Et maintenant finis ton verre, que j'aille t'en chercher un autre.

Hélas, ça n'avait pas été « rien du tout ». Mais bien le commencement de la fin pour elles deux.

Lizzie s'aperçut soudain de la présence du petit garçon à ses côtés. Elle se mit à observer son manège. Après lui avoir tourné autour, il s'arrêta pour inspecter son dos.

— Je vois pas ses ailes, lança-t-il à Mme Nussbaum.

Une femme entra en trombe dans le magasin, interrompant leur discussion philosophique. Hors d'haleine, elle s'exclama en leur souriant :

— Merci mille fois de me l'avoir gardé !

— Mais c'était avec grand plaisir, affirma Mme Nussbaum.

— Allez, viens, Harry ! On doit aller chercher ta sœur, maintenant !

— 'ccord... Au revoir, fit le petit garçon. J'espère que tu reverras Léonard, un jour.

Mme Nussbaum sourit :

— C'est gentil, *Schatz.*

Après le départ de la mère et de son fils, la vieille dame regarda Lizzie et lui désigna la chaise en plastique sur laquelle elle restait assise.

— *Bitte*, aide-moi à me lever de là. Je ne vais jamais réussir seule.

Lizzie crut bien que l'après-midi n'en finirait jamais. Elle ne cessait de consulter sa montre, impatiente de voir arriver l'heure de la fermeture afin de pouvoir se replier à l'étage et ouvrir le paquet laissé par Bea. Elle était à la fois excitée et nerveuse, comme si elle était sur le point d'ouvrir la boîte de Pandore. Elle avait une confiance aveugle en sa sœur, mais la perspective de l'inconnu et, pire encore, de l'inconnu sans Bea, l'effrayait.

Mme Nussbaum sortit de l'arrière-boutique, clopin-clopant :

— Allons, c'est l'heure, Lizzie...

Lizzie regarda sa montre avec soulagement.

— Très bien, Mme Nussbaum. Vous pouvez y aller, je fermerai le magasin.

— *Danke.* A demain !

Lizzie donna un tour de clé derrière sa patronne,

puis se retourna vers le portrait de Virginia Woolf qui la contemplait du haut des rayonnages.

— Allons ! Il faut battre le fer tant qu'il est chaud.

A peine eut-elle ouvert la porte de son appartement qu'une bouffée d'air lourd et tiède l'assaillit. Vite, il fallait aérer ! Elle remonta les fenêtres à guillotine qui donnaient sur la rue, laissant entrer les sons du début de soirée : certaines personnes rentraient chez elles, d'autres sortaient déjà s'amuser. Elle retapa les coussins du canapé, puis entreprit de défroisser leur housse, agacée par son incapacité à agir. Elle alla chercher un verre à vin dans le placard de la cuisine, se servit une bonne rasade de la bouteille déjà débouchée et se percha sur l'un des tabourets alignés le long du comptoir avant de considérer le mystérieux colis. Elle but une gorgée de vin rouge, respira un grand coup et fit glisser le paquet jusqu'à elle. Caressa l'écriture de sa sœur, prit une autre gorgée…

— Et merde !

Elle retourna le carton, en déchira les rabats et le secoua pour en faire tomber le contenu. Il y avait une feuille de format A5 pliée, une lettre à première vue, et une liasse de douze enveloppes, chacune marquée d'un mois de l'année. Elle les écarta et déplia la lettre. Un frisson la parcourut à la vue de l'écriture de sa sœur, et elle fut envahie par le chagrin. Bea avait une écriture très personnelle : soignée, régulière, aux courbes élégantes, mais en même temps généreuse et engageante. Dès les premiers mots, la voix de sa sœur se mit à résonner dans sa tête. C'était à la fois énervant et réconfortant parce que ça l'obligeait à poursuivre sa lecture tout en lui rappelant le manque cruel que lui causait l'absence de Bea.

Ma chère Lizzie,

Tu ne t'attendais sans doute pas à avoir de mes nouvelles, pas vrai, sœurette ? Ecoute, si jamais l'occasion se présente de revenir te hanter, je sauterai dessus, tu peux me croire, mais vu que rien ne me le garantit je préfère assurer le coup de manière classique : papier et stylo, donc ! J'ai longuement réfléchi à la manière dont je pourrais te venir en aide, Lizzie Lou, et très franchement je pense que ma mort sera la meilleure chose qui te soit arrivée dans la vie.

Bien sûr, ça doit te paraître cruel, mais laisse-moi essayer de t'expliquer mon raisonnement. A ta naissance, je t'ai détestée — toi, tes bruits, ton odeur (surtout ton odeur), je te haïssais, purement et simplement. Je sais, entre sœurs, c'est normal, et puis je n'avais que quatre ans à l'époque, donc je ne me sens pas tenue de te faire des excuses. Tu étais prodigieusement pénible et ton arrivée a mis mon petit monde sens dessus dessous. De « Bea Fleur des pois », objet de tous les regards de la famille, je suis passée au rang de « sœur de Lizzie Ouistiti », statut qui m'a laissée de glace.

Je me souviens d'un jour en particulier : j'avais organisé un goûter pour mes poupées. J'avais rédigé de minuscules invitations et installé mon joli petit service à thé en porcelaine, celui à pois roses avec les serviettes en satin assorties. Tu me connais : j'aime que tout soit parfait. Et ça l'était jusqu'à ce que tu débarques, avec tes mollets potelés et tes fossettes craquantes. Tu as tout renversé par terre. Je ne me rappelle pas avoir éprouvé une telle rage, même depuis, d'autant plus que tu n'avais absolument pas conscience du massacre que tu venais de commettre. Quand maman est entrée, elle ne s'est préoccupée que du désordre que nous avions mis (tu sais comment elle est...), et elle ne t'a même pas punie. Tu étais bébé, évidemment, mais ce jour-là je me suis sentie victime d'une immense injustice et je t'ai haïe de tout mon être. C'est aussi ce jour-là qu'oncle Lawrence est venu nous voir : j'étais folle de joie. Tu te souviens quand il imitait Donald ? On l'adorait, même si je sais qu'il agaçait maman avec sa façon de ne faire que passer dans notre vie. Bref, je détestais devoir le partager avec toi et, lorsqu'il est arrivé, je me suis fait gronder parce que je t'avais bousculée pour être la première à la porte. Ça m'a valu une claque et, à l'heure du déjeuner, tu étais devenue mon ennemie numéro un.

Après le repas, maman t'a emmenée à l'étage pour te changer. J'allais enfin pouvoir profiter d'un moment privilégié, en tête à tête avec oncle Lawrence ! Je suis donc partie chercher un livre pour le lui lire. En traversant le hall, j'ai levé la tête et je t'ai vue, debout en haut de l'escalier. J'ai aussi remarqué que maman avait oublié de refermer la barrière de sécurité. Durant cette fraction de seconde, j'aurais pu te crier de faire attention, mais quelque chose en moi — ma rage de devoir partager le monde avec toi, sans doute — m'en a empêchée. Je me suis éloignée. Au moment où je mettais la main sur mon livre, je t'ai entendue dégringoler l'escalier. C'était un bruit étrange, presque rythmique et, bizarrement, pas inquiétant du tout. Je m'en souviens comme si c'était hier. Le drame a éclaté lorsque maman s'est mise à hurler en te découvrant étendue en bas des marches. Je suis ressortie de la salle de jeux en prenant mon air le plus innocent, mais, dès que je me suis aperçue que tu ne bougeais *plus, j'ai eu envie de vomir. J'avais dû regarder trop de « Tom et Jerry »... Je m'attendais à ce que tu te relèves d'un bond, comme dans les dessins animés. Je me souviens encore de ce jour-là comme de l'un des pires moments de ma vie. Quant à maman et oncle Lawrence, j'imagine le choc que ça a été pour eux... Penchés au-dessus de ton corps inerte, ils ont dû, l'espace d'une seconde, rester tétanisés avant de pouvoir appeler une ambulance. Moi, au-delà du fait de t'avoir tuée (car sur le moment je l'ai cru), le véritable choc, je l'ai eu devant ton tout petit corps inanimé. A cet instant, j'ai su que, désormais, j'aurais le devoir moral de veiller sur toi jusqu'à ma mort. Et je me souviens de m'être alors agenouillée près de toi pour te faire une promesse :*

« Ça va aller, Lizzie. Bea est là. Elle s'occupera de tout pour toujours. »

Et c'est ce que j'ai tenté de faire tout au long de mon existence. Mais mon plus grand regret, c'est que tu n'es pas heureuse, Lizzie, je le sais bien. Or je veux, plus que tout au monde, que ta vie soit aussi belle que la mienne l'a été. Voilà pourquoi mon ultime souhait sur cette terre, c'est d'essayer de te montrer comment être heureuse. Tu trouveras douze lettres dans cette enveloppe, en plus de celle-ci. Elles contiennent toutes les choses que j'aurais dû te dire de mon vivant si seulement j'en avais eu le courage. Oui, je sais, ça peut te paraître bizarre venant de moi, Bea l'intrépide ! Mais, pour être franche, Lizzie, moi aussi, j'ai peur. Comme tout le monde. J'ai juste choisi de ne pas le montrer. Reste que je suis persuadée d'agir dans le bon sens en te laissant ces lettres. L'heure est venue pour moi de te parler franchement, et il est temps pour toi d'affronter ce passé trop longtemps occulté.

Mais, et c'est un « mais » d'importance, je ne veux pas que tu te jettes d'un coup sur ces lettres comme sur des cadeaux de Noël. Quand j'ai su que j'allais mourir, j'ai décidé de mettre de l'ordre dans mes affaires, ce qui ne te surprendra pas, je pense. Dès que j'ai su qu'il n'y avait plus d'espoir, je n'ai pas vu l'intérêt de casser le moral à tout le monde avec mes histoires. Donc : j'ai inscrit un mois sur chaque lettre pour que tu puisses les lire une par une pendant un an. Tout ce que je vais te demander d'accomplir devrait être faisable dans ce laps de temps. J'aime l'idée que ces lettres constituent en somme mes dernières volontés, mes dernières volontés te concernant, ma Lizzie jolie.

Ça ne va pas être facile, sache-le, mais je crois que c'est essentiel pour nous deux. En résumé : ces lettres, c'est ta grande sœur qui fait sa commandante depuis l'au-delà. Suis mes instructions ou je reviendrai te hanter (et pas dans le genre « gentil fantôme » : je veillerai à porter ma tête sous le bras ou un truc comme ça).

Voilà, je t'ai tout dit, ma petite sœur chérie. Fais tout ça pour moi et tu découvriras, je pense, la véritable Lizzie Harris que tu apprendras à aimer comme je l'aime.

Avec tout mon amour,

Bisous,

Bea.

Lizzie lut et relut la lettre, la voix de sa sœur résonnant dans sa tête, amplifiée par la douloureuse véracité de ses mots. Réalisant que son verre de vin était vide, elle s'en servit un second et alla jusqu'au canapé. Une fois assise, elle serra la lettre contre sa poitrine, secouée par de violents sanglots.

— Tu me manques, Bea, hoqueta-t-elle. Tu me manques tellement !

A cet instant, l'énormité de la situation la frappa de plein fouet. Elle avait cru que ce paquet lui apporterait une certaine consolation, l'impression que sa sœur lui était rendue, mais à présent elle se rendait compte de sa naïveté. Bea était morte. Ses lettres demeuraient, mais c'était tout. Elle allait devoir affronter l'avenir seule : en aurait-elle seulement la force ? Pas sûr. Elle s'allongea sur le canapé et ferma les yeux. Elle était si fatiguée…

Quelques heures plus tard, lorsque des braillements de fêtards la tirèrent de son sommeil, il faisait nuit. Elle s'assit et se frotta les yeux avant d'aller à la fenêtre. La lettre, qu'elle avait à la main en s'endormant, glissa par terre. Elle la ramassa d'un geste rapide, brusquement rattrapée par le souvenir de son contenu. Elle se mit à la fenêtre et, serrant la feuille de papier contre son cœur, poussa un profond soupir. Cette lettre pourrait toujours lui apporter conseils et réconfort, comme si Bea était encore là pour la soutenir, lui montrer la voie… En même temps, elle redoutait l'endroit où sa sœur risquait de la conduire. De nouveau, elle parcourut ses mots :

« … il est temps pour moi de te parler franchement, et il est temps pour toi d'affronter ce passé trop longtemps occulté. »

La seule mention de son passé la fit frissonner. Le passé… Il valait sûrement mieux le laisser tranquille, non ? Lizzie allait bien. Et « bien », pour elle, c'était largement suffisant. « Bien », ça pouvait durer toute une vie. Elle repensa à l'autre préoccupation de sa sœur : « *... à mon grand regret, tu n'es pas heureuse, Lizzie, je le sais bien.* » Et médita là-dessus. Etait-elle heureuse ? Véritablement heureuse ? Elle essuya ses larmes en réfléchissant à la réponse. Bien sûr, elle se sentait seule, ça n'était pas nouveau, mais maintenant que Bea s'en était allée elle était vraiment seule.

Après avoir refermé la fenêtre, elle tira les rideaux et se dirigea vers le comptoir de la cuisine. Fit le tri dans la pile d'enveloppes et tomba sur la première à ouvrir. Elle l'emporta dans sa chambre et la posa sur sa table de chevet pour pouvoir le faire le lendemain matin. Pour l'amour de sa sœur et dans son propre intérêt, elle allait s'efforcer d'accomplir les dernières volontés de Bea.

Chapitre 3

Le lendemain

Lizzie dormit d'un sommeil agité. Elle fit un rêve perturbant : elle entendait Bea l'appeler, mais elle ne pouvait pas parvenir jusqu'à elle. Il faisait sombre, il y avait du brouillard et Lizzie était seule sur la lande. Elle n'y voyait pas à un mètre, pourtant, elle continuait d'avancer en se guidant à la voix de sa sœur.

« Lizzie ? Tu m'entends ? Lizzie ? »

Bea ne semblait ni affolée ni en détresse, mais Lizzie avait beau faire, elle n'arrivait pas à la rejoindre. Elle se réveilla vers 6 heures, moite et épuisée. Elle s'assit dans le lit, l'esprit déjà en effervescence à la perspective de ce qui l'attendait, but une gorgée d'eau et saisit l'enveloppe. En la retournant, elle sourit. Au dos, Bea avait inscrit en tout petit :

Scellé par un baiser (un gros, bien baveux).

A l'intérieur se trouvait une autre lettre, plus courte que la précédente.

Chère Lizzie Lou,

Si tu lis ces mots, c'est sans doute que tu as décidé d'accomplir mes dernières volontés et je m'en réjouis. Dis-toi qu'à chaque étape du parcours tracé par mes lettres je serai là pour te tenir la main. Tu me fais confiance, j'en suis sûre, et tu sais, du moins je l'espère, que je ne veux que ton bonheur.

Mon premier souhait est un souhait égoïste. Tu me connais : j'ai toujours regardé la vie en face, mais quand on se retrouve confronté à la mort c'est une autre paire de manches. Parfois, je me sens étrangement calme. Au fond, on va tous mourir un jour. Mon heure va sonner plus tôt que prévu, c'est tout. A d'autres moments, je panique complètement et je ressens un chagrin immense à la pensée de toutes ces choses que je vais manquer. Tu vas peut-être te marier et avoir des enfants que je ne connaîtrai jamais ; mon cher Joe, si courageux, va devoir continuer la route tout seul et, pire que tout, mon merveilleux Sam, mon petit garçon si beau et si drôle, va grandir sans moi. Il deviendra un jeune homme bien, j'en suis persuadée, mais quand je prends conscience que je ne serai plus là pour le voir c'est comme si mon cœur se brisait en mille morceaux. Lizzie, tu sais ce que c'est, toi, d'aimer et de perdre, mais ça, tu vois, je me dis que c'est la pire des cruautés de la vie. D'ailleurs, je me demande parfois quel est l'intérêt d'aimer si fort quand tout ça peut t'être arraché d'un coup.

Alors ces lettres sont aussi pour moi un moyen de surmonter ma peur ; une manière de me rassurer en me disant qu'au moins je peux partir l'esprit en paix : il y a quelqu'un qui veille sur les personnes que j'aime le plus au monde, maintenant que je ne suis plus là.

Donc mon premier souhait sera que tu passes une

journée avec Sam et Joe. Juste une, pour commencer. Je veux que tu apprennes à mieux les connaître. Je t'avais présenté Joe, bien sûr, mais c'était au début de notre histoire, et quand je me suis installée avec lui tu t'es de nouveau enfuie. Malgré tout, je pense que vous pourriez être amis, tous les deux. Joe est un homme doux et bon, et un papa merveilleux. Quant à mon Sammy... c'est ma plus belle réussite. Oui, je sais, je sais... c'est ce que disent toutes les mamans du monde, pas vrai ? Mais tu t'apercevras, au fil du voyage que nous sommes sur le point de commencer ensemble, que c'est la stricte vérité.

C'est beaucoup te demander, Lizzie, j'en ai bien conscience, et j'imagine la peur que tu éprouves en lisant ces lignes. Tu as déjà enduré plus de malheurs que la plupart des gens dans toute leur existence et tu as été déçue par trop de personnes qui t'ont fait défaut alors qu'elles auraient dû être là pour te soutenir. Mais Sam et Joe, eux, n'ont jamais vraiment fait partie de cette époque-là. Voilà pourquoi je pense que vous saurez apprendre à vous aimer tous les trois autant que, moi, je vous aime.

Bon, il est temps que je pose mon stylo, vu que je pleure comme une Madeleine. C'est terriblement fastidieux de mourir : on passe par d'innombrables crises de larmes, alors qu'on devrait profiter à fond des moments qui nous restent à vivre. N'oublie jamais ça.

Je t'aime,

Bisous,

Bea.

Lizzie essuya ses larmes du revers de la main et posa la lettre sur le couvre-lit. Elle se frotta les yeux et réfléchit à ce que sa sœur lui demandait. Son premier souhait ne semblait pas très exigeant. Passer une journée avec Sam et Joe... ce n'était pas la mer à boire, si ?

Avec Joe, non. Quand Bea avait commencé à sortir avec lui, Lizzie, encombrée de son ego de dix-huit ans, avait été jalouse et s'était d'emblée sentie exclue. Lorsqu'ils avaient pris leur premier appartement, Bea lui avait proposé de l'héberger, mais Lizzie avait vite compris que la cohabitation ne marcherait pas. Elle se souvenait de nuits passées sur leur canapé-lit, un oreiller écrasé sur la tête pour ne pas entendre les ébats des deux tourtereaux. Au bout d'un mois, elle était partie, après avoir décroché un job dans un pub ; son patron s'était montré ravi de la loger sur place à un prix plus que raisonnable. L'ennui, c'est qu'il estimait que cet arrangement lui donnait d'autres droits sur elle et, bien souvent, elle avait dû dormir avec une chaise coincée sous la poignée de la porte. D'ailleurs, c'est après que la patronne eut malencontreusement surpris son mari en train de la tripoter à la cave, pendant qu'elle changeait un fût de bière, qu'elle avait perdu son boulot. Aux yeux de la brave dame, c'était Lizzie, l'allumeuse.

Alors qu'elle triait sa monnaie devant le pub, hésitant à appeler Bea d'une cabine, l'un des habitués était venu aux nouvelles. Elle lui avait expliqué la situation et il lui avait appris que son frère ouvrait justement un restaurant, dans le nord de Londres : il pourrait la loger en meublé. Lizzie avait réfléchi à sa proposition. Elle ne voulait pas retourner vivre chez Bea et celle-ci serait sans doute impressionnée de la voir s'en sortir toute seule. Elle avait donc accepté.

Cette décision avait marqué le point de départ d'un

cycle de petits boulots similaires, de meublés interchangeables et d'individus peu fiables. Invariablement, elle pensait : *cette fois-ci, c'est peut-être la bonne, je suis enfin tombée sur de braves gens qui vont m'aider.* Pour déchanter aussitôt. Elle n'avait pas été longue à comprendre que, dans la vie, c'était chacun pour soi. Mieux valait garder ses distances et ne faire confiance à personne. Bea était toujours là en cas de coup dur, évidemment, mais Lizzie se refusait à l'appeler systématiquement au secours. Ce n'est que lorsque son chemin avait croisé celui de Mme Nussbaum et de sa librairie qu'elle avait commencé à se sentir en sécurité. Néanmoins, elle continuait à tout garder pour elle, ne se confiant qu'à Bea, au téléphone, Bea qui lui servait de conseillère et d'amie.

Alors, l'idée de s'ouvrir à d'autres personnes, à des gens en lien avec son passé, c'était un défi carrément dérangeant. D'accord, elle devait admettre qu'elle avait eu un bon contact avec le petit Sam lorsqu'ils s'étaient parlé, aux obsèques. Affinité à mettre sur le compte de sa stupéfiante ressemblance avec Bea, peut-être, ou des traits de caractère qu'il semblait avoir hérités d'elle. Cependant, la principale raison qui lui fit tendre la main vers le téléphone, c'est que Sam, Joe et elle partageaient le même chagrin et la même douleur depuis la disparition de Bea. Elle s'était pourtant crue capable de surmonter ce deuil seule, comme elle avait affronté toutes ses épreuves passées… A ceci près que chaque fois elle avait pu s'appuyer sur Bea. Désormais, elle doutait de ses propres forces : se pouvait-il qu'elle ait besoin de parler à quelqu'un ?

Alors qu'elle composait le numéro, son esprit se

mit à carburer à toute allure. Il faudrait qu'ils se retrouvent quelque part loin de la librairie, dans un endroit neutre du centre de Londres. Elle ne se sentait pas encore prête à laisser des gens pénétrer dans son petit univers. Le téléphone sonna longuement avant qu'une voix ensommeillée réponde :

— 'llô ?

— Joe ?

— Mhh ?

— C'est Lizzie. Comment ça va ?

A cet instant, elle jeta un coup d'œil au radioréveil : 6 h 30, à peine !

— Oh ! Joe, excuse-moi ! Tu dormais, bien sûr ?

— Euh, oui, mais ce n'est pas grave. Comment vas-tu ? lui demanda-t-il sans la moindre note de mécontentement dans la voix.

— Bien, prétendit-elle. Et toi ?

— Bien, prétendit Joe.

Un ange passa, menaçant de se transformer en long silence embarrassant. Lizzie inspira à fond… et se jeta à l'eau :

— C'est-à-dire que je… je me demandais si ça vous dirait, à Sam et toi, qu'on se voie un de ces jours ?

Elle avait pris un ton dégagé, comme s'ils avaient l'habitude de faire ce genre de sorties ensemble.

— Ah… Tu crois ?

Joe semblait surpris par sa proposition. Et pour cause : elle n'avait aucun prétexte pour l'appeler à l'improviste. D'un autre côté, et elle avait décidé de lui taire le contenu du paquet. Bea avait écrit ces lettres à son intention à elle : pas question de les partager avec d'autres.

— Ecoute, ce serait super. Si tu es sûre que…

Lizzie hésita. A cette seconde, elle pouvait encore renoncer, s'inventer une excuse, raccrocher et reprendre le cours normal de sa vie. Elle jeta un coup d'œil à la lettre et aux mots vibrants de sincérité de Bea. Elle n'avait pas le choix.

— Absolument. Ça nous ferait beaucoup de bien, à tous les trois, je pense. Personnellement, je suis libre ce dimanche, si tu es dispo de ton côté…

— Oui, c'est très bien, de toute façon, on n'avait rien de prévu pour dimanche. On se retrouve quelque part ou tu préfères venir à la maison ?

Lizzie, sentant monter l'affolement, fit de son mieux pour n'en rien laisser transparaître dans sa voix.

— Eh bien, je me disais que Sam aimerait peut-être faire une petite virée à Londres… On pourrait aller au zoo ou à l'aquarium ?

— D'accord. Très bonne idée. Et si je lui posais la question ? Je t'envoie un texto par la suite pour confirmer ?

— OK, super, génial.

Oh ! là, là… Elle devait lui paraître complètement à côté de ses pompes.

— OK, Joe. A plus, alors… Faut que je te laisse, maintenant. Encore désolée de t'avoir réveillé.

— Pas de souci. Ça m'a fait plaisir de t'entendre, déclara son beau-frère avant de raccrocher.

Elle appuya le téléphone contre son front et ferma les yeux. Elle avait l'impression d'être sur des montagnes russes, dans la montée. Elle redoutait le moment où son wagonnet parviendrait tout en haut des rails, et en même temps une partie d'elle-même, une infime partie d'elle-même, brûlait de savoir ce qui se passerait de l'autre côté, lorsqu'elle dévalerait la pente.

Ce matin-là, c'est animée d'une motivation inhabituelle que Lizzie descendit pour aller ouvrir la librairie. Comme si sa résolution d'accepter la demande de Bea la soulageait un peu de son fardeau. Bien sûr, la sortie avec Joe et Sam promettait de mettre ses nerfs à rude épreuve mais, d'une certaine manière, le seul fait d'avoir pris cette décision avait déjà un effet positif sur son état d'esprit.

Ses pensées furent interrompues par une sorte de remue-ménage, au fond du magasin. Il y eut un bruit de pattes dérapant sur le lino et la voix de Mme Nussbaum qui ordonnait : « Stop ! » à quelque chose ou à quelqu'un.

Lizzie se dirigea vers l'arrière-boutique et écarta le rideau : à cet instant, Mme Nussbaum fut projetée à l'intérieur du magasin par un chien à gueule carrée, visiblement excité.

— 'jour, Lizzie ! dit Mme Nussbaum en tâchant tant bien que mal de rester sur ses deux jambes. Je te présente notre tout nouvel employé, Bambi !

Le Bambi en question la salua d'un aboiement.

— Oh ! la vache !

Lizzie para toute attaque d'une main que le molosse se mit à flairer avec enthousiasme : cool, une nouvelle amie !

— Hum, il est très mignon, mais… un chien dans le magasin… vous êtes sûre ? Il risque de faire fuir les clients.

— *Ach*, mais non ! C'est un *süsse Maus*, vraiment !

(Mme Nussbaum grattouilla le sommet du crâne la bête.) Ma voisine part vivre en Australie pour se rapprocher de ses enfants. Je lui ai donc proposé qu'il vienne travailler pour nous. On pourra le promener à la pause-déjeuner et, le soir, il me tiendra compagnie. C'est un boxer, autrement dit un excellent chien de garde, mais je crois surtout qu'il fera fureur auprès des clients !

Sûrement, tant qu'il ne leur arrache pas un bout de viande au passage...

Bambi, visiblement pressé de prendre ses nouvelles responsabilités, tirait tellement sur sa laisse que Lizzie décida de soulager Mme Nussbaum en le menant dans le magasin. Une maman sur le point d'entrer dans la librairie avec sa poussette battit précipitamment en retraite à la vue de l'animal.

— Toutou ! s'écria l'enfant avant d'être entraîné au loin par sa mère.

Lizzie soupira et, d'un coup sec, tira Bambi en arrière.

— Allez, viens, toi... Je crois qu'il va falloir te trouver un endroit où tu ne risqueras pas de faire des bêtises.

Le chien émit un gémissement approbateur et se coucha dans un carton vide, à côté d'elle.

Mme Nussbaum réapparut quelques instants plus tard avec deux mugs de thé.

— On s'attaque aux mots croisés ?

Lizzie sourit et prit le mug que lui tendait sa patronne.

— Bonne idée. On peut faire ça le temps que je passe les commandes ; ensuite, j'irai à la banque.

Elle appréciait la routine établie avec Mme Nussbaum. C'était en partie pour ça qu'elle se sentait en sécurité à la librairie et n'avait jamais envisagé d'aller voir ailleurs. Elles travaillaient bien ensemble, mais discutaient rarement de la vie en dehors des petits événements du quotidien. Mme Nussbaum faisait parfois allusion à son Léonard, mais seulement en passant. La vieille dame souffrait sans doute autant de solitude qu'elle, et chacune trouvait du réconfort dans la présence de l'autre. Lizzie songeait sérieusement à lui parler de Bea ; en même temps, sa patronne risquait de trouver bizarre de ne pas avoir été mise au courant plus tôt... Non, mieux valait ne rien dire. Surtout, ne rien faire qui puisse enrayer son rassurant train-train à la librairie. Elle avait besoin d'un repère stable dans sa nouvelle vie sans Bea.

Au fil de la journée, Bambi prit ses marques avec brio. Il semblait faire d'instinct la différence entre ami et ennemi. Il escorta Lizzie à la banque tel un pro de la sécurité, aboyant lorsqu'un individu qui quêtait pour une association caritative tenta de les accoster dans la rue. De retour au magasin, il raccompagnait une maman à la porte quand sa toute petite fille fit tomber son lapin en peluche.

Lizzie lui retira le doudou de la gueule pour le rendre à la cliente :

— Vous devriez peut-être le laver, vous savez.

La femme, encore sous le coup de la surprise, s'épanouit aussitôt.

— Oh ! merci ! Le drame que ça aurait été si jamais on l'avait perdu ! C'est un gentil toutou, ça, gentil !

— Iiiii ! couina l'enfant, qui entreprit de tirer sur l'oreille du chien en signe de satisfaction.

Lizzie retint son souffle, mais Bambi se tourna

vers la fillette et poussa doucement du museau dans ses côtes. La petite se mit à glousser et attira à elle sa grosse tête osseuse de boxer.

— Ohhhh, mais tu es un amour de toutou, toi, hein ? continuait de babiller la dame en lui grattant le crâne. Je trouve ça formidable, que vous le preniez au magasin. Les enfants vont l'adorer.

A la fin de la journée, le chien était devenu la star du quartier. Lorsque Lizzie ferma la librairie, elle était soulagée :

— Félicitations, Bambi ! Tu as brillamment réussi ta période d'essai. Si tu veux, le job est à toi.

Le boxer jeta un aboiement affirmatif et la suivit au fond du local. Installée dans l'arrière-boutique, Mme Nussbaum faisait la caisse. Elle leva les yeux des piles de pièces et des liasses de billets.

— La journée a été bonne.

Lizzie tapota la tête de Bambi :

— C'est sûrement grâce à notre nouvel employé.

Un coup frappé à la porte fit faire volte-face au chien, qui se précipita pour accueillir ce client potentiel. Lizzie le suivit avant de marquer un temps de surprise. C'était Ben et Susie, du café d'à côté… Susie regardait par la vitrine avec envie, tandis que Ben, bras croisés derrière elle, affichait une expression renfrognée et impatiente. On aurait dit un duo comique. Arrivé le premier à la porte, Bambi se mit à aboyer comme pour les interpeller : « Qu'est-ce que vous voulez ? Ami ou ennemi ? » A la vue du chien, Ben troqua son masque de mécontentement contre un sourire, remarqua Lizzie, qui rouvrit le magasin et s'effaça pour laisser entrer ses voisins. Après les avoir reniflés sous toutes les coutures, Bambi les classa dans la catégorie « amis » et s'assit docilement aux pieds de Ben dans l'attente d'une séance de papouilles. Ce dernier s'agenouilla pour le caresser en lui parlant d'une voix basse et rassurante.

— Salut, Lizzie ! lança Susie. On s'est dit qu'il était grand temps de passer te voir au magasin, histoire de nous présenter dans les formes, pas vrai, Ben ?

Celui-ci ne prit même pas la peine de lever la tête ou d'ouvrir la bouche.

— Ben ! siffla Susie.

— Quoi ? répliqua-t-il en la gratifiant d'un regard d'ado irritable.

Susie leva les yeux au ciel.

— Je te fais toutes mes excuses pour lui, Lizzie. C'est un sauvage dans l'âme, du coup, c'est moi qui dois m'exprimer à sa place.

Lizzie sourit. La jeune femme était décidément très sympa. En tout cas, elle était nettement plus engageante que son acolyte. Les contraires s'attirent, c'est bien connu, mais ces deux-là semblaient si différents l'un de l'autre qu'on voyait mal ce qui pouvait les rapprocher.

— Bref, reprit Susie, on s'est dit aussi que s'il y avait moyen de joindre nos forces… Vu que le café et les bouquins, comme tu le sais, ça se marie plutôt bien… Pourquoi ne pas tenter le coup ?

Lizzie opina.

— C'est une excellente idée, mais tu ferais peut-être mieux d'en parler directement à Mme Nussbaum. Elle est là, à l'arrière.

Devant le regard vide de Susie, Lizzie saisit le quiproquo :

— Ah, tu croyais que c'était moi, la patronne ? Pas du tout, je suis juste une employée, ici.

Susie se mit à rire.

— Ah, d'accord ! Désolée. Ma visite se limitera à te faire un petit coucou, alors.

Elle baissa les yeux sur Ben, toujours en pleine communion avec son nouvel ami à quatre pattes, et secoua la tête, découragée :

— Ne te laisse surtout pas avoir par le charme envoûtant de mon frangin, hein ?

— Ah, mais... parce que vous êtes frère et sœur ! s'exclama Lizzie, vraiment surprise.

Susie prit une mine effarée.

— Quoi ! Tu n'as quand même pas cru qu'on était ensemble, si ? Berk, quelle horreur !

Elle se mit à rire.

— Décidément, j'ai l'impression qu'on s'est pas mal emmêlé les pinceaux, toutes les deux ! Attends, je reviens dans une seconde !

Et elle partit en direction de l'arrière-boutique.

Lizzie reporta son regard sur Ben. Elle se sentait gênée avec lui et surtout elle ne trouvait rien à lui dire. Comme il se relevait, elle fut impressionnée par sa taille. Un mètre quatre-vingt-trois, minimum, et la carrure d'un joueur de rugby. Il regarda autour de lui d'un air maussade. Caressa son menton mal rasé, visiblement tout sauf ravi d'avoir à se taper ce genre de corvée à la fin d'une longue journée de travail. De toute évidence, c'était sa sœur qui l'avait traîné ici et, au cas où ça n'aurait pas été clair pour tout le monde, ses soupirs et coups d'œil répétés à sa montre indiquaient ouvertement son intention de ne pas prendre racine. Lizzie commençait à se sentir mal à l'aise. Il faut dire que le silence devenait pesant... Pourquoi ce mec-là se montrait-il toujours aussi hostile envers elle ? C'était dans des moments comme ceux-là qu'elle se demandait ce qu'aurait fait Bea à sa place. « Ne laisse pas les gens te rabaisser, Lizzie Lou. Tu as tout autant qu'eux le droit d'être là », voilà ce qu'elle lui aurait dit. Sauf que ça ne marchait pas vraiment pour Lizzie. Elle n'avait pas la confiance en soi de sa sœur, qui, de son vivant, l'enveloppait comme une cape magique. Eh bien, justement : il était peut-être temps pour elle de découvrir sa Bea intérieure... Elle se racla la gorge. Le regard de Ben se posa sur elle : OK, il attendait qu'elle fasse la conversation.

— Désolée d'avoir pris Susie pour ta copine...

Ah, finement joué ! Bravo, Lizzie ! Commencer par des excuses : le truc infaillible pour se mettre quelqu'un dans la poche.

Ben se contenta de hausser les épaules. Elle déglutit. Ce mec avait-il un problème avec tout le monde ou avec elle en particulier ? Sa panique monta d'un cran et un torrent de paroles se mit à jaillir de sa bouche, indépendamment de sa volonté.

— Bien sûr, je ne veux pas dire par là qu'avoir Susie comme copine soit une mauvaise chose, non, évidemment ! Elle est très séduisante, très charmante, tout à fait charmante, même. Enfin, je ne la connais pas très bien, mais elle a l'air charmante. En tout cas, elle a été adorable avec moi et je suis persuadée qu'elle ferait une copine géniale pour n'importe qui, mais pas pour toi, c'est clair, puisque tu es son frère.

Ben la fixait et comment lui en vouloir ? Elle délirait

comme une folle en parlant sans logique apparente, rien que pour faire du bruit, meubler cet horrible silence.

— Désolée, répéta-t-elle.

Il eut un infime mouvement de tête, comme pour exprimer son incrédulité face au spécimen humain qui se tenait devant lui. Son regard tomba de nouveau sur Bambi, puis revint sur elle.

— Ces chiens ont besoin de beaucoup d'exercice, tu sais.

— Pardon ?

Et rebelote ! Encore des excuses.

— Les boxers, dit-il avec un agacement à peine dissimulé. Ils ont besoin de beaucoup d'exercice. Mes parents en avaient un couple quand on était petits.

— Ah, d'accord...

Elle lui sourit comme s'ils avaient une discussion passionnante sur les mœurs canines.

— Tu ne dois pas le garder enfermé toute la journée dans une librairie. Il va devenir dingue.

Lizzie s'efforça d'ignorer la critique implicite.

— Eh bien, mais... on le promène, tu sais.

— Combien de fois par jour ?

Elle n'aimait pas cette façon qu'il avait de l'interroger. Ça la mettait mal à l'aise. Elle jeta un coup d'œil en direction de l'arrière-boutique, mais Susie semblait en pleine discussion avec Mme Nussbaum.

— Euh... une fois.

Ben afficha une expression quasi triomphante.

— Un boxer a besoin qu'on le sorte deux fois par jour, minimum !

— Ah, très bien...

En réalité, elle n'envisageait pas une seconde de se plier à une telle contrainte…

— Je suis sérieux. Ce sont des chiens bourrés d'énergie. Les sortir moins de deux fois par jour, c'est de la cruauté pure et simple.

Il croisa les bras et la dévisagea comme s'il la mettait au défi de le faire. Se sentant forcée par son regard, Lizzie marmonna :

— Bon, je ferai de mon mieux…

Ben secoua la tête, exaspéré.

— Ça me tue, de voir les gens prendre un chien sans penser une seule seconde à ses besoins ! Mais c'est bien des humains, ça, ils ne s'intéressent qu'à eux ! Tous des flemmes et des égoïstes !

— Ecoute, je regrette que tu aies une si piètre opinion du genre humain, mais pour ton info sache que Bambi est parfaitement choyé et heureux comme il est, dit-elle d'une toute petite voix.

Non, mais quel abruti, ce mec ! Qu'il s'en aille, avec ses jugements ! Et qu'elle puisse rentrer chez elle, relire la lettre de Bea et se taper une bonne crise de larmes ! Pourquoi était-il aussi désagréable avec elle ? Elle le connaissait à peine !

Ben se remit à flatter Bambi et son visage s'adoucit. A contrecœur, il reporta son attention sur Lizzie et allait dire quelque chose quand Susie émergea du fond du magasin, tout feu tout flamme.

— Quelle petite dame adorable !

Un coup d'œil à Lizzie et à Ben lui suffit pour prendre la température.

— Qu'est-ce qu'il t'a raconté, encore ?

Ben leva les yeux au ciel d'un air excédé. Lizzie décida d'opter pour un mensonge diplomatique :

— Rien. Tout va très bien. Maintenant, si vous voulez bien m'excuser, il faut que je file.

Susie fusilla son frère du regard et, se tournant vers Lizzie, lui toucha le bras en signe de solidarité.

— Ne fais pas attention à lui. Il n'a toujours pas digéré son divorce plutôt… sportif. Ça le rend un peu sociopathe sur les bords.

— Mais vas-y ! Mets un encart dans les journaux, tant que tu y es, comme ça, tout le monde sera au courant ! s'exclama Ben, outré.

— Bonne idée ! riposta Susie en décochant un clin d'œil à Lizzie.

— Oh ! et puis j'en ai ma claque ! Salut ! lança Ben en prenant la porte.

Susie fit la grimace.

— Désolée… Je n'ai pas su tenir ma langue, c'est un de mes nombreux défauts. En fait, mon frère est un mec très bien. C'est juste qu'il en a bavé, ces derniers temps. Et de mon côté je m'efforce de veiller sur lui, tu vois ce que je veux dire ?

— Très bien, oui, répondit Lizzie. (Question « sœurs qui veillent sur leur cadet », elle en connaissait un rayon.) Et ne t'en fais pas. Tout ça, ce ne sont pas mes affaires. *Et ça ne risque pas de le devenir un jour*, ajouta-t-elle en son for intérieur.

— Bon, de toute façon, on se reverra dans le quartier. Passe au café quand tu veux, en tout cas. Ça me fera une bouffée d'oxygène entre deux pétages de plomb de mon frangin. Et en ce moment, crois-moi, c'est pas du luxe ! conclut Susie, hilare.

— D'accord. A un de ces quatre, alors.

Une fois seule, Lizzie ferma la porte à clé et poussa un soupir de soulagement. Susie était une fille adorable, mais mieux valait rester à l'écart de son crétin de frère. Peut-être éviterait-elle leur café pendant quelque temps.

De retour à son appartement, elle sourit en voyant les lettres de Bea à l'endroit où elle les avait laissées ce matin. Comment sa sœur aurait-elle réagi face à Ben ? Elle lui aurait sûrement dit sa façon de penser ! En tout cas, jamais elle n'aurait toléré qu'il lui parle sur ce ton... Son portable se mit à vibrer : elle avait reçu un texto. C'était Joe.

Dimanche, 11 heures, au zoo de Londres, ça te va ? J'ai hâte de te revoir.

Après sa passe d'armes avec Ben, le message de son beau-frère lui fit chaud au cœur. Il y avait donc sur cette terre des personnes qui avaient envie de la voir, qui avaient même *hâte* de la voir ! Et en plus c'étaient des personnes qui avaient sans doute aimé Bea autant qu'elle. Elle répondit sur-le-champ, parcourue d'un petit frisson de plaisir anticipé.

Génial. Moi aussi, j'ai hâte.

Elle s'aperçut que son impatience était réelle, sensation à la fois étrange et inédite. C'était comme s'il y avait désormais deux Lizzie en elle : la solitaire, bien à l'abri dans sa bulle avec ses livres et ses clients excentriques, et puis l'autre, celle sur le point de s'embarquer pour un voyage dans l'inconnu.

Laquelle des deux avait-elle envie d'être ? Ça n'était pas encore bien clair dans son esprit. Néanmoins, une chose était sûre : il lui faudrait le découvrir par elle-même.

Chapitre 4

Le dimanche suivant

Il y avait une sacrée trotte de Camden Town au zoo ! Pour l'avoir oublié, Lizzie arriva hors d'haleine, en retard et avec une ampoule au talon. Elle était partie de chez elle sous un ciel couvert et une pluie fine, mais les nuages étaient en train de se dissiper et un soleil de début d'automne réchauffait la journée. Sam et Joe l'attendaient à l'entrée, équipés de K-way et de sacs à dos. Elle leur fit signe, se hâta de traverser la rue et les salua d'un : « Désolée ! Ça fait longtemps que vous m'attendez ? » à bout de souffle. Joe, tout sourire, balaya son inquiétude d'un geste ; Sam, lui, fit preuve de moins d'indulgence.

— Plus d'une demi-heure, râla-t-il, maussade.

Joe fronça un sourcil grondeur.

— Tout va bien, Lizzie, ne t'en fais pas pour ça, dit-il en rappelant son fils à l'ordre d'un petit coup de coude.

— Ah…, fit Lizzie. Pardon pour mon retard, en tout cas. Bon, on entre ?

Elle se sentait tenue d'accélérer le rythme pour leur

faire oublier qu'elle venait de chuter sur le premier obstacle. Au guichet, la file d'attente était longue et avançait à la vitesse d'un escargot. Sam se mit à bouger d'un pied sur l'autre avec impatience :

— Ça va durer combien de temps ?

Joe sourit d'un air complice en direction de Lizzie.

— Le temps qu'il faudra, Sammy…

— Faut que j'aille aux toilettes.

Joe leva les yeux au ciel.

— C'est vrai ? Là, tout de suite ?

Sam haussa les épaules.

Lizzie intervint :

— Vous n'avez qu'à y aller tous les deux pendant que je continue à faire la queue.

De toute façon, elle se sentait déjà complètement dépassée.

Joe lui sourit avec gratitude et s'éloigna avec Sam. Lizzie dut encore poireauter vingt minutes avant de pouvoir acheter les billets. Lorsqu'elle les rejoignit, juste au delà des grilles d'entrée, le soleil tapait fort. Elle avait chaud et se sentait toute collante de transpiration.

— Ouf ! Je mangerais bien une glace, pas vous ? C'est moi qui offre ! lança-t-elle pour dissiper la gêne ambiante.

— Mais on n'a encore rien vu, dit Sam.

— Ah. Oui, c'est vrai… On pourrait peut-être attendre un peu, alors.

Depuis le début, le gamin ne s'adressait qu'à son père, avait-elle remarqué. Ça n'allait pas être facile…

— Eh bien, moi, je mangerais volontiers une glace !

dit Joe. Merci, Lizzie, ajouta-t-il avec un regard appuyé en direction de son fils.

— Oh ! c'est comme vous voulez..., soupira Sam en levant les yeux au ciel.

Et, devant la mimique menaçante de son père, il ajouta :

— Merci, Lizzie.

Lorsqu'elle revint avec leurs trois glaces, Joe déplia le plan du zoo :

— Alors, qu'est-ce que vous avez envie de voir en premier ?

Sam haussa les épaules.

— M'est égal.

— Eh bien, moi, je vote pour les pingouins ! C'est parti, suivez-moi !

Et, s'engageant dans une allée, Joe les fit passer devant les oiseaux de proie et autres vautours à l'aspect inquiétant.

— Brrr... Ceux-là, leur tête ne me revient pas ! s'exclama-t-il d'un ton enjoué.

Sam avançait en silence, absorbé par la dégustation de sa glace. Ils arrivèrent devant les pingouins juste au moment où un soigneur s'apprêtait à les nourrir, au grand enthousiasme de Joe :

— Ah, génial ! On tombe à pic. Regarde, Sam !

Avec un empressement comique, les pingouins se mirent tous en rang. Ils se dandinaient de manière à être le mieux placés pour attraper au vol leur friandise au poisson. Lizzie, elle, regardait Sam. Emerveillé, il écoutait le soigneur réciter son petit discours. Un premier poisson fut lancé aux pingouins, qui se ruèrent dessus, et l'ombre d'un sourire apparut sur le visage de son neveu.

Joe vint se poster à côté d'elle.

— C'est un brave gosse, tu sais.

— Je n'en doute pas.

— Ç'a été très dur pour lui.

— Evidemment…

— C'est dur pour nous tous, mais Sam est encore un enfant. Il a le langage d'un ado, le comportement d'un ado, mais c'est encore un petit garçon qui a perdu sa mère.

Lizzie hocha la tête. Elle ne s'attendait pas à ce que Joe se confie à elle avec une telle spontanéité. Car en réalité elle le connaissait à peine. Elle ne l'avait vu qu'une poignée de fois et, à vrai dire, l'avait toujours jugé indigne de sa grande sœur sans défauts.

— Je suis content que tu m'aies appelé, Lizzie. Ça ne peut que nous aider. Et puis ne t'en fais pas, les bouderies de Sam ne durent jamais très longtemps. Mais j'ai été surpris d'avoir de tes nouvelles.

Lizzie s'était préparée à cette remarque :

— Oui… j'ai décidé qu'il était temps qu'on fasse vraiment connaissance.

Elle ne voulait pas lui parler des lettres. Elle en était encore à cerner leur enjeu réel.

— Eh bien, ça me fait très plaisir, Lizzie. Bea doit te manquer terriblement…

Lizzie le dévisagea. Il ressemblait à une pâle version du Joe dont elle avait gardé le souvenir. D'accord, il avait toujours été grand et mince, mais là on aurait dit qu'il avait fondu. Il semblait aussi s'être voûté, comme si le poids du chagrin le courbait vers le sol, et son visage était hérissé de poils oubliés çà et là par le rasoir. Le genre de détails caractéristiques d'un homme qui se néglige.

Elle éprouva une bouffée de tendresse inattendue pour son beau-frère.

— Bea me manque, oui. Sans doute autant qu'à toi.

Joe acquiesça en silence. Il luttait pour ne pas s'effondrer, c'était évident. Elle se surprit à lui toucher le bras.

— Ne t'inquiète pas, va… Je comprends.

Il lui adressa un sourire reconnaissant et ce fut comme si ces deux mots lui avaient donné l'autorisation d'ouvrir les vannes.

— Je continue à lui souhaiter bonne nuit, tu sais, lui confia-t-il à voix basse. J'ai sa photo sur ma table de chevet et, tous les matins, je lui dis : « Bonjour, toi ! Alors : toujours pas là, hein ? »

Il eut un petit rire gêné.

— Je ne l'ai jamais dit à personne…

D'un sourire, Lizzie l'encouragea à poursuivre.

— Tu te souviens, cette façon qu'elle avait de regarder les gens avec ses yeux de chat ?

Lizzie fit oui de la tête.

— On avait l'impression d'être la seule personne dans la pièce. Elle avait une telle présence, pas vrai ? Et une telle énergie… Un tel enthousiasme pour la vie, en fait. Parfois, quand je nous vois, Sam et moi, perdus dans cette grande baraque, je me dis qu'on est comme les deux dernières boules sur une table de billard et qu'il manque la troisième. C'était Bea qui nous donnait l'impulsion, tu vois ce que je veux dire ?

Lizzie opina. Elle ne le voyait que trop bien. Joe reprit :

— C'est vrai… Depuis le début, je me suis occupé de Sam, j'ai joué les pères au foyer et tout… mais le soir Bea rentrait à la maison. Et je continue à attendre son retour. Le matin, par exemple, quand je me réveille, j'oublie qu'elle n'est plus là. Je crois que je vais entendre siffler l'eau de la douche comme les jours où elle travaillait. Je l'imagine rentrant en trombe dans la chambre, courant à droite à gauche, se préparant pour partir au bureau… La plupart du temps, Sam se glissait dans le lit avec moi et il se nichait à la place de sa mère. Souvent, Bea lui courait après, les doigts en position pour une séance de chatouilles, et elle grognait : « Qui s'est couché dans mon lit ? »

A ce souvenir, le visage de Joe s'illumina. Il avait un air égaré, comme s'il avait oublié l'endroit où ils étaient. Lizzie le vit se mordre la lèvre pour essayer de contenir son émotion.

— Non, mais écoute-moi radoter… Pardonne-moi, Lizzie. Mais ça me console de pouvoir évoquer son souvenir avec quelqu'un qui la connaissait.

— Ne t'en veux pas pour ça, Joe. Ça fait du bien, d'avoir quelqu'un à qui parler.

A la seconde où les mots sortaient de sa bouche, Lizzie prit conscience de la vérité qui se cachait derrière. Bea avait été son unique confidente. Elle seule la comprenait vraiment, et pourtant voilà que son mari, que Lizzie connaissait à peine, lui ouvrait son cœur comme s'ils étaient amis de longue date. Elle admirait la capacité de Joe à lui révéler certains détails intimes de son chagrin et n'avait aucun mal à se mettre à sa place puisqu'elle ressentait la même chose. De son côté, elle ne s'imaginait pas forcément lui rendre la pareille ; mais Joe avait raison sur ce point : c'était réconfortant de pouvoir parler de Bea. Elle lui adressa un sourire complice.

Sam surgit entre eux, le visage rayonnant. Il était aux anges.

— Tu les as vus, papa ? Ils étaient trop mignons, on aurait dit des petits bonshommes trop marrants ! C'est des manchots de Humboldt et ils peuvent nager jusqu'à 30 km/h !

Joe se tourna vers Lizzie, radieux, et enlaça son fils par le cou.

— Oui, je les ai vus, Sammy. Ils sont très drôles !

— Allez, venez ! On va voir les singes !

L'heure du déjeuner arriva. Lizzie se sentait toujours partagée : cette journée en compagnie de Joe et de Sam, était-ce vraiment une bonne idée ? Avec Joe, les choses s'étaient passées plus facilement que prévu. Finalement, elle le trouvait encore plus sympathique que ce qu'elle avait imaginé. Sam, en revanche, était un peu plus coriace. Jusqu'à ce jour, elle n'avait eu que peu de contacts avec les enfants, que, dans sa grande naïveté, elle voyait comme de petits êtres francs, aux besoins simples. Erreur sur toute la ligne. En même temps, elle ne s'attendait pas non plus à ce que Sam lui tombe dans les bras en s'écriant : « Je t'aime, tatie Lizzie ! » Et pour cause. Elle n'avait joué aucun véritable rôle dans la vie de son neveu, pour qui elle restait une relative étrangère. Alors pourquoi se montrerait-il impressionné ou amical ? Simplement parce qu'elle était la sœur de sa mère ? Pourtant, il lui semblait bien avoir vu une sorte d'étincelle dans les yeux du petit, lors de leur conversation, le jour des obsèques. Encore fallait-il la rallumer... A un moment, par exemple, Joe avait proposé qu'elle et Sam posent pour une photo, dans la serre aux papillons, mais l'enfant avait secoué la tête avec colère et s'était éloigné. Joe avait alors coulé vers elle un regard désolé et elle avait préféré minimiser l'incident d'un geste désinvolte. Cela dit, elle prenait un réel plaisir à observer Joe et Sam. Ils avaient une relation simple et directe, chose qu'elle-même n'avait pas connue dans son enfance. De nos jours, les parents semblaient tisser une relation quasi amicale avec leurs enfants, alors que dans son souvenir la communication avec ses propres parents avait toujours été contrainte, mal équilibrée, comme un tableau accroché de travers. Comme s'ils ne s'étaient jamais compris.

Ils déjeunèrent au café-restaurant du zoo. Joe balaya les protestations de Lizzie en insistant pour payer l'addition. Sam opta pour une pizza, elle, pour un sandwich et un café. Joe leur avait demandé de chercher une place pendant qu'il allait passer la commande. Voyant Sam un peu perdu après le départ de son père, elle se dirigea d'un pas décidé vers une table qui venait de se libérer, près de la devanture. Elle la débarrassa des cartons vides et des cannettes de boissons qui traînaient, tandis que Sam se laissait tomber lourdement sur une chaise, les yeux rivés à la vitre, en direction des pélicans et des flamants roses. Lorsqu'elle prit place à ses côtés, il ne lui adressa ni une parole ni un regard. Mal à l'aise, elle se retourna vers le comptoir où Joe faisait la queue, espérant le voir revenir, mais celui-ci se contenta de lui faire un signe de la main, tout au bout d'une très longue file de personnes. OK, il allait falloir s'armer de patience… Elle se creusa les méninges à la recherche d'un sujet de conversation inoffensif, mais à ce petit jeu le gamin fut le plus rapide.

— Tu es venue me voir quand j'étais petit ?

Question parfaitement justifiée, admit Lizzie en son for intérieur.

— Une fois.

— Quand ? Je m'en souviens pas.

— En fait, c'est ta mère qui t'avait amené chez moi pour que je puisse faire ta connaissance. Tu étais encore tout bébé.

Sam hocha la tête.

— Pourquoi qu'une seule fois ?

Lizzie se mordit la lèvre.

— Hum, c'est un peu compliqué…

— Ça, c'est ce que les gens disent quand ils veulent pas dire la vérité.

— Ah oui ?

Décidément, la franchise de ce gosse l'amusait.

— Ouais.

— Et tu n'as jamais envisagé le fait que les gens puissent ne pas dire la vérité dans le but de se protéger ?

Sa réflexion la surprit elle-même, mais il y avait quelque chose chez son neveu qui l'autorisait à parler sans détour.

Il médita sa réponse.

— C'est ce que tu fais, toi ?

Elle regarda sa petite bouille sérieuse. On aurait

dit une version de Bea en petit garçon ; elle dut se détourner vers la vitre, le temps de se ressaisir.

— Oui, je crois.

— C'est pour ça que tu viens jamais voir Granny et que t'as pas revu Grandpa avant qu'il meure ?

Lizzie hésita. Avec ce gosse, impossible de s'en tirer par une pirouette…

— En partie, oui, mais aussi parce que j'étais en colère. Tu comprends ?

— Pas trop.

Ce fut avec soulagement qu'elle vit Joe revenir avec leurs commandes.

— Et voilà ! Désolé, Sammy, mais il n'y avait pas de pizza sans olives. Tu n'auras qu'à nous les refiler, à tatie Lizzie et à moi, dit-il, souriant.

Sam et Lizzie commencèrent à manger en silence. De temps en temps, Joe faisait quelques remarques, sans doute pour mettre de l'ambiance et les empêcher de ruminer les récents événements. L'exercice devait être épuisant pour lui. Après le déjeuner, Sam voulut aller à la boutique de souvenirs. Joe et Lizzie restèrent en arrière, tandis que le petit garçon parcourait les rayons.

— Il t'a fait le coup de l'interrogatoire en règle pendant que je faisais la queue ? s'enquit Joe.

Elle acquiesça d'un hochement de tête.

— On peut dire ça comme ça, oui. Il voulait savoir pourquoi on ne s'était pas fréquentés plus tôt.

Joe fit la grimace.

— Désolé, Lizzie.

Elle haussa les épaules, philosophe.

— Pas grave. C'est inévitable, je pense.

— Oui… Il a pas mal de questions qui le travaillent et puis, ces derniers temps, il en veut beaucoup à Bea…

Le petit garçon réapparut, l'air conquérant, avec dans ses bras un gorille presque aussi grand que lui. Lizzie ne put retenir une exclamation étouffée. Sam était le portrait craché de Bea avant sa maladie : débordant de joie et d'énergie.

— Je peux l'avoir, papa ? Allez… Steuplé, steuplé…

Joe fit un signe de dénégation.

— Franchement, Sammy, tu ne crois pas que tu as déjà suffisamment de peluches comme ça ?

Lizzie intervint :

— Et moi, je peux te l'offrir, Sam ?

Elle profita de l'hésitation de Joe pour insister :

— Ça me ferait très plaisir.

— Bon, dans ce cas… Sam, qu'est-ce qu'on dit ?

Le petit se tourna vers Lizzie :

— T'es pas obligée de m'acheter un truc pour te la jouer cool avec moi.

— Sam !

— Laisse, Joe, c'est bon…

Lizzie se rapprocha de son neveu.

— Je sais qu'on se fréquente depuis pas longtemps, toi et moi, et que j'ai loupé une grande partie de ton enfance. Je le regrette. Durant cette période, il m'est arrivé tout un tas de choses, des choses qui n'ont rien à voir avec toi. Un jour, tu comprendras peut-être ce qui s'est passé, mais pour l'instant j'aimerais vraiment apprendre à mieux te connaître. Pour tout te dire, ta maman me manque terriblement et je sais qu'elle te manque, à toi aussi.

Comme c'était facile de l'avouer à ce petit garçon ! Il

lui faisait presque le même effet que Bea. Encouragée par un sourire de Joe, elle poursuivit :

— Je pense qu'on pourrait être copains, tous les deux, à condition que chacun y mette du sien. Et, si j'ai envie de t'offrir quelque chose maintenant, ce n'est pas pour acheter ton amitié, mais simplement parce que ça me fait plaisir de te faire un cadeau. C'est peut-être aussi une manière de te demander pardon de ne pas avoir été là avant. Si tu veux, tu n'as qu'à appeler ton gorille Lizzie et lui coller ton poing dans la figure quand tu es en colère contre moi. Ça pourrait le faire, tu crois ?

Sam esquissa un sourire. Il marqua un temps de réflexion, puis finit par lui tendre la peluche.

— OK. Merci.

Elle scella leur accord d'un mouvement de tête.

Une fois dehors, tous trois se mirent à marcher côte à côte dans un silence complice. Au bout de quelques mètres, Joe s'exclama :

— Ah, zut ! J'ai oublié mon blouson au café.

— C'est bon, dit Lizzie, tu n'as qu'à y retourner. Moi, je continue la visite avec Sam. Tu es d'accord, Sam ?

Le gamin haussa les épaules et brandit la peluche en souriant de toutes ses dents.

— Pas de souci. On n'a qu'à emmener Lizzie voir ses copains gorilles !

Lizzie se mit à rire. Sam avait le même sens de l'humour que Bea : effronté et taquin.

— Oh ! toi ! Tu vas me le payer !

Et elle s'élança vers lui.

Sam pouffa et, d'une pirouette, esquiva adroitement son attaque en filant vers l'enclos des gorilles.

— Je vous rejoins là-bas, leur cria Joe.

Lizzie lui fit signe de partir tranquille et se lança à la poursuite de Sam. Mais le petit était agile pour ses dix ans et il se fondit rapidement dans la foule. L'affolement la gagna : elle l'avait perdu de vue ! Le zoo grouillait d'animation et elle dut se frayer un chemin pas à pas parmi les groupes de visiteurs, se répandant en excuses au passage, imaginant la réaction de Bea si celle-ci avait pu la voir. « Une journée, c'est tout ce que je te demandais et, toi, tu te débrouilles pour paumer mon petit garçon ! » Par chance, la foule se dispersa et Lizzie aperçut son neveu en atteignant l'enclos des primates. Elle était essoufflée à cause de la chaleur et de la course. Sam, parfaitement immobile devant la paroi vitrée, tenait sa peluche à bout de bras comme pour la montrer à l'animal qui lui faisait face, de l'autre côté de la séparation. En se rapprochant, Lizzie aperçut le gorille et en eut le souffle coupé. On aurait dit que Sam et lui se reflétaient l'un l'autre. Le géant majestueux le contemplait avec une tendresse teintée de mélancolie et Sam lui rendait son regard avec la même tristesse et la même envie frustrée de communiquer. Il plaqua sa main sur la paroi vitrée ; le gorille la considéra une seconde, avant de se détourner. Sam, lui, restait figé sur place. Parvenue à sa hauteur, Lizzie s'aperçut qu'il pleurait : de grosses larmes silencieuses roulaient sur ses joues. Spontanément, elle le serra tout contre elle, goûtant le réconfort de son petit corps tout chaud.

— Je la déteste, murmura-t-il.

Lizzie ne répondit pas, mais l'étreignit de plus belle, refoulant ses propres pleurs.

Lorsque Joe les rejoignit enfin, ils s'étaient tous les deux calmés et, assis sur un banc, admiraient les gorilles.

— Ils sont magnifiques, non ? dit Joe.

— Papa, on peut rentrer à la maison ?

Joe les considéra, la mine pensive.

— Oui, ça vaut mieux, je crois. La journée a été riche en événements, mais épuisante.

Ils orientèrent leurs pas vers la sortie. A un moment, Lizzie sentit qu'on lui tapait gentiment sur l'épaule. Elle se retourna. Une femme d'à peu près son âge, l'air aimable, lui tendait le gorille en peluche.

— Excusez-moi, mais votre fils a oublié ça.

— Oh ! ce n'est pas mon…

Mais, avant que Lizzie ait eu le temps de la corriger, la femme était déjà repartie. Elle rattrapa Joe et Sam à la sortie du zoo et agita gaiement le gorille à bout de bras :

— Tu avais laissé tomber Lizzie !

Son neveu eut un sourire timide :

— Je préférerais qu'on l'appelle Bonhomme, maintenant…

Lizzie en eut un coup au cœur. C'était comme une porte qui s'ouvrait. Elle lui tendit la peluche.

— Va pour Bonhomme, alors !

— Tu viens, papa ? fit Sam en tirant son père par la manche.

Joe capitula en riant :

— Bon, je crois que je vais y aller, Lizzie.

Il lui fit la bise.

— En tout cas, merci pour cette sortie. Ça m'a fait du bien, de te voir. Ça nous a fait beaucoup de bien à tous, même, corrigea-t-il en regardant Sam. On pourra peut-être recommencer un de ces jours ?

Lizzie opina et leur fit au revoir de la main avant de repartir vers le métro. Une fois à l'intérieur de la rame, elle s'écroula sur un siège, exténuée. La question de Joe résonnait encore à ses oreilles. Dans sa lettre, Bea ne lui demandait de passer qu'une seule journée avec Sam et Joe : contrat rempli. Sauf que, bien sûr, sa sœur la connaissait mieux qu'elle-même. Ça n'avait pas été de tout repos avec Sam, mais le sérieux du gamin dans ses questions et son acharnement à découvrir la vérité lui inspiraient une réelle affection. Elle retrouvait tellement de Bea en lui qu'elle avait presque envie de le fréquenter davantage. Et puis elle aimait bien son beau-frère et elle prenait plaisir à lui parler de Bea. Au fond, Joe et Sam étaient l'unique lien qui la rattachait encore à sa sœur… A partir de là, elle ne pouvait plus refermer cette porte comme si de rien n'était.

Chapitre 5

Septembre

Les mains refermées sur son mug de thé, Lizzie regardait par la fenêtre, plissant les yeux, un peu aveuglée par la chaude lumière du soleil. Les feuilles commençaient à changer de couleur : le rouge et l'orangé se mêlaient au vert pâlissant. Dans le ciel, le vent chassait des lambeaux de nuages, malmenait les arbres du cimetière de l'église, face à la librairie. Quelques marrons tombèrent au sol, comme de minuscules bombes hérissées de piquants. Cette scène lui rappela son enfance, quand avec Bea elles couraient d'arbre en arbre, ramassant autant de marrons qu'elles pouvaient en porter, bourrant leurs poches jusqu'à ne plus pouvoir mettre un pied devant l'autre. Certaines personnes détestent l'automne à cause des paysages qui se dénudent et de la lente et inexorable arrivée de l'hiver mais, petite, Lizzie avait adoré cette période. A la campagne, on vit davantage au rythme des saisons. Elle gardait le souvenir de journées passées dehors à chaparder les toutes dernières pommes encore sur les branches, à regarder les citrouilles de son père serpenter dans le jardin comme dans un décor de Cendrillon, et puis surtout elle était avec sa sœur. A l'époque, elle n'en avait que pour Bea : elle jouait avec elle, courait après elle dans les tas de feuilles mortes, suivait ses ordres à la lettre lorsqu'elles construisaient des cabanes ou des cachettes secrètes. C'était le bonheur.

Ses pensées s'orientèrent vers Sam, comme souvent maintenant quand elle songeait à Bea. Elle lui avait téléphoné après leur sortie au zoo et elle s'était également entretenue avec Joe. A son intonation, elle avait bien senti que ce dernier était content d'avoir de ses nouvelles, mais ils n'avaient pas parlé de se revoir. A vrai dire, une fois de retour dans la relative sécurité de la librairie, Lizzie s'était accordé le temps de souffler. Elle souhaitait rester en contact avec Sam et Joe, mais se faire de nouveau cuisiner par son neveu, c'était une autre histoire. Les questions du petit remuaient trop de choses qu'elle préférait garder enfouies. Malgré tout, on ne pouvait pas ignorer éternellement le passé, elle commençait à en prendre conscience. Il allait lui falloir affronter certaines vérités. Et Bea avait veillé à ce qu'elle ne puisse y couper.

La deuxième lettre était posée sur le comptoir de la cuisine, tel un défi à relever. Difficile de croire qu'un mois s'était déjà écoulé depuis qu'elle avait lu la première.

Elle s'avança et s'empara de l'enveloppe avec un frisson d'excitation. Les ultimes mots de sa sœur lui étaient plus que précieux, c'étaient des morceaux de choix à savourer, même si leur contenu la rendait nerveuse. Avant tout, quelle heure était-il ? Oui, elle avait encore le temps avant de descendre à la librairie. Elle porta l'enveloppe à ses narines et la huma. Le papier était imprégné du parfum de Bea ; c'était léger, mais bien présent. Un sourire aux lèvres, elle glissa un doigt sous le rabat et déplia la lettre.

Chère Lizzie,

Si tu lis ces lignes, c'est que tu as passé une journée avec Sam et Joe et je t'en remercie. Que tu aies noué un lien avec eux, ça compte énormément pour moi. Tu ne connaissais pas très bien Joe ; maintenant, tu as pu te faire ton opinion sur lui : c'est un homme bien. Quant à Sam, j'imagine qu'il a dû te bombarder de questions. J'espère qu'il ne t'a pas donné trop de fil à retordre et que tu as su deviner l'adorable petit garçon qui se cache derrière tout ça. Je regrette simplement de ne pas avoir pu assister à la scène. Tu vas peut-être pousser un ouf de soulagement en apprenant que mon prochain souhait ne concerne pas la famille. Il te concerne, toi et toi seule, Lizzie jolie.

Tu te souviens de l'importance qu'avaient tes amies pour toi quand tu étais ado ? Moi, oui. Vous étiez toujours fourrées chez Fernando à vous enfiler des milk-shakes et des cheesecakes pour faire comme les jeunes Américaines. Je me rappelle la première fois qu'on a vu « Grease » ensemble. J'observais ton visage pendant que tu absorbais le film dans ses moindres détails, savourant chaque seconde. La semaine d'après, tes amies et toi, vous aviez décidé d'imiter les Pink Ladies ; tu m'avais dit vouloir être comme Rizzo parce que c'était la plus cool de la bande. Vous formiez un petit groupe très soudé, même si, dans le genre « t'es pas cap », vous poussiez parfois le bouchon un peu loin. (Aller dire à la bonne femme dans le bus que son bébé ressemblait à un singe ne restera sans doute pas comme ton initiative la plus brillante : j'ai bien cru que maman ne te laisserait plus jamais sortir de la maison après ce coup-là !) Tout ça pour dire qu'à cette époque tu étais coquine mais pas méchante, et puis, reconnais-le, c'était le bon temps.

Tu as dû tomber de haut après ta dispute avec maman et Alex. Les mères de tes copines avaient interdit à leurs filles de rester en contact avec toi et je sais que tu en as été blessée, sans parler de ce qui s'est passé ensuite. Après ça, tu as eu du mal à refaire confiance à quelqu'un, en dehors de moi.

Et voilà où je veux en venir, mon adorable petite sœur. Il est temps, je crois, que tu te fasses une nouvelle amie. Bon, d'accord, personne ne pourra jamais me remplacer, je suis bien trop géniale pour ça. Mais sérieusement, Lizzie Lou, tu as besoin de trouver quelqu'un à qui parler, quelqu'un d'étranger à la famille et qui ne sache rien de nous, de préférence.

Voilà donc mon prochain souhait. Fais-toi une nouvelle amie, Lizzie. Trouve-toi quelqu'un qui sera gentil avec toi, et à qui tu pourras accorder ta confiance et raconter tout ce que tu as sur le cœur. Ça te fera du bien, je t'assure.

Je t'aime,

Bisous,

Bea.

Lizzie sourit et reposa la lettre sur le comptoir, lissant le papier de la main comme si en caressant l'écriture de sa sœur elle pouvait retrouver l'essence de son être. Ce deuxième souhait lui allait droit au cœur. Elle le ressentait de façon très personnelle, comme si, en lui demandant de l'accomplir, Bea continuait à veiller sur elle. Sans compter que c'était vrai : elle avait vécu trop longtemps sans véritable amie, à l'exception de sa sœur. C'était un choix délibéré de sa part : une manière de s'épargner ce qu'elle considérait comme une inévitable désillusion. Si vous gardiez vos distances, les gens ne pouvaient pas vous causer de mauvaise surprise, et donc vous ne risquiez pas d'en souffrir. Cet arrangement lui convenait très bien puisqu'elle avait Bea. A présent, bien entendu, sa stratégie n'était plus valable.

L'idée de se faire une nouvelle amie, d'avoir quelqu'un à qui parler, la stimulait tout en l'effrayant. Et si ça se passait mal ? Et si la personne en question la décevait ou la repoussait ? Bea n'était plus là pour l'aider à se remettre d'un échec, et alors que deviendrait-elle ?

Néanmoins, elle voyait bien l'intérêt d'avoir quelqu'un à qui parler, quelqu'un à qui confier ses pensées et ses sentiments. Pour autant, était-elle prête à tout partager ? Il y avait dans son passé certains événements qu'elle préférait laisser dormir. Mais sa conversation avec Joe lui avait fait beaucoup de bien, et puis peut-être était-il temps qu'elle apprenne à se confier, même si ça se limitait à évoquer Bea. Echanger des anecdotes sur sa sœur lui procurait un certain réconfort, mais aussi de la joie. L'heure était peut-être venue de s'accorder ce plaisir.

C'est le cœur battant qu'elle descendit l'escalier pour aller ouvrir le magasin ; quant à la petite boule d'excitation au creux de son estomac, elle la connaissait bien. Elle éprouvait aussi une joyeuse impatience car, plus que tout, ce deuxième souhait lui semblait avoir du sens. Oui, il lui paraissait justifié, même s'il lui flanquait une trouille bleue.

Bien entendu, la question était : sur qui porter son choix ? Soudain, la porte de l'arrière-boutique s'ouvrit et un bruit précipité de pattes signala l'arrivée de sa patronne et de Bambi. Mme Nussbaum… Finalement, la vieille dame était pour elle ce qui se rapprochait le plus d'une amie. En même temps, elles n'avaient jamais échangé de véritables confidences. C'était surtout un problème de génération. Mme Nussbaum appartenait à une époque où l'on ne déballait pas volontiers ses sentiments. Par exemple : son défunt mari lui manquait, c'était clair, mais elle n'en parlait jamais, en tout cas pas, vraiment. Leur quotidien à la librairie reposait sur un rassurant mélange de mots croisés, de commandes à passer et de conseils aux clients. Alors Mme Nussbaum pourrait-elle être pour elle autre chose qu'une simple connaissance ? Sympathique, d'accord, mais une simple connaissance tout de même… Lizzie sourit à la vieille dame et au chien qui venaient d'apparaître au fond du magasin. Sa patronne rayonnait.

— *Guten Morgen*, Lizzie !

— Woof, woof, fit Bambi en écho.

— Bonjour, tout le monde ! leur répondit gaiement Lizzie. Ça va bien, vous deux ?

— *Ja*, je ne rajeunis pas, mais je ne mange pas encore les pissenlits par la racine. Je mets la bouilloire à chauffer ?

— D'accord.

La matinée se déroula comme toutes les autres. Elles burent un thé et Mme Nussbaum lui lut les définitions des mots croisés, qu'elles terminèrent en un temps record. La vieille dame était toute fière :

— On pourrait peut-être passer à quelque chose de plus compliqué ?

Pendant ce temps, Lizzie s'affairait dans le magasin, regarnissait les rayonnages, gérait les commandes par téléphone et conseillait les clients. A la moindre accalmie, elle jetait un coup d'œil à Mme Nussbaum, pensive. Comment aborder le sujet ? Elle ne pouvait tout de même pas se lancer bille en tête dans une discussion sur Bea ! Ça ne se faisait pas. Et puis ce serait une drôle de manière d'entamer la conversation... « Au fait, ma sœur est morte il y a environ six semaines. Désolée, hein, mais j'avais complètement oublié de vous en parler. Et à ce propos, ma sœur, c'était toute ma vie, ça fait que maintenant j'ai vraiment besoin de parler à quelqu'un. Ça vous dit ? » De deux choses l'une : soit Mme Nussbaum s'interrogerait sur sa santé mentale, soit elle la mettrait à la porte, soit les deux. Elle tenta l'approche classique, histoire de tester la réaction de sa patronne.

— Alors, comment vous sentez-vous aujourd'hui, madame N. ?

La vieille dame la dévisagea par-dessus ses demi-lunes retenues par une chaîne en or.

— Ça va. Ma hanche me fait des misères, mais c'est ce *verdammtes* climat anglais, je crois.

Lizzie hocha la tête, perplexe. Comment amener la conversation sur un terrain plus personnel ?

— Je ne vous ai jamais demandé... ça fait longtemps que vous avez perdu votre Léonard ?

Passer des douleurs articulaires à la mort, c'était

carrément sauter du coq à l'âne, mais Mme Nussbaum, bien qu'un peu surprise, répondit simplement :

— *Ach*, ça fera cinq ans en février.

— Ah, déjà…

Lizzie manquait décidément de pratique pour ce genre d'exercice, elle s'en rendait compte à présent.

— Ça ne doit pas être facile tous les jours…

Mme Nussbaum haussa les épaules, fataliste.

— C'est comme ça. Je ne peux pas passer mon temps à *weinen* et à me lamenter. *Und* c'était un sacré emmerdeur, quelquefois ! A propos d'emmerdeur, tu as vu la commande de Mme Fothergill, le recueil de poésie ?

Lizzie soupira en son for intérieur. Elle aimait beaucoup Mme Nussbaum, mais la vieille libraire n'était pas franchement la candidate idéale au rôle de BFF… En plus, ce n'était sans doute pas ce genre de personne que sa sœur avait en tête pour elle. Elle entendait Bea râler d'ici : « Je ne te parlais pas d'une octogénaire dure de la feuille, même si vous avez une passion commune pour Aldous Huxley et le cheesecake ! Non, moi, je pensais à quelqu'un avec qui tu pourrais siffler des cosmopolitan et rire jusqu'à te faire pipi dessus ! » A cet instant, Lizzie eut une illumination, comme si la flèche du Cupidon de l'amitié l'avait touchée en plein cœur. Susie ! C'était exactement le genre d'amie que Bea aurait choisie pour elle. Marrante et sympa, la langue un peu trop bien pendue parfois, mais ce n'était peut-être pas plus mal, vu que Lizzie, elle, était en phase d'initiation dans ce domaine. Susie lui avait proposé plus d'une fois d'aller boire un verre et puis elle avait l'air amusante. S'amuser… Depuis quelque temps, ce verbe lui faisait l'effet d'un mot d'une autre planète, mais justement c'était sûrement ça, l'intention de Bea : qu'elle apprenne à s'amuser. « *Girls just wanna have fun.* » « *All I wanna do is have some fun.* » Plus elle y réfléchissait, plus elle sentait grandir l'enthousiasme de ce matin. Oui, c'était ça, l'idée ! Et tout se passerait bien parce que c'était Bea qui le lui demandait et que jamais sa sœur ne l'aurait poussée à faire quelque chose qui soit susceptible de la rendre malheureuse.

Sa décision était prise. Elle entrerait d'un pas conquérant dans le café et, mine de rien, elle proposerait à Susie d'aller boire un pot entre filles, un de ces jours. Une autre pensée lui traversa l'esprit. Ben. Alors, lui, elle le trouvait carrément antipathique ! Il y avait dans son attitude quelque chose d'aigri et d'usant, quelque chose dont elle n'avait que faire en ce moment. Au contraire, en ce moment, il lui fallait des gens optimistes, des gens positifs ! Quelqu'un comme Susie. Mais supporter son grizzly de frère en prime, non, merci !

En milieu d'après-midi, l'esprit de Mme Nussbaum prit une orientation gourmande et Lizzie fut priée d'aller chercher quelques douceurs pour le thé. L'occasion idéale ! C'est néanmoins dans un état de nerfs lamentable qu'elle poussa la porte du café. A son grand soulagement, Susie était seule derrière le comptoir.

— Salut, Lizzie !

On aurait dit que la jeune femme accueillait sa meilleure amie d'enfance.

Lizzie allait répondre quand Ben émergea de

la cuisine. Les traits figés, comme toujours, en un masque de mécontentement. Ignorant grossièrement sa présence, il se tourna vers sa sœur.

— Je vais à la banque. Ensuite, j'ai quelques courses à faire.

Susie croisa les bras sur la poitrine et le fusilla du regard :

— N'oublie pas de t'acheter un manuel de bonnes manières, surtout ! Parce qu'on ne peut pas dire que tu en aies abusé avec Lizzie.

Ben leva les yeux au ciel et grommela :

— Tu te prends pour ma mère ou quoi ?

Mais Susie n'en avait pas fini avec lui.

— On en a déjà parlé, Ben. Il faut que tu arrêtes de passer ta mauvaise humeur sur les autres ! (Elle se tourna vers Lizzie avec un geste d'impuissance.) Excuse-le...

Lizzie, à cet instant, aurait voulu disparaître dans un trou de souris. Ce n'était pas du tout comme ça qu'elle avait imaginé la scène...

— Ça ne me regarde pas, je t'assure, dit-elle d'une toute petite voix.

Mais Susie était furieuse.

— Non, désolée, mais il est hors de question que je laisse passer ça ! Ben, fais tout de suite des excuses à Lizzie !

Ben soupira et secoua la tête d'un air incrédule.

— Tu m'étonnes, que j'ai décapité ta poupée Barbie...

Susie lui donna une claque sur le bras. Il la fixa d'un œil mauvais avant de se ressaisir.

— Je te demande pardon, marmonna-t-il en jetant un regard à Lizzie.

Elle répondit par un sourire.

— Ce n'est rien. Vraiment...

Il hocha la tête avant de se retourner vers sa sœur.

— C'est bon ? Je peux y aller, maintenant ?

Le ton était plus celui d'un ado demandant à sa mère la permission de sortir que celui d'un frère manifestant son mauvais caractère.

— Allez, dégage ! lança Susie en le poussant d'un air espiègle.

Lorsqu'il fut parti, elle se tourna vers Lizzie.

— Il s'en veut. D'habitude, il n'est pas aussi odieux, tu sais, ni moi aussi pète-sec, mais je crois qu'il a besoin de ça, en ce moment. Enfin, bref ! Qu'est-ce que je te sers ?

Lizzie s'éclaircit la voix et regarda ses mains. *Vas-y, invite-la, espèce d'idiote !*

— Je me demandais si... Si tu...

Susie l'encouragea d'un sourire.

— ... s'il te restait de ce délicieux shortbread du millionnaire ?

Susie s'épanouit.

— Bien sûr ! Deux parts, c'est bien ça ?

Lizzie fit oui de la tête, gagnée par un sentiment de déception : elle allait échouer dans sa mission.

— En fait, poursuivit Susie, je voulais te demander... Ça te dirait qu'on aille boire un pot, un de ces jours ? Je sais que tu n'étais pas libre, les autres fois, mais sinon ça te tente ? Pour être franche, ça me ferait du bien de prendre l'air, loin de Ben le Boudeur, mais surtout je pense qu'on devrait apprendre à se connaître, vu que nos commerces sont voisins.

Lizzie répondit, à la limite du bégaiement :

— Ça… ça serait génial. Ça me ferait très plaisir. Vraiment.

Son cœur se gonfla de joie. Elle avait fait ce que lui demandait Bea, ou plutôt elle était sur le point d'aboutir ! Ce soir, elle pourrait rentrer chez elle fière d'elle.

— Cool ! Ce soir, ça te va ?

Lizzie en resta muette. Elle n'avait pas prévu ça… Naturellement, devenir amie avec une personne impliquait de la fréquenter, c'était une évidence, mais… elle croyait qu'elle aurait eu un peu de temps pour se faire à cette idée. Susie la regardait, guettant sa réponse, et Lizzie comprit que la moindre hésitation de sa part anéantirait tous ses efforts de rapprochement.

— Parfait ! s'entendit-elle répondre d'une voix qu'elle ne reconnut pas.

— Génial ! Au Coach and Horses, vers 20 heures ? Il est un peu plus glamour que les autres pubs du coin.

— Parfait, répéta Lizzie, incapable de trouver autre chose à dire.

Il fallait qu'elle aille jusqu'au bout. Elle n'avait pas le choix. Susie, elle, était ravie :

— Nickel ! J'ai hâte. A tout', alors !

Lizzie acquiesça de la tête et retourna à la librairie.

— *Ach*, Lizzie ! J'ai bien cru que tu avais été enlevée par des extraterrestres ! s'exclama Mme Nussbaum. Et dis-moi… tu n'as rien oublié ?

Lizzie regarda ses mains : elles étaient vides. Mme Nussbaum lui tapota le bras en passant.

— Ce n'est rien, j'irai moi-même, ma chère petite. Tu ne m'as pas l'air tout à fait dans ton assiette, aujourd'hui. Je te trouve un peu changée. Tu vas bien, au moins ?

— Oh ! je suis désolée… Oui, oui… je vais très bien.

Mme Nussbaum hocha la tête et s'éclipsa par la porte. Restée seule, Lizzie sourit. Elle se sentait différente, comme si le sol s'était mis à bouger sous ses pieds. Pour l'instant, ce n'étaient que de légers mouvements, de petits frémissements à l'échelle de l'univers, et pourtant ces ondulations de surface pourraient bien avoir des retentissements profonds. Elles étaient même capables de changer le cours de sa vie pour de bon.

Chapitre 6

Début octobre

Lizzie avait une nouvelle amie prénommée Susie. Leur première soirée avait été très réussie et il y avait bien longtemps qu'elle ne s'était pas autant plu en la compagnie de quelqu'un. Evidemment, ça n'était pas comme avec Bea. Susie possédait le même enthousiasme et la même générosité, mais bien sûr tout ça ne remplaçait pas une histoire commune. Au début, Lizzie avait eu peur que ça ne soit un obstacle pour elle. Or, pas du tout ! A bien des points de vue, c'était libérateur, même. Elle n'était pas obligée d'être la Lizzie au passé mouvementé, se coltinant son lot de galères. Elle n'avait à être personne, en fait. Elle pouvait presque repartir de zéro : être celle qu'elle avait envie d'être. Susie n'en saurait jamais rien. Et à ce sujet son intuition ne l'avait pas trompée : la sœur de Ben aimait parler, mais elle était aussi capable d'écouter. C'était plutôt Susie qui lançait les sujets de conversation, mais elle lui demandait toujours son avis. Ça changeait un peu Lizzie de ses discussions avec Bea. Dans l'inévitable hiérarchie familiale, sa sœur était la Reine Bea (c'était même le surnom que lui avait donné leur père). Lizzie ne s'en était jamais souciée, d'ailleurs. Elle idolâtrait sa grande sœur et Bea n'avait jamais abusé de sa position pour la traiter de haut. Toutefois, cette distribution des rôles avait créé un état de fait : en cas de problème, c'était toujours Lizzie qui se tournait vers son aînée, tandis que Bea, elle, avançait des solutions. Si nécessaire, Lizzie pourrait sans doute s'adresser à Susie, à présent — cette dernière se montrerait sûrement de bon conseil —, mais leur amitié naissante allait au-delà de ça. Bien au-delà, d'une certaine manière, et c'était étonnamment réconfortant.

Lors de cette première soirée au pub, Lizzie avait été soulagée que la conversation ne s'oriente pas sur son passé ou sa famille. Elles avaient discuté de banalités, de la librairie, de Mme Nussbaum et du café. Susie lui avait parlé de Ben, de la responsabilité qu'elle ressentait vis-à-vis de lui, de la colère qu'elle avait éprouvée à l'encontre de son ex-belle-sœur en apprenant que celle-ci l'avait trompé avant de le quitter. Lizzie était tout particulièrement sensible à la loyauté dont Susie faisait preuve envers son frère ; du coup, sa propre attitude envers Ben s'en trouva quelque peu radoucie. Après tout, peut-être voyait-il en elle une cible facile sur laquelle diriger son ressentiment. Chaque personne que l'on croise mène un combat intérieur dont on ignore tout. Lizzie était bien placée pour le savoir.

Elles étaient reparties du pub assez tard. En sortant, Lizzie avait marqué un temps d'arrêt pour emplir ses poumons de l'air du soir quand soudain le trottoir lui avait paru se dérober sous ses pieds : eh ben, elle avait un peu trop picolé ! Heureusement, Susie l'avait empêchée de perdre l'équilibre en la rattrapant à temps, puis elle avait passé son bras sous le sien, comme si c'était la chose la plus naturelle du monde. Lizzie avait alors connu un instant de pur bonheur, en partie dû à l'alcool, mais aussi au fait que quelqu'un veillait sur elle : quelqu'un d'autre que Bea.

Après cette première soirée, leurs sorties avaient pris un rythme hebdomadaire. Lizzie se surprenait à attendre ce moment avec impatience, à savourer le rituel du choix de sa tenue et de la rapide séance de maquillage qu'elle s'imposait avant de partir retrouver Susie. Evidemment, ce n'était qu'une soirée passée au pub et elle n'avait pas besoin de se pomponner, elle le savait. Pourquoi se faire belle, alors ? Eh bien, pour elle-même ! Et, tout bien réfléchi, ça lui semblait largement mérité depuis le temps.

Ce soir, c'était leur troisième sortie et Susie, comme à son habitude, était en retard. (Lizzie en était même arrivée à apprécier ce petit défaut qui la plaçait dans une situation inédite : avant, c'était toujours elle qui se pointait à la bourre aux rendez-vous fixés par Bea, très à cheval sur la ponctualité, elle.) Lorsque Susie débarqua dans le pub avec sa vitalité coutumière, elle la chercha du regard, puis lui fit signe. Lizzie sourit et rendit le salut à son amie. Son amie ! Cette seule pensée lui réchauffa le cœur.

Susie lui posa la main sur l'épaule.

— J'ai pensé à un truc !

Sa nouvelle amie était très tactile. Lizzie avait mis un

petit moment pour s'habituer à ses élans d'affection, mais c'était encore une chose qu'elle commençait à apprécier chez Susie. Lizzie la regarda d'un air interrogateur, lui indiquant qu'elle était tout ouïe. Susie prit alors l'air faussement énigmatique de celle qui détient un secret.

— Tu devrais mettre en place un groupe de lecture !

— Un groupe de lecture ? fit Lizzie, dubitative.

— Affirmatif ! Et qui se tiendrait au café.

La méfiance de Lizzie s'accentua.

— Tu crois ?

— C'est clair ! J'en ai parlé à Ben et il trouve l'idée géniale.

— Il a employé ces termes exacts ?

Susie fit la grimace et hocha la tête de droite à gauche, à la recherche de la réponse la plus adaptée.

— Pas mot pour mot, non…

— Parce que, si ton frère est contre ce projet, il me semble qu'on devrait s'abstenir.

Susie balaya ses protestations avec désinvolture.

— Pff ! Ben est hostile à tout, en ce moment. T'en fais pas pour ça ! Je lui ferai voir la logique du truc. Ça pourrait cartonner, tu sais ! Imagine : un grand espace de réunion pour le groupe… Et pour nous de la pub gratuite ! C'est pile-poil ce qu'il faut à ce quartier !

— Mais qui l'animerait, ce groupe de lecture ?

Susie la considéra avec stupéfaction.

— Mais… toi, Lizzie chérie !

Lizzie fit un signe de dénégation de la tête.

— J'en suis incapable. Je ne saurais pas quoi dire.

Susie la dévisagea, d'un air faussement sévère.

— Ah, non ! Je ne tolérerai pas que tu doutes de

toi à ce point, c'est trop absurde ! Enfin, Lizzie, tu es imbattable, question bouquins ! Tu vas faire un carton, y a pas photo !

Avec quelle force Susie exprimait-elle son opinion... En fait, sa nouvelle amie ressemblait beaucoup à Bea. Sa sœur, en effet, s'était toujours employée à la délivrer de ce terrible manque de confiance en elle qui lui collait à la peau. Le résultat n'avait pas été à la hauteur de ses efforts, mais Bea avait au moins eu le mérite d'essayer. Susie continuait de la regarder, irradiant d'énergie et d'enthousiasme.

— Et puis je serai là ! Je t'aiderai ! On mettra des affiches dans le café et dans la librairie, peut-être même un petit encart dans le journal local... Ensuite, on se procurera des bricoles à grignoter et du vin. Tu verras, ce sera top !

Son visage reflétait une franchise et une conviction touchantes.

— Tu crois vraiment que je saurais faire ça ?

Susie la rassura d'un sourire.

— Evidemment... Je suis ton amie, Lizzie. Je ne t'embarquerais pas dans une aventure pareille si je t'en pensais incapable.

Lizzie la regarda, bouleversée par ces quelques paroles toutes simples qui pourtant l'interpellaient profondément. Non, il lui était impossible de les ignorer. Elle prit une grande inspiration.

— Après tout, pourquoi pas ?

— Ah, voilà ! Ça, c'est un état d'esprit constructif ! Bon, il faut que je boive un truc, maintenant. C'est quoi, ça, un vin de la Rioja ?

Lizzie acquiesça.

— Je vais nous en commander une bouteille, d'accord ? Ah, au fait ! Figure-toi que Ben s'est rendu carrément utile : il m'a recommandé un bouquin, pour le groupe de lecture.

— Ah, bon ? fit Lizzie, intriguée.

— Eh, oui ! *Toast*, de Nigel Slater. Tu connais ?

— Euh, oui…

Lizzie fut prise de court, mais déjà Susie repartait vers le bar en lançant :

— Je reviens tout de suite !

Lizzie se sentait déstabilisée. Que Ben ait porté son choix sur un des livres préférés de Bea, c'était incroyable. Ben, ce grizzly… un comble ! Il lui fallut une seconde pour assimiler ce fait qui lui rappela l'une des rares fois où sa sœur était venue lui rendre visite à son appartement. C'était durant le stade intermédiaire de sa maladie et elle était encore en état de conduire. Bea l'avait appelée à l'improviste : elle avait besoin de s'évader de chez elle, le temps d'une nuit. C'était l'une des quelques occasions où Lizzie avait eu le sentiment de s'occuper de sa sœur, ce qui lui avait également fait comprendre la gravité de son état.

Elle leur avait préparé des spaghettis bolognaise, leur menu préféré quand elles étaient petites, et, installées sur le canapé, elles avaient regardé l'émission de Nigel Slater qui passait à la télé ce soir-là.

— Mais assieds-toi, Nigel ! s'était écriée Bea alors que le célèbre critique gastronomique goûtait un énième plat debout. J'adore ce mec ! Je suis sûre qu'on s'entendrait super bien, tous les deux !

Bea n'avait presque rien mangé. Elle avait toujours

été mince, mais depuis quelque temps son visage commençait à s'émacier.

Vers 21 heures, la trouvant fatiguée, Lizzie avait suggéré d'aller au lit.

— Je prendrai le canapé.

Mais Bea avait refusé tout net.

— Non. On n'a qu'à dormir ensemble, comme autrefois, chez Granny.

Lizzie avait souri. Une fois couchées, elles s'étaient blotties l'une contre l'autre et les yeux de Bea avaient commencé à se fermer.

— Interdiction de se filer des coups de pied ou de se piquer la couette, avait-elle murmuré d'une voix ensommeillée.

Lizzie l'avait regardée s'endormir, accablée par un sentiment de totale impuissance. Pour la première fois, elle avait pris conscience que Bea ne serait peut-être pas toujours là pour la soutenir. Elle s'était lovée contre sa sœur, éprouvant la chaleur de son corps contre le sien. Si seulement ce moment avait pu ne jamais avoir de fin, avait-elle alors souhaité.

— Ça va ?

Susie était revenue avec la bouteille de vin et un verre pour elle.

Lizzie leva les yeux et s'aperçut que de grosses larmes roulaient sur ses joues pour tomber sur la table tachée de bière. Des larmes bien trop abondantes pour qu'on puisse les mettre sur le compte d'un simple rhume des foins. Susie la considérait avec une telle inquiétude qu'avant qu'elle ait pu sécher ses pleurs elle s'entendit articuler :

— C'est rien… j'étais en train de penser à ma sœur. *Toast* était l'un de ses livres préférés.

Elle baissa le regard sur ses mains au moment où Susie lui en prenait une avec douceur.

— Qu'est-ce qui est arrivé, Lizzie ?

C'était demandé avec tellement de calme et de gentillesse que Lizzie n'eut soudain plus envie de garder la vérité pour elle. Elle raconta toute l'histoire de sa sœur à sa nouvelle amie : la drôlerie de Bea, son intelligence, son caractère en or. Elle lui parla de l'immense amour qui les unissait et de la terrible impression qu'elle avait depuis son décès, l'impression d'avoir été amputée d'une partie de son cœur.

Susie l'écouta sans mot dire, captivée, et quand Lizzie se tut elle remarqua simplement :

— J'aurais aimé la connaître. D'après ce que tu me dis, c'était sûrement quelqu'un d'extraordinaire.

Lizzie opina.

— C'est vrai qu'elle était extraordinaire. En plus, vous vous seriez certainement bien entendues, toutes les deux.

Susie la fixa d'un regard pénétrant.

— Je savais bien qu'il y avait une espèce d'ombre qui planait sur toi… Ça me touche beaucoup que tu te sois confiée à moi, tu sais.

Lizzie réfléchit une fraction de seconde : tout compte fait, parler de Bea lui faisait vraiment du bien. Elle aimait évoquer son souvenir. Et puis elle avait le sentiment que c'était important.

— C'est moi qui suis contente de t'avoir pour pouvoir parler d'elle.

Susie lui sourit et leva son verre.

— A Bea !

Lizzie trinqua avec elle.

— A Bea.

Après cette soirée, Lizzie prit conscience d'un changement en elle. Un petit changement, rien de radical, mais un changement malgré tout. Elle se sentait le cœur plus léger, comme si quelqu'un était là pour la soutenir. Oui, elle avait de nouveau quelqu'un vers qui se tourner.

La mise en place du groupe de lecture progressait à grands pas. Il faut dire que, quand Susie lançait une idée, ça n'était pas des paroles en l'air. Ça aussi, c'était rassurant. Lizzie n'avait même pas le temps de douter d'elle-même. Elles collèrent des affiches invitant les gens à entrer dans la librairie : pour l'achat du livre de Nigel Slater, on leur offrait un bon de réduction pour un café. Le résultat ne se fit pas attendre : chaque jour, Lizzie était contactée par un ou deux clients intéressés.

Parmi ceux-ci, une femme d'une cinquantaine d'années pourvue d'une poitrine impressionnante et arborant un penchant marqué pour les imprimés panthère. Elle se présenta — « Moi, c'est Carol ! » — et lui révéla que, pour sa part, elle était « plutôt branchée Jackie Collins » avant de déclarer en faisant claquer le livre sur le comptoir : « Mais si ce truc peut m'éloigner de mon gros lard de mari, je suis partante ! N'importe quoi plutôt que de le voir vautré devant sa télé ! »

Derrière l'exubérante Carol, un monsieur très sérieux aux allures de taupe accueillit cette déclaration avec un froncement de nez méprisant. Son tour venu, il s'avança pour payer et s'adressa à Lizzie comme s'il prononçait une allocution à l'ONU.

— J'espère qu'il nous sera également donné d'explorer des œuvres d'une autre envergure, déclara-t-il avec dédain. Le roman russe, peut-être ?

Lizzie, quelque peu dépassée par la question, fit de son mieux pour le rassurer.

— Pourquoi pas ? Nous avons l'intention de laisser chaque participant suggérer un titre aux autres.

L'homme approuva, l'air satisfait.

— A ce propos, je m'appelle Brian.

Le jour de la première réunion arriva. Lizzie était partagée entre trac et excitation. Elle avait relu le livre, effectué quelques recherches, pris quelques notes et se sentait fin prête, dans la mesure de ses moyens ; Susie, elle, avait fourni les boissons. Normalement, huit personnes devaient assister à l'inauguration du groupe de lecture, prévue pour ce soir. Ben comptait également passer, d'après Susie. Lizzie n'en avait pas cru ses oreilles. Jamais elle n'aurait imaginé que ce genre de discussion littéraire puisse être la tasse de thé du grizzly ! D'ailleurs, son étonnement n'avait pas échappé à Susie.

— Ben adore ce bouquin. A mon avis, il se sent tenu de le défendre et, s'il vient, c'est pour s'assurer que personne n'osera manquer de respect à l'auteur, plaisanta-t-elle.

Cette perspective était loin d'enchanter Lizzie. En même temps, le frère de Susie ne pouvait pas être complètement mauvais s'il avait les mêmes livres de chevet que Bea…

De bon matin, elle se mit à vaquer dans son appartement, le moral au beau fixe. Elle avait décidé d'ouvrir la troisième lettre de Bea avant de descendre à la librairie. Pour tout dire, elle avait hâte. Cette lecture commençait à prendre un air de rituel sacré, un peu comme si on lui redonnait l'occasion de passer un moment en compagnie de sa sœur. Et puis il fallait bien avouer qu'en dépit de ses réserves du début les deux premières lettres ne lui avaient apporté que du positif. Elle prenait plaisir à faire ce voyage avec Bea comme guide. Elle déplia la troisième lettre et, toute contente, entreprit de la lire. Au fil des lignes, son humeur s'altéra peu à peu.

Chère Lizzie,

J'espère de tout mon cœur que tu as réussi à te trouver un nouvel ami. Il ou elle saura t'apporter le soutien dont tu as besoin et t'aidera à t'ouvrir à d'autres personnes. Tu es une fille absolument adorable, même si tu n'en as pas tout à fait conscience. J'espère qu'à présent tu commences à l'entrevoir.

Bien ! Maintenant que tu t'es trouvé une autre confidente que moi, je dois t'avouer que mon prochain souhait va exiger de toi un gros effort. Pour tout te dire, j'avais même envisagé de le remettre à plus tard, mais parfois il faut affronter la vérité : reporter une épreuve, c'est juste reculer pour mieux sauter.

Je vais donc te faire part de mon troisième souhait : je veux que tu ailles voir maman. Je sais. Ça ne va pas être facile. Je sais pourquoi tu es partie et je sais que cette blessure ne s'est jamais refermée. Je me souviens encore de ce jour-là. J'étais revenue pour le week-end et, en entrant dans la maison ce vendredi soir, j'ai entendu des voix. Ou plutôt la voix de maman. Toi, tu ne disais rien, mais je savais que tu étais là.

Maman hurlait de rage, elle était hystérique. Jamais elle ne s'était mise dans une telle colère. Je suis montée à l'étage et, arrivée devant ta chambre, je vous ai vues. Maman se tenait penchée au-dessus de toi ; assise par terre, près de ton lit, tu pleurais, les genoux ramenés à la poitrine. Maman ne s'est même pas aperçue que j'étais là. Elle était trop absorbée par sa colère. Les mots sortaient de sa bouche en rafale, comme les balles d'une mitrailleuse. C'était comme des flèches pleines du poison de tous les non-dits qui vous séparaient. Et tu les as toutes reçues en plein cœur, Lizzie, et c'est là que tu les as conservées au cours des quinze années qui ont suivi. Je sais tout ça. Tu as cru que maman pensait chacun de ces mots et c'est ce qui t'a poussée à partir de la maison. Quand vous vous êtes aperçues que j'étais là, maman a cessé de crier. Elle a paru se dominer, mais elle est sortie de ta chambre en me laissant la mission de te consoler. A l'époque, tu as eu l'impression que fuir était ta seule issue, tu t'es sentie indésirable et mal-aimée. De mon côté, j'ai fait ce que je pouvais pour te prendre à Londres, mais quelque part j'ai toujours regretté que tu n'aies pas pu régler toi-même ce qui s'est joué ce jour-là entre maman et toi. Malheureusement, ce moment de folie a duré toute une vie.

Alors, je comprends à quel point ça va être dur pour toi et je vais être franche : à ta place, je ne sais pas si je le ferais. Mais je pense que le jeu en vaut la chandelle. J'espère de tout mon cœur que tu es à présent suffisamment entourée pour pouvoir demander l'aide dont tu auras besoin dans cette épreuve.

Va voir maman, Lizzie. Parle-lui, parle-lui vraiment. Décris-lui le chagrin auquel tu te cramponnes et qui t'étouffe depuis tout ce temps. Ecoute ce qu'elle a à *te dire et oblige-la aussi à t'écouter. La vérité, c'est que, toutes les deux, vous vous ressemblez plus que ce que vous imaginez ou plus que ce que vous êtes prêtes à admettre.*

Je ne pense pas non plus avoir facilité vos rapports, mais puisque je ne suis plus là pour m'interposer (tu vois que je te rends service en étant morte !) il me semble que vous pourrez toutes les deux repartir sur de bonnes bases. Bien sûr, ça ne se fera pas sans colère ni sans larmes, mais je vous aime tellement toutes les deux que, si tu me fais confiance, tu tenteras le coup.

Vous avez besoin l'une de l'autre, Lizzie. Il vous reste juste à en prendre conscience.

Je t'aime,

Bisous,

Bea.

Lizzie reposa la lettre. Ses mains tremblaient. A cause de la fureur qui lui incendiait soudain les veines, tel un volcan entrant en éruption après un sommeil de plusieurs années. Son esprit fonctionnait à toute allure. Ce n'était pas vraiment contre Bea qu'elle en avait, même si elle regrettait amèrement de ne pas pouvoir l'interroger sur la réelle nécessité de cette mission. Elle n'était pas stupide. Elle avait bien compris que les dernières volontés de sa sœur risquaient de la mener dans cette direction à un moment ou à un autre. Et puis Bea avait pris la mesure de la souffrance de Lizzie, à l'époque, et de sa profonde déception. Les quelques fois où Bea lui avait suggéré de retourner à Smallchurch, elle avait essuyé l'une des rares colères de sa cadette et n'avait pas insisté. Parce que Bea comprenait qu'il y avait certaines limites à ne pas franchir, du moins c'est ce qu'avait toujours pensé Lizzie. Même alors que leur père était mourant, Bea n'était pas revenue à la charge. Au contraire.

Voilà pourquoi Lizzie se trouvait à la fois surprise et un peu blessée par ce troisième souhait. Trop d'événements s'étaient produits, trop d'eau était passée sous les ponts et trop de rancœur demeurait de part et d'autre pour qu'il puisse en sortir quoi que ce soit de bon. Non, elle n'avait aucun désir de parler à sa mère et, de son côté, Stella devait être dans la même disposition d'esprit. Pour preuve, la réaction qu'elle avait eue aux obsèques de Bea. Lizzie mit la lettre de côté. Pour le moment, elle était incapable d'affronter un tel défi. Elle descendit pour ouvrir la librairie, toute sa bonne humeur envolée, écrasée par le poids de l'attente.

La journée s'écoula au ralenti. Lizzie, silencieuse, se demandait quoi faire. Bea s'était sans doute dit qu'elle discuterait du problème avec sa toute nouvelle amie, mais creuser ce pan-là de son passé avec Susie… non, elle ne s'y sentait pas encore prête. Accepter d'évoquer le souvenir d'une personne qu'on avait aimée, c'était une chose. Mais c'en était une autre s'agissant d'une personne qu'on haïssait. Le terme était fort. Catégorique et sans appel. « Je te hais. » Après ça, il n'y avait rien à ajouter. Du moins, c'était l'impression qu'avait Lizzie, que tout avait été dit. Dans le courant de l'après-midi, son portable se mit à sonner. Elle le tira de la poche arrière de son jean et, à sa grande surprise, vit le nom de Joe s'afficher à l'écran. Et si elle ne répondait pas ? Il pourrait toujours lui laisser un message… Mais non, ce serait mesquin de sa part. Elle prit donc un ton enjoué :

— Bonjour, Joe.

— Non, c'est Sam.

Un instant déconcertée, elle alla vers le bureau, jetant au passage un coup d'œil à Mme Nussbaum, qui regarnissait le présentoir à cartes de vœux.

— Salut, Sam, dit-elle, adoptant un ton plus amical. Comment ça va ?

Son neveu attaqua bille en tête :

— Tu veux plus nous voir ?

Elle se sentit mise au pied du mur.

— Bien sûr que si, Sam. J'ai adoré notre petite sortie au zoo, l'autre jour.

— Alors pourquoi t'es pas venue nous voir ?

Question justifiée, à laquelle elle n'avait aucun prétexte valable à opposer.

— J'ai eu pas mal de choses à faire, ces derniers temps…

Plutôt minable, comme excuse, mais elle était incapable de trouver mieux.

— Moi aussi, rétorqua Sam.

— Pardon ?

— Moi aussi, j'ai pas mal de choses à faire. Bien plus que toi, même ! Faut que j'aille tous les jours à l'école, dans des tas de clubs et que je joue du piano.

— Tout ça ?

— Oui. Alors on peut pas dire que ça soit une très bonne excuse, si ?

Décidément, ce gosse n'y allait pas par quatre chemins ! Amusée, Lizzie ressentit aussitôt une bouffée de tendresse pour son neveu, qui, une fois de plus, lui rappelait Bea.

— Tu as sans doute raison.

— Granny m'avait bien dit que tu viendrais pas, mais moi je pensais que tu viendrais.

Lizzie sentit la colère l'envahir.

— Quand est-ce qu'elle t'a dit ça ?

— La semaine dernière, quand je lui ai plus ou moins raconté qu'on allait passer la journée ensemble.

— Et, elle, elle t'a répondu que je ne viendrais pas.

— Oui, elle a dit qu'on n'avait jamais pu te faire confiance et que je ne devais rien attendre de toi.

— Je vois...

— Alors, tu vas venir ?

Sam la mettait au défi, c'était clair. Et elle était trop remontée pour ne pas accepter de le relever.

— Je viendrai, oui ! Il se pourrait même que je fasse d'une pierre deux coups et que je passe voir ta grand-mère.

Elle n'avait pas dit « ma maman ». C'était un terme trop tendre, trop intime, trop réconfortant. Un terme qui ne s'appliquait pas à leur relation.

— OK. Quand ça ?

Lizzie comprit qu'avec les enfants on ne pouvait pas se contenter de rester dans le vague comme avec les adultes. Ils voulaient des réponses précises. Dans un sens, ça simplifiait les choses, mais ça l'obligeait aussi à quitter sa zone de confort.

— Sans doute la semaine prochaine. J'appellerai ton père ce week-end. Promis.

Sam parut réfléchir.

— Bon, d'accord.

Et, sur ce, il raccrocha. Sans un au revoir. Sans autre forme de procès. Lizzie retourna dans le magasin, excédée. Elle allait devoir appeler Stella, maintenant... Entre les dernières volontés de Bea et la détermination de Sam, elle n'avait pas le choix.

Néanmoins, elle ne lui téléphona pas avant la réunion du groupe de lecture : elle n'avait pas le temps. Prétexte bidon : en réalité, elle était trop énervée et trop en colère pour appeler sa mère. Peut-être pourrait-elle en discuter avec Susie ? Oui, elle pouvait lui faire confiance, elle le sentait. Et puis n'était-ce pas précisément le genre de problèmes qu'on abordait avec une amie ? Peut-être était-il temps pour elle de se lancer... Mais, à son arrivée dans le café, sa déception fut grande : aucune trace de Susie, seul Ben l'attendait. Il affichait son sempiternel air renfrogné, mais il eut quand même la décence de lui témoigner un peu de courtoisie en la faisant entrer. Lizzie sortit les sachets de chips qu'elle avait apportés et déboucha une bouteille de vin. Pour affronter cet ours, ce ne serait pas du luxe...

— Je te sers un verre, Ben ?

Elle espérait qu'il dirait non, mais se sentait néanmoins obligée d'être polie. Après tout, la réunion se tenait dans son établissement...

— Je prendrai une bière s'il y en a, répondit-il en désignant les bouteilles posées sur la table.

Elle en décapsula une et la lui tendit.

— Au fait, où est Susie ?

Ben leva les yeux au ciel.

— Elle ne veut pas qu'on la voie en tenue de travail passé 19 heures. Alors, elle est retournée à l'appartement pour que sa marraine la fée la transforme en princesse d'un coup de baguette magique.

Ça, alors, le grizzly avait de l'humour… Qui l'eût cru ? Et ses yeux pétillaient de malice. Lizzie lui sourit et leva son verre.

— Eh bien, à la tienne !

Il répondit d'un hochement poli de la tête et leva sa bouteille de bière. Après un silence, elle hasarda :

— Vous devez bien vous entendre, Susie et toi, pour vivre ensemble…

Ben haussa les épaules.

— Pour être franc, je n'avais pas trop le choix. Lorsque j'ai divorcé, mon ex-femme, qui n'a rien d'une sainte martyre, m'a carrément ratissé. Cela dit, c'est le problème quand on épouse une avocate.

Lizzie grimaça. Que d'amertume et de souffrance dans ces paroles…

— Dommage que tu n'aies pas eu un bon avocat dans tes relations.

Ben se mit à rire. Mais c'était un rire qui sonnait faux, un rire entendu.

— Malheureusement, j'étais moi-même avocat ! Sauf que le moment venu je n'ai pas pu me résoudre à me battre. C'est vrai, à quoi ça rime, tout ça ? Si on est sur terre, c'est pour quoi ? Pour s'entuber mutuellement ? Très peu pour moi.

Lizzie le dévisagea avec intérêt. Elle découvrait un aspect nouveau de sa personnalité. Entrevoyait un homme détruit par les agissements d'une femme. Un homme bien, peut-être.

— Je suis désolée pour toi.

Et elle était sincère.

— Moi aussi, je suis désolé, mais dans mon malheur j'ai la chance d'avoir la sœur la plus géniale qui soit. Bien entendu, si jamais tu le lui répètes, je me verrai dans l'obligation de te liquider…

Lizzie était agréablement surprise par son humour. Elle rit :

— Heureusement que les sœurs existent, hein ?

Peut-être avait-elle plus de choses en commun avec lui qu'elle ne l'aurait imaginé.

Elle aurait bien aimé prolonger cette conversation, mais ils furent interrompus par l'arrivée de Brian. Il était en avance et serrait contre lui un bocal d'olives, qu'il posa devant lui, visiblement peu désireux de partager. Il refusa la bière et le vin qu'elle lui proposa, leur préférant un verre d'eau gazeuse. Puis il braqua sur Ben un regard soupçonneux. Lizzie fit les présentations.

— Ben, voici Brian. Brian, Ben. Brian a très envie de nous faire découvrir la littérature russe lors d'une prochaine réunion.

Brian se rengorgea.

— Génial…, fit Ben sans grand enthousiasme.

Susie fut la suivante à arriver, bientôt rejointe par une bande de fans de bouquins enthousiastes, tous munis d'exemplaires aux pages cornées suite à une lecture attentive. A 19 h 30 pile, Brian se tourna vers Lizzie :

— Nous devrions donner le coup d'envoi de la séance, me semble-t-il.

Sur les huit personnes présentes, sept avaient aimé le livre. Hélas ! la nature n'ayant pas doté Brian du sens de l'humour, la légèreté du style de Nigel Slater lui était complètement passée au-dessus de la tête.

— Je ne comprends vraiment pas en quoi c'est amusant, répétait-il à tout bout de champ.

Lizzie essaya la patience.

— Mais que penses-tu de la façon dont l'auteur évoque ces plats ? Ses descriptions ne t'ont pas rendu nostalgique ?

— Non. Personnellement, j'ai trouvé qu'il parlait beaucoup trop de nourriture.

— En même temps, c'est un critique gastronomique…

— Peut-être, mais il est inutile de s'appesantir là-dessus. Et puis il y a trop de références à la… masturbation.

Brian prononça ce dernier mot à voix basse avec une note de dégoût.

Croisant le regard de Susie, Lizzie se mordit la lèvre pour ne pas rire, tandis que son amie se passionnait subitement pour une torsade au fromage.

— Ah ! Moi, j'ai bien aimé les passages sur le sexe, au contraire ! déclara Carol avec un clin d'œil appuyé. J'ai trouvé ça très libérateur.

Brian la toisa d'un air mauvais avant de piquer une olive au moyen d'un cure-dent.

Ben, lui, gardait le silence, les mains refermées sur sa bouteille de bière. Seul le tressautement de son pied trahissait son énervement.

— Et toi, Ben, qu'est-ce que tu as pensé de ce livre ? lui demanda Lizzie.

Il leva les yeux, surpris, avant de s'éclaircir la voix.

— Eh bien… En fait, c'est ce bouquin qui m'a donné envie de devenir cuisinier, je suis donc assez peu objectif.

Son regard rencontra celui de Lizzie. Elle lui sourit, ce qui parut l'encourager à développer sa réponse.

— Je pense que le propos de l'auteur dépasse largement le sujet de la nourriture. Et, ce qui me frappe aussi, c'est la solitude dont il a souffert après la mort de sa mère.

Cette remarque prit Lizzie au dépourvu. Immédiatement, elle songea à Sam, à sa franchise brutale qui lui donnait l'apparence d'un enfant équilibré, et au fait qu'il venait de perdre sa mère.

— Oh ! oui, pauvre gosse ! se récria Carol. Ça doit être affreux, de voir mourir sa maman si jeune !

— A côté de lui, je me rends bien compte de la chance que j'ai d'avoir une famille aussi unie, dit Ben. (Susie lui adressa une grimace qu'il choisit d'ignorer.) C'est certainement le plus important, dans la vie.

Tout le monde, à l'exception de Brian, émit des murmures d'approbation. Lizzie se leva.

— Excusez-moi, mais j'ai un coup de téléphone à passer. Je n'en aurai pas pour très longtemps, vous n'avez qu'à continuer sans moi.

Elle ignora l'étonnement qui se peignit sur les visages et se précipita dans la rue, où dans son trouble elle s'empêtra avec les clés de la librairie. Une fois à l'intérieur du magasin, elle sortit son portable et rechercha rapidement le numéro de sa mère, sachant que, si elle s'accordait la moindre seconde d'hésitation, elle trouverait une bonne raison pour ne pas l'appeler. Or, elle n'avait pas le choix. Elle devait le faire, ne serait-ce que pour Sam et Bea. Elle leur avait fait une promesse et ne les décevrait ni l'un ni l'autre. Elle composa le numéro et porta le téléphone à son oreille.

Son cœur battait à grands coups. Il y eut deux, puis trois tonalités et…

— Allô ?

La voix était frêle, lasse, et tout sauf effrayante.

— C'est Lizzie.

A l'autre bout du fil, il y eut un silence que Lizzie meubla avec les paroles que Bea avait souhaité l'entendre prononcer.

— Il faut que je passe te voir.

Chapitre 7

Fin octobre

Lizzie gara sa voiture au coin de la rue où habitait sa mère et coupa le moteur. Ota ses mains du volant et s'aperçut qu'elles tremblaient. Les émotions qui l'agitaient étaient semblables à celles qu'elle avait éprouvées en apprenant que Bea souhaitait la voir revenir à Smallchurch. De la nervosité, mais par-dessus tout de la colère. Une colère qui avait balayé tous ses doutes et hésitations concernant cette visite. Une colère qui l'envahissait, la remplissait de détermination. S'il y avait des vérités à affronter, Lizzie ne serait pas la seule à les regarder en face ! Finalement, elle avait choisi de ne pas aborder le problème avec Susie. C'était quelque chose qui devait rester entre elle et sa mère. Ça ne concernait même pas Bea. Pas vraiment. Ça concernait Stella Harris et la haine que Lizzie ressentait envers elle, aussi radicale et amère que du poison. Elle l'effrayait aussi un peu, cette colère. Lizzie l'avait réprimée durant tant d'années… mais elle lui donnait également le courage dont elle avait besoin.

Dès qu'elle fut descendue de sa voiture, elle s'arrêta pour regarder les alentours. Etrange, comme un endroit pouvait vous être familier, même après si longtemps… Un peu comme quand on enfile une vieille paire de chaussures retrouvée tout au fond d'un placard. Elle avait fait du vélo sur cette route avec Bea, leur père les suivant à distance. Ça paraissait incroyable aujourd'hui qu'ils avaient tous deux disparu. Parfois, la vie ressemblait à un long marathon où vous preniez le départ en même temps que tout le monde et couriez jusqu'à ce que, un à un, les autres concurrents se mettent à vous lâcher. Parvenus au bout de leur effort, ils s'arrêtaient en bord de route, vous laissant seule assumer la décision de continuer sans eux.

Lizzie regarda sa montre. Elle avait dit 11 heures à Stella et le moment approchait. Leur conversation avait été brève, strictement limitée à la planification de sa visite. Lizzie n'avait pas envie d'entrer dans les détails au téléphone. Au début, sa mère avait paru réticente, mais Lizzie avait été très claire : c'était comme ça et pas autrement. Attitude à laquelle ne s'attendait apparemment pas Stella, qui, vaincue par sa propre lassitude et la détermination de sa fille, avait finalement soupiré : « Très bien… Si c'est ce que tu veux. »

Lizzie avait choisi d'ignorer le sens implicite de cette réponse, à savoir que sa mère se fichait pas mal qu'elle vienne la voir ou pas.

— OK. On dit mardi à 11 heures, alors.

— Attends, il faut d'abord que je vérifie dans mon agenda.

Décidément, rien n'avait changé ! Stella avait beau

être fatiguée, elle continuait de vouloir exercer son contrôle sur la situation.

— Oui, mardi, ça m'ira très bien, avait-elle déclaré juste avant de lui raccrocher au nez.

Et voilà ! Ni au revoir ni rien ! Lizzie en avait éprouvé un regain de fureur qui depuis n'avait cessé de bouillonner en elle.

Elle tourna rapidement à l'angle de la rue et ne s'arrêta que devant le portail de la maison. Elle avait du mal à y croire : elle allait revoir sa mère, et volontairement, en plus ! Décidément, la pilule avait du mal à passer... Mais sa souffrance, sa rage et son besoin de réponses l'incitèrent à continuer. Elle marcha résolument jusqu'au perron et, d'un geste plein d'assurance, frappa à la porte. Au bout d'un moment, il y eut du mouvement à l'intérieur de la maison et un pas vif dans le vestibule. Brusquement, la porte s'ouvrit et Lizzie se retrouva face à sa mère. Stella la considéra avec un regard vide, à la limite de l'indifférence.

— Tu es en avance.

Ding, ding, premier round ! Mais pas question de mordre à l'hameçon, de rentrer dans le jeu des petites vacheries pleines de fiel. Lizzie avait d'autres chats à fouetter. De gros chats, même. D'une voix aussi égale que possible, elle demanda :

— Je peux entrer ?

Sa mère s'effaça. Aussitôt le seuil franchi, Lizzie fut catapultée dans le passé. Prise au dépourvu, elle dut inspirer à fond pour se calmer.

Elle enregistra son environnement. Tout lui revenait... Les marches où Bea et elle écoutaient en cachette les conversations des grandes personnes, toujours très intéressantes, surtout lorsque l'oncle Lawrence leur rendait visite. Le placard sous l'escalier où elle se planquait quand ils jouaient tous à l'assassin dans le noir, comme ce jour où Alex l'avait trouvée : sous ses baisers et ses mains avides, elle avait senti les premières ondes du désir se propager dans tout son corps. Elle dirigea son regard vers la cuisine. La même chaise, la même table où elle s'était acharnée, en vain, sur ses exercices de maths... Son père surveillait ses efforts avec un agacement à peine dissimulé, tandis qu'elle rêvait désespérément d'être ailleurs...

Sa mère était allée se placer devant l'évier, les mains sur les hanches. A son regard plein d'impatience, Lizzie comprit que Stella lui avait posé une question.

— Je te demande si tu veux du thé ou du café.

— Du thé, merci, répondit Lizzie en avançant vers la cuisine.

Sans autre commentaire, sa mère se mit à le préparer et apporta leurs tasses à table.

— Assieds-toi !

Comme si elle parlait à un chien ! Lizzie ne bougea pas d'un millimètre. Elle avait longuement réfléchi à ce moment au cours de la semaine passée et de toute évidence sa mère aussi. Toutes deux avaient des choses à se dire : des choses désagréables, toxiques, chargées de colère. L'atmosphère dans la cuisine était plus nocive que des fumées de plastique.

— J'ai dit : *assieds-toi !*

Lizzie tremblait de tout son corps. De rage. Sa mère s'imaginait visiblement pouvoir gommer ces quinze dernières années, pouvoir encore la dominer ! Eh bien, elle se trompait ! Lizzie la considéra avec une froide méfiance, et une ombre de confusion traversa le visage de Stella lorsqu'elle se rendit compte que sa fille ne se plierait pas à ses quatre volontés. Elles ressemblaient à deux chattes rivales se tournant autour, chacune attendant que l'autre déclenche les hostilités. Stella leva le menton et toisa Lizzie avec dédain.

— Eh bien, si tu refuses de t'asseoir, au moins, parlons ! Tu dois avoir quelque chose à me dire…

De la part de n'importe qui, ça aurait pu passer pour une remarque de bon sens, mais venant de Stella Harris c'était un défi piégé. *Vide ton sac, mais je te préviens : je t'attends au tournant.*

— J'ai des tas de choses à te dire. La question, c'est : est-ce que tu es prête à les entendre ?

Depuis qu'elle avait planifié cette visite, Lizzie s'était entraînée au moins une dizaine de fois devant le miroir. Sa mère était très forte pour réécrire l'histoire à son avantage, de manière à la culpabiliser ou à l'humilier. Sauf qu'aujourd'hui Lizzie était bien décidée à inverser les rôles.

Stella leva les yeux au ciel.

— Oh ! arrête ! Tu parles comme dans ces horribles talk-shows américains où de pauvres idiotes se croient obligées de déballer leur vie devant tout le monde. C'est tellement pratique d'accuser la terre entière de tous ses malheurs, ça permet de ne jamais rien assumer !

Lizzie se hérissa.

— C'est donc comme ça que tu me vois ? Une pauvre idiote incapable de rien assumer ?

Sa mère haussa imperceptiblement les sourcils. Genre : « Il n'y a que la vérité qui blesse ». Vacherie contredite par son geste faussement désinvolte, qui, lui, signifiait : « Bah ! ne fais pas attention, je raconte n'importe quoi. » Le double discours, c'était une manie chez Stella : dire une chose en en sous-entendant une autre, comme si sa véritable pensée ne reflétait pas les paroles qu'elle se sentait obligée de prononcer dans telle ou telle circonstance. D'un ton dédaigneux, elle éluda la question :

— Ne sois pas ridicule. Tu as toujours tout pris trop à cœur.

— Quoi, comme la fois où tu m'as sorti que tu regrettais de ne pas avoir eu qu'une seule fille ? J'ai pris ça trop à cœur, tu trouves ?

Voilà : le moment était venu ! Le moment auquel Lizzie s'était préparée durant quinze ans.

— J'étais hors de moi, lança Stella, le menton levé. Sous le coup de la colère, on dit des choses qu'on ne pense pas.

— Sauf que moi j'étais terrifiée ! J'aurais eu besoin que ma mère m'écoute au lieu de me hurler dessus !

Mais, ça, Stella ne voulait pas l'entendre.

— Ce n'est pas ma faute si j'ai réagi de cette manière. Tu étais tellement difficile, tellement rebelle ! Tu ne m'obéissais jamais.

— J'avais dix-sept ans ! J'étais ado ! C'est normal, de se conduire comme ça à cet âge.

— Bea, elle, ne s'est jamais comportée ainsi.

Stella porta une main à sa bouche — trop tard.

Lizzie secoua la tête, écœurée.

— Certaines choses ne changent pas, hein, maman ?

Elle avait pris un ton moqueur, prononçant le mot « maman » avec une ironie teintée d'amertume.

Stella semblait avoir perdu un peu de son assurance, mais Lizzie n'avait pas l'intention d'en rester là.

— Tu te souviens de ce jour-là ?

Elle n'attendit pas la réponse.

— Tu sais, le jour où je suis venue te demander ton aide parce que j'étais enceinte ?

Sa mère la regarda, les lèvres pincées.

— Evidemment, je m'en souviens.

— Et tu te souviens aussi de tout ce que tu m'as dit ?

Stella secoua la tête.

— Je ne vois pas pourquoi…

— Parce que, moi, oui ! Je me souviens de chaque mot, sans exception ! Tu veux que je te rafraîchisse la mémoire ?

Sa mère contempla le plafond sans répondre.

— Je vais prendre ça pour un oui. Tu m'as traitée de gamine stupide et de sale pute ! Tu m'as dit que j'étais la brebis galeuse de la famille et que je vous déshonorais, papa et toi ! Tu m'as dit qu'un tel choc allait tuer Grandpa. Que tu avais honte d'être ma mère. Que j'avais bousillé ma vie, mais aussi celle de tous mes proches. Ah, et puis tu m'as dit que tu regrettais de m'avoir eue et que tu aurais préféré n'avoir que Bea comme fille. Voyons, je n'ai rien oublié ?

Lizzie se tapota la lèvre comme si elle cherchait la solution à une définition de mots croisés.

— Non, il me semble que c'est à peu près tout.

Elle saisit sa tasse et but une gorgée.

— Merci pour le thé, au fait. Eh, oui ! Tu vas découvrir que la colère fait dire aux gens exactement ce qu'ils pensent, comme je viens de t'en faire la démonstration. Et, pour ton info, sache que depuis ce jour je n'ai jamais cessé de te haïr. Et maintenant, si tu veux bien m'excuser, il faut que j'aille aux toilettes. Je suppose qu'elles n'ont pas changé de place ?

Lizzie reposa son mug sur la table et, sans un regard pour sa mère, prit la direction de l'escalier. Elle fila s'enfermer dans la salle de bains et, adossée à la porte, ferma les yeux. Son cœur cognait à ses oreilles et une sourde palpitation faisait battre ses tempes. S'approchant du miroir, elle contempla son reflet. Elle aurait dû éprouver un sentiment de triomphe, et pourtant elle ne sentait que de la fatigue. Comme si la béquille qui l'avait soutenue durant des années lui avait été retirée. Elle s'aspergea le visage d'eau froide avant de retourner en bas.

Stella était toujours immobile sur sa chaise. Elle fixait un point droit devant elle et ne tourna pas la tête lorsque Lizzie revint dans la cuisine. Cette fois, Lizzie consentit à s'asseoir. Elle se mit à tripoter nerveusement la poignée de son mug de thé, mais sans jamais croiser le regard de sa mère.

— Tu me hais vraiment ? lui demanda Stella à mi-voix.

Il y avait de la souffrance dans cette question, mais également l'admission d'une vérité restée trop longtemps occultée.

Lizzie soupira.

— Je t'ai haïe, oui... Aujourd'hui, je ne sais plus trop où j'en suis vis-à-vis de toi.

Ça aussi, c'était la vérité. Comme si le fait d'avoir craché à la face de sa mère les sentiments qui l'avaient étouffée à l'époque dispensait Lizzie de continuer à les éprouver, du moins avec la même intensité. Elle reprit :

— Granny nous défendait d'employer ce terme. Elle disait toujours : « On ne hait pas quelque chose. On ne l'aime pas, c'est tout. »

— Donc tu ne m'aimes pas ?

Lizzie regarda Stella droit dans les yeux.

— Je ne te connais pas. Ça fait quinze ans ! Quinze ans, tu comprends, ça ? Durant quinze ans, j'ai pensé que ma propre mère s'en fichait de moi.

— Bea me disait toujours que tu allais bien !

— Résultat, tu t'es entièrement déchargée sur elle ! Tu n'as même pas essayé de reprendre contact avec moi. Pas même quand j'ai perdu l'enfant ! Tu as une petite idée de ce que j'ai éprouvé ?

— Mais puisque Bea me disait que tu allais bien…

— Ça ne suffit pas ! Bea était ma sœur. Toi, tu étais ma mère !

Tu *étais* ma mère. L'émotion était palpable. Comme si un juge venait de délivrer un verdict de culpabilité.

Stella se leva de sa chaise et alla à la fenêtre. Elle regarda le jardin. Le soleil de fin d'automne teintait le paysage de couleurs flamboyantes.

— J'ai énormément pensé à toi, Lizzie. Je n'ai jamais voulu que les choses prennent cette tournure-là entre nous, mais je ne savais pas comment y remédier. J'étais trop en colère… Ces dernières années ont été très dures.

C'était bien sa mère, ça ! Pour quelqu'un qui clamait que tout le monde devait assumer la responsabilité de ses actes, elle semblait incapable de voir la sienne !

— Je me suis sentie abandonnée, dit Lizzie avec simplicité.

Cette déclaration parut toucher un point sensible

chez sa mère. Stella se retourna et la foudroya du regard, un doigt pointé sur elle.

— Et moi, comment crois-tu que je me suis sentie ? Comment crois-tu que ton père se soit senti ? *Tu* nous as abandonnés ! J'ai vu ton père tomber malade et mourir ! Et toi, où étais-tu pendant ce temps-là ? Hein, où étais-tu ?

— Parce que bien sûr, si j'étais revenue à la maison, tu m'aurais accueillie à bras ouverts ?

— Dans l'intérêt de ton père, j'aurais mis mes sentiments de côté.

Lizzie leva les yeux au ciel.

— Oh ! arrête ! Tu ne m'aurais même pas laissée entrer.

— Si tu avais risqué de lui faire de la peine, non.

— Ou de te faire honte à toi, si jamais une de ces dames de la paroisse était passée par là !

— Ça n'a rien à voir ! Tu as abandonné ton père au moment où il avait le plus besoin de toi !

Lizzie répliqua avec calme :

— Eh bien, heureusement que nous pouvions toutes les deux compter sur Bea, n'est-ce pas ?

Elle avait prévu que sa mère essaierait de la culpabiliser en mentionnant la mort de son père. Et ça avait marché, bien sûr ! Sauf que, pour rien au monde, Lizzie ne l'aurait laissé paraître.

Stella croisa les bras.

— En effet, oui.

Elles se contemplèrent un moment et, tout à coup, le déclic se fit. Comme si elles arrivaient enfin à se percevoir de manière objective, avec ce regard extérieur que peuvent avoir les étrangers au cercle familial : comprenant, de façon infime peut-être, qu'elles partageaient la même douleur. Ce fut Stella qui rompit le silence.

— Alors pourquoi maintenant ? C'est à cause de Bea ?

Lizzie s'était préparée à cette question. Elle ne voulait pas parler des lettres à sa mère. Pas encore. Elle opina.

— Disons que sa mort m'a fait reconsidérer ma vie.

Stella sembla le comprendre.

— La vie est courte, murmura-t-elle.

Elles se turent, chacune perdue dans les souvenirs de ceux qu'elles avaient aimés et perdus. Le calme était revenu dans la cuisine. La colère s'était dissipée. Il restait encore certains non-dits, mais l'atmosphère était malgré tout moins oppressante, moins urgente.

— Tu restes manger ? lui demanda Stella au bout d'un moment.

Lizzie la regarda. Cette invitation, c'était une sorte de rameau d'olivier que sa mère lui tendait, et elle devait le saisir, bien sûr : pour Bea, pour Sam, mais surtout pour elle-même.

— D'accord.

Elle marqua une pause et ajouta :

— Merci.

Au cours du repas, elles parlèrent de tout sauf du passé. Pour le moment, elles avaient épuisé le sujet, au grand soulagement de Lizzie. Petit à petit. Les choses se feraient petit à petit. Elles avaient chacune vidé leur sac et, si certaines vérités restaient à dire, tout ça viendrait en temps voulu.

Elles discutèrent du présent, échangeant des nouvelles

telles de vieilles connaissances qui se seraient perdues de vue. Sensation étrange, mais pas déplaisante. Lizzie décrivit son job à la librairie, situation que sa mère parut approuver.

— C'est vrai que tu as toujours aimé les livres, depuis toute petite.

Elles se tournaient autour, découvrant bribe par bribe leur quotidien respectif, chacune s'interrogeant sur l'éventuel devenir de leur relation.

Après le déjeuner, Stella demanda à Lizzie si elle avait envie d'aller sur la tombe de Bea. C'était sa façon à elle de lui tendre la main et Lizzie accepta sans se faire prier.

Elles traversèrent le village à pied. Le soleil avait disparu et l'air était brumeux, humide, le sol, spongieux sous leurs pieds. Comme elles pénétraient dans le cimetière, Lizzie aperçut une silhouette émergeant de l'église. Son cœur se serra lorsqu'elle reconnut l'homme qui s'approchait.

— Bonjour, Stella. Lizzie ? Quel plaisir de te voir, dit Alex en leur souriant à toutes les deux.

— Nous allions mettre des fleurs sur la tombe de Bea, expliqua Stella, qui poursuivit son chemin.

Le visage d'Alex s'assombrit, plein de compassion.

— Bien sûr…

Lizzie aurait bien aimé suivre sa mère, mais Alex la regardait avec intensité. Il posa une main sur son épaule. Elle se raidit à son contact.

— Comment ça va ?

— Pas trop mal, merci.

Ce n'était pas un mensonge. C'était presque la vérité.

Il opina d'un air grave, sans détacher son regard

du sien. Ces yeux bleus qu'il avait… si craquants à l'époque. Des yeux qui vous attiraient comme un aimant et ne vous lâchaient plus.

— Ça me fait vraiment très plaisir de te revoir, Lizzie, mais très franchement je ne m'y attendais pas. Vous vous adressez de nouveau la parole, ta mère et toi ?

Comme si ça t'intéressait ! Et d'abord c'est à cause de toi que nous ne nous parlions plus ! Ces pensées tournoyaient dans la tête de Lizzie sans qu'elle puisse les formuler. Elle avait trop remué le passé pour aujourd'hui. Elle ne se sentait plus la force de continuer.

— Apparemment.

— Tant mieux, c'est super. Je suis vraiment très content pour vous deux. J'ai beaucoup pensé à toi depuis l'autre jour. J'étais inquiet, tu sais. Tu avais l'air terriblement malheureuse.

— Je venais d'assister aux obsèques de ma sœur…

— Oui, je sais. C'était normal. Mais je voulais dire par là que j'ai perçu une profonde tristesse en toi. Ici…

Et, ôtant sa main de l'épaule de Lizzie, il la posa près de son cœur. C'était un geste de tendresse, d'accord, mais là c'en était trop. Elle fit un pas en arrière.

— Je dois aller aider maman.

— Je comprends. Excuse-moi si j'ai eu des mots maladroits. Tout ce que je veux, c'est que tu sois heureuse.

Il lui fit un tout petit baiser sur la joue et, avant de s'éloigner, lui murmura au creux de l'oreille :

— Je n'ai jamais voulu que ton bonheur, Lizzie.

Elle resta figée sur place, avec la chaude sensation de ses lèvres sur sa joue. Ce baiser la ramena à leur amour d'adolescents. Avec le recul, c'était presque risible. Elle l'attendait derrière l'église et son cœur bondissait de joie lorsqu'elle le voyait. Quand il l'avait embrassée et guidée par la main jusqu'au presbytère, elle s'était sentie la fille la plus chanceuse du monde. Capter l'attention d'Alex Chambers, c'était le rêve de toutes les ados du village. Leurs rapports sexuels à la va-vite devaient cadrer avec le retour des parents d'Alex : tout ça n'avait pas vraiment le parfum d'une romance érotique, mais pour Lizzie ç'avait été une expérience excitante et audacieuse. Comme un premier pas vers son statut de femme. Du moins, c'est ce qu'elle avait cru jusqu'à ce que leur histoire vire à la catastrophe.

S'obligeant à émerger de ces souvenirs indésirables, elle reprit son chemin dans l'herbe mouillée et rejoignit sa mère. Stella avait écarté les fleurs mortes et s'employait à ôter les feuilles au bas du bouquet qu'elle avait apporté. S'emparant d'une des tiges dénudées, Lizzie la glissa dans le vase en métal.

— Non, pas comme ça ! Il faut d'abord les raccourcir de cinq centimètres !

Lizzie poussa un soupir.

— Désolée, dit Stella. Je ne voulais pas être cassante.

Elle s'approcha ensuite de la pierre tombale et y essuya une trace de boue à l'angle.

Lizzie fut soudain frappée par l'atrocité de la situation pour sa mère : se retrouver en train de fleurir la tombe de sa propre fille. Personne ne devrait avoir à vivre une telle horreur.

Stella termina d'arranger le bouquet dans le vase et parut satisfaite du résultat. Elle se redressa et ferma les yeux, perdue pour un temps dans une prière silencieuse.

Sortant de son recueillement, elle ramassa les fleurs restantes.

— J'ai pensé que celles-ci seraient pour papa, dit-elle en agitant la main vers la gauche.

Lizzie ne s'en était pas aperçue, mais la tombe de son père se trouvait là, à côté de celle de Bea, naturellement. Elle sentit sa gorge se serrer.

A cet instant, quelqu'un l'appela. Elle leva les yeux : Joe et Sam les rejoignaient. Elle leur fit signe en souriant. Arrivé à sa hauteur, Joe la serra très fort contre lui.

— Lizzie... Ça me fait plaisir de te voir.

Accueil qui l'étonna autant qu'il la ravit ; l'accolade de son beau-frère était affectueuse et réconfortante.

Sam courut vers sa grand-mère et lui glissa un bras autour de la taille.

— Bonjour, Sammy. Ça s'est bien passé à l'école, aujourd'hui ? Avec tatie Lizzie, nous étions en train de mettre des fleurs à ta maman.

Lizzie fut surprise d'entendre sa mère se référer à elle en ces termes, mais heureuse, aussi. Elle se sentait incluse dans la famille.

Sam la salua d'un signe de tête avant de s'avancer vers les tombes.

— Salut, maman, salut, Grandpa ! Aujourd'hui, on a étudié les Vikings à l'école.

Lizzie sourit. Sam s'était lancé dans une conversation animée mais à sens unique. Joe chuchota à son oreille :

— Il fait souvent ça.

— Moi, je trouve ça magnifique, déclara Stella. Personnellement, je parle tout le temps à Jack.

Cette confidence attendrit Lizzie. Elle se tourna vers Joe.

— Alors, qu'est-ce que tu deviens ?

Son beau-frère hocha la tête avec une joie factice.

— Oh ! tu sais ce que c'est… On fait aller.

Stella lui étreignit le bras.

Ayant fait le récit de sa journée à ses proches disparus, Sam les rejoignit.

— Tu restes pour le goûter ? demanda-t-il à Lizzie. Granny peut venir aussi.

Lizzie regarda Joe, puis Stella.

— Mais bien sûr, on va tous aller prendre le thé à la maison, proposa Joe. Si ça vous dit.

Stella hocha la tête.

— C'est une excellente idée, Sammy.

Lizzie sourit.

— J'accepte avec plaisir, moi aussi.

La nuit commençait à tomber lorsqu'ils arrivèrent au portail du cimetière. Brusquement, Sam s'arrêta et jeta un regard en arrière.

— Qu'est-ce qu'il y a, mon bonhomme ? lui demanda son père.

— J'ai oublié de dire au revoir à maman et Grandpa. Viens, Lizzie !

Lizzie haussa les épaules à l'adresse de son beau-frère et de sa mère et repartit en direction des tombes.

— Il faut que tu leur dises au revoir, toi aussi.

Lizzie se sentait un peu ridicule, mais ne voulait surtout pas lui faire de peine.

— Au revoir…

— Et tu dois tapoter gentiment, insista-t-il en caressant la pierre tombale de sa mère, puis celle de son grand-père.

Lizzie s'exécuta.

— Au revoir, Bea. Au revoir, papa.

Tout à coup, elle se figea, frappée par ses paroles et par l'endroit où elle les prononçait. Sam était déjà reparti comme une flèche vers la grille du cimetière, mais elle choisit de s'attarder un peu.

— Je te demande pardon, papa, murmura-t-elle en posant la main sur la stèle. J'aurais dû être là pour toi.

Elle essuya maladroitement ses larmes et rejoignit les autres.

Chapitre 8

Début novembre

Novembre arriva, et avec lui la promesse de l'hiver et de l'inévitable effervescence de Noël. Lizzie était rentrée de Smallchurch en proie à un sentiment mitigé. D'un côté, elle se sentait soulagée d'avoir réussi à accomplir le troisième souhait de Bea, et elle avait l'impression de s'être débarrassée du poids qui l'accablait depuis des années. Elle n'aurait jamais cru que sa souffrance refoulée l'avait affectée à ce point. Elle l'avait conservée tout au fond de son cœur, cadenassée et intacte, si bien que, confrontée à sa réalité, elle avait été stupéfaite de découvrir la profondeur de sa colère, enracinée en elle comme une plante grimpante qui aurait entortillé ses lianes tout autour d'elle. Lâcher toute cette rancune, ç'avait été une libération, bien sûr. Mais d'un autre côté, chaque jour qui passait lui rappelait amèrement toutes les choses qu'elle n'avait pas réussi à exprimer, lors de sa visite. Sa colère s'était apaisée, d'accord, mais pas sa souffrance. Pour commencer, Stella ne lui avait pas fait d'excuses, pas plus qu'elle n'avait réellement admis tout le mal qu'elle lui avait causé, et cette constatation accablait Lizzie.

Elle avait appelé Sam deux ou trois fois depuis, mais n'avait eu aucun autre contact avec Stella. Elles n'avaient pas atteint le stade des paisibles papotages mère-fille. Lizzie, pour sa part, en était encore à tout digérer, à chercher quelle attitude adopter vis-à-vis de Stella. Elle avait retrouvé avec soulagement la relative sécurité de la librairie ainsi que toutes ces personnes qui lui témoignaient de l'affection et ne savaient pas grand-chose de son passé. Ça lui procurait l'espace dont elle avait besoin pour réfléchir. Elle avait à nouveau failli se confier à Susie. Décharger son fardeau, demander conseil, ça lui aurait peut-être fait du bien ? Jusqu'ici, elle avait résisté. La plaie était encore à vif, et d'une certaine manière trop intime. Susie était son amie, d'accord, mais elle ne la connaissait pas depuis si longtemps que ça. Bien sûr, la personne à qui elle avait réellement besoin de parler n'était plus de ce monde, et Lizzie ressentait toujours douloureusement son absence.

Elle avait repris tête baissée sa routine à la librairie. Après le succès du groupe de lecture, elle était en train d'organiser une deuxième réunion et avait elle-même choisi le livre, cette fois. C'était l'un de ses préférés. Ce matin, elle avait collé une affiche annonçant la prochaine séance. Carol, plantée devant, avait toutes les peines du monde à déchiffrer le titre.

— *Ger-mi-nal.* Oh ! punaise… on dirait un truc contre les hémorroïdes…

Son trait d'humour la fit pouffer. Lizzie sourit

poliment tandis que Carol s'approchait du comptoir, le livre à la main :

— Bon, et ça parle de quoi, alors ?

— Du quotidien d'un groupe de mineurs du nord de la France, ça se passe au XIXe siècle.

— Ah... OK...

Carol feuilleta les quelque six cents pages du volume. Lizzie poursuivit :

— Ça parle de leurs luttes, de leur misère et de la façon dont ils arrivent à surmonter tout ça. Tu verras, c'est étonnant. Quand on commence, on ne peut plus s'arrêter.

Elle ajouta avec un sourire encourageant :

— Ça devrait te plaire.

Carol fit claquer le livre sur le comptoir et lui décocha un clin d'œil coquin.

— Eh, faut tout essayer, dans la vie ! A propos, je voulais te demander... qu'est-ce que tu penses du charmant garçon d'à côté ?

Lizzie feignit de ne pas comprendre :

— Terry, tu veux dire ? Celui du bureau de poste ?

Carol croisa les bras sur sa poitrine.

— Mais non, pas Terry. Il a au moins cinquante-cinq ans ! Non, tu sais très bien de qui je parle. Le beau Ben !

Lizzie se mit à rire.

— Tu le trouves beau, toi ?

Carol prit l'air choqué :

— Attends, il est super canon ! Et célibataire, en plus.

— Et alors ?

— Et alors, toi aussi, tu es célibataire, pas vrai ?

— Pas du tout ! En réalité, je suis mariée, heureuse, et mère de trois enfants. Mais je n'en parle jamais.

Lizzie adorait ces petites blagues sans conséquence avec Carol ou certains de ses autres clients. C'était une expérience relativement nouvelle qu'elle devait au groupe de lecture. Elle avait l'impression de puiser dans une partie d'elle-même qu'elle avait négligée depuis un bon moment : celle qui avait le sens de l'humour.

Carol secoua la tête.

— Fiche-toi de moi ! Je sais de source sûre ce qu'il faut à Ben : l'amour d'une fille bien.

Lizzie haussa les sourcils, ironique.

— Et je suppose que, cette source sûre, c'est Susie ?

Carol opina.

— Apparemment, il a du mal à faire confiance aux femmes, tu vois, à cause de son ex.

— Tu m'étonnes...

— Une sacrée garce, j'ai l'impression. Elle lui a pris tout son fric et a filé avec son meilleur ami. Ben s'est retrouvé sans toit et sans argent. Susie a dû venir à sa rescousse.

— Oui, il m'en a vaguement parlé. Le pauvre... C'est dur.

— Conclusion, ce qu'il lui faut, c'est une femme belle, intelligente, douce et attentionnée pour le détourner de ses idées noires et restaurer sa foi en la gent féminine.

— Comme c'est bien dit... Ecoute, si jamais j'en trouve une qui ressemble à ça, je lui donnerai le numéro de Ben.

Carol prit l'air exaspéré.

— Sérieux, Lizzie ! Tu serais parfaite pour lui !

Lizzie soupira.

— Oh ! Carol, c'est très gentil à toi de penser ça de moi, mais je ne crois pas être la femme idéale pour Ben. D'ailleurs, lui non plus n'est pas l'homme de mes rêves.

Carol parut déçue.

— Et pourquoi ça ?

Lizzie sourit. Carol prenait ses intérêts à cœur et sa sollicitude la touchait, mais elle n'avait vraiment pas envie de s'embarquer dans une histoire d'amour en ce moment, et encore moins avec Ben ! D'accord, elle l'appréciait plus qu'au début, mais ça ne signifiait pas grand-chose, vu le malaise de leurs premières rencontres. Elle ne l'avait jamais considéré comme un possible petit ami, et d'ailleurs, un petit ami, elle n'en voulait pas, pas maintenant, en tout cas. Sa vie était en train de changer — en mieux, fallait-il espérer — et, justement, pas question d'entraver cette évolution. Lizzie en était encore à tenter de mettre de l'ordre dans ses idées et son esprit restait accaparé par son passé, sa mère et Bea. Car sa sœur était toujours là ; source de peine et de réconfort. Exemple, ce matin : elle avait entendu *Robert De Niro's Waiting* des Bananarama à la radio et s'était retrouvée à sangloter au-dessus de ses cornflakes : quand elles étaient petites, Bea et elle se livraient à des chorégraphies devant la glace, sur cette chanson. Non, décidément, il n'y avait pas de place pour autre chose, ni dans sa tête ni dans son cœur. C'était encore trop tôt. Mais bien entendu elle ne pouvait pas le confier à Carol.

— Il ne me plaît pas, c'est tout. Désolée.

Carol prit l'air effaré.

— Il faut aller te faire contrôler la vue, mon chou ! C'est tout ce que j'ai à dire ! Tu sais quoi ? Si j'avais trente ans de moins, je lui sauterais dessus comme la misère sur le pauvre monde.

Elle se mit à glousser.

— Bon, allez ! Je peux tout de même pas rester là toute la journée, moi. J'ai mon cours de Zumba dans vingt minutes. A tout', ma choute !

Mme Nussbaum émergea de l'arrière-boutique où elle s'était cachée pour échapper à Carol.

— Cette bonne femme ne prend donc jamais le temps de respirer ?

Elle traversa le magasin d'un pas raide, Bambi trottinant docilement à ses côtés.

Lizzie se mit à rire.

— A mon avis, elle n'obtient pas grand-chose comme réponses de la part de son mari. Alors, quand elle vient ici, elle se lâche !

— Pauvre homme ! Il ne doit pas pouvoir en placer une.

— En fait, je crois qu'elle se sent un peu seule, dit Lizzie en choisissant quelques livres de poche pour regarnir la section « fiction ».

— Oh ! la solitude, je connais ça !

Mme Nussbaum alla se percher sur son tabouret, derrière la caisse. Bambi s'affala à côté de sa maîtresse et posa le museau sur ses pattes, même si du coin de l'œil il continuait de la surveiller.

Lizzie regarda sa patronne et éprouva un pincement de compassion.

— Je suis navrée, madame N., je n'aurais pas dû dire ça. Je n'ai pas réfléchi.

— *Ach, nein*… Ce n'est pas grave, Lizzie. Je ne le prends pas mal. Après tout, on finit tous seuls un jour ou l'autre, et puis Léonard était un homme merveilleux. J'ai eu de la chance de le garder si longtemps, même si, bien sûr, il pouvait être *sehr* énervant à certains moments. Mais comme tout le monde, pas vrai ?

Lizzie acquiesça. La vieille dame la fixait d'un drôle d'air.

— J'ai l'impression que, la solitude, tu connais, toi aussi, n'est-ce pas, ma chère petite ?

Lizzie hésita, feuilletant les livres qu'elle avait à la main pour se donner une contenance. Quelques mois auparavant, elle aurait tranquillement balayé la question avec un paquet de mensonges destinés à rassurer et à dédramatiser. Sauf qu'entre-temps les dernières volontés de Bea lui avaient fait entrevoir d'autres options. Sans aller jusqu'à mettre une petite annonce dans le journal local, elle commençait à se rendre compte qu'avec certaines personnes ses secrets ne risquaient rien. Avec Mme Nussbaum, par exemple.

— C'est possible, oui… disons plutôt que ma solitude ne m'avait pas frappée avant la…

Mme Nussbaum la dévisagea, une lueur de compassion dans le regard.

— Avant la… ?

Lizzie inspira un grand coup.

— Avant la mort de ma sœur.

— Oh ! ma pauvre enfant ! Quand est-ce que… ?

— En juillet dernier.

— Mais pourquoi ne m'as-tu rien dit ?

Lizzie réfléchit longuement.

— Ça faisait un bail que je n'avais pas revu ma

mère. Je fréquentais ma sœur, mais ni mes parents ni sa famille à elle. J'avais du mal à en parler. C'est toujours le cas, d'ailleurs.

C'était la première fois que Lizzie l'avouait à quelqu'un.

Elle avait craint le jugement de Mme Nussbaum, mais elle fut surprise de sa réaction. Le visage de la vieille dame s'était assombri, mélange d'inquiétude et de sympathie.

— Ça a dû être très dur pour toi...

Lizzie médita là-dessus.

— Disons que ça m'a fait du bien d'être ici.

Mme Nussbaum s'épanouit.

— On a de la chance de s'être trouvées, toutes les deux, hein ?

— Oui, je le pense vraiment.

Lizzie sourit à son amie, car c'était bel et bien ce que sa patronne était devenue pour elle. Et, à l'évidence, c'était écrit depuis le début. Oh ! il lui aurait été facile de rejeter la théorie de la vieille libraire qui la pensait envoyée par quelque puissance céleste... Mais, que Mme Nussbaum y croie ou non, ça n'était pas le problème. Lizzie saisissait très bien ce que sa patronne entendait par là : sa place était ici. Pour la première fois depuis bien longtemps, elle avait des amies et puis aussi les lettres de Bea. Le passé et le présent s'accordaient, pour ainsi dire. Il y aurait sans doute encore des larmes et de la tristesse à affronter, mais pour le moment tout semblait s'équilibrer plus ou moins.

— Et maintenant ? demanda Mme Nussbaum, faisant écho à ses pensées.

— Maintenant, je commence à renouer avec ma famille. J'aime beaucoup mon neveu, Sam, et son père, Joe. Et puis j'ai revu ma mère.

— Et ?

Un mot. Une seule question. Un million de réponses différentes.

— Ah, ça va prendre du temps… C'est qu'il s'en est passé, des choses, entre nous !

— Je comprends. Ça suit son cours, si l'on peut dire ?

Lizzie sourit.

— Voilà. Tiens, ça me plaît bien, comme formule ! Ça suit son cours, oui…

— Laisse du temps au temps, ma petite Lizzie. Laisse du temps au temps. La famille, c'est important. Exaspérant. Mais important.

Mme Nussbaum chaussa ses lunettes, qui pendaient à la chaîne autour de son cou.

— Bien, il se pourrait que j'aie besoin de ton aide pour les mots croisés. J'y ai déjà jeté un *kleine* coup d'œil et certaines définitions sont assez compliquées.

Lizzie retourna à ses rayonnages, portée par un sentiment de contentement. Elle avait trouvé la confidente idéale en la personne de Mme Nussbaum. Jamais la vieille dame ne se mêlerait de ses affaires, jamais elle n'irait cancaner. Au contraire, elle lui prêterait une oreille attentive et serait toujours disposée à lui glisser un petit conseil plein de bon sens. Et, cette sagesse-là, Lizzie en aurait certainement besoin au cours des mois à venir. Elle pensait déjà à la lettre de Bea qu'elle avait laissée dans la cuisine, en attendant de la lire plus tard. Cette perspective l'emplissait d'un mélange d'exaltation et de crainte. Elle n'avait pas la moindre idée de l'endroit où allaient la conduire les prochaines volontés de sa sœur, mais la Lizzie qu'elle était en train de découvrir brûlait de curiosité de le savoir.

C'est peu avant l'heure de la fermeture, alors qu'elle rangeait la recette du jour dans le coffre-fort, que le carillon de la porte signala l'entrée d'un client dans le magasin. En semaine, il n'était pas fréquent que la librairie accueille des gens à cette heure-ci, mais Lizzie était si absorbée dans ses pensées qu'elle ne leva pas le nez.

Mme Nussbaum l'appela :

— Lizzie ! Tu as de la visite !

Ah, ça devait être Susie… Elle écarta le rideau, prête à saluer son amie avec un grand sourire… et se figea sur place. C'était sa mère.

Le choc ! Mme Nussbaum, saisissant la situation, enchaîna avec naturel :

— Enchantée, Mme Harris. Lizzie vous fait honneur, vous savez. Les clients l'adorent. C'est bien simple, sans elle, je serais perdue !

— Eh bien, je suis très contente de l'apprendre.

Stella gardait les yeux rivés sur Lizzie.

Le ton était léger, mais quelque chose clochait dans son attitude : une sorte de raideur envers Mme Nussbaum qui trahissait peut-être une pointe de jalousie vis-à-vis de la relation aisée que la vieille libraire entretenait avec sa fille…

Mme Nussbaum s'en aperçut elle aussi et se leva de son tabouret.

— Bon, je vais vous laisser toutes les deux. Vous

devez avoir des quantités de choses à vous dire. Allez, viens, Bambi…

A ces mots, le boxer bondit à sa suite dans l'arrière-boutique. En passant devant Lizzie, Mme Nussbaum lui effleura l'épaule de la main, à peine une seconde. Un geste infime dont Lizzie ressentit pourtant la générosité comme si la vieille dame l'avait prise dans ses bras. Un geste qui disait : « Courage, Lizzie ! »

— Allez, à demain, ma chère petite !

— Bonsoir, madame N., répondit-elle avec un sourire.

— Oui, bonsoir, lança Stella.

Une partie de Lizzie avait très envie que sa mère reste. Elle ne savait pas trop quoi lui dire, ni ce qu'elle éprouvait à la voir là. La librairie, c'était son univers à elle : l'endroit où elle se sentait en sécurité. Sa mère s'y immisçait comme une intruse, amenant avec elle de mauvais souvenirs et d'autres pensées confuses. Cette jonction entre passé et présent donnait vaguement la nausée à Lizzie. Néanmoins, il en avait sûrement sacrément coûté à Stella de venir ici. Elle devait vraiment avoir voulu venir.

Sa mère continuait de la dévisager sans pour autant faire le moindre mouvement vers elle.

— C'est donc ici que tu travailles, dit-elle en regardant autour d'elle.

Le ton était neutre — ni approbation ni dédain. Lizzie répondit simplement :

— Oui.

— Et je vois que vous organisez un groupe de lecture, ajouta Stella en désignant l'affiche accrochée au mur.

Lizzie acquiesça de la tête.

— *Germinal...*, poursuivit Stella. Je l'ai lu, ce roman. Je m'en souviens.

Lizzie n'en revenait pas. Elle n'aurait jamais imaginé sa mère en fan de littérature française du XIXe siècle...

— Et il t'a plu ?

Stella fronça les sourcils.

— C'était il y a longtemps... Mais, oui, il me semble que je l'ai bien aimé.

Lizzie laissa passer quelques secondes, déroutée. Vers quoi orienter la conversation, maintenant ? Finalement, elle désigna la porte de la librairie.

— Il faudrait que je ferme le magasin.

— Oui, oui... fais comme d'habitude. Ne t'interromps pas pour moi.

Lizzie alla donner un tour de clé et retourna l'écriteau du côté « fermé ». Elle sentait le regard de sa mère lui transpercer le dos. Son cœur battait fort dans sa poitrine. Elle était à la fois nerveuse et excitée. Dans quel but Stella était-elle venue la voir ?

— Tu dois te demander comment j'ai fait pour te trouver, dit cette dernière, une lueur de fierté dans les yeux.

Pas vraiment, non...

— Sam m'a aidée à te chercher sur Google ! Il connaissait le nom de la librairie, et me voilà !

Ah, le sale gosse ! Ah, le petit emmerdeur ! Mais Lizzie se mit à sourire en se remémorant Sam donnant des ordres à Stella. Ce souvenir modifia la vision qu'elle avait d'elle.

— Tu veux voir mon appartement ? s'entendit-elle dire.

Cette idée parut enchanter Stella.

— Très volontiers.

Sa mère la suivit dans l'arrière-boutique et jusqu'en haut de l'escalier. Lizzie s'écarta pour la laisser entrer la première.

— C'est petit, mais ça me va très bien.

Stella, plantée dans le salon, enregistrait le décor dans ses moindres détails. D'un ton de pure politesse, elle déclara :

— Très mignon.

Décidément, il y avait du changement par rapport à leur première rencontre... Lizzie n'avait pas l'intention de lâcher Stella au sujet du passé, mais elles avaient besoin de refaire connaissance, toutes les deux, c'était clair. Durant toutes ces années, Lizzie avait attribué à sa mère le rôle d'ennemi n° 1, l'accusant de tous ses malheurs, mais en la regardant maintenant elle voyait bien que Stella faisait des efforts. Elle cherchait à établir un lien avec sa fille, et Lizzie devait bien reconnaître que c'était son souhait à elle aussi.

— Tu veux une tasse de thé ?

— Oui, merci.

Sa mère la suivit dans la petite cuisine.

Lizzie remplit la bouilloire et posa deux mugs sur le plan de travail, avec un sachet de thé chacun.

— Avec un peu de chance, j'aurai peut-être même des biscuits, dit-elle en fouillant dans le placard sous le comptoir.

Mais sa mère avait les yeux rivés sur la lettre de Bea. La lettre numéro quatre.

— Qu'est-ce que c'est que ça ? lui demanda-t-elle, l'air troublé en reconnaissant l'écriture de Bea.

Lizzie rafla aussitôt l'enveloppe et la plaqua contre son cœur. Elle avait oublié qu'elle l'avait laissée là, en attendant de la lire... D'ailleurs, elle comptait l'ouvrir ce soir : alors, pas question de la partager avec quelqu'un et encore moins avec sa mère ! Comment réagirait Stella si jamais elle prenait connaissance des dernières volontés de sa fille aînée ? Et puis comprendrait-elle seulement la démarche de Bea ? De nouveau, Lizzie se mit à douter : ce n'était pas par hasard qu'elle avait compartimenté passé et présent durant si longtemps...

— Qu'est-ce que c'est ? répéta sa mère, et cette fois sa question résonna comme un ordre auquel on ne pouvait se soustraire.

— C'est une lettre...

— Ça, je le vois bien ! Mais comment se fait-il que tu aies une lettre de Bea ?

— Ecoute, je n'ai pas tellement envie d'en parler...

Ce genre d'argument ne suffirait pas à décourager sa mère, mais il fallait quand même essayer.

— Eh bien, moi, j'ai envie de savoir ! S'il te plaît.

Lizzie regarda Stella et vit le désespoir qui se cachait derrière ses exigences. Elle vit également son chagrin, comme un reflet du sien. Sa mère aussi souffrait de l'absence de Bea. Lizzie comprit qu'elle n'avait pas le choix : Stella avait le droit de savoir. Elle prit une profonde inspiration.

— Bea m'a laissé un paquet après sa mort. Il contenait un petit mot accompagné de douze lettres. Ce sont les dernières volontés de Bea, douze souhaits qu'elle veut que j'accomplisse. Celle-ci, c'est la quatrième, précisa-t-elle en montrant l'enveloppe.

Sa mère resta silencieuse un moment.

— C'est pour ça que tu es venue me voir, n'est-ce pas ? Parce que Bea te l'a demandé.

Lizzie écarta les mains en signe d'impuissance. Elle ne pouvait nier l'évidence.

— Je regrette que tu l'aies découvert de cette façon.

Stella reprit posément :

— Je pensais que tu étais venue de ta propre initiative, parce que tu en avais envie.

Lizzie se sentait complètement désemparée. Ç'aurait été plus facile si sa mère s'était mise à hurler comme une furie et si elle était partie en claquant la porte. Mais cette calme déception, elle n'était pas certaine de savoir y faire face.

Elle versa l'eau bouillante dans les mugs et en déposa un devant Stella.

— Si ça peut te consoler, je suis contente que Bea m'ait obligée à venir te voir.

Sa mère releva la tête, surprise.

— Vraiment ?

Lizzie opina.

— Je sais bien qu'on s'est dit nos quatre vérités ce jour-là, mais il fallait crever l'abcès.

Stella baissa les yeux sur son thé.

— Sans doute, oui. (Elle eut un sourire entendu.) Je dois avouer que j'ai préféré l'après-midi à la matinée…

Lizzie se mit à rire.

— Moi aussi. Et puis ça m'a fait plaisir de revoir Sam et Joe.

Il y eut un silence.

— Ecoute, Lizzie, quelle qu'ait été la raison de ta

visite, je suis contente que tu sois venue, dit sa mère à toute vitesse, sans croiser son regard.

Cet aveu procura autant de joie que d'étonnement à Lizzie. Encouragée par la franchise de Stella, elle répliqua :

— Il nous reste encore un long chemin à parcourir.

Elle guetta la réaction de sa mère : oserait-elle le nier ? Mais non, elle la regardait droit dans les yeux.

— J'ai déjà perdu une fille. J'aimerais essayer de garder l'autre, si c'est possible.

Lizzie ne s'attendait pas à une déclaration si honnête. Elle ne répondit pas, se contentant d'adresser à sa mère un petit signe d'acquiescement.

— Je peux te demander quelque chose ? dit Stella au bout d'un moment.

— Bien sûr.

— Pourrais-tu me lire la lettre de Bea, s'il te plaît ?

Si Stella lui avait posé cette question une demi-heure plus tôt, Lizzie aurait refusé, mais quelque chose avait changé entre-temps. Sa mère n'était plus la méchante reine du conte. C'était un être humain qui avait subi la même perte et le même chagrin qu'elle. Bea avait raison. Sous certains aspects, elles se ressemblaient, toutes les deux.

— D'accord.

Lizzie prit l'enveloppe et l'ouvrit en glissant un doigt sous le rabat. Elle sortit la lettre et regarda sa mère. Son visage n'était plus qu'impatience ; d'une certaine manière, Stella lui paraissait plus petite, on aurait dit une enfant attendant qu'on lui lise une histoire. Lizzie se racla la gorge et se lança.

Chère Lizzie,

Si tu lis cette lettre, c'est bon signe : ça veut dire que tu as revu maman. Je me doute de ce que ça t'a coûté, mais j'espère que tu as réussi à dépasser vos rancœurs de façon à reconstruire une relation. Vous êtes deux personnes formidables toutes les deux, je le sais, moi ! Tout ce que je veux, c'est que vous aussi vous en preniez conscience, en vous découvrant chacune telle que, moi, je vous vois.

Lizzie marqua une pause, considéra sa mère, mais Stella avait le regard perdu au loin. Elle poursuivit :

On a tous des regrets et on a tous commis des erreurs. Mais le plus important, à mon avis, c'est de s'efforcer de les réparer.

Et puis il y a autre chose que tu ignores peut-être à propos de la mort, c'est qu'elle te fait repenser aux moments heureux. J'ai essayé de revivre quelques-uns des miens. Tu étais d'ailleurs dans l'un d'eux. Tu te souviens de la fois où je suis venue chez toi et où on a dormi ensemble ? Ce que je voulais, en fait, c'était me rappeler l'effet que ça faisait de partager un lit avec toi comme avant, chez Granny. La réponse est : « carrément inconfortable », mais en même temps carrément agréable. Je t'ai regardée dormir. Tu ressemblais exactement à la fillette que tu étais : tu avais ton petit nez retroussé et ta douce haleine sucrée. Ma sœurette chérie… J'emporterai ce souvenir dans ma tombe. Ça m'a fait comprendre que Dove Cottage était sans doute l'endroit où l'on avait été le plus heureuses dans notre enfance, et je crois que tu devrais y retourner pour voir Grandpa. Danse avec les fantômes et savoure bien tous nos souvenirs. Ah, et n'oublie pas d'aller déguster une de ces énormes boules de glace qu'ils vendent sur la jetée. Tu sais, celles qui sont grosses comme des ballons de foot.

Je t'aime,

Bisous

Bea.

Lizzie essuya une larme égarée sur sa joue et reposa la lettre. Le regard perdu dans le vide, sa mère semblait transformée en statue de sel. Elle n'avait pas touché à son thé. Elle prit enfin la parole, d'une voix rauque, pleine de chagrin. Ce chagrin, Lizzie le reconnaissait, c'était le même que le sien, aussi profond que l'océan, aussi vaste que le ciel. Un chagrin qui vous submergeait le corps et vous broyait l'âme. Qui ne laissait aucune parcelle de vous intacte.

— S'il te plaît, Lizzie, tu veux bien me la relire ?

Lizzie inspira profondément et reprit la lettre depuis le début.

Chapitre 9

Fin novembre

Lizzie ouvrit le portail et remonta l'allée du jardin de son grand-père. L'histoire familiale pesait sur elle comme une chape de brume de mer. La maison n'avait pas changé du tout. Sans trop savoir pourquoi, elle s'était attendue à la trouver un peu différente, mais non. La peinture s'était juste un peu écaillée autour des encadrements de fenêtres bleus et la maçonnerie faisait des cloques aux endroits où il avait dû y avoir des infiltrations d'eau. Des années auparavant, quand son grand-père avait rénové la façade, il avait déclaré :

« Ce sera la toute dernière fois que je la repeindrai. »

Grandpa avait toujours été un grand fataliste, évoquant très librement sa mort prochaine. Et, vu qu'il avait maintenant quatre-vingt-sept ans, ça devait bien en faire trente qu'il attendait la venue de la sinistre faucheuse…

De son vivant, la grand-mère de Lizzie balayait les remarques de son mari d'un geste désinvolte.

« Oh ! arrête un peu ! », lui disait-elle toujours.

C'était une mamie pétillante au petit museau de hérisson, mais version cheveux blancs et bonbons à sucer. Femme au foyer, elle avait passé sa vie à s'occuper de sa famille et en particulier de son époux. Conformément aux exigences de sa génération, elle faisait la cuisine, le ménage et le repassage sans jamais se plaindre ni rouspéter. Son mari, lui, ne savait quasiment *rien* faire sans se plaindre ou rouspéter. Quoique de caractères diamétralement opposés, ils avaient connu un bonheur sans nuages.

« Ce n'est pas maintenant qu'il va changer... », chantonnait sa grand-mère en ramassant une énième paire de chaussettes ou en rabattant la lunette des toilettes pour la cinquième fois de la journée.

Lizzie avait demandé à sa mère de l'accompagner à Dove Cottage, mais Stella avait prétexté certains engagements à l'hospice, excuse que Lizzie avait acceptée avec soulagement. Elle voulait revenir seule, d'abord par curiosité, mais aussi parce que, s'il devait y avoir des fantômes à affronter, elle préférait le faire sans les chamailleries de sa mère et de son grand-père en fond sonore. Ces deux-là avaient toujours eu des rapports conflictuels dont ils partageaient la responsabilité. Car si Stella était du genre à tout contrôler, elle tenait cette tendance d'Ernest, à qui elle reprochait souvent son caractère « difficile ».

Lizzie n'avait pas revu son grand-père depuis longtemps. Mais elle était toujours restée en contact, lui envoyant une carte pour son anniversaire et à l'occasion une lettre. De son côté, il n'oubliait jamais son anniversaire à elle et, pendant quelque temps, il lui avait fait passer par l'intermédiaire de Bea des cartes accompagnées de mandats postaux puis, ces dernières années, d'un billet de 10 livres tout froissé. Lizzie, nerveuse, tendit la main vers le heurtoir en cuivre. Du vivant de sa grand-mère, ce heurtoir comme le reste de la maison étaient entretenus de manière impeccable, selon son principe du nettoyage « vite fait, bien fait ». Ce souvenir fit sourire Lizzie, qui donna un bon coup sur la porte. Sa mère l'avait prévenue que son grand-père devenait un peu sourd.

— Et puis il a la mémoire qui flanche. Il oublie tout, avait-elle ajouté, comme si cette défaillance témoignait d'une certaine faiblesse de caractère.

Lizzie colla l'oreille à la porte, guettant un éventuel bruit de pas… Rien. Au bout de quelques secondes, elle se remit à actionner le heurtoir, un peu plus fort.

— Ça va, ça va, on vient ! fit une voix âgée mais véhémente.

Lizzie recula légèrement, se mordant la lèvre, impatiente. Des pieds chaussés de pantoufles remontèrent le couloir à une allure traînante, chaque pas ponctué d'un claquement de canne sur le sol, jusque dans le vestibule. Il y eut encore une manipulation maladroite du trousseau de clés, un cliquetis de serrures, et son grand-père apparut enfin. Le regard méfiant, il la dévisagea par l'entrebâillement de la porte, dont il n'avait pas retiré la chaîne de sécurité.

— Qui est-ce ?

Elle lui sourit gentiment :

— C'est moi… Lizzie.

— Vous êtes venue pour ma jambe ? s'enquit son grand-père, les sourcils froncés.

— Non, c'est moi… Lizzie. Ta petite-fille.

Le vieil homme continuait à la fixer d'un air sceptique.

— Ma petite-fille est morte, dit-il avec tristesse.

Lizzie eut envie de le serrer dans ses bras, mais elle n'en fit rien de crainte de l'effrayer.

— Je suis ton autre petite-fille, Grandpa : Lizzie. Je t'ai téléphoné la semaine dernière pour savoir si je pouvais passer, tu te souviens ? Et je crois que maman t'a appelé, elle aussi. Ma mère… tu vois qui c'est ? Stella.

Comme si les rouages de son cerveau s'étaient remis à fonctionner normalement, son grand-père se détendit et il lui adressa un sourire plein d'assurance.

— Ahhh, Lizzie… Quelle joie de te voir ici ! Tiens, entre…

Il ôta la chaîne de sécurité et s'effaça d'un pas traînant.

Aussitôt le seuil franchi, Lizzie fut ramenée dans son enfance. Rien n'avait changé dans la maison. L'horloge de parquet, juste derrière la porte, la fougère dans son pot en cuivre et jusqu'à la photo de mariage de ses grands-parents sur la console du vestibule : tout était exactement comme dans son souvenir. Elle résista à l'envie impérieuse de courir de pièce en pièce, comme la petite fille de cinq ans qu'elle avait été : il lui tardait de tout revoir. Elle avait adoré passer les grandes vacances ici. Dès qu'elle avait eu cinq ans, elle avait pris l'habitude de rester chaque été une semaine chez ses grands-parents avec Bea, puis leurs parents les rejoignaient invariablement pour une semaine de plus. Mais c'était bien plus amusant quand ils n'étaient pas là.

La maison sentait toujours les vacances. Cette

odeur lui évoqua immédiatement un seau rempli de galets et de morceaux de coquillages ramassés sur la plage, des pieds pleins de sable, la chambre où Bea et elle dormaient ensemble dans le grand lit au matelas élastique, sous une ancienne couverture en satin de Granny, et puis aussi les livres merveilleux qui avaient appartenu à leur mère et à leur oncle. Le soir, leur grand-mère leur lisait des imagiers ou bien un conte de fées. C'était génial parce que Granny faisait toutes les voix. Avec Bea, elles avaient même inventé une chanson pour leur histoire préférée, *Le Terrible Tigre*, et elles la chantaient en sautant comme des folles sur le lit. Granny riait aux éclats, tandis que Grandpa leur hurlait d'en bas qu'elles allaient passer à travers le plancher. Le soir, il faisait encore jour quand Lizzie finissait d'échanger avec Bea les précieuses anecdotes de leur journée. Alors, ses paupières devenaient lourdes et elle s'endormait, bercée par le rou-cou-cou, rou-cou-cou des ramiers perchés dans le pigeonnier.

Elle marqua une pause, le temps de humer l'air de nouveau. Cette odeur la rendait mélancolique, comme si elle avait frôlé quelque chose qu'elle brûlait de retrouver, mais qui hélas restait hors d'atteinte. Bien sûr, petite, elle n'avait pas conscience du caractère fugace de ces moments bénis. Comme tous les enfants, elle pensait que ce bonheur durerait toujours : des étés éternels, porteurs d'une joie infinie… Se remémorant la fillette qu'elle était, elle fut submergée par le puissant désir de redevenir cette petite Lizzie, ne serait-ce qu'une heure ou deux.

— Tu veux une tasse de thé ? lui demanda son grand-père. J'allais justement m'en faire une.

Le vieil homme partit en direction de la cuisine. Il n'avait plus grand chose du géant qui l'installait sur ses épaules pour qu'elle puisse voir le spectacle de Guignol sur le front de mer. Elle le suivit le long du petit couloir sombre au bout duquel une marche menait dans la cuisine. Elle étouffa une exclamation de surprise en redécouvrant la pièce. Rien n'avait changé. Elle se serait presque attendue à voir sa grand-mère en train de fariner le plan de travail avant d'y étaler une boule de pâte destinée à l'une de ses légendaires tartes. Granny mettait toujours de côté quelques chutes du bord pour que ses petites-filles les modèlent en une espèce d'animal. Elle leur donnait même des raisins secs pour faire les yeux.

Son grand-père posa la grosse bouilloire toute cabossée sur le feu de la cuisinière.

— Tu veux un coup de main ?

— Non, merci, Stella. Je sais encore faire le thé.

Lizzie hésita : devait-elle corriger l'erreur de Grandpa ? Il la prenait pour sa fille, d'où la sécheresse du ton. Elle décida de ne pas relever et son grand-père continua de trafiquer avec les tasses, les soucoupes et la théière. Lizzie promena un regard circulaire sur la pièce. Il y avait un portrait de Sam sur le réfrigérateur. C'était une photo d'école prise deux ans plus tôt, peut-être. Son neveu lui souriait jusqu'aux oreilles, dévoilant un espace vide à l'endroit où auraient dû se trouver ses incisives inférieures.

— C'est une très jolie photo que tu as là.

Son grand-père tourna la tête et grogna :

— Pas la moindre idée de qui c'est…

Lizzie le reprit patiemment :

— C'est Sam, le fils de Bea. Ton arrière-petit-fils…

Le vieil homme réfléchit un moment avant de retourner à la préparation du thé.

— Tiens, rends-toi utile, Stella. Va me chercher le sucre, tu veux ?

Lizzie fouilla les deux placards sans résultat. Son grand-père manifesta bruyamment sa désapprobation :

— Pff… Franchement, on pourrait croire que tu saurais où se trouve le sucre dans la maison de tes parents ! Là-haut, à droite de l'évier !

Lizzie dénicha le paquet et le lui tendit en lui faisant remarquer gentiment :

— Je ne suis pas Stella, Grandpa. Moi, c'est Lizzie…

Son grand-père avait tout disposé sur un plateau pour aller boire le thé dans le salon. Il s'interrompit pour la regarder.

— Ah ? Excuse-moi. Je me mélange un peu, des fois. Voilà ce que c'est de vivre seul depuis trop longtemps… Mais n'écoute pas ta mère, hein ! Je suis pas gaga !

— Je le sais bien. Attends, laisse-moi porter le thé…

Il s'écarta le temps qu'elle prenne le plateau et la précéda dans le salon. Cette pièce-là avait un peu changé. Elle contenait toujours le buffet vitré où sa grand-mère exposait fièrement toute la belle vaisselle en porcelaine qu'elle avait eue en cadeau de mariage. En revanche, il y avait un nouveau canapé à trois places et un grand écran moderne là où se trouvait avant l'ancien petit poste en noir et blanc.

— Tu as une jolie télé, Grandpa.

— C'est Joe qui m'a aidé à l'installer. Je reçois Sky,

maintenant. Comme ça, je peux suivre le foot. Note bien, gloussa-t-il, que je préférerais qu'ils passent plus souvent des matchs des Blues !

Il ôta le cache-théière et remua le liquide brûlant avant de verser un trait de lait dans chaque tasse et de servir le thé d'une main tremblante. Lizzie s'empara de sa tasse et de sa soucoupe de crainte qu'il n'insiste pour les lui passer.

— Alors, dit-il. Qu'est-ce que tu deviens ?

Lizzie hésita. Par où commencer ? Si seulement elle était venue le voir plus tôt… C'était triste, mais leur relation avait pâti de sa brouille avec ses parents.

— Je vais bien, Grandpa, merci.

Ce fut la réponse peu inspirée qui lui vint à l'esprit. Le vieil homme prit une gorgée de thé.

— Tant mieux.

— Tu sais, Grandpa, je regrette de ne pas être passée te voir pendant tout ce temps…

Il balaya ses scrupules d'un geste.

— Tu étais occupée.

Lizzie, écrasée par la culpabilité, jeta un coup d'œil à son grand-père. Il lui souriait.

— Tu es là, maintenant, c'est tout ce qui compte.

Il lui pardonnait et ne lui demandait aucune explication. Ernest appartenait à une génération qui ne se contemplait pas le nombril et ne se prenait pas la tête au sujet du passé. Ce qui était fait était fait. On enchaînait, point barre !

Lizzie porta son regard en direction de la cheminée et sourit. Sur le manteau trônait un portrait de sa grand-mère à vingt et un ans, les yeux pétillants et remplis d'espérance. Elle se leva et alla prendre la photo pour l'examiner de plus près.

— Qu'est-ce qu'elle était belle... On dirait une starlette de Hollywood.

Son grand-père se mit à pouffer :

— C'était la plus jolie fille du village. Tous les gars voulaient sortir avec elle, mais c'est moi qu'elle a choisi ! Parce que je savais danser le fox-trot, je pense...

Lizzie éclata de rire et désigna le portrait du jeune Ernest, qui leur souriait de toutes ses dents, de l'autre côté de la cheminée.

— Eh, Grandpa, tu n'étais pas mal non plus !

— Elle me manque toujours, dit son grand-père d'un ton terre à terre. Ça fait plus de quinze ans, mais à tout instant je m'attends à la voir passer la porte.

— Je suis désolée, Grandpa.

Lizzie s'assit à côté de lui et lui tapota le bras avec affection.

Le vieil homme haussa les épaules.

— C'est comme ça, que veux-tu ! Et puis nous avons été très heureux ensemble. Pour rien au monde je ne souhaiterais changer une seule minute de notre vie, n'empêche qu'elle est vraiment partie trop tôt, tout comme ta chère sœur...

Lizzie hocha la tête, les larmes aux yeux.

— Allons bon ! Ne pleure pas, petite, voyons... Ni l'une ni l'autre ne voudrait te voir triste. On doit être reconnaissants du temps qui nous a été accordé avec elles, d'accord ? Allons, allons, calme-toi, maintenant...

Son grand-père lui passa un bras autour du cou, mais elle ne pouvait pas s'arrêter de pleurer.

Elle se souvenait du moment exact où elle avait

compris que sa Granny adorée était morte. Elle avait seize ans. Cet été-là, sa grand-mère, les yeux malicieux, avait dit :

« Elle a la fraîcheur de ses seize ans, le bel âge… »

Et, dégustant une glace, elles s'étaient promenées bras dessus bras dessous le long de la jetée, bavardant pendant que Grandpa marchait plusieurs mètres devant elle, le regard perdu vers la mer. Bea n'était pas venue à Dove Cottage, cet été-là. Elle avait déjà rencontré Joe et ils passaient le plus de temps possible à se câliner, loin de tout et de tous. Lizzie avait été secrètement ravie de se retrouver seule chez ses grands-parents : elle pourrait avoir sa Granny toute à elle ! Ça lui ferait aussi une coupure avec sa mère. Entre la crise d'adolescence de l'une et les angoisses de la ménopause de l'autre, la vie à la maison ressemblait à un champ de bataille. Depuis que Bea était partie à la fac, les deux camps avaient perdu une alliée essentielle. Leur père préférant ne pas contrarier sa femme, Lizzie se sentait invariablement délaissée et furieuse. C'était sa grand-mère qui avait émis l'idée qu'elle vienne chez eux et Lizzie avait sauté sur l'occasion. Un soir qu'elles faisaient des mots croisés ensemble dans le salon, son grand-père avait voulu regarder un talk-show ; l'animatrice était en train de présenter le thème du jour. Ernest avait bruyamment exprimé sa désapprobation.

— Pff… Quelle madame Je-sais-tout, celle-là ! Tiens, elle me fait penser à Stella !

Lizzie se souvenait que sa grand-mère avait posé son journal, ôté ses lunettes et fixé Grandpa d'un œil sévère.

— Ernest ! Si tu n'as rien de plus aimable à dire, tais-toi !

— Hein ? Mais je plaisantais, c'est tout…

— Et, moi, je ne tolérerai pas que tu parles de notre fille comme ça.

C'était la seule fois où Granny avait perdu son sang-froid, et Grandpa n'avait pas discuté. Ivy supportait beaucoup de choses de la part de son mari, mais elle n'admettait pas qu'on dise du mal de sa famille.

Elle était morte quelques mois après le séjour de Lizzie. Un décès inattendu et déchirant.

C'était son père qui lui avait annoncé la terrible nouvelle, alors qu'elle rentrait du lycée. Les cours n'avaient repris que depuis une semaine et septembre avait été agréablement chaud. En entrant, elle avait été surprise de le voir là.

— Papa ? Tu n'es pas au travail ?

— Lizzie, il faut que je te dise quelque chose.

— Qu'est-ce qui se passe ? C'est Bea ? Maman ?

Mille pensées s'étaient bousculées dans sa tête.

— Viens t'asseoir.

Faisant valdinguer ses chaussures et son sac, elle avait suivi son père dans le salon. Avait scruté son visage, en quête d'une réponse. Il était pâle et avait les traits tirés. Ils avaient tous deux pris place sur le canapé.

— C'est Granny Ivy. Ça me fait beaucoup de peine d'avoir à t'annoncer ça, ma chérie, mais ta grand-mère est morte.

C'était comme si le cerveau de Lizzie n'arrivait pas à traiter l'information correctement. Au début, elle avait cru à une blague avant de se rappeler qu'on ne plaisante pas avec ce genre de choses. N'empêche, c'était forcément une erreur. Elle avait vu Granny à peine deux mois plus tôt ! Ensemble, elles avaient ri et parlé... Si un tel drame avait dû se produire, Lizzie l'aurait senti venir ! Il y aurait eu des signes !

« Non », c'était le seul mot qu'elle était parvenue à articuler.

Son père lui avait pris la main.

— Je suis absolument navré, ma chérie. Ta grand-mère était une dame merveilleuse. Ça va être dur, je le sais, surtout pour toi. Vous étiez très proches, toutes les deux.

— Non. Ce n'est pas possible.

Son père lui avait pressé les doigts comme pour lui ôter un peu de sa douleur. Lizzie, elle, avait fixé le motif en spirale du coussin, derrière lui : du duvet dépassait de l'enveloppe, qui commençait à s'effilocher sur les bords.

— Bea est au courant ?

— Je lui ai téléphoné un peu plus tôt. Elle va venir. Ta mère a beaucoup de chagrin, alors nous devons être encore plus gentils que d'habitude avec elle, d'accord ?

Lizzie avait opiné.

— Elle est en haut, elle fait sa valise. Elle part passer quelques jours là-bas avec Grandpa. Si tu veux monter la voir...

Lizzie n'en avait pas envie, mais quelque chose dans le ton de son père suggérait qu'il le fallait.

— D'accord.

Il lui avait alors de nouveau pressé les doigts.

— C'est bien, tu es gentille. Nous devons tous veiller les uns sur les autres, n'est-ce pas ?

Lizzie avait hoché la tête à travers les larmes qui avaient commencé à couler.

— Allons, Lizzie Ouistiti, ça va aller…

Elle lui avait adressé un semblant de sourire.

— Je vais voir maman.

Elle avait lentement gravi l'escalier et s'était arrêtée sur le seuil de la chambre de ses parents. Sa mère, en train de remplir un sac de voyage, avait levé les yeux : son visage était rouge à force d'avoir pleuré. Comme elle ne faisait aucun mouvement vers sa fille, Lizzie avait avancé d'un pas.

— Ça va, maman ?

Stella avait soupiré.

— Non, pas vraiment…

Elle avait plié un gilet avant de le mettre dans le sac.

— Je suis terriblement désolée.

Stella avait hoché la tête.

— Je sais.

Une partie de Lizzie avait eu envie d'aller chercher une étreinte réconfortante auprès de sa mère, mais ce genre d'effusions n'était pas à l'ordre du jour. Son sac terminé, Stella avait tiré sur la fermeture Eclair, soulevé le bagage et, en passant devant Lizzie, lui avait serré l'épaule. Puis elle était sortie de la chambre, avait descendu l'escalier et s'était préparée à partir. Lizzie s'était alors laissée tomber sur le lit de ses parents et s'était mise à sangloter.

Aujourd'hui, de retour à Dove Cottage avec Grandpa, elle prenait conscience de ce qu'elle avait vécu en tant qu'adolescente et de l'impact qu'avait eu le décès de sa grand-mère sur sa relation avec Stella. La mort de Granny avait été la goutte d'eau qui avait fait déborder le vase. Lizzie se laissa aller contre son grand-père et, pour la première fois depuis longtemps, se sentit réconfortée. Ils restèrent ainsi quelques précieuses minutes avant qu'il ne tire un mouchoir propre du fond de sa poche. Lizzie l'accepta avec reconnaissance et s'essuya les yeux.

— Désolée, Grandpa.

— Mais non, mais non…

— C'est juste qu'elles me manquent. Elles me manquent toutes les deux.

Son grand-père lui tapota la main.

— A moi aussi, Lizzie. A moi aussi…

La sonnerie du téléphone retentit. Le vieil homme s'avança sur le bord du siège et se propulsa pour se mettre debout avant d'empoigner sa canne et d'aller répondre en traînant les pieds.

— Ernest Palmer à l'appareil.

Il s'épanouit en reconnaissant la voix de son correspondant.

— Lawrence ? Comment vas-tu, mon gars ?

Là-dessus, il se mit à bavarder et à glousser de joie en écoutant les nouvelles que lui donnait son fils.

Lizzie se souvenait des trajets de retour, à la fin de ses vacances à Dove Cottage, des remarques agacées de sa mère. Aux yeux d'Ernest, son fiston faisait toujours tout bien. Lawrence était parti vivre aux Etats-Unis quand Lizzie était encore bébé et il n'en revenait qu'à quelques rares occasions. Pourtant, elle se souvenait de ses visites : à voir l'enthousiasme de Grandpa et de Granny, on aurait cru qu'ils recevaient un haut dignitaire du royaume ! La carrière d'acteur de Lawrence n'avait jamais vraiment décollé, mais il avait plutôt bien réussi dans l'immobilier et même carrément fait fortune.

Chaque famille connaît des rivalités dans la fratrie. On est sans cesse en compétition pour obtenir le regard des parents, on brûle de se faire remarquer, on cherche leur approbation. De ce point de vue, ce qui différenciait Stella et Lizzie, c'était Bea. Alors que Lizzie avait été témoin du favoritisme flagrant de ses grands-parents envers Lawrence au détriment de Stella, Bea, elle, n'avait jamais cherché à profiter de son statut de chouchoute. Elle avait été la protectrice de Lizzie et son âme sœur. Et, quand Lizzie avait essuyé la fureur de leur mère, c'était Bea qui l'avait réconfortée. Tout s'organise en fonction du rôle qu'on tient dans la famille. Stella avait été l'adjudant-chef, strict et inflexible, tandis que Bea s'était conduite en véritable ange gardien pour sa petite sœur. Lorsque, une nuit, elle s'était aperçue que Lizzie avait fait le mur alors qu'elle était punie, elle l'avait couverte. Quand Lizzie s'était fait surprendre en train de fumer par Evelyn Chambers, la mère d'Alex, Bea avait prétendu que c'était sa cigarette à elle et usé de son charme pour extorquer à Evelyn la promesse qu'elle ne dirait rien à Stella. Et bien sûr, quand Lizzie s'était retrouvée enceinte et bannie de la maison, sa grande sœur était encore une fois venue à son secours. La vérité, c'était que Bea avait été la préférée de leur mère, mais aussi la préférée de Lizzie.

En regardant son grand-père boire les paroles de son fils Lawrence comme du petit-lait, elle éprouva un peu de compassion pour Stella. Qui aurait pu croire que cette visite à Dove Cottage l'aiderait à abattre certains obstacles entre elle et sa mère ! En même temps, elle était bien placée pour savoir comment l'histoire familiale peut façonner la personnalité de quelqu'un. Le principe était également valable pour Stella Harris.

Elle décida de laisser son grand-père à sa conversation et monta à l'étage. Comme elle traversait le palier, une exclamation du vieil homme lui parvint :

— Tu rentres pour Noël ? Formidable ! Je dirai à Stella de mettre un couvert de plus !

Lizzie poussa la porte encore décorée de stickers à paillettes en forme de cœur à moitié décollés, mais qui, autrefois, avaient senti la fraise. Retenant son souffle, elle entra dans son ancienne chambre. Le lit n'était pas fait ; une couette et un oreiller étaient empilés proprement au bout du matelas, couronnés par la fameuse couverture en satin bleu. Sur la coiffeuse s'alignaient les nounours tendrement aimés, et les mêmes rideaux à rayures bleues et rouges égayaient la fenêtre. Les livres étaient tous là, eux aussi, serrés sur l'étagère à droite, comme de vieux amis fidèles. Une photo de Lizzie et Bea leur faisait face, dans un cadre en étain. Elle avait été prise durant l'un de leurs étés passés ici. Elles posaient en maillot devant la mer, se tenant par la taille et brandissant une énorme touffe d'algues. Lizzie sentit les larmes lui monter aux yeux ; elle saisit la photo pour l'étudier de plus près. Elle devait avoir sept ans sur ce cliché, et Bea, dix. Elles semblaient si heureuses, toutes les deux, pas encore éprouvées par la vie ! Prise de nausée, elle serra le cadre contre sa poitrine et s'assit au bord du lit, sanglotant sur son existence et sur celle de sa sœur. Un petit coup frappé à la porte la fit se retourner. Dans l'embrasure, son grand-père était inquiet.

— Ah, tu es là… J'ai cru que tu t'étais perdue.

Il remarqua la photo et les yeux rougis de sa petite-fille.

— Et si on allait se promener au bord de la mer ? Histoire de chasser les idées noires.

Lizzie lui sourit avec gratitude et acquiesça d'un signe de tête.

La journée était belle et lumineuse grâce au soleil qui s'efforçait de percer entre les nuages. La mer était trouble, mais calme. Ils ne croisèrent sur leur chemin qu'une poignée de promeneurs de chiens et de couples âgés et arrivèrent tout au bout, là où la plage s'élargissait en une étendue de sable fin et doré. Elle avait passé tant de merveilleux après-midi d'été ici quand elle était petite ! Sa Granny emportait toujours un pique-nique dans la plus pure tradition du club des Cinq : œufs durs, sandwichs au jambon, pommes croquantes du jardin aux délicates teintes vertes et roses et bouteilles d'orgeat citronné, doux comme du sucre. Elle étalait le plaid à carreaux brun et blanc, tandis que Grandpa, lui, s'installait dans son pliant, un journal sur la tête. Bea et Lizzie fonçaient vers la mer comme deux épagneuls surexcités, s'éclaboussant dans les vagues, entrant et sortant de l'eau en courant, barbotant avec leur Granny adorée. Ensuite, elles construisaient des châteaux de sable, mais aussi des îles avec des ruisseaux qui s'écoulaient vers le large. De temps en temps, Grandpa s'aventurait sur le bord, à condition que Granny l'y encourage. Il s'extasiait alors sur les « splendides » réalisations architecturales de ses petites-filles.

En grandissant, Lizzie et Bea avaient eu la permission de faire du vélo le long de la ligne de chemin de fer désaffectée, envahie par des ronces gigantesques et des fougères au feuillage courbé. Elles allaient jusqu'à la rivière qui les faisait rejoindre le port et la mer. En fermant les yeux, même lorsqu'elle se trouvait quelque part au centre de Londres, Lizzie pouvait encore entendre le bruissement des roseaux, le cliquetis métallique des mâts et le bavardage des fauvettes des marais, tandis qu'elle et Bea pédalaient à toute vitesse. Elle tourna son regard vers le port. Elle aurait bien aimé y revenir aujourd'hui, ç'aurait été une étape symbolique de son voyage dans le passé, mais son grand-père semblait fatigué par la marche. Elle lui prit le bras.

— On rentre à la maison, Grandpa ?

— D'accord.

Il y avait comme un soulagement dans sa voix.

Au moment de partir, Lizzie l'avait étreint de toutes ses forces avant de le quitter sur la promesse de « revenir très vite ». Le vieil homme lui avait tapoté le bras.

— Merci de ta visite.

Dans le train du retour, les fantômes et les souvenirs lui mirent l'esprit en feu. Elle avait sous-estimé l'effet que ce voyage aurait sur elle. D'une certaine façon, elle avait même naïvement imaginé que ce serait agréable, une brève incursion dans le passé, une tranche de nostalgie qu'elle pourrait ensuite classer comme une photo dans un album. Elle ne s'attendait pas à éprouver les émotions qui l'avaient assaillie dès qu'elle avait retrouvé le lieu où elle avait été vraiment heureuse pour la dernière fois. Elle ne s'attendait pas non plus à ce que ce retour aux sources l'amène à voir sa mère sous un jour un peu différent. Elle commençait à comprendre pourquoi Stella était devenue la personne qu'elle était. Mais, au-delà, elle était habitée par une soif nouvelle qui lui redonnait espoir. Elle souhaitait, vainement bien sûr, revoir les êtres qu'elle avait perdus, mais en même temps elle prenait peu à peu conscience de la valeur de ceux qui étaient encore là et de la nécessité de renouer avec eux. Par-dessus tout, elle désirait connaître de nouveau le bonheur, et pour ça il lui fallait rompre avec la solitude. Elle avait besoin de partager son quotidien avec quelqu'un. Besoin et surtout envie.

Chapitre 10

Début décembre

C'est Susie qui avait eu l'idée de la soirée « shopping de Noël », projet largement approuvé par Lizzie et Mme Nussbaum. Et puis il était logique de surfer sur le succès croissant du groupe de lecture au moyen d'une opération qui inciterait les gens à faire des achats dans les deux commerces au moment des fêtes. Susie était tout excitée :

— On pourrait même réaliser des coffrets pour les amateurs de café, les buveurs de thé…

— Les fans de cheesecakes…, dit Lizzie en coulant un regard en direction d'une Mme Nussbaum réjouie.

— Mais oui ! se récria Susie. On pourrait en faire quelque chose de carrément festif, accrocher des guirlandes lumineuses… On fabriquera des panettones, on offrira à tout le monde un verre de prosecco, je demanderai à Ben de faire quelques canapés… On pourrait peut-être aussi inviter un auteur pour une séance de dédicaces ?

Mme Nussbaum était partante.

— C'est une *fantastische Idee.* Et si vous vous chargiez de régler tous les détails, vous les jeunes, *ja* ?

Susie ne se fit pas prier.

— Ça roule, madame N. !

Elle se tourna vers Lizzie.

— On se retrouve au pub ? Jeudi, vers 20 heures, histoire de tout organiser ?

— OK. Bonne idée.

Bien sûr, Lizzie ne pouvait pas savoir ce que son amie avait manigancé en douce. Et, même en arrivant au pub, elle ne percuta pas tout de suite en découvrant Ben assis tout seul devant une pinte de bière et un sachet de cacahuètes grillées. Elle s'approcha de sa table :

— Bonsoir, Ben. Susie doit nous rejoindre ?

— Ah, salut, Lizzie… Non, elle ne pourra pas venir, finalement. Elle va à son cours de Pilates, le jeudi.

— Ah, je vois…

Lizzie voyait surtout que sa toute nouvelle amie lui avait tendu un piège. Depuis le départ, cette soirée était censée être un rendez-vous galant… Pas étonnant que Susie ait été si précise sur la date et l'heure ! Sur le coup, Lizzie lui en voulut de l'avoir roulée, puis elle réfléchit : c'était exactement le genre de choses que Bea aurait fait pour elle. Elle se sentit alors touchée par le petit traquenard échafaudé par son amie. Depuis que Lizzie avait compris qu'elle ne souhaitait pas passer le restant de sa vie en solo, juste après sa visite à son grand-père, elle se posait des questions. Comment faisait-on de nos jours pour trouver des mecs corrects, c'est-à-dire qui ne massacrent pas leurs semblables à la hache ? Il y avait bien longtemps que ce genre de projet ne lui avait pas effleuré l'esprit. Déjà, tout ce qui ressemblait de près ou de loin à des rencontres sur Internet la terrifiait — c'est tout juste si elle maîtrisait l'envoi de textos ! Alors, plutôt se faire bonne sœur que de tenter une aventure aussi atroce que le speed dating. Elle avait vaguement abordé le problème avec Susie, pensant que son amie saurait faire preuve de discrétion. Au cours d'une de leurs soirées entre filles, elle lui avait demandé, mine de rien :

— Au fait, à quand remonte ta dernière sortie avec un mec ?

Susie avait soupiré.

— Eh bien, il y a eu Gavin… Un agent immobilier adorable, mais qui pleurait après l'amour. Et parfois même pendant. Ensuite, il y a eu Tom… Celui-là, il était canon — prof de yoga. Hyper souple. Il m'a raconté qu'il partait vivre en Australie, sauf que je l'ai croisé dans le centre-ville, la semaine dernière. Si tu veux mon avis, il a un peu de mal à s'engager, ce garçon… Seb, lui, était avocat, mais marié. Coup de bol, Ben l'a découvert à temps et j'ai arrêté les frais. Après, il y a eu Ed. Il était instit en primaire. Très mignon, mais trop jeune. Et enfin Jim, un journaliste. Il a écrit un article sur moi, comme quoi j'étais tellement exigeante qu'il avait été obligé de me quitter.

— Waouh… Et ça se passait quand, tout ça ?

— Bah, l'année dernière… Dégoter le prince charmant, c'est du boulot, crois-moi ! Remarque, si tu es prête à te contenter d'un prince pas tout à fait charmant, ce ne sont pas les candidats qui manquent !

Avide de potins, Susie s'était penchée en avant avec un petit sourire :

— Mais pourquoi tu me demandes ça ? T'as un rencard en vue ?

— Non, non, non ! Ouh là, non ! Loin de là ! Ça risque pas, au contraire.

Devant la mine étonnée de Susie, Lizzie avait compris son erreur : elle avait protesté avec trop de force.

— Non, avait-elle repris plus calmement.

Susie avait rigolé.

— En d'autres termes, c'est non.

Lizzie s'était ensuite efforcée de changer de sujet, mais de toute évidence l'idée avait fait son chemin dans l'esprit de Susie, qui n'avait rien trouvé de mieux que de lui organiser un tête-à-tête dans un pub avec son frangin célibataire ! L'ancienne Lizzie aurait invoqué n'importe quel prétexte pour filer illico réintégrer son petit terrier, mais la nouvelle Lizzie refusait de se comporter en lièvre apeuré. Cette Lizzie-là avait envie de voir ce qui se passerait si elle restait. A l'évidence, Ben ignorait qu'il s'agissait d'un rendez-vous potentiellement galant. Et, après tout, n'était-ce pas la meilleure manière d'aborder la chose ? Le top du top dans le genre « l'essayer, c'est l'adopter ».

— Ça ne t'ennuie pas qu'on discute de cette soirée shopping sans Susie ? lui demanda Ben. C'est vrai… Je n'en reviens pas qu'elle m'ait fait venir tout seul, et encore moins qu'elle me laisse prendre des décisions concernant ce projet.

— Non, non, c'est très bien… Et puis on pourra toujours finaliser l'organisation avec elle si jamais elle n'est pas d'accord sur un point.

— Oh ! elle trouvera bien un truc, fais-lui confiance ! répliqua Ben avec un sourire ironique. Au fait, merci.

— Merci de quoi ?

— De ne pas m'avoir laissé seul comme un rat, ce soir. Pendant un moment, j'ai bien cru que j'allais devoir faire ami-ami avec la patronne !

Il désigna du menton la bonne femme tout sauf gracieuse qui servait au bar et se pencha pour lui murmurer :

— Et, pour te dire la vérité, elle me fout la trouille.

Lizzie éclata de rire et il enchaîna :

— Qu'est-ce que tu prends ?

Ben revint avec leurs boissons, et assez rapidement ils mirent au point les grandes lignes de la soirée shopping. Ben proposa de fournir la nourriture, et Lizzie, les boissons. Concernant les frais de publicité dans le journal local, ils firent moitié-moitié et Lizzie promit d'organiser la venue d'un auteur du cru pour une séance de dédicaces qui se tiendrait dans le café. En gros, l'opération semblait relativement simple à mettre sur pied.

Ce problème réglé, la logique aurait voulu qu'ils finissent leur verre et repartent du pub chacun de son côté. Lizzie fut donc surprise de s'entendre dire en désignant la chope vide de Ben :

— Une autre ?

L'alcool lui donnait du cran, mais l'idée que Ben puisse décliner sa proposition l'angoissait quand même.

Il sourit.

— Pourquoi pas ? Après tout, il est encore tôt. Merci, Lizzie.

Après ça, elle se sentit complètement détendue en sa compagnie. Ben était drôle et intéressant, attentif et tout à fait charmant : rien à voir avec le type désagréable qu'elle avait rencontré quelques mois auparavant.

A un moment, elle se tourna vers lui :

— Je peux te dire quelque chose ?

— Quoi, j'ai un bout d'épinard coincé entre les dents ?

Elle rit.

— Non, pas ce soir. En fait, Ben, il faut que je t'avoue qu'au début je ne te trouvais pas très sympa…

Il prit une mine contrite.

— Ah… Hum, je dois dire qu'à cette période je n'étais pas très fan de moi-même non plus.

— Désolée…

— Non, c'est moi qui suis désolé. Je suis un mec, tu sais, et, nous les mecs, on a tendance à cacher notre souffrance derrière des crises de mauvais poil assez intenses.

Lizzie sourit.

— Susie m'avait bien dit que tu n'étais pas un si mauvais bougre…

— Louée soit mon interventionniste de sœur !

— Vous formez un duo d'enfer, elle et toi.

— Merci, merci…

Ben inclina légèrement la tête en guise de salut.

— Je lui dois beaucoup, comme tu le sais. Quand quelqu'un piétine tes rêves à coups de talons aiguilles de créateur, il n'y a pas grand monde qui soit capable de t'aider à te relever. Susie m'a quasiment sauvé contre mon gré, alors que j'étais au bord du gouffre. Il n'y a qu'une sœur qui puisse faire ça.

— Je confirme !

Ben la considéra d'un air grave.

— Susie m'a dit que tu avais perdu ta sœur. Toutes mes condoléances, Lizzie, vraiment. Ça doit être épouvantable à vivre.

— C'est comme si on m'avait arraché un membre.

Elle n'avait jamais exprimé ce sentiment à voix haute, mais c'était tout à fait ça.

Il plongea son regard dans le sien.

— Je suis désolé.

Il avait des yeux marron foncé…

— Susie peut être soûlante, mais je ne pourrais pas imaginer ma vie sans elle.

Lizzie opina.

— Parfois, j'ai l'impression d'aller bien, tu vois… Parfois, la vie me semble presque normale, et puis je me rappelle que ma sœur n'est plus là et je me sens complètement perdue.

— Vous deviez être très proches…

— Oui, très.

Lizzie se plongeait déjà dans le souvenir de Bea lorsqu'elle crut entendre sa sœur s'énerver : *Merde, Lizzie ! Tu sors avec un mec canon ! Ne va pas casser l'ambiance en te mettant à délirer sur moi !* Elle releva la tête. Ben la regardait avec inquiétude. Pour le rassurer, elle lui adressa un sourire.

— Bon, assez parlé de moi ! Maintenant, je voudrais que tu m'en dises un peu plus sur toi, Ben. C'est quoi, cette histoire de rêves piétinés ? Personnellement, j'ai plutôt l'impression que tu as super bien rebondi, non ?

Ben hésita. S'était-elle montrée trop curieuse ? Lizzie comprenait très bien qu'on puisse avoir envie de garder ses problèmes pour soi. Ouvrir son cœur n'est pas quelque chose de naturel, surtout quand le cœur en question a déjà été meurtri et qu'on se doit de le protéger.

— Excuse-moi, je ne voulais pas être indiscrète.

Ben secoua la tête.

— Non, ce n'est pas ça. Je me demandais juste par quel bout commencer…

Et, là-dessus, il lui déballa toute son histoire. Son ex-femme, Fran, qui, croyait-il, partageait son rêve d'ouvrir un café — erreur sur toute la ligne. Leurs soirées : lui qui exposait ses projets, elle qui l'écoutait. Il se chargerait de la pâtisserie, composerait des assortiments gourmands pour midi, et leur établissement deviendrait célèbre pour l'excellence de son café. Les employés ne porteraient pas d'uniforme particulier, seulement un tablier noir, pour donner un air décontracté mais professionnel à l'ensemble. Il laisserait les peintres du coin exposer leurs œuvres sur les murs et organiserait des groupes de lecture mensuels, voire des concerts de musique d'ambiance. Le soir, en rentrant à la maison, épuisé, il retrouverait les bras accueillants de Fran, et tous les deux ils ouvriraient une bouteille de vin, échangeraient des anecdotes sur leur journée et feraient l'amour avec passion. Il lui avait parlé mariage, enfants et chien.

Lizzie l'écoutait attentivement. Au fur et à mesure qu'il se confiait, elle comprenait un petit peu mieux ses réactions. En fait, Ben était juste un homme aux prises avec un passé douloureux, tout comme elle. Elle commençait même à éprouver de l'affection pour lui…

Il avait parlé à Fran d'ouvrir un second café à moyen terme, voire de créer une petite chaîne franchisée. Fran avait souri, hoché la tête, mais finalement n'avait pas dit grand-chose. Avec le recul, il se rendait compte que durant tout ce temps elle avait fait semblant de s'intéresser à ses projets, par gentillesse. Jusqu'à ce soir fatidique… Suite à l'annulation d'un repas d'affaires, il était rentré plus tôt que prévu et avait trouvé Fran au lit avec son meilleur ami. Il s'était alors maudit de ne pas avoir su voir les signes avant-coureurs du désastre.

— Je ne pense pas qu'on puisse voir venir une chose pareille, lui fit observer Lizzie.

Ben lui adressa un sourire de gratitude.

— Non, mais à partir de là je me suis mis à douter des gens et de moi-même. Tu vois ce que je veux dire ?

— Oh oui ! Très bien, même.

Tant de choses dans le discours de Ben trouvaient un écho en elle ! Bien sûr, ils étaient chacun dans une situation particulière, mais la souffrance, c'est la souffrance. Il existe différents degrés de douleur, quantité de causes et de raisons, mais au final le résultat est le même. On doit trouver le moyen de se reconstruire, de s'accrocher à la vie et de tourner la page. Ben et elle avaient ce besoin-là en commun.

— Désolé, finit-il par souffler. Je suis là à te déballer toutes ces conneries, alors que tu viens de perdre ta sœur. Tu dois me trouver complètement nul.

— Pas du tout, non. Au contraire, ça me fait plaisir que tu te sentes libre de m'en parler.

Il sourit.

— D'habitude, j'ai du mal à en parler, mais vous avez un petit quelque chose que les autres n'ont pas, miss Lizzie Harris, dit-il en la regardant droit dans les yeux.

Elle sentit ses joues s'enflammer et se racla la gorge, gênée.

— Bon… Je suis contente qu'on ait réglé tous les détails de la soirée shopping. Au moins, Susie ne pourra pas nous reprocher de n'avoir rien fait.

Elle n'arrivait pas à croiser son regard. Question flirt, elle était plus que rouillée ! Et puis elle souhaitait se donner un peu plus de temps.

Ben, lui, la considérait d'un air amusé.

— Tu as raison, ça ne peut être qu'une bonne chose. Je te raccompagne ?

Elle sourit, touchée par sa galanterie.

— Si tu veux.

Ils marchaient côte à côte. Lizzie se sentait vraiment très à l'aise avec lui. Se passerait-il quelque chose entre eux ? Elle n'en savait rien. Le souhaitait-elle ? Impossible à dire également. En tout cas, elle était heureuse de l'avoir pour ami. Arrivés devant la porte de son appartement, ils se tournèrent l'un vers l'autre. Ben lui tendit la main, souriant. A son tour, Lizzie lui tendit la sienne. Il la serra avec chaleur, son sourire s'élargissant. Lizzie, elle, se mit carrément à rire.

— Merci, miss Harris. C'est un plaisir de faire des affaires avec vous. Et j'ai beaucoup apprécié notre petite conversation.

— Moi aussi !

Sur ce, il tourna les talons, levant le bras en un dernier salut.

Lizzie rentra dans son appartement, un sourire aux lèvres. Ça n'avait peut-être pas été un rendez-vous galant au sens propre du terme, mais elle s'était fait un nouvel ami et, ça, c'était forcément positif.

*
* *

La soirée shopping eut lieu quelques semaines plus tard. Lizzie avait énormément pensé à Ben depuis leur rendez-vous au pub. Désormais, elle lui parlait facilement et avait l'impression de pouvoir lui faire confiance. Ses sentiments la mèneraient-ils au-delà de la simple amitié ? Mystère, mais une chose était sûre : elle s'était acheté une robe pour l'occasion.

Elle l'avait repérée en vitrine d'une boutique solidaire, alors qu'elle promenait Bambi, comme tous les après-midi. Il lui avait fallu deux jours avant de trouver le courage d'entrer et, là, sur qui était-elle tombée ? Carol.

— Vas-y, enfile-la, je te donnerai mon avis d'experte ! s'était écriée celle-ci quand Lizzie lui avait expliqué son intention.

Comme elle sortait de la cabine d'essayage, Carol avait poussé une exclamation de surprise.

— On dirait qu'elle a été faite pour toi ! Et puis c'est très audacieux, ce décolleté…

Et, lui décochant un clin d'œil coquin, elle avait désigné le haut moulant et très échancré de la robe. Lizzie s'était regardée d'un œil critique dans le miroir :

— Trop ?

— Nooon, au contraire ! Tu peux tout à fait te permettre de porter ça. C'est très joli ! Avec la silhouette que tu as… D'ailleurs, je ne comprends pas pourquoi tu te planques toujours sous tous ces pulls et ces jeans…

De retour à son appartement, Lizzie fut prise de doutes.

— Elle ne fait pas un peu *too much* ? demanda-t-elle à Bambi, qui, assis sous son minuscule sapin de Noël, regardait *The One Show* à la télé.

— Woof ! répondit-il, toujours serviable.

Lizzie soupira.

— Oh ! non… Tiens, buvons, ça me donnera du courage !

Elle se versa un verre de vin et se tourna vers la photo de Bea qui trônait sur une étagère.

— Tout ça, c'est ta faute !

C'était un très beau portrait de sa sœur. Bea avait toujours été photogénique, mais sur ce cliché elle était particulièrement renversante. Il avait été pris à son mariage — enfin, à la cérémonie civile à laquelle Lizzie avait assisté. Bea lui avait téléphoné une semaine avant pour lui donner rendez-vous sans rien lui expliquer.

— Et, au fait, mets quelque chose de chic.

Lizzie n'avait pas posé de question, elle avait obéi. A son arrivée, elle avait découvert, stupéfaite, Bea, Joe ainsi qu'un ami de ce dernier.

— On va se marier ! Et je tenais à ce que tu sois mon témoin à la mairie parce que je sais que tu aurais refusé de venir à la cérémonie religieuse. Même si, normalement, le rôle de première demoiselle d'honneur te revenait de droit.

Lizzie, abasourdie, s'était une fois de plus laissé entraîner par l'énergie positive de Bea, et la journée avait été très réussie. Sur le moment, elle avait été ennuyée que Joe et Bea aient fait l'impasse sur le mariage en blanc, et aussi très étonnée que Stella ait toléré une telle chose.

— On aura une bénédiction à l'église, lui avait dit

Joe. Bea a réussi à convaincre votre mère. Tu connais ta sœur…

Et il avait regardé sa toute nouvelle épouse avec adoration.

Lizzie avait pris cette photo avec l'appareil de Bea, sur les marches de la mairie. Sa sœur semblait si heureuse ce jour-là… Elle riait, de toute évidence profondément amoureuse de Joe.

Lizzie s'empara du cadre, plongea son regard dans les yeux vert émeraude de Bea et sourit.

— Je regrette que tu ne sois plus là, sœurette.

A cet instant, elle repensa à la cinquième lettre de Bea. C'était le bon moment pour l'ouvrir ! Elle récupéra l'enveloppe qu'elle avait mise de côté et la retourna. Au dos, Bea avait écrit :

Ouvre-moi avant Noël.

Lizzie glissa son petit doigt sous le rabat. Lorsqu'elle déplia la lettre, une carte s'en échappa. Elle était adressée à Sam. Lizzie l'écarta et commença sa lecture.

Chère Lizzie,

Déjà cinq lettres et tu continues à me lire : tu m'impressionnes, petite sœur ! J'espère que la visite à Grandpa t'a fait plaisir. Je parie que tu as pleuré comme une Madeleine. Je me trompe ? Bien sûr que non.

Bon ! Cette lettre est entièrement consacrée à Noël, et tu sais à quel point j'aime cette fête. Si on ne croule pas sous le houx et les guirlandes électriques, ça ne peut pas le faire ! C'est sans doute le jour que je regretterai le plus, après l'anniversaire de Sam.

Comme je ne peux pas être là pour célébrer Noël en famille, mon cinquième souhait, un souhait qui me tient particulièrement à cœur, sera que tu le fasses pour moi. Joe sera sûrement ravi de t'avoir à la maison et Sam aussi, car, même s'il fait bonne figure, ça va être dur pour lui. On s'est toujours éclatés à Noël, c'est pourquoi je te demande de prendre le relais. Evidemment, tu ne m'arriveras jamais à la cheville pour les devinettes et j'aurais pu te battre les doigts dans le nez au concours de la plus grosse mangeuse de choux de Bruxelles, mais c'est la croix que tu auras à porter, mon adorable sœurette.

Je sais. Depuis quelque temps, Noël n'est pas ta période préférée de l'année, mais je me souviens très bien qu'on s'amusait comme des folles quand on était petites. Et la fois où on a surpris papa en train de boire le sherry qu'on avait laissé pour le Père Noël ? Il a pris un air innocent et nous a raconté qu'il avait soif. Tu lui as passé un de ces savons ! Très féroce et très drôle — tu n'avais que cinq ans. Même maman en rit encore quand elle en parle.

Et puis il y a eu la fois où oncle Lawrence était chez nous, on était ados. Maman s'est énervée contre lui parce qu'il nous avait emmenées au pub et payé un coup à boire, le soir du réveillon. Ensuite, à la messe de minuit, il a voulu chanter plus fort que le chœur paroissial ! Toutes les amies de maman caquetaient de désapprobation, elle était morte de honte ! Elle était encore furax le jour de Noël et, quand il a eu le malheur de faire une remarque sur le Christmas pudding, elle s'est levée et lui a versé le brandy butter sur la tête. On est tous restés bouche bée, puis maman et lui se sont mis à rigoler et on les a imités. Lawrence a dit : « Mais, Stell, je n'en voulais qu'une petite cuillerée ! » et on a tous été repris d'un fou rire. C'était le bon temps.

Je veux donc que tu perpétues la tradition et que

tu te fabriques des souvenirs similaires, Lizzie Lou. Alors oui, il y a de fortes chances pour que maman et Grandpa te rendent dingue à force de se chamailler. Oui, maman va virer tout le monde de la cuisine, mais je pense sincèrement que, Noël, c'est avant tout une fête de famille dont, si tu voulais, tu pourrais très bien être le personnage central. Si tout le reste échoue, tu auras au moins eu le bonheur de voir mon petit garçon ouvrir ses cadeaux le 25 décembre. Et ça, crois-moi, c'est le plus beau cadeau qui existe. Alors, joyeux Noël, Lizzie jolie ! C'est à la fois ce que je te souhaite et ce que je t'offre.

Je t'aime,

Bisous,

Bea.

P.-S. : S'il te plaît, pourras-tu faire passer la carte ci-jointe à Sam le jour de Noël et le serrer très fort dans tes bras pour moi ?

Lizzie s'essuya les yeux et sourit. Ce souhait l'enthousiasmait de manière étrange. En fait, elle avait bien pensé à poser la question à sa mère, pour Noël, mais elle n'en avait pas encore trouvé le courage. Bizarre... On aurait dit que ses pensées suivaient un cours parallèle à celles de Bea, et cette idée lui redonnait courage. C'était comme si sa sœur lui soufflait ce qu'il fallait faire : en l'amenant à vivre la vie qu'elle voulait vraiment, Bea lui redonnait du sens. Elle résolut d'appeler sa mère dans la matinée. Pour le moment, elle devait faire son entrée en bas.

— Allez, viens, Bambi ! Bon chien !

Bambi trottina docilement vers elle.

— Ecoute, je suis désolée de t'infliger ça, dit-elle

en l'affublant d'une ramure de renne. Mais Carol a insisté.

Bambi lança un jappement résigné et la suivit au bas de l'escalier. Lizzie entra dans la librairie et brancha les guirlandes électriques. Elle resta un instant en retrait. L'effet était vraiment magique !

— Oh ! c'est magnifique ! Et toi aussi ! s'exclama Carol en s'encadrant dans la porte au bras d'un homme tout rond à l'air aimable. Lizzie, je te présente mon Trevor ! Dis bonjour, Trevor.

Trevor tendit la main avec un large sourire.

— Enchanté, ma jolie. Carol m'a beaucoup parlé de toi.

— Ravie de te rencontrer, Trevor. Je peux vous offrir quelque chose à boire ?

— Oooh, un verre de blanc, merci, Lizzie ! Trevor prendra un jus d'orange.

Trevor hocha la tête pour confirmer, visiblement habitué à ce que sa femme décide de tout.

— Allez, viens, Trevor ! Je vais te montrer tout ce que j'ai noté sur ma lettre au Père Noël, dit Carol en faisant un clin d'œil à Lizzie.

Un flot régulier de clients entrait dans le magasin, à présent ; Lizzie les accueillit avec un verre et un sourire aimable.

La soirée passa comme dans un rêve. Lizzie fut ravie de voir arriver Joe et Sam en renfort. D'emblée, son neveu déclara que les bouquins, ça le soûlait. Stimulée par ce défi, Lizzie se mit en tête de lui trouver une sélection d'histoires susceptibles de plaire à un garçon de son âge. Elle présenta fièrement Sam à tout le monde, et Susie comme Carol le trouvèrent « craquant ».

Accaparée par ses activités dans le magasin, Lizzie n'avait pas eu cinq minutes pour aller voir comment se débrouillaient Ben et Susie, à côté. Chaque fois qu'elle pensait avoir le temps de faire un saut au café, un autre client apparaissait avec un achat ou une question. Bah, il était inutile de s'inquiéter ! Susie et Ben avaient dû assurer sans problème... Pourtant, l'envie la démangeait d'aller leur faire un petit coucou. Elle baissa le regard sur sa robe. Quel dommage de s'être faite belle pour rien... Après le départ des derniers clients, elle rassembla les verres de vin vides sur un plateau qu'elle rapporta à l'établissement voisin de la librairie, laissant Carol et Sam surveiller le magasin avec Bambi. En entrant dans le café, elle aperçut Susie en pleine discussion avec Joe. Discrètement, elle se faufila dans la cuisine.

Ben recouvrait les restes du buffet de film alimentaire. Il leva les yeux et lui adressa un grand sourire.

— Alors, comment ça s'est passé de ton côté ?

— Super ! Oui, j'ai trouvé la soirée vraiment très réussie !

Elle posa le plateau sur le plan de travail et se mit à tirer sur sa robe, un peu gênée.

— Ça te va très bien, observa Ben. Tu es en harmonie avec cette ambiance de fête.

Lizzie fit la grimace.

— Genre sapin de Noël, c'est ça ?

Ben se mit à rire.

— Si tu veux. Je pensais plutôt à l'ange qu'on accroche tout en haut de l'arbre.

— Ouh, là !

Mais elle riait aussi. Les deux ou trois verres de vin qu'elle avait bus lui donnaient du courage. Les yeux rivés au sol, elle se lança :

— En fait, je me demandais si…

Que se demandait-elle, au juste ? S'il avait envie d'aller boire un dernier verre ? Si elle lui plaisait ? S'il désirait mieux la connaître ? Oui, tout ça à la fois.

— Oui ? fit-il, taquin.

— Si je pouvais avoir ta recette de cheesecake.

Sa recette de cheesecake ? Sérieux, Lizzie ! C'est quoi, ce délire ?

Ben esquissa un sourire.

— Ma recette de cheesecake ?

— Oui, s'il te plaît. J'aimerais bien en faire un pour Noël.

— Ah, oui ?

Elle hocha la tête.

— Bon, d'accord. Je te retrouverai ça.

— En outre…

En outre ? Décidément, elle avait trop picolé !

— Je voulais te remercier pour tout ce que tu as fait ce soir.

Ben s'inclina légèrement.

— Ouf, tu me soulages ! Durant une seconde, j'ai bien cru que tu allais m'inviter à boire un pot.

Lizzie en resta bouche bée.

— Mais je…

— Parce que, si tu m'avais posé la question, poursuivit Ben en contournant le comptoir pour venir se planter devant elle, j'aurais peut-être dit oui.

Lizzie leva la tête, le regarda dans les yeux et se

sentit devenir toute légère. Ben se rapprocha encore et lui caressa la joue. Elle retint sa respiration.

— Mais, puisque tu ne venais que pour me complimenter sur mon cheesecake, je me contenterai de te dire merci et bonne nuit.

Sur ce, il s'écarta avec un grand sourire.

Lizzie lui donna une tape sur le bras en riant.

— Et pour ça aussi, tu me dis merci ?

Elle avait tout à coup très envie qu'il se passe quelque chose entre eux. C'était comme une évidence.

— Pourquoi pas ? répliqua-t-il, tout sourire. Ça pourrait être le début d'une très belle amitié.

Lizzie retourna à la librairie sur un petit nuage. Elle embrassa Joe et Sam, qui s'en allaient, et souhaita bonne nuit à Carol avant de faire monter un Bambi épuisé à l'appartement. Là, elle envoya valser ses chaussures et se servit un verre d'eau. Le voyant de son répondeur clignotait : elle avait un message. Elle appuya sur « play ».

« Lizzie, c'est maman. J'ai bien réfléchi et je me demandais si… si tu aurais envie de venir pour Noël. Bien sûr, entre papa et Lawrence, ça va être le chaos, mais je me suis dit que ça te ferait peut-être plaisir de passer Noël à la maison avec Sam et Joe… Pourrais-tu me tenir au courant, s'il te plaît ? C'est pour commander la dinde, il faut que je sache combien on sera. Bon, j'espère que tu vas bien. »

Lizzie se tourna vers Bambi, qui dormait là, cette nuit. Ayant réussi à se débarrasser de ses ridicules bois de renne, il s'employait à les réduire en miettes en les mâchonnant consciencieusement.

— Qu'est-ce que tu dis de ça, hein, le chien ? Noël

à la maison et un rendez-vous avec Ben ! C'est peut-être vrai, que je mérite d'être heureuse !

Bambi lança un jappement appréciateur et retourna à sa ramure de renne.

Chapitre 11

Noël

Lizzie avait l'impression d'avoir de nouveau cinq ans. Pas tellement parce qu'elle dormait dans son ancienne chambre : une teinte neutre de magnolia et des rideaux de soie verte retenus par des embrasses avaient depuis longtemps remplacé les rideaux Victoria Plum et le papier peint à petites fées. Non, c'était davantage le fait de se réveiller en ce matin de Noël dans une pièce où elle s'était réveillée tant d'autres matins de Noël, dévorée de joie et d'appréhension, les yeux fouillant l'obscurité à la recherche d'une longue chaussette déformée par les cadeaux. Pas de chaussette aujourd'hui, mais en tirant les rideaux elle se surprit à penser, comme quand elle était petite : pourvu qu'il ait neigé… Evidemment, il n'était pas tombé un seul flocon, mais la forte gelée blanche pouvait faire illusion : on aurait dit que l'herbe avait été saupoudrée de sucre glace et il y avait un rouge-gorge, perché dans le vieux chêne au bout du jardin. Ce paysage la fit sourire.

Tout ce que disait Bea dans sa lettre était vrai. Noël était un moment unique quand elles étaient petites. Sa sœur débarquait toujours dans sa chambre avec sa propre chaussette pour qu'elles puissent comparer la taille et la forme de leurs cadeaux, mais elles ne les ouvraient pas tout de suite. Une partie du plaisir consistait à les traîner jusqu'à la chambre des parents et à déballer leurs cadeaux sur le lit, sous le regard indulgent de papa et maman. Stella se détendait un peu à Noël... Naturellement, les préparatifs des fêtes étaient menés à bien avec une discipline toute militaire. Bea et elle n'avaient jamais le droit d'aider à décorer l'arbre, par exemple, mais leur mère organisait tout à la perfection. Lizzie revoyait les douces lumières blanches, les quantités de bougies et le feu crépitant dans la cheminée, quel que soit le temps. Et, si jamais ses grands-parents fêtaient Noël à la maison, c'était le bonheur absolu. Le matin du 25, Granny sautait du lit dès qu'elle entendait Bea entrer dans la chambre de Lizzie. Elle passait la tête par la porte, le visage radieux et le regard pétillant.

— Joyeux Noël, mes poulettes !

Ensuite, elles se mettaient toutes les trois dans le lit. Dans ses souvenirs, Lizzie était écrasée contre le mur, mais elle s'en fichait parce qu'elle était blottie contre sa Granny, et que sa sœur était de l'autre côté. Leur grand-mère leur lisait *Une visite de saint Nicolas* et la vie n'aurait pas pu être plus belle. Lizzie contempla le lit et poussa un gros soupir. Si seulement elle avait pu retourner en arrière, ne serait-ce que quelques heures...

Mais déjà son grand-père se livrait à ses ablutions matinales dans la salle de bains en sifflant joyeusement *Il est né, le divin enfant.* Elle enfila sa robe de chambre, chaussa ses pantoufles et suivit le couloir jusqu'au palier. Sa mère était une vraie pro de la déco de Noël. Lizzie s'arrêta pour admirer les compositions de houx, de lierre, et les rameaux de sapin qui émergeaient derrière les tableaux encadrés. En haut des marches, oncle Lawrence ajustait son nœud papillon devant l'étroit miroir rectangulaire.

— Joyeux Noël, Lizzie ! s'écria-t-il en l'embrassant sur les deux joues.

— Joyeux Noël à toi aussi !

Ça lui faisait plaisir de revoir son oncle. Il lui rappelait les moments les plus gais de son enfance. Bien sûr, il avait assisté aux obsèques de Bea, mais ce jour-là elle évoluait dans un tel brouillard qu'elle n'avait pas réussi à vraiment lui parler.

— Tu as vu maman ?

— Oh ! oui… Elle est debout depuis des heures, elle s'occupe de la dinde. J'ai préféré ne pas rester dans ses pattes…

Il fit une grimace comique.

— Celles de ta mère, je veux dire…

Lizzie se mit à rire.

— Bon, je vais prendre mon courage à deux mains et aller voir si elle a besoin d'aide.

Dans l'escalier, elle s'arrêta pour admirer le sapin de Noël qui trônait dans le salon. C'était toujours le moment le plus excitant pour elle et Bea : quand elles descendaient voir l'arbre dans son halo de lumière, décoré de guirlandes et entouré par toutes sortes de paquets de forme et d'allure intéressantes ! Le sapin lui parut plus petit que dans ses souvenirs, mais tout aussi splendide. Elle fut tirée de sa rêverie par un boucan qui parvenait de la cuisine : des bruits de casseroles qu'on déplaçait et des portes de placard qu'on ouvrait et fermait. Sa mère avait paru contente de la voir, mais la journée ne s'annonçait facile pour personne. C'était leur premier Noël sans Bea et le premier Noël que Lizzie passait en famille depuis quinze ans. Chaque aspect de son séjour l'obligeait à revisiter le passé, et elle n'était pas sûre de ce qu'elle devait ressentir à ce sujet...

La veille, elle avait assisté à contrecœur à la messe de minuit avec sa mère et son oncle, oubliant qu'elle croiserait immanquablement Alex à l'église. Il avait paru content de la voir.

— Tu as l'air en pleine forme !

Il lui avait pris la main et lui avait fait la bise. Lizzie avait été polie, mais elle ne s'était pas attardée.

Elle chassa immédiatement Alex de son esprit pour le remplacer par des pensées plus joyeuses : Ben ! Elle regrettait un peu qu'il ne soit pas là, mais bien sûr ç'aurait été un peu prématuré. Ils n'étaient même pas ensemble. Pas encore.

Ce qui prédominait cependant, c'était l'absence de Bea, que tous ressentaient cruellement, et Lizzie peut-être plus que n'importe qui. Elle n'arrivait tout simplement pas à combler le vide laissé par sa sœur. Personne n'aurait pu la remplacer. Heureusement, Sam et Joe devaient arriver aujourd'hui. Tout le monde était gaga de Sam, et puis, avec les enfants, on ne peut jamais s'appesantir trop longtemps sur sa tristesse.

Elle inspira un grand coup et entra dans la cuisine. Sa mère, assise à la table, équeutait un gros tas de choux de Bruxelles, les sourcils froncés, très concentrée. Quel choc ! Lizzie se sentit ramenée vingt-cinq ans en arrière, sauf que sa grand-mère et Bea auraient dû être là, elles aussi, en train de peler et débiter les carottes. Sa mère leva les yeux au moment où elle s'avançait. Stella avait l'air rongée par le chagrin. Elle lui sourit brièvement avant de retourner à ses légumes.

— Joyeux Noël, Lizzie. Excuse-moi de continuer, mais… il y a beaucoup à faire.

Stella semblait presque soulagée de crouler sous les corvées. Elle cherchait à s'occuper non-stop, évidemment, c'était sa façon à elle de tenir le coup : « Restez calme et continuez », comme disait le gouvernement pendant la guerre, et bien sûr « l'oisiveté est la mère de tous les vices ».

— Il y a du thé. Ça t'ennuie de te préparer ton petit déjeuner ?

— Bien sûr que non. (Lizzie désigna le mug en porcelaine de sa mère.) Tu en veux une autre tasse ?

— Oui, s'il te plaît.

Lizzie leur servit du thé à toutes les deux, puis farfouilla dans la boîte à pain. A cet instant, son grand-père s'encadra dans l'embrasure de la porte : il portait un gilet vert et rouge qu'elle se rappelait vaguement avoir vu lors des Noëls de son enfance.

— Joyeux Noël, Grandpa ! Tu es très festif, dans cette tenue…

Elle lui sourit et déposa un petit baiser sur sa joue.

— Merci, Bea.

Lizzie échangea un regard avec sa mère.

— Non, c'est Lizzie, papa…

Le vieil homme regarda sa fille d'un air contrarié.

— Je sais très bien qui c'est ! Tu crois peut-être que je ne suis pas capable de reconnaître ma propre petite-fille ? Franchement, Stella, cesse de faire tant d'histoires pour rien ! Alors, qu'est-ce qu'il y a pour le petit déjeuner ?

Lizzie leva les mains comme pour appeler à la trêve.

— C'est bon, maman. Je m'en occupe. Qu'est-ce qui te ferait plaisir, Grandpa ?

Stella lui adressa un petit sourire reconnaissant et retourna à ses choux de Bruxelles. Lizzie prépara des toasts, refit du thé et prit place à côté de son grand-père. Ils avaient commencé à manger quand, quelques minutes plus tard, Lawrence débarqua à son tour dans la cuisine.

— Joyeux Noël, tout le monde !

— Ah, Lawrence, mon garçon ! s'écria Ernest. Quand es-tu arrivé ?

Lawrence se tourna vers Stella, qui lui signifia du regard : « Je te l'avais bien dit. » Il afficha une mine fataliste et posa le bras sur l'épaule de son père.

— Hier, Pa. Tu te souviens ? On a déjeuné au pub. J'ai pris la souris d'agneau, et toi, le jambon fumé.

Ernest hocha la tête.

— Bien sûr, bien sûr… et c'était très gentil à toi de payer l'addition, n'est-ce pas, Stella ?

— Très, marmonna cette dernière.

Lawrence, qui s'affairait à préparer son petit déjeuner, déclara soudain :

— Cette cuisine est trop silencieuse !

Et il commença à chercher des stations de radio jusqu'à ce qu'il tombe sur des chants de Noël.

— Ah, celui-là, je l'adore !

Il se mit à esquisser quelques pas avec une partenaire imaginaire.

— Tu as toujours été bon danseur, comme ta mère, paix à son âme ! Alors que Stella, elle, n'a jamais eu aucun sens du rythme, glousssa Ernest. Et aucune oreille non plus !

Stella leva les yeux au ciel sans répondre.

— Je me souviens que son institutrice lui avait même demandé de quitter la chorale : elle faisait dérailler les autres sopranos ! continua-t-il.

Lizzie vit que sa mère pinçait les lèvres et se mettait à débiter les carottes énergiquement. Lawrence intervint avec bonne humeur :

— Allons, allons… Arrête de taquiner ma grande sœur, papa ! A chacun son talent. Moi, je suis l'artiste de la famille. Stella, elle…

— … s'occupe de tout le monde, alors que, toi, il ne faut surtout pas te déranger.

C'était marmonné si bas que seule Lizzie l'entendit.

— Ah, Stella ! poursuivait Lawrence en souriant. Stella, c'est une véritable fée du logis ! C'est elle qui garde la famille unie.

Stella croisa le regard de Lizzie et secoua la tête, excédée.

— Alors, c'est comment, de vivre en Californie, oncle Lawrence ?

— C'est fantastique ! Tu devrais venir me voir, un de ces quatre. Et amène ton copain ! Tu as bien un copain ?

— Non, répondit Lizzie en riant.

Elle songea à Ben. *Mais j'y travaille.*

— Eh bien, trouve-t'en un et venez me voir là-bas !

Tu devrais venir aussi, Stella. Avec Pa. Ça te ferait le plus grand bien.

— Qu'est-ce que tu entends par là ?

Lawrence haussa les épaules.

— Je disais ça comme ça... La vie ne t'a pas épargnée, ces derniers temps. Une petite parenthèse t'aiderait peut-être à...

— M'aiderait à quoi exactement ?

Il soupira.

— A te détendre un peu... Ce n'est qu'une suggestion. Personne ne te force à quoi que ce soit.

Stella se hérissa.

— Merci pour ton invitation, Lawrence, mais je vais très bien.

Ernest y alla de son grain de sel :

— Ce n'est pas l'impression que tu donnes, ma fille !

Elle parut blessée.

— Que veux-tu dire ?

— Que tu as l'air sacrément malheureuse.

Stella se leva brusquement, repoussant la chaise, qui alla heurter la table. Quelques choux de Bruxelles se répandirent par terre.

— Excuse-moi si la mort de mon mari et celle ma fille m'ont causé un peu de chagrin ! Mais je vais essayer de me ressaisir, d'accord ?

Stella se rua hors de la cuisine. Lawrence s'en voulut aussitôt.

— Merde... Vous croyez qu'on doit aller la chercher ?

Ernest secoua la tête.

— Non, mieux vaut la laisser tranquille. Dis donc, fiston, si on faisait un saut au pub, histoire de s'en jeter un petit derrière la cravate avant le repas ? Pour fêter Noël !

Lawrence n'avait pas l'air très partant.

— Je n'en sais rien, Pa. Tu crois que c'est bien raisonnable ?

Ernest hocha la tête affirmativement :

— Au contraire, ça vaut mieux ! Stella déteste avoir du monde dans les pattes quand elle cuisine. Allez, c'est moi qui régale !

Lawrence regarda sa nièce.

— Je t'offre un snowball en apéro, Lizzie ?

— Non, merci. Je préfère aider maman.

Après leur départ, elle ramassa les choux de Bruxelles éparpillés par terre et entreprit de préparer les carottes restantes. Quelques secondes après le claquement de la porte d'entrée, Lizzie entendit sa mère redescendre l'escalier et revenir dans la cuisine.

A tous les coups, Stella allait critiquer sa façon de couper les légumes…

— Merci pour ton aide.

Lizzie lui sourit.

— Ça va ?

Sa mère renifla.

— Disons qu'avec un doigt de sherry ça ira mieux. Tu en veux un ?

— Pourquoi pas ?

Stella sortit la bouteille et deux verres.

— Je suppose qu'ils sont partis au pub… ?

Lizzie fit oui de la tête.

— C'est peut-être pas plus mal, tu sais, enchaîna-t-elle. Tu veux que je m'occupe des panais, ensuite ? lui demanda-t-elle en désignant le sachet encore fermé.

— Ça m'avancerait énormément.

Sa mère lui tendit un verre.

— Tchin.

Lizzie sourit et trinqua avec elle :

— Tchin.

Elles travaillèrent côte à côte sans se parler, avec les chants de Noël en fond sonore. A un moment donné, la radio diffusa *All I Want for Christmas Is My Two Front Teeth*. Elles échangèrent un regard. Les paroles étaient carrément débiles, mais Bea et Lizzie la chantaient chaque année en faisant exprès de chuinter et en se moquant l'une de l'autre. Lizzie vit que sa mère aussi s'en souvenait, ses yeux s'étaient remplis de larmes. Elle posa la main sur la sienne. C'était un geste qui voulait dire : « Je suis là et je comprends. » Stella lui sourit avec reconnaissance avant de retourner à ses carottes. Au bout d'un moment, elle releva la tête :

— Tu te souviens des Noëls que nous passions dans le Suffolk ?

Lizzie opina.

— Oui. Granny me laissait nettoyer son plus beau service à vaisselle, mettre la table, et puis j'avais la permission d'ouvrir les papillotes… c'était le moment que je préférais.

— Je pense à elle tous les jours, soupira Stella avec mélancolie.

Perdue dans ses souvenirs, on aurait dit qu'elle avait oublié la présence de Lizzie.

— C'était une si bonne mère, elle avait vraiment la fibre maternelle… Ça n'est pas le cas de toutes les femmes.

Stella regarda sa fille d'un air entendu. C'était une

déclaration pour le moins surprenante de sa part — presque des excuses, mais pas tout à fait. Visiblement, elle avait envie de se confier, mais ne savait pas très bien comment s'y prendre.

— Bea aussi était une merveilleuse mère, poursuivit Stella. Différente de maman, mais elle était folle de Sam.

— Il faut dire qu'il est adorable, ce gosse.

— Oui, c'est vrai. C'est lui qui me fait tenir. Il est tout ce qu'il me reste de Bea, sa présence me réconforte beaucoup.

— Oui, moi aussi, avoua Lizzie.

Elles se dévisagèrent, conscientes de l'existence de ce nouveau lien entre elles.

Stella sourit avant de retourner à ses fourneaux. Elle sortit une casserole du feu, la posa dans l'évier et égoutta les pommes de terre.

— Qu'est-ce que tu faisais d'habitude pour Noël ?

C'était la première fois que sa mère lui demandait où elle était passée durant toutes ces années.

Lizzie haussa les épaules.

— La plupart du temps, j'étais chez des « amis », d'autres fois, toute seule chez moi.

Stella hocha la tête et observa un silence de quelques minutes.

— Je suis contente que tu sois là aujourd'hui, dit-elle enfin, sans lever les yeux de ses pommes de terre.

— Moi aussi, répondit Lizzie d'une voix douce.

C'était la vérité. Ses problèmes avec sa mère n'étaient pas tous résolus, mais elle commençait à la comprendre un peu mieux. En tout cas, pour aujourd'hui, être à la maison suffisait à son bonheur. Ne serait-ce qu'un an plus tôt, elle n'aurait jamais imaginé qu'une telle chose serait possible.

On frappa à la porte et un sourire éclaira le visage de Stella.

— Ça doit être Joe et Sam.

Elles allèrent toutes les deux les accueillir. Joe était affublé du genre de pull qu'on ne peut décemment porter que le 25 décembre : avec un gros Père Noël tout sourire dessus.

— C'est Bea qui me l'avait offert, expliqua-t-il avec fierté.

— Trop la honte, marmonna Sam.

Lizzie passa un bras autour de son neveu.

— Alors, qu'est-ce que le Père Noël t'a apporté de beau ?

— Pff, lâchez-moi avec ça... j'ai plus cinq ans. Moi, je voulais venir dormir ici, hier, mais papa m'a raconté que le Père Noël saurait pas où j'étais.

Et se couvrant la bouche, il lui murmura en aparté :

— J'ai fait semblant d'être d'accord pour lui faire plaisir...

Lizzie se mit à rire et le serra dans ses bras.

— Bon, tu veux voir ce que, moi, je t'ai apporté ?

Le visage de Sam s'illumina.

— Oh ! oui !

Elle le conduisit dans le salon et s'empara de deux paquets. Sam déchira joyeusement le papier cadeau. Il s'agissait d'une sélection de livres : certains contemporains, d'autres que Lizzie avait aimés dans son enfance. Elle lui désigna *Le Lion, la sorcière et la penderie*.

— Celui-là, c'était mon préféré.

Le second paquet contenait un jeu de Uno version Harry Potter.

— Trop bien ! Merci, tatie Lizzie !

Il la surprit en l'embrassant sur la joue.

— On fait une partie ?

— Dans une minute. D'abord, je dois te donner ça.

Elle lui tendit l'enveloppe contenant la carte de Bea.

Sam marqua un temps d'arrêt et contempla l'écriture. Son visage se ferma.

— C'est quoi ?

— C'est de la part de ta maman. Elle m'a demandé de te la donner aujourd'hui. Tu peux peut-être l'ouvrir maintenant ? Comme ça, on pourra en parler tous les deux, si tu veux.

Elle passa un bras autour de ses épaules.

Sam se dégagea vivement.

— Non, merci.

Il fourra l'enveloppe dans la poche de son jean et partit vers la porte. Lizzie le rattrapa.

— Sam ! Sam... Pas de souci. Je sais ce que tu ressens. C'est ton premier Noël sans ta maman. Je comprends. Elle me manque, à moi aussi.

Il se tourna vers elle. Son petit visage reflétait une rage incroyable. Choquante.

— Tu sais rien et tu comprends rien, OK ? Alors, lâche-moi !

Il sortit de la pièce en courant et monta l'escalier quatre à quatre. Joe émergea de la cuisine.

— Qu'est-ce qui se passe ?

Lizzie soupira.

— C'est Sam... J'ai voulu lui donner une carte de

la part de Bea et ça l'a mis en colère. Je suis désolée, Joe. J'aurais dû t'en parler avant.

— C'est pas grave, Lizzie. Ne t'en fais pas. Ça lui arrive, parfois, il a des accès de colère. Ecoute, je vais lui laisser le temps de se calmer et ensuite je monterai le voir. Ç'a un rapport avec le paquet que je t'ai donné ?

Elle opina.

— Il contenait douze lettres, une pour chaque mois, détaillant les dernières volontés de Bea me concernant. La carte était dans l'enveloppe de Noël. Je ne t'en ai pas parlé plus tôt parce que je ne voulais pas te faire de peine, et puis il s'agissait de choses qu'elle souhaitait que je fasse, moi. Je suis désolée. J'aurais sans doute dû te le dire.

Vu la tête que faisait son beau-frère, il se demandait s'il y avait aussi quelque chose pour lui dans ces lettres.

— Bea ne m'a remis qu'une carte pour Sam. Désolée.

Il balaya ses scrupules d'un sourire.

— Bien sûr. Je ne pensais pas qu'il y aurait un mot pour moi. C'est Sam, le plus important dans l'histoire. Je suppose qu'il ne veut pas lire la carte… ?

Elle fit non de la tête.

— Je vais lui parler.

Joe s'éclipsa en haut, laissant Lizzie désemparée. La sonnette de l'entrée interrompit soudain ses idées noires, tandis que son oncle et son grand-père entonnaient en chœur : *We wish you a merry Christmas !* Elle alla leur ouvrir.

— Joyeux Noël, ma petite nièce chérie ! s'écria Lawrence en l'écrasant dans une chaleureuse étreinte.

Il sentait le whisky à plein nez. Derrière lui, Grandpa

s'avança d'un pas mal assuré et il aurait trébuché si elle ne l'avait pas rattrapé à temps. Il lui tapota le bras.

— Ah, merci, Lizzie ! Je suis bien content de te voir. Et où est ta charmante sœur ? articula-t-il d'une voix pâteuse.

Mieux valait ignorer la question.

— Viens, Grandpa, allons dans le salon.

— Je vais vous dire ce qu'il nous faut ! lança son oncle en entrant dans la pièce. Un bon feu et de la musique !

— Excellente idée, mon garçon ! dit Ernest en s'installant dans un fauteuil. A cause de ta sœur, cette maison est une vraie glacière !

Lawrence essayait maladroitement de faire prendre le feu lorsque Stella entra dans le salon avec un plateau chargé d'une bouteille de champagne, de cinq flûtes et d'une limonade pour Sam.

— Qu'est-ce que tu fabriques, Lawrence ?

Elle le fit aussitôt dégager. Il lui tira la langue dans le dos, à la grande joie d'Ernest, qui gloussait comme un écolier.

— Ecoute, sœurette. Tu n'as qu'à allumer le feu pendant que, moi, je débouche le champ' ! Ça, je sais faire !

Stella disposa comme il fallait la bûche, le petit bois ainsi que le papier roulé en boule, et très vite une belle flambée se mit à crépiter dans l'âtre. A la lumière des flammes, l'ambiance se radoucit immédiatement, dans tous les sens du terme, et Lawrence fit sauter le bouchon de la bouteille de champagne. Sam et Joe réapparurent dans l'encadrement de la porte. Le petit avait pleuré. Lizzie chercha le regard de son beau-frère et Joe lui adressa un signe de tête rassurant. Stella, qui avait elle aussi remarqué les yeux rougis de son petit-fils, lui tendit un verre de limonade.

— Merci, Granny, dit-il en s'appuyant contre elle.

Stella l'embrassa sur le sommet du crâne.

Lawrence distribua les flûtes de champagne et Ernest leva la sienne pour porter un toast :

— Joyeux Noël à tous !

— Joyeux Noël !

— Ainsi qu'à nos chers absents, ajouta-t-il avec tristesse.

Tout le monde hocha la tête dans un silence recueilli. Tous ressentaient ce sentiment d'étrangeté aujourd'hui, et soudain Lizzie se sentit comme un piètre substitut. Sa mère dut le comprendre, car elle la fixa du regard :

— Sans oublier les présents qui ont retrouvé le chemin de la maison.

— Ça alors, sœurette, je n'aurais jamais cru que ça te faisait quelque chose ! s'exclama Lawrence en décochant un clin d'œil à Lizzie.

Stella soupira d'un air consterné et tout le monde éclata de rire.

— Merci, maman, dit Lizzie en souriant.

Pour toute réponse, sa mère lui mit un bras autour du cou et lança à la cantonade :

— Et si on passait à la salle à manger ?

Ce fut elle qui y conduisit sa fille.

La table était magnifiquement dressée avec une déco de pommes de pin, de rubans et de bougies. Près de chaque couvert, Stella avait déposé un cadeau enveloppé dans du papier doré. Ernest fronça les sourcils devant le sien :

— Qu'est-ce que c'est que ça ?

— Une petite bricole…

— Pff… J'arrive pas à l'ouvrir !

— Attends, papa, je vais le faire, proposa Lawrence.

— Merci, mon garçon. Il y a trop de scotch pour mes vieux doigts.

Sam, lui, avait déjà déballé son cadeau.

— Des Lego ! Trop bien ! Merci, Gran !

Stella sourit.

— De rien, Sammy.

Lawrence passa à son père l'after-shave qu'il venait d'extraire du paquet.

— Tiens, papa !

Ernest examina le flacon en fronçant les sourcils comme s'il souffrait.

— Qu'est-ce que c'est ? Je n'ai pas mes lunettes.

— C'est de l'after-shave, répondit Lawrence.

L'expression du vieil homme restait crispée, confuse.

— De l'after-shave ? Qu'est-ce que vous voulez que je fasse de ça ?

— Bien, et si on commençait ? suggéra Stella avec une certaine force.

Lizzie et Joe échangèrent un regard en empoignant couteau et fourchette. Finalement, les hors-d'œuvre ne furent troublés que par une seule remarque d'Ernest : il n'y avait pas assez de saumon fumé. L'ambiance s'allégea un peu avec l'arrivée de la dinde. Selon la tradition, on fit éclater les crackers, on mit des petits chapeaux et Sam amusa la galerie en lisant les blagues qui accompagnaient le bonbon en chocolat. Lizzie était ravie : son neveu énonçait chaque fois la chute en ménageant ses effets, se délectant de leurs rires. Lawrence servit le vin et se racla la gorge.

— Je voudrais porter un toast à ma sœur, Stella, la plus merveilleuse des hôtesses, qui nous a régalés avec ce véritable festin. A Stella !

Tout le monde reprit en chœur et Stella sourit, visiblement heureuse. De son côté, à voir les siens manger, bavarder et rire, Lizzie se sentait à sa place dans cette fête de famille.

— Ces panais sont un peu durs, ne tarda pas à déclarer son grand-père.

— Laisse-les au bord de ton assiette si tu n'arrives pas à les mâcher, lui dit Stella comme si elle s'adressait à un enfant de cinq ans.

— Et la sauce n'est pas comme celle que faisait ta mère.

— Désolée.

La sécheresse du ton suggérait tout le contraire.

— Et les choux de Bruxelles, je les digère pas. Ça me donne des gaz.

Sam se mit à glousser.

— Alors, je vais en prendre. J'aime bien péter, moi !

— Allons, Sammy, pas à table..., dit Joe, mais il souriait.

— Oh ! non, pas maintenant ! Je réserve mes pets pour après le repas !

Eclat de rire général.

Après le pudding et le discours traditionnel de la reine (Ernest avait insisté pour écouter debout l'hymne national), ils décidèrent de jouer aux devinettes. Sam commença. Lawrence fut impressionné par sa façon de mimer *Harry Potter et la pierre philosophale.*

— Tu pourrais être acteur, comme ton grand-oncle !

Sam souriait d'un air radieux.

— Ou agent immobilier, glissa Stella, désinhibée par le vin.

Lawrence ne releva pas la pique. Il se leva et mima les trois mots d'un titre de film.

Pour le premier, il se désigna lui-même.

— *Lawrence d'Arabie*, fit Stella d'un ton d'ennui.

— A ton tour, alors ! lança Lawrence, vaguement contrarié.

— Oh ! je ne sais pas si j'en suis capable !

— Allez, Granny !

Stella sourit à son petit-fils et se leva. Un doigt sur la bouche, elle réfléchit à ce qu'elle allait leur faire deviner. Lawrence se mit à fredonner « C'est long, ce que c'est long… » Stella lui tira la langue, à la grande joie de Sam, et entreprit de mimer un titre de film en deux mots. Pour le premier, elle leur désigna Sam.

— C'est un truc qui rime avec Sam ? Tam-tam ? proposa-t-il.

Stella secoua la tête et pointa le doigt sur lui avec une insistance redoublée.

— Garçon ? Ça a un rapport avec les enfants ? Avec Noël ? Les jouets ? suggéra Lizzie.

Sa mère acquiesça frénétiquement.

— *Toy Story*, dit Lawrence en bâillant.

Stella, furieuse, retourna s'asseoir tandis que Lizzie se penchait pour murmurer à l'oreille de Joe :

— Alors, les adultes ne sont pas très fair-play, hein ?

Il se mit à rire.

— Hé, Sam, et si on jouait à ton nouveau jeu ?

Son neveu opina avec enthousiasme.

— Pour ma part, je me contenterai de vous regarder, dit Stella.

Elle ne tarda pas à s'assoupir, de même que Lawrence et Ernest. Les ronflements sifflants de son grand-oncle faisaient glousser Sam. Ils jouèrent un peu, puis le petit garçon se tourna vers Lizzie.

— J'ai envie que tu lises la carte de maman avec moi.

Elle regarda Joe.

— On en a discuté et c'est ce que souhaite Sam, si ça ne te dérange pas, Lizzie…

— Bien sûr que non.

Les mots de Bea résonnèrent en elle :

« Tu pourrais en être le personnage central, si tu voulais. »

Oui, elle le voulait.

— Tu veux qu'on la lise maintenant ? On peut aller en haut, tous les deux ?

Sam fit oui de la tête et la suivit à l'étage.

— C'était ta chambre quand tu étais petite ?

— Oui, c'était mon refuge à moi. J'y faisais mes devoirs. Ou du moins c'est ce que je prétendais… Souvent, à la place, j'inventais des histoires sur une famille d'écureuils qui habitait dans un vieux chêne. (Elle rit.) Illustrations comprises, bien sûr !

— Et ma mère, elle était comment ? demanda Sam d'une voix douce.

Lizzie lui sourit.

— Elle était belle et débordante d'énergie, comme ces fusées de feu d'artifice toujours prêtes à partir. Sûrement pas très différente de la maman que tu as connue, en fait. C'était ma meilleure amie et, quand j'étais petite, je ne voulais qu'une chose : être avec elle. Elle inventait des jeux géniaux et elle me laissait même gagner, de temps en temps !

Lizzie se mit à rire, perdue dans ses souvenirs, avant de reposer le regard sur Sam. Lui ne souriait pas.

Il sortit la carte de sa poche.

— Lis-la, toi.

— Tu es sûr ?

Il hocha la tête et s'assit par terre.

Lizzie ouvrit l'enveloppe et commença :

Mon Sammy chéri,

Je sais que tu m'en veux et je ne te le reproche pas. Mais je tiens à ce que tu saches que je vous ai toujours aimés plus que tout au monde, ton papa et toi, et que je continuerai à vous aimer pour l'éternité. J'espère qu'un jour tu pourras me pardonner et que tu trouveras une amie en Lizzie. C'est ce qu'elle a toujours été pour moi.

Je te souhaite un joyeux Noël, mon Sammy, pour cette année et pour toutes celles à venir.

Je t'aime, mon petit garçon chéri, ne l'oublie jamais.

Bisous,

Maman.

Lizzie, au bord des larmes, regarda son neveu, s'attendant à le voir pleurer lui aussi. Mais non. La tête levée vers elle, il la contemplait avec de grands yeux, la mine grave. Ravalant son chagrin, elle lui demanda :

— Ça va ?

Il opina.

— J'arrive pas à lui pardonner, c'est tout.

— Oh ! Sam...

Elle s'agenouilla et le prit dans ses bras.

— Tu ne peux pas en vouloir toute ta vie à ta maman de t'avoir laissé...

Il eut l'air étonné.

— Mais je lui en veux pas.

— Comment ça ?

— Non, je lui en veux pas de m'avoir laissé.

— Et de quoi pourrais-tu lui en vouloir, alors ?

Il allait répondre quand on frappa doucement à la porte. Joe apparut.

— Tout va bien ?

Lizzie se tourna vers son neveu.

— Sam ?

Il soutint son regard avant de fixer le sol.

— Oui, ça va.

— Bon, je crois qu'on devrait y aller, dit Joe. Tu es prêt, Sammy ?

— Prêt, répondit-il en se levant.

Lizzie lui prit la main.

— Ta maman a raison, Sam. Je suis ton amie et je serai là pour toi chaque fois que tu auras besoin de moi.

Il la regarda droit dans les yeux avec l'air d'un petit garçon qui avait envie d'y croire.

— Promis ?

Lizzie porta la main à son cœur.

— Promis.

C'était l'engagement le plus important qu'elle ait jamais pris auprès de quelqu'un. Après le décès de Bea, elle n'aurait jamais imaginé tisser de nouveau un lien aussi fort avec quelqu'un, mais dans sa chambre de jeune fille, avec Sam, toutes ses certitudes volaient en éclats. Stella l'avait très bien dit, ce matin : cet enfant était tout ce qu'il leur restait de Bea, et une promesse faite à Sam, c'était également une promesse faite à celle-ci. Alors Lizzie ferait le maximum pour l'honorer et préserver le lien qui l'unissait à son neveu. Cette pensée l'encouragea, de la même façon que sa sœur lui avait donné la force et la volonté de croire en l'avenir. Elle et Sam avaient besoin l'un de l'autre, c'était clair, et il en serait toujours ainsi.

Chapitre 12

Début janvier

— Bon anniversaire, Bea, murmura Lizzie en ouvrant les yeux.

Cinq mois avaient passé, mais elle lui dédiait toujours sa dernière pensée du soir et la première du matin. Aujourd'hui, Bea aurait eu trente-six ans.

Il y avait tout de même du progrès. Sa sœur ne monopolisait plus son esprit chaque seconde de la journée comme c'était le cas juste après sa mort, et, pour la première fois de sa vie d'adulte, Lizzie se surprenait à accueillir la nouvelle année avec un sentiment d'espoir.

Ce Noël en famille l'avait réconfortée, beaucoup plus qu'elle ne l'aurait imaginé au départ. Ses rapports avec sa mère s'amélioraient et, même s'il fallait encore s'attendre à quelques discussions houleuses, elle se sentait prête à y faire face. A quel moment l'occasion s'en présenterait-elle ? Mystère ! Mais elle comptait sur les lettres de Bea pour la guider jusque-là. Sa colère envers Stella s'était estompée et elle lui pardonnerait sans doute complètement en temps voulu. Lizzie comprenait mieux la personnalité de sa mère. Et admettait la réalité du lien qui les unissait : toutes deux aimaient Sam et souffraient de l'absence de Bea.

A ce propos, sa relation avec son neveu lui donnait du courage, mais également un sens des responsabilités qu'elle prenait très à cœur et, ça, c'était nouveau pour elle. Son rôle de tatie l'enchantait, même si elle s'inquiétait pour Sam. Ses crises de colère l'inquiétaient, mais renforçaient parallèlement sa détermination d'être là pour lui.

Et puis il y avait Ben. Si elle accueillait le nouvel an dans un état d'esprit aussi positif, c'était beaucoup grâce à lui, et leur rendez-vous, prévu pour la semaine à venir, lui mettait le cœur en fête. Elle ne l'avait pas revu depuis Noël et savourait même son impatience dans l'attente de cette soirée. Oui ! décidément, elle progressait. Bea aurait été fière d'elle.

Lizzie sourit à la photo de sa sœur : il lui semblait approprié d'ouvrir sa sixième lettre aujourd'hui.

— Qu'est-ce que tu me réserves encore, toi ?

Elle saisit l'enveloppe et alla s'asseoir avec un mug de thé sur le canapé, les jambes repliées sous elle.

Chère Lizzie,

Bonne année, ma sœurette chérie ! J'espère que tu as passé Noël en famille et qu'ils n'ont pas été trop lourds avec toi. J'espère aussi que Sam a lu ma carte et qu'il a compris ce que j'essayais de lui dire. Il traverse des moments très durs en ce moment, et ma seule consolation, c'est que tu es là pour veiller sur lui. Son père est génial, mais une tatie, c'est particulier : tu commences peut-être à t'en rendre compte.

Donc, telle que je te connais, tu vas certainement ouvrir cette lettre le jour de mon anniversaire. Si c'est le cas, je me souhaite un bon anniversaire à moi-même ! Je parie que tu t'es installée sur le canapé, emmitouflée dans ton affreuse robe de chambre, et que tu t'apprêtes à passer la journée à chouiner toute seule chez toi. Eh bien, je te l'interdis formellement ! Je veux que tu retournes au pub, tu sais, celui où on a fêté mes dix-huit ans. Retrouve la banquette où on avait gravé nos noms et bois un coup en mon honneur ! Vas-y seule ou accompagnée. Ça m'est égal, du moment que tu ne restes pas une fois de plus enfermée chez toi, à sangloter devant « Grease ». Compris ?

Tu entends ça ? Je te donne des ordres depuis l'au-delà, mais c'est mon anniversaire et je ferai ma commandante si ça me plaît, na ! Alors, haut les cœurs, ma sœurette chérie ! Aujourd'hui, ne pleure pas, au contraire, réjouis-toi pour moi !

Je t'aime,

Bisous,

Bea.

Lizzie se mit à rire en relisant les taquineries de sa sœur. C'était bien de Bea ! Avec elle, interdiction de pleurnicher ou de s'apitoyer sur son sort. Son seul mot d'ordre : tourner la page ! C'était d'ailleurs l'objectif ultime de toutes ses lettres : lui faire tourner la page. Lizzie réfléchit. Allait-elle demander à quelqu'un de l'accompagner à ce pub ? Sa mère passait le week-end dans le Norfolk, à Dove Cottage : une manigance délibérée de sa part pour esquiver cette date douloureuse, quand bien même elle ne l'aurait avoué pour rien au monde. Quant à Joe, qui avait admis, lui, que cet anniversaire serait pénible à vivre, il avait emmené Sam chez ses parents. Finalement, ce n'était pas plus mal. Ça facilitait sa décision d'y aller seule. A moins qu'elle demande à Ben ou à Susie de l'accompagner… Malgré tout, elle continuait d'entretenir un rapport exclusif avec sa sœur, même dans la mort. OK, elle commençait à se livrer un peu plus sur son passé, et c'était certainement positif, mais parler des souhaits de Bea à n'importe qui, ça, non, elle ne s'y sentait pas encore prête. C'était une correspondance intime, un secret entre elles deux, que Lizzie voulait garder comme ça, pour le moment.

Elle choisit sa tenue avec soin, optant pour une robe et des bottes, association qui lui parut appropriée à une sortie d'anniversaire. Elle conduisit jusqu'à Smallchurch. Il ne bruinait plus et un pâle soleil d'hiver répandait ses maigres rayons dans le ciel gris.

A la vue du panneau « Bienvenue à SMALLCHURCH », son cœur se serra. C'était étrange de revenir à l'endroit où elle avait appris la vie ; l'endroit où s'étaient forgés tous ses rêves et ses idéaux. C'était comme se revoir adolescente et repérer le croisement où elle s'était plantée de direction.

Bien sûr, elle était déjà retournée deux fois chez sa mère, mais elle n'était pas revenue dans la ville à proprement parler. Elle se gara sur le parking à l'arrière des commerces et rejoignit à pied l'axe principal. Smallchurch était une jolie petite bourgade qui avait sauvegardé une bonne partie de son patrimoine architectural, y compris la tour de l'horloge, qui dominait la rue. Les enseignes avaient changé, évidemment, et beaucoup de petits détaillants avaient été remplacés par des magasins franchisés.

Fernando's, son café de prédilection, avait hélas lui aussi été victime de la dure loi du marché : à sa place se dressait désormais un Starbucks. Lizzie s'arrêta pour regarder le flot régulier de clients venus faire une pause en milieu de matinée et sourit. A l'époque, l'enseigne au néon du Fernando's rappelait celle d'un snack-bar américain. C'était pour ça qu'il avait la cote auprès d'elle et de ses amies : le cadre idéal lorsqu'on rêve de ressembler aux lycéennes de *Grease*. Les tables étaient prises entre deux banquettes recouvertes de skaï turquoise, style wagon-restaurant... il y avait même un juke-box dans le coin.

C'était là qu'Alex et elle étaient allés pour leur premier rendez-vous. Elle était tellement nerveuse qu'elle n'arrivait pas à se concentrer, et puis ses copines, assises à deux box du leur, n'arrêtaient pas de pouffer et de balancer des remarques déplacées à haute voix. Alex, lui, la contemplait de ses yeux bleu azur. Il portait un blouson en cuir semblable à celui de Danny Zuko. Quand ils étaient sortis du café, il pleuvait. Alors ils étaient restés sous l'auvent en attendant la fin de l'averse. Alex avait cherché sa main et, comme Lizzie se tournait vers lui, il lui avait doucement pris le menton en coupe et l'avait embrassée sur la bouche avec une telle tendresse que dans ses bras elle s'était métamorphosée en Sandra Dee, sous les cris d'excitation et d'encouragement de ses amies, collées aux vitres pleines de buée. C'est à ce moment précis qu'elle était tombée amoureuse d'Alex. Il ne ressemblait pas aux autres garçons — lourdauds, les mains baladeuses —, dont les baisers maladroits lui avaient donné envie de vomir, leur langue s'insinuant entre ses lèvres comme une limace visqueuse. Alex, lui, était différent, très différent, même.

Elle frissonna et s'efforça de chasser ce souvenir en reportant son attention sur la grand-rue. Ouf ! Le George and the Dragon était toujours niché à l'angle. Elle n'avait pas l'habitude d'aller seule au pub ; elle se sentit donc nerveuse en poussant la lourde porte de bois. Heureusement, personne ne sembla remarquer son entrée et elle put s'approcher du bar sans se sentir trop mal à l'aise. Elle regarda autour d'elle. Il n'y avait qu'une poignée de clients : un homme qui savourait sa pinte de bière en faisant ses mots croisés, un Jack Russell endormi à ses pieds, et un couple âgé qui s'attaquait à un plat de rôti alors qu'il n'était pas encore midi. La place près de la fenêtre, flanquée de deux étroites banquettes, était libre.

— Qu'est-ce que je vous sers ?

Lizzie sursauta — elle n'avait pas entendu le patron arriver. *Du calme, du calme... Inutile d'être aussi tendue.* Elle réfléchit. Quel genre de boisson conviendrait le mieux à cette journée ? Avec ce froid, elle aurait bien pris une tasse de thé, mais ça n'était pas du tout ce que Bea avait en tête. Elle sourit timidement.

— Un verre de votre vin rouge, s'il vous plaît.

Le patron acquiesça et la servit d'un air amical.

— Je vous connais, non ?

C'était un bonhomme rougeaud, aussi large que haut.

— Je ne pense pas.

Menteuse, mais polie : elle tenait à son anonymat, aujourd'hui.

— Ça fera quatre quarante, s'il vous plaît, ma jolie.

Lizzie paya et emporta son verre de vin jusqu'au siège vacant, près de la fenêtre. Quelques rayons avaient réussi à percer les nuages, et le monde lui parut soudain vivant et radieux. Il y avait de plus en plus de monde dans la rue, comme si les gens étaient attirés dehors par le soleil, à la manière des plantes qui s'orientent en fonction de la lumière. Lizzie s'assit à gauche de la fenêtre et posa son verre sur la table. Jeta un regard circulaire, histoire de vérifier que personne ne faisait attention à elle, souleva l'un des coussins en cuir intégrés à la banquette et inspecta discrètement le dessous. Plissant les yeux, elle se mit à scruter le bois. Elle envisageait déjà sa déception quand soudain… oui, il y avait bien une légère trace, là. A peine discernable, il fallait vraiment savoir ce qu'on cherchait, mais Lizzie, elle, reconnut le *B* et le *L* qu'elle et Bea avaient gravés à l'aide d'une fourchette, un soir où elles avaient pas mal picolé.

Bea, après avoir inscrit son initiale, avait articulé d'une voix pâteuse :

— Eh ! On devrait se piquer le doigt et devenir sœurs de sang.

— Mais on l'est déjà !

Lizzie n'était pas aussi bourrée que son aînée, malgré les deux vodkas limonade que cette dernière avait réussi à lui faire boire en douce. Dans un ronflement euphorique, Bea l'avait attirée tout contre elle.

— Je t'aime, Lizzie Lou, et je m'occuperai toujours de toi. Comme une sœur.

Bea était repartie d'un fou rire, enchantée par sa blague pourtant plus que vaseuse.

En y repensant, Lizzie sourit et leva son verre.

— A toi, sœurette ! Bon anniversaire !

Quelques semaines auparavant, elle aurait dû refouler ses larmes en prononçant ces mots, mais aujourd'hui, dans ce pub et sous ce soleil d'hiver, l'évocation de Bea lui procurait un sentiment de bien-être. Elle allait finir son verre, éventuellement faire un tour en ville et puis elle rentrerait. Et si elle proposait à Susie un ciné entre filles ? A moins qu'elle n'ose demander à Ben d'avancer leur rendez-vous à ce soir, carrément ! Elle ferma les yeux et se laissa emporter par l'instant présent.

— Lizzie ?

Elle revint sur terre dans un sursaut et rouvrit les yeux. Devant elle se tenait Alex Chambers.

Il lui sourit avec chaleur.

— Il me semblait bien que c'était toi. Je t'ai aperçue par la vitre.

Merde ! Pour l'anonymat, c'est mort !

Alex regarda autour de lui.

— Je ne pense pas avoir remis les pieds dans ce pub depuis mon adolescence.

Et c'était avec moi.

— Alors ? s'enquit-il.

La question resta en suspens quelques secondes, tel un ver se tortillant au bout d'une ligne. Mais Lizzie refusait de mordre à l'hameçon. Elle était très bien, là, toute seule, perdue dans ses souvenirs de Bea… Elle voulait juste qu'il s'en aille !

— Quel bon vent t'amène ?

Même le ton de sa question l'énervait. Sans parler de sa présence ici. Il était toujours tellement sûr de lui !

Trop. Comment osait-il ? Après tout ce qu'il lui avait fait subir... Comment osait-il se la jouer charmeur décontracté ? Une rage toxique se mit à bouillonner en elle, menaçant d'exploser. Il n'était pas question qu'elle laisse ce mec lui gâcher sa journée ! Ah, non, elle ne lui donnerait pas cette satisfaction !

— Je trinquais à la mémoire de ma sœur, dit-elle d'une voix aussi égale que possible. Ç'aurait été son anniversaire, aujourd'hui.

Réponse puérile ! En revanche, l'effet sur Alex fut radical.

— Evidemment... Excuse-moi, je n'avais pas l'intention d'être indiscret.

OK, il allait sûrement partir, maintenant... Mais pas du tout, il s'incrustait ! Lizzie leva les yeux sur lui avec une impatience à peine dissimulée et dit, glaciale :

— Je ne veux pas te retenir...

Il allait quand même finir par capter le message !

Il la contemplait comme s'il cherchait une réponse au fond de ses yeux. Enfin, il parla :

— Je peux te demander quelque chose ?

Elle soupira.

— S'il le faut...

Il prit ça pour une invitation à s'asseoir. Résignée, Lizzie évita de croiser son regard.

— Excuse-moi, mais... tu as été très froide avec moi les dernières fois qu'on s'est vus. Au début, j'ai mis ça sur le compte du chagrin, mais là j'ai carrément l'impression que tu m'en veux. J'ai fait quelque chose de mal ?

Lizzie tourna brusquement la tête. Sa colère allait exploser, il n'y avait plus moyen de la contenir.

— Qu'est-ce que tu crois, Alex ?

Elle lui avait presque craché les mots à la figure. L'effet fut immédiat : Alex perdit sa belle décontraction et, joignant les mains très fort, il fit l'étonné.

— Ecoute, Lizzie, je regrette ce qui s'est passé entre nous, mais on n'était que des enfants, à l'époque. Ça ne comptait pas.

Elle lui lança un regard au vitriol.

— Espèce d'enfoiré sans cœur ! Tu as bousillé ma vie ! Comment peux-tu me dire tranquillement que ça ne comptait pas ?

Il blêmit, ses yeux scrutant désespérément son visage à la recherche d'une réplique adéquate.

— Je suis désolé, Lizzie… J'étais loin de me douter… On était jeunes et… Je n'ai jamais eu l'intention de te briser le cœur.

Elle le considéra avec mépris.

— Tu crois vraiment que c'est pour ça que je t'en veux ? Je me fous pas mal de notre rupture !

Tout à coup, Lizzie fut prise d'un doute : Alex avait l'air complètement dérouté…

— Pourquoi tu crois que je suis partie d'ici, hein ?

Il haussa légèrement les épaules.

— Bea m'a raconté que tu t'étais disputée avec ta mère et que tu voulais t'en aller. Elle m'a dit aussi que tu ne voulais plus me voir.

— Mais, ma lettre, tu ne l'as pas lue ?

Elle avait l'impression de tomber en chute libre.

— Quelle lettre ?

Au fond d'elle-même, Lizzie sentit sa conviction commencer à s'effriter ; une certitude qui jusque-là lui avait toujours paru gravée dans le marbre.

Alex n'avait pas la moindre idée de ce qu'elle lui reprochait, c'était clair. Il la regardait fixement, en quête de réponses. *En quête de réponses... On est tous en quête de réponses* !

— Lizzie ? insista-t-il d'un ton implorant. De quelle lettre parles-tu ?

Presque inconsciemment, elle glissa une main sous la banquette, à l'endroit où Bea et elle avaient gravé leurs initiales. « Je m'occuperai toujours de toi. » Il fallait qu'elle se débarrasse d'Alex, qu'elle se tire de ce pub et qu'elle rentre chez elle, loin de tout ce passé qui la faisait souffrir. Elle ne voulait pas s'y replonger, pas quand le bonheur semblait enfin à sa portée ! Pourquoi tout gâcher maintenant ? Oui, mais, quand surgit un élément nouveau, on ne peut pas continuer à faire l'autruche. Lizzie, du moins, était incapable de rester dans le déni. Elle avait passé trop de temps à se défiler : la fuite en avant, c'était terminé pour elle. De toute façon, la vérité finit toujours par vous rattraper un jour ou l'autre, et ce jour-là on est bien obligé de l'affronter. Lizzie prit une grande inspiration.

— J'avais demandé à Bea de te faire passer une lettre, le soir où je suis partie.

Alex, penché en avant, s'efforçait de lire dans ses pensées, ses yeux d'un bleu profond sondant les siens. Elle soutint son regard sans broncher.

— J'étais enceinte.

Il se rejeta en arrière comme si on lui avait tiré dessus. Envolés, son charme et sa belle assurance !

— Je n'en savais rien... murmura-t-il. Un enfant ? Mais alors est-ce que...

— Je l'ai perdu... J'ai perdu l'enfant que je portais.

C'était la première fois qu'elle exprimait la réalité à voix haute, et en prononçant ces mots elle sentit les larmes lui monter aux yeux. Etonnant, avec quelle rapidité une colère noire pouvait céder la place à un immense chagrin…

— Oh ! Lizzie, j'étais loin de me douter…

Il voulut lui prendre les mains.

A son contact, elle fut prise de panique. Non, pas ça, pas lui, il ne fallait pas ! Elle regarda autour d'elle. Elle n'aurait jamais dû revenir ici. C'était trop. Toute cette histoire était trop. Ce qui la perturbait le plus, ça n'était pas le fait d'avoir mis Alex au courant pour l'enfant, non… c'était l'attitude de Bea, qui n'avait pas transmis son message. Il y avait là quelque chose qui lui échappait complètement. Pourquoi sa sœur lui aurait-elle fait un coup pareil ? Mais la réponse, elle ne la trouverait pas en restant là, dans ce pub, avec Alex. Lizzie voyait bien qu'il était bouleversé, troublé par cette révélation, mais elle ne pouvait pas s'attarder sur son cas, trop de pensées se bousculaient dans sa tête. Il lui fallait partir d'ici, tout de suite !

Elle retira ses mains des siennes et se leva avec un calme résolu.

— Je dois y aller.

Alex se leva lui aussi, le regard suppliant.

— Ne t'en va pas ! Il faut qu'on parle. Je t'en prie, Lizzie…

Elle fixa un point au-dessus de lui, en direction de la porte.

— Je dois y aller.

Il se rassit lourdement et prit sa tête dans ses mains. Lizzie sortit du pub en état de transe. Regagna sa voiture et démarra sans même avoir conscience de ce qu'elle faisait. Sonnée. Il lui fallait partir de Smallchurch, retrouver un lieu où elle se sentirait en sécurité. Alors qu'elle quittait la ville, une seule pensée résonnait dans sa tête. Une pensée d'une familiarité réconfortante. *Fuis, Lizzie, fuis et ne te retourne pas !*

Chapitre 13

Le lendemain

Lizzie se leva d'un bond, tirée du sommeil par un mauvais rêve dont les détails s'estompaient déjà. Elle était en nage, son cœur cognait à ses tympans. Reprenant ses esprits, elle se remémora les événements de la veille et retomba sur l'oreiller, pressée de se rendormir pour fuir la réalité. Malheureusement, son cerveau semblait peu enclin à coopérer avec son corps et un flot d'interrogations se mit à déferler dans sa tête, toutes sur le même sujet.

Pourquoi sa sœur n'avait-elle pas transmis sa lettre ? Pourquoi ? Pourquoi ? Pourquoi ? Peut-être l'avait-elle oubliée ou perdue ? Non, ça n'était pas plausible. Bea avait une mémoire d'éléphant. Alex mentait-il ? Non, ça ne collait pas non plus. S'il avait réussi à l'embrouiller de façon aussi convaincante, les yeux dans les yeux, il fallait qu'il lâche tout de suite son job d'organiste paroissial pour faire carrière au cinéma ! En plus, sa réaction avait été sincère quand elle lui avait parlé de l'enfant — un véritable cri du cœur. Non, il ne jouait pas la comédie. OK. Et ça la menait où, tout ça ? Restait que Bea n'avait pas remis la lettre à Alex et que donc il n'avait rien su pour le bébé ; de son côté, Lizzie l'avait privé de la possibilité d'en discuter avec elle. Qui sait ce qui se serait passé si Alex avait été au courant ? Il l'aurait peut-être soutenue, leur enfant aurait peut-être vécu… Sa vie à elle en tout cas aurait été bien différente. Dire que, pendant tout ce temps, elle avait cru qu'Alex se désintéressait d'elle, et Bea n'avait rien fait pour la contredire ! Mais pourquoi ? Lizzie avait beau se creuser les méninges, elle ne comprenait pas. Penser du mal de sa sœur, elle s'y refusait. Non, il y avait forcément une explication, et la seule possible c'était que Bea ait estimé la protéger en ne révélant pas son secret à Alex. Si l'enfant avait vécu, quelqu'un aurait bien fini par en informer le père, mais puisque Lizzie avait fait une fausse couche ça n'avait plus aucun intérêt qu'il soit mis au courant. Oui, ce raisonnement tenait la route. En même temps, il la dérangeait, car il la forçait à reconsidérer l'attitude de sa sœur. Bea avait-elle fait autre chose dans le but de la protéger ?

Sans compter que la colère de Lizzie envers Alex était sans fondement. Il ne s'était jamais douté qu'elle était enceinte ! En lui reprochant une faute qu'il n'avait pas commise, elle l'avait traité de façon totalement injuste. Elle revoyait sans cesse l'expression de son visage lorsqu'elle lui avait parlé de l'enfant. Il avait eu l'air anéanti. Elle-même avait dû quitter le pub précipitamment — sur le moment, elle s'était sentie complètement désemparée —, mais, à présent elle commençait à se poser des questions. Surtout, elle ne parvenait pas à se débarrasser du sentiment qu'Alex méritait mieux de sa part.

Elle se leva et, s'enveloppant dans sa robe de chambre, alla pieds nus se faire du thé dans la cuisine. Il était à peine 6 heures passées. Elle emporta son mug dans le séjour et tira les rideaux. Il faisait encore noir dehors et seules quelques personnes travaillant en banlieue se pressaient vers la gare. Elle s'assit sur le canapé et tenta de chasser de son esprit la pensée qui la harcelait, à savoir qu'il fallait qu'elle recontacte Alex. Après tout, elle ne lui devait rien… Ce n'était pas sa faute à elle si Bea ne lui avait pas remis sa lettre, pas sa faute à elle si Alex avait appris en moins d'une minute qu'il avait conçu et perdu un enfant ! Tout ça, c'était la faute de sa sœur et, quelles qu'aient pu être les motivations de Bea à l'époque, ce qui était fait était fait. N'empêche, ce n'était pas non plus la faute d'Alex…

Lizzie pensait parfois à leur enfant. Il aurait eu seize ans aujourd'hui — un an de moins que l'âge qu'elle avait quand elle s'était retrouvée enceinte. Ce genre d'idée lui donnait le vertige. La vie est un cycle qui ne cesse de se reproduire à l'infini : on naît, on meurt. Comment était-on censé mener sa barque sur cet océan d'incertitude ? Dire qu'elle avait cru commencer à maîtriser le cours de son existence, travailler à sa part de bonheur… elle n'en était plus aussi sûre, maintenant.

Peut-être avait-elle juste besoin de parler à quelqu'un… à Susie, par exemple. Vider son cœur, d'accord, mais sans entrer dans les détails. Le regard positif de son amie lui remonterait le moral. Oui, voilà ! Elle allait reporter à plus tard la promenade de Bambi et entre-temps elle tâcherait de convaincre Susie de la rejoindre. Consolée par cette perspective, elle put mettre de côté ses pensées concernant Alex et Bea.

A la librairie, la matinée se traîna comme seule une matinée couverte de janvier sait le faire. Les gens semblaient peu enclins à sortir de leur maison bien chauffée, et en tout cas ils n'avaient aucune intention d'acheter des livres aujourd'hui. En temps normal, Lizzie savourait la paix d'un magasin calme, mais là ce silence lui paraissait bizarrement oppressant. Bambi semblait partager ce sentiment. Il tournait comme un lion en cage, la truffe au sol.

Mme Nussbaum leva les yeux de sa grille de mots croisés :

— Qu'est-ce qui ne va pas, aujourd'hui ?

Le chien répondit par un geignement.

— Je crois qu'il a besoin de sortir. Je vais le promener, d'accord ?

— *Ja*, je pense que c'est *eine gute Idee*, Lizzie. Tu pourrais peut-être me prendre une part de cheesecake au retour, *bitte* ?

— Pas de problème.

Lizzie alla chercher son manteau, son écharpe, son bonnet, la laisse de Bambi et se dirigea vers la porte. Le chien se mit à faire des bonds et jeta une série de brefs aboiements de joie. Elle l'attacha :

— Mais oui, mais oui... Tu as tout compris, on va au parc.

Le boxer partit comme une flèche, l'entraînant à sa suite. A la porte, ils percutèrent Ben, qui, de justesse, retint Lizzie par les épaules :

— Holà, doucement !

Il la dévisagea, amusé.

— Qui promène qui, exactement ?

Lizzie s'illumina, un instant subjuguée par les yeux brun chocolat de Ben et la fossette qui apparaissait systématiquement quand il souriait. Elle avait toujours eu un faible pour les fossettes.

— Bambi m'emmène faire un tour au parc.

— J'allais moi aussi dans cette direction. Ça te dérange si je vous accompagne ?

Lizzie avait prévu d'inviter Susie à se joindre à elle, mais maintenant que Ben était là elle changea son fusil d'épaule.

Bambi, lui, en avait marre que les bipèdes au-dessus de sa tête perdent autant de temps à discuter. Il était prêt à partir et, dans son désir de liberté, il se mit à tirer sur sa laisse, entraînant Lizzie, qui n'eut d'autre choix que de courir à sa suite.

— Viens avec nous ! cria-t-elle à Ben par-dessus son épaule. Mais il va te falloir les jambes d'Usain Bolt pour nous rattraper !

Ben releva le défi. Se précipitant derrière eux, il réussit à s'emparer de la laisse de Bambi et força le boxer à s'arrêter.

— Bon chien, dit-il en lui tapotant la tête. Et maintenant, sans vouloir être sexiste, tu me confies cette laisse, Lizzie ?

Elle sourit avec reconnaissance, déjà tout essoufflée.

— Je t'en prie. Cet animal m'a pratiquement déboîté l'épaule.

Ils remontaient la rue principale lorsqu'ils croisèrent une mère et sa fille, toutes deux habituées de la librairie, surtout depuis que Bambi y avait élu domicile.

— Toutou ! s'écria la fillette, ravie, et Bambi, bien que pressé d'atteindre le parc, eut la courtoisie de s'arrêter pour qu'elle puisse lui tirer les oreilles.

— Oh ! bonjour, Lizzie ! fit la mère. On se promène ?

— Oui, il a besoin d'un peu d'exercice. Le chien, je veux dire, pas Ben.

Joignant le geste à la parole, elle désigna Bambi, qui avait posé sa tête sur les genoux de la petite fille et acceptait des raisins secs de ses menottes potelées.

La femme se mit à rire.

— Oh ! il est trop mignon ! Le chien, je veux dire, pas votre copain. Quoiqu'il soit lui aussi très mignon…

Elle toussota d'un air gêné.

— Désolée, mais je dois filer. Bonne promenade !

— Ouf, soupira Ben après son départ. Je ne savais plus où me mettre !

Ils échangèrent un regard et éclatèrent de rire.

— Alors, qu'est-ce que tu deviens ? lui demanda Lizzie. Ton Noël, ça s'est bien passé ?

Ben frissonna :

— Je me suis retrouvé dans la peau de mes cinq ans. C'était le premier Noël que Susie et moi fêtions chez nos parents depuis des lustres et je te jure qu'on est vite retombés dans nos anciens schémas !

Lizzie gloussa.

— Comment ça ?

Ben leva les yeux au ciel.

— Comment te dire… ? En fait, ma mère et Susie ensemble, c'est l'enfer, une espèce de reconstitution de notre adolescence : le croisement entre âge ingrat et ménopause. Genre *Quand Harry rencontre Sally*, mais en pas drôle du tout et avec beaucoup plus de hurlements et d'engueulades.

— Gloups… Tu me fais peur.

— C'est au-delà de ça… Dis donc, tu viens de faire « gloups », là ?

Lizzie prit un air faussement indigné.

— Et alors ?

— Pendant un instant, j'ai cru que j'avais été télétransporté dans un épisode de *Scooby-Doo* des années 1970.

— Oh ! j'aurais aussi bien pu dire : « Pas glop, pas glop ! »

— Attention, tu es en train de trahir ton âge !

Lizzie éclata de rire. Ben la dévisageait, les yeux pétillants de malice. Elle aimait leur petit badinage. Ce style de flirt, taquin, ne ressemblait à rien de ce qu'elle avait pu connaître avec un homme. Ça lui faisait oublier la femme qu'elle avait été et lui donnait un aperçu de celle qu'elle avait envie d'être.

A l'entrée du parc, Ben détacha Bambi, qui partit comme une bombe dans le vaste espace vert. Il en fit le tour ventre à terre, s'arrêta, vira trois fois sur lui-même et revint en bondissant vers eux. Il se rua sur Lizzie, puis sur Ben, qui lui tapota la tête avant qu'il n'entame un second circuit, toujours à fond.

— Il est heureux de vivre, dit Ben en souriant. Et toi ? Comment s'est passé ton Noël ?

— Bah, moi aussi, j'ai retrouvé mes cinq ans, mais là s'arrêtent les similitudes avec le tien.

Ben prit une expression grave.

— Evidemment. C'est le premier Noël sans ta sœur,

ça a dû être très dur. Excuse-moi, Lizzie, je viens de m'apercevoir que je ne connais même pas son prénom.

— Bea. Elle s'appelait Bea. Ç'a été très dur, oui, mais aussi très sympa parce que j'ai passé du temps avec mon neveu, Sam. Il a dix ans et ressemble énormément à sa mère.

Ben hocha la tête.

— J'imagine qu'après la perte de ta sœur ça doit être réconfortant pour toi de pouvoir compter sur ta famille.

Lizzie le regarda droit dans les yeux. Oui, elle pouvait faire confiance à cet homme.

— Pour tout t'avouer, c'était le premier Noël que je passais chez ma mère depuis quinze ans, et le premier avec Sam.

C'était une sorte de test. Elle scruta le visage de Ben, qui ne broncha pas.

— Je vois. Ça non plus, ça n'a pas dû être facile pour toi. Qu'est-ce qui t'a poussée à retourner là-bas ? Ta sœur ?

La gentillesse qui transparaissait dans sa question incita Lizzie à tout lui raconter. Elle s'éclaircit la voix.

— A sa mort, Bea m'a laissé douze lettres exprimant ses dernières volontés me concernant. Elle espérait par là me conduire au bonheur.

— Et ça a marché ?

Lizzie réfléchit. A cet instant précis, dans ce parc avec Ben, elle se sentait plus heureuse qu'elle ne l'avait été depuis longtemps. Mais, quand elle repensait à Alex et à la lettre qui ne lui avait jamais été remise, le doute revenait la tourmenter. Elle considéra Ben d'un regard appuyé.

— Parfois. En même temps, il y a dans mon passé une affaire non résolue et je ne sais pas si j'ai envie de m'y frotter.

Ben soupira.

— Le passé qui revient te hanter, les problèmes non résolus, je connais !

Il tourna la tête vers le café du parc.

— Et si on prenait un pot en échangeant nos histoires ? Ça te ferait peut-être du bien.

C'était dit avec une telle douceur que Lizzie fondit en larmes. L'espace d'une fraction de seconde, Ben afficha l'air affolé qui caractérise un homme à la vue d'une femme en pleurs, puis il lui passa un bras autour des épaules.

— Viens.

Et il la conduisit vers le café.

Lizzie secoua la tête, gênée.

— Désolée. Je n'avais pas l'intention de me mettre dans un état pareil. C'est ta faute, aussi, tu es trop gentil avec moi !

Ben eut un petit rire.

— C'est bien la première fois qu'on m'accuse d'être trop gentil… Très bien ! A l'avenir, j'essaierai d'être un vrai salaud. Qu'est-ce que tu dirais d'un chocolat chaud avec de la crème fouettée et de la guimauve ? Quoique… c'est pas très bon pour ta ligne, tout ça.

Il se couvrit sa bouche comme pour un aparté et murmura :

— Ça, c'est quand j'essaie d'être un vrai salaud.

Lizzie éclata de rire et s'assit à l'une des tables en terrasse pendant que Ben allait chercher leurs boissons. Bambi continuait ses allers-retours à fond de train :

un chien heureux et solitaire dans un grand parc. Ben posa la tasse devant elle.

— Merci. Et encore désolée pour cette crise de larmes. Tu dois me prendre pour une folle.

Ben secoua la tête.

— Non, je pense juste que tu es beaucoup plus affectée que ce que tu veux admettre, Lizzie Harris.

C'était si bien vu que Lizzie en resta muette. Ben remarqua son hésitation.

— Lizzie, est-ce que je suis ton ami ?

A question simple, réponse simple.

— Bien sûr.

— On n'a pas un rendez-vous prévu la semaine prochaine ?

Lizzie lui sourit timidement.

— Si...

— Et surtout est-ce que tu me fais confiance ?

Elle le regarda dans les yeux — ses magnifiques yeux chocolat.

— Oui, je te fais confiance.

— Dans ce cas... parle-moi, Lizzie. Je veux que tu me parles.

C'était dit si gentiment qu'elle ressentit un besoin douloureux de se confier. Elle prit une profonde inspiration et lui raconta tout. Finalement, c'était facile de se confier à quelqu'un qui n'était pas en lien avec son passé. Comme de dérouler une pelote de laine bien serrée. Ben savait écouter. Il ne faisait aucun commentaire et ne lui demandait des précisions que lorsqu'il en avait besoin. Quand elle aborda sa grossesse, l'enfant qu'elle avait perdu, et que les larmes coulèrent, incontrôlables, il lui tendit une serviette en papier en lui serrant les doigts avec douceur.

— Et donc je n'arrête pas de me prendre la tête depuis. Qu'est-ce qui a pu pousser Bea à agir ainsi ? Pourquoi n'a-t-elle pas remis mon message à Alex ? Tout aurait été si différent !

Ben se laissa aller en arrière contre le dossier et la regarda.

— Différent, oui… Mais est-ce que ça aurait été forcément mieux ?

Lizzie secoua la tête.

— Je n'en sais rien. Je n'en sais vraiment rien.

— De toute façon, tu étais décidée à t'enfuir. Est-ce que tu serais revenue si Alex avait été au courant de ta situation ?

Elle haussa les épaules.

— Peut-être. Ça aurait pu me donner le courage de rester au village, et alors j'aurais peut-être pu mener ma grossesse à terme.

Ben la regarda tristement.

— Je ne suis pas certain que ça t'aurait évité de perdre ton enfant.

— Comment tu peux en être aussi sûr ?

— Fran a fait une fausse couche à l'époque où nous étions mariés, répondit-il avec calme. Alors, je sais bien que chaque cas est particulier, mais la plupart du temps on ne peut pas empêcher ces choses-là de se produire.

Lizzie vit une peine sincère dans son regard. Elle lui effleura la main.

— Je suis terriblement désolée pour toi, Ben.

Il lui fit un petit sourire.

— Elle m'a recontacté, au fait, dit-il au bout de quelques secondes.

Lizzie ouvrit de grands yeux.

— Fran ?

Il opina lentement.

— Je ne l'ai pas encore rappelée.

Pas encore. Deux petits mots, mais lourds de sens.

— Et tu vas le faire ? lui demanda-t-elle d'un air aussi détaché que possible.

Il la regarda avec tristesse.

— Je ne sais pas. Qu'est-ce que tu en penses ?

Lizzie baissa le regard sur ses pieds et répondit à mi-voix :

— J'en pense qu'on est tous les deux encombrés d'un passé beaucoup trop présent et qu'on doit le régler une bonne fois pour toutes.

Ils se turent pendant que cette idée faisait son chemin dans leur esprit.

Ben finit par hocher la tête.

— Et pour notre soirée… c'est mort, hein ?

Lizzie acquiesça tristement et se leva.

— On devrait y aller.

Ben tapa du poing sur la table, frustré.

— Maudits soient tous nos timings de merde !

Elle eut envie de se moquer de lui — qui disait encore « maudits soient… » ? — mais son sens de l'humour l'avait momentanément désertée, et de plus Ben avait raison. Leur timing était carrément pourri. Ils retournèrent à la librairie en silence. Lizzie n'en revenait pas : décidément, son enthousiasme face à l'avenir avait été bien vite refroidi… Mais elle savait qu'elle ne pouvait pas tomber amoureuse d'un homme qui avait encore ne serait-ce qu'un infime sentiment pour son ex... Quelque chose avait changé dans l'expression de Ben quand il avait mentionné Fran, quoi, elle n'aurait su le définir avec précision. Cette femme l'avait fait souffrir, d'accord, mais ça ne voulait pas dire qu'il ne l'aimait plus. Et Lizzie ne pouvait pas courir le risque de se retrouver prise entre deux feux.

Comme ils arrivaient devant le café, Ben lui rendit la laisse de Bambi. Puis il déposa un léger baiser sur sa joue, comme la promesse de ce qui aurait pu être. Cela la rendit triste, mais elle lui adressa malgré tout un sourire vaillant.

— Ça va aller, Benjamin Livingstone ! On est toujours amis, et ça, c'est à la vie, à la mort.

Il opina d'un air plein de regret avant de disparaître dans son café. Lizzie soupira et se dirigea vers la librairie. A peine entrée, elle comprit qu'il y avait un problème. Mme Nussbaum se mit à se dandiner d'un pied sur l'autre, puis elle lui désigna du doigt une haute silhouette en train de parcourir la section « romans ». L'homme se retourna et Lizzie sentit la panique l'envahir : une fois de plus, passé et présent se télescopaient.

— Bonjour, Lizzie, dit Alex. Ça me fait vraiment super plaisir de te voir.

Chapitre 14

La Saint-Valentin

Lizzie fixait l'enveloppe :

A ouvrir le 14 février.

Il fallait rendre justice à Bea. Ses instructions étaient très précises. Depuis les révélations du mois de janvier, Lizzie avait longuement réfléchi. Avait-elle vraiment envie de continuer à accomplir les souhaits de Bea ? Ses sentiments étaient partagés. D'un côté, elle s'était sentie blessée par la dissimulation de sa sœur, et d'un autre elle comprenait que Bea avait agi par amour. Les gens font toutes sortes de choses par amour, sans que ce soit toujours sage ou utile. Lizzie était capable de trouver une justification à ce genre de comportement. Elle savait ce que c'était que d'être unie par un tel lien. Elle-même aurait fait n'importe quoi pour protéger sa sœur. C'était ça, l'amour entre sœurs : irrationnel et sincère.

De quelle manière Bea aurait-elle analysé les événements de ces dernières semaines ? Lizzie, elle, en était toujours à tenter d'y trouver une quelconque logique. Quand elle s'était retrouvée face à Alex, venu en quête de réponses, elle s'était sentie perdue. C'était le brouillard dans sa tête et dans son cœur. Mme Nussbaum avait tout de suite senti l'importance de cette confrontation et elle était partie d'un air très occupé dans l'arrière-boutique, sous prétexte de s'occuper des livres. Alex et Lizzie avaient continué à se regarder pendant un moment. Enfin, au bout d'une éternité, Alex avait pris la parole.

— Il fallait que je te voie.

Lizzie n'avait pas répondu. Il s'était alors avancé et l'avait saisie par les épaules, plongeant ses yeux dans les siens comme s'il essayait de lire dans ses pensées. Elle mourait d'envie de s'écarter, mais quelque chose l'avait retenue.

— Je suis désolé que tu aies dû affronter ça sans moi, Lizzie. D'accord, je n'étais qu'un adolescent immature, à l'époque, mais je préfère croire que malgré tout j'aurais été là pour te soutenir.

Il lui avait lâché les épaules et avait reculé d'un pas.

— Tu penses qu'on pourrait se voir normalement, un jour ? Juste pour parler.

Elle l'avait regardé en soupirant.

— Je ne sais pas, Alex. Ça fait si longtemps…

Il avait levé les mains d'un air pacifique.

— En amis, rien de plus. Je t'assure, Lizzie.

Elle avait failli éclater de rire. Elle qui jusque-là avait été seule à en crever se trouvait tout à coup des amis à ne plus savoir qu'en faire ! Le visage d'Alex avait changé d'expression depuis l'autre jour. Son regard implorant révélait son besoin, le même que

Lizzie avait éprouvé si souvent ces derniers temps. Un besoin de réponses.

— D'accord.

Ils s'étaient retrouvés le dimanche suivant — à Londres. Sur ce point, elle avait été inflexible. C'était une chose d'aller à Smallchurch pour voir Sam ou même Stella, mais s'agissant d'Alex la plaie était encore à vif. En retournant là-bas, elle aurait eu l'impression de retrouver la jeune Lizzie adolescente et de revivre ses souffrances.

Morte d'angoisse, elle avait tourné à l'angle de la rue débouchant sur Trafalgar Square et s'était approchée de la National Gallery. Alex l'attendait sur les marches. Il lui fit signe en souriant et l'accueillit avec un petit bisou sur la joue, plutôt chaste et étrange étant donné leur histoire. Donnait-il le ton à cette journée ? Mais, là, c'était sous-estimer Alex. Quand il lui suggéra de visiter le musée, elle accepta avec gratitude. Ils devaient discuter de certaines choses, d'accord, n'empêche qu'elle était contente d'avoir le temps de se réhabituer à sa compagnie. Il n'avait rien perdu de son fameux charme, mais l'arrogance de sa jeunesse, en revanche, avait totalement disparu. Il était poli, courtois : l'incarnation du parfait gentleman. Lizzie se détendait peu à peu. Alex était très calé en peinture. Il lui désignait certains détails et lui livrait des anecdotes tel le meilleur des guides : érudit, mais pas un je-sais-tout. Au bout d'un moment, il lui proposa d'aller au restaurant, au-dessus de la National Portrait Gallery.

— Les vues de Londres sont spectaculaires de là-haut.

Il avait raison. Ils commandèrent un petit déjeuner et Lizzie se carra dans son siège pour admirer le panorama à couper le souffle. Alex, lui, la regardait avec intérêt. OK, il était temps d'entamer la discussion…

— Bon, qu'est-ce que tu voulais savoir, Alex ?

— Tu veux bien me dire ce qui s'est passé pour l'enfant ?

Il avait l'air si désemparé que Lizzie en eut le cœur serré.

— C'était environ un mois après mon départ de la maison, j'habitais chez Bea quand j'ai commencé à avoir des douleurs.

— De combien tu… ?

— De quatre mois à peu près.

Il hocha la tête.

— Je ne comprenais pas du tout ce qui m'arrivait, alors j'ai pris du paracétamol et j'ai attendu le retour de Bea.

Alex la dévisageait attentivement. Son charme étudié avait laissé la place à l'inquiétude.

— J'ignore pourquoi, mais il ne m'est pas venu à l'idée de demander de l'aide. J'ai pensé que Bea saurait gérer la situation.

— Et c'est ce qu'elle a fait ?

— Quand elle est rentrée, j'avais des saignements et elle a appelé une ambulance. A l'hôpital, on m'a annoncé que j'avais fait une fausse couche.

Alex lui prit la main.

— Tu as dû avoir peur.

— Oui, mais Bea était avec moi. Je me sentais toujours en sécurité avec elle.

Il opina.

— Sur le moment, je n'ai pas bien compris ce qui m'arrivait, en fait. Bien sûr, je savais que j'étais enceinte et que j'avais perdu l'enfant, mais je n'étais qu'une gamine. Je ne voulais pas être mère. Dans un sens, cette fausse couche, ça réglait le problème. Ce n'est qu'une fois adulte que je me suis rendu compte de l'ampleur de ma perte et de la gravité de ce qui s'était produit. Je me demande souvent ce qui se serait passé si l'enfant avait vécu...

Alex esquissa un sourire.

— Nous aurions été parents.

— D'un ado, répliqua Lizzie, mi-figue mi-raisin.

— Et on sait tous comment ils sont à cet âge ! ajouta-t-il, souriant.

Elle le regarda.

— Ç'aurait été une tout autre vie.

Alex lui pressa les doigts ; elle ne retira pas sa main. Au bout de quelques secondes, elle hasarda :

— Ça a dû te faire un choc, d'apprendre ce que Bea t'avait caché. En tout cas, à moi, ça m'a fait un choc.

— Elle devait avoir ses raisons, à l'époque...

Lizzie lui adressa un sourire contrit :

— Rien de tel qu'une sœur surprotectrice, hein ?

— En effet.

Alex, redevenu sérieux, la dévisagea avec intensité :

— Et donc où es-tu allée après ça ? Où étais-tu pendant toutes ces années ?

Elle le regarda d'abord sans répondre. Il était si différent de l'adolescent effronté qu'elle avait connu et désiré. Il était plus doux et finalement plus vrai et plus sincère. Du coup, elle lui parla. Des boulots de serveuse qu'elle avait enchaînés, de son copain qui s'était révélé être un dealer et qui avait voulu la mettre sur le trottoir, des squats vides et nus et de la façon dont elle avait dérivé, sans véritable motivation ni attaches. Mais elle lui parla aussi de Bea, qui avait toujours été là durant cette période mouvementée. Sa sœur était restée en contact avec elle, s'était assurée que tout allait bien et avait essayé de l'aider quand justement ça n'allait pas. Alex l'écoutait, scrutant son visage, enregistrant tout ce qu'elle lui disait.

— Et maintenant ?

Lizzie réfléchit. Elle en était encore à tenter de démêler son passé dans sa tête.

— Maintenant, je commence à accepter tout ça. Je suis comme un livre à moitié écrit.

Alex opina.

— Et ton histoire, elle finit bien ?

— Ça, l'avenir nous le dira !

Elle lui sourit. Qui aurait cru que leur rendez-vous prendrait cette tournure ? Elle ne s'attendait pas à apprécier autant la compagnie d'Alex. Il se montrait si attentionné, si compatissant… Décidément, la journée tout entière était une agréable surprise.

— C'était merveilleux, de te revoir, Lizzie. Merci d'avoir accepté de me parler. J'aimerais beaucoup qu'on recommence… Un jour, peut-être…

Il avait laissé sa phrase inachevée, comme par crainte de sa réaction. Lizzie s'était surprise en répondant :

— Ça me ferait très plaisir, à moi aussi.

Alex s'était épanoui devant elle et avait de nouveau déposé un petit bisou sur sa joue, moins rapide, cette fois, un baiser qui ressemblait plus à un gage de sincérité.

Ils s'étaient revus les deux dimanches suivants, de façon assez naturelle, et Lizzie en était venue à attendre ces rendez-vous. Avant, son rituel dominical, c'était grasse matinée jusqu'à midi et souvent après-midi de films à la télé. Elle avait bien essayé d'aller se balader, mais ça n'était pas pareil, surtout quand elle croisait tous ces couples et ces familles...

Alex était de bonne compagnie, plein d'esprit et bien sûr de charme. Elle voyait bien ce qui l'avait attirée chez lui, adolescent, sauf qu'aujourd'hui il présentait une version plus mûre et plus équilibrée du garçon qu'il avait été. Et ces moments-là, il fallait qu'elle en profite absolument. La vie est courte, précieuse. Elle avait passé trop de temps embourbée dans ses souvenirs. L'heure était venue de vivre au présent !

Elle saisit la lettre de Bea et déchira proprement l'enveloppe. Son excitation habituelle se mêlait d'un sentiment plus oppressant, un sentiment dont elle aurait bien voulu se débarrasser. L'impression qu'on a lorsqu'on apprend sur un être cher quelque chose qu'on aurait préféré ignorer. On a beau se dire que ça ne change rien, au fond de soi, on sait bien que ce n'est pas tout à fait vrai.

Lizzie soupira profondément pour chasser son malaise et commença à lire.

Chère Lizzie,

Bonne Saint-Valentin, ma sœurette chérie ! J'espère que tu as été contente de fêter mon anniversaire le mois dernier et que ça t'a rappelé des moments heureux.

Ça, et le reste…

Alors aujourd'hui, si ça ne te dérange pas, j'ai envie de jouer les Cupidon. D'ailleurs, tu te souviens peut-être que j'avais déjà essayé deux ou trois fois de te brancher avec un mec. Bon, je me rends bien compte que Simon le boutonneux, c'était un très mauvais plan. Le mix acné-rhume des foins n'a rien de très séduisant, je veux bien le reconnaître, aujourd'hui. Et je reconnais aussi que notre blind date avec les frères Hewitt était un peu chelou sur les bords. J'espère qu'ils ont pris plaisir à voir la fin de « Forrest Gump » sans nous… Se tirer par le vasistas des toilettes n'a pas franchement été une partie de rigolade, mais on s'est quand même bien marrées !

Donc, sans surprise, mon souhait pour aujourd'hui concerne l'amour, et j'espère que tu vas trouver quelqu'un qui mérite le tien. Il me semble qu'on peut supporter beaucoup de choses dans l'existence, mais sincèrement je pense qu'on ne peut pas survivre sans amour. Mon vœu le plus cher est que tu rencontres quelqu'un qui t'aime autant que Joe m'a aimée ou que papa aimait maman ou, bien sûr, que Grandpa aimait Granny. Si tu es parvenue à ce stade-là de mes lettres, c'est que tu es prête à accomplir ce souhait.

C'est beaucoup demander, je sais, on ne peut sans doute pas exiger plus de quelqu'un, et il se peut même que je te sous-estime. Tu as peut-être déjà trouvé l'amour en la personne de Simon le boutonneux, qui te fait vivre un bonheur sans nuages. Plus fort encore : Ryan Gosling, en tournage dans ton petit quartier du sud-est de Londres, est peut-être entré dans ta librairie, histoire de jeter un coup d'œil à tes… hum… « best-sellers » (c'est une image, bien sûr). Quoi qu'il en soit, je suis sûre que tu trouveras quelqu'un qui saura t'aimer et reconnaître en toi la perle rare. Dans le passé, tu serais venue me demander conseil pour tes affaires de cœur. Tu commences à te rendre compte, j'espère, que tu es tout à fait capable de t'en sortir sans moi. Tu es Lizzie et tu es formidable !

Tu mérites de connaître un jour le bonheur et l'amour t'en rapprochera d'un cran, je pense. Question mecs, arrange-toi quand même pour éviter ceux qui ont la barbe, mauvaise haleine et surtout ceux qui soutiennent que les Pim's authentiques sont à la cerise. Tiens-t'en à ces règles de conduite et sois heureuse, Lizzie jolie. C'est tout ce que je te souhaite.

Je t'aime,

Bisous,

Bea.

Lizzie se mit à rire. Comment en vouloir à Bea ? Et comment avait-elle pu douter un seul instant que sa grande sœur ait pu avoir autre chose que de bonnes intentions envers elle ? Ses mots et les sentiments qu'ils véhiculaient prouvaient son amour et sa sollicitude. Et surtout Lizzie était bien décidée à se trouver quelqu'un à aimer, comme sa sœur, sa mère et sa grand-mère l'avait fait avant elle.

Oui, elle y aspirait plus que tout au monde.

Matinée à la librairie…

Lizzie classait les commandes des clients lorsque le carillon se mit à tinter. Se retournant, elle vit le facteur poser une pile de lettres sur le comptoir avec un joyeux « B'jour, Lizzie ! »

— Bonjour, Dave ! Merci beaucoup !

Elle lui sourit avant de reprendre son travail. Le courrier pouvait attendre. Quelque temps après, le carillon tinta de nouveau et Susie franchit le seuil du magasin en dansant.

— « Il y a de l'amour dans l'air, chantonnait-elle, et il y a un *R* dans amour... »

Elle pouffa et se trémoussa jusqu'à la caisse. Arrivée devant le comptoir, elle s'arrêta et considéra la pile de courrier.

— Tiens, tiens, qu'avons-nous là ? fit-elle avec un grand sourire, en désignant la carte qui trônait sur le dessus.

Lizzie regarda dans la direction qu'elle lui indiquait.

— Hello, madame Foldingue ! Quoi, qu'est-ce qu'il y a ?

Susie brandit l'enveloppe adressée à « mademoiselle Lizzie Harris » en ânonnant comme dans la cour de récré :

— On t'a envoyé une carte pour la Saint-Valentin, euh !

Lizzie rougit et la lui arracha des mains. Susie lui coula un regard faussement effarouché.

— Et qui est l'heureux élu ?

Lizzie hésita. Elle n'avait pas tellement envie d'ouvrir ce courrier devant Susie, mais celle-ci se mit à l'implorer :

— Oh ! allez... S'il te plaît ! Ça me changera un peu des histoires de Ben et de Fran, ou plutôt de « Frankenben », comme je les appelle maintenant.

Susie leva les bras de façon comique et commença à se déplacer dans le magasin, à la manière de la créature de Frankenstein.

— T'es vache ! Tu dois laisser ton frère essayer de recoller les morceaux avec elle, si c'est ce qu'il souhaite, dit Lizzie, non sans raison.

— Mais oui, c'est ça ! Sauf que c'est moi qui le ramasserai à la petite cuiller quand leur couple repartira en sucette ! Ah, j'ai trop hâte ! Autant me flinguer tout de suite ! Bref, je veux savoir qui est ton homme mystère.

Lizzie leva les yeux au ciel, mais elle déchira l'enveloppe et ouvrit la carte. Celle-ci contenait un long message qu'elle décida de ne lire qu'après le départ de Susie ; quant à l'expéditeur, son intuition était la bonne. Elle replia la carte et la remit dans l'enveloppe. Devant l'air désespéré et suppliant de son amie, elle ne put garder le suspense plus longtemps.

— Il s'appelle Alex et il est organiste paroissial.

Susie pouffa.

— Genre : mon chéri, quel bel organe tu as !

Lizzie éclata de rire.

— Tais-toi, cochonne ! Enfin, bref, je sortais avec lui quand j'étais ado et on a un peu remis le couvert, en quelque sorte.

— J'adore ! Dis-moi : faut que je m'achète une capeline ?

Lizzie secoua la tête.

— Il ne s'est rien passé.

— Pas encore ! Mais ça te plairait ?

— Je ne sais pas. Peut-être. Il a beaucoup de charme et il est très beau.

— Hum, prometteur, tout ça... Il a un frère ?

— Hélas, non ! Bon, et toi ? Tu as reçu des cartes pour la Saint-Valentin ?

Susie poussa un soupir.

— Une seule. Mais à mon avis elle vient de Brian la Taupe...

Lizzie fit la grimace.

— Qui sait, c'est peut-être un amant sombre et passionné...

Susie fit la moue.

— Mais bien sûr, Lizzie chérie ! Bon, je ferais mieux d'y aller avant qu'une moitié de Frankenben me tombe dessus.

Susie reprit sa démarche de Frankenstein et se dirigea vers Lizzie. Elle lui noua les bras autour du cou et s'y suspendit en geignant :

— Oh ! pourquoi tu t'es pas mise avec mon frangin ? Ça m'aurait tellement simplifié la vie !

Sur ce, elle la lâcha et repartit d'un pas sautillant :

— Bonne Saint-Valentin !

Lizzie lui fit au revoir de la main et revint à la carte d'Alex. Le cœur battant la chamade, elle se mit à déchiffrer sa minuscule écriture nette et régulière.

Ma chère Lizzie,

J'espère que tu ne m'en voudras pas de t'envoyer une carte pour la Saint-Valentin. Pour tout te dire, je n'ai pas cessé de penser à toi depuis le jour où je t'ai vue, devant la National Gallery. J'ai aimé chaque instant de notre journée et j'ai été très heureux de refaire connaissance avec toi. Je sais que nous avons un lourd passé commun que rien ne pourra jamais effacer, mais j'ai l'impression d'avoir rencontré une femme nouvelle, absolument merveilleuse. Bien sûr, je t'ai dit que je voulais qu'on soit amis et rien de plus, mais entre-temps j'ai changé d'avis : je veux qu'on soit bien plus que ça. Je comprendrais que tu ne partages pas mes sentiments, mais je devais quand même te le dire au cas où il y aurait une chance que tu éprouves la même chose pour moi.

A toi pour toujours,

Alex.

Lizzie replia la carte, les mains tremblantes. Personne ne lui avait jamais exprimé son amour de cette façon. C'était romantique, sincère et complètement bouleversant. Enfin, elle progressait vers un objectif qu'elle désirait plus que tout et qui, désormais, se retrouvait à portée de main. Le reste de la journée passa comme dans un rêve. Elle mourait d'envie d'appeler Alex, mais pour ça elle voulait attendre d'être chez elle pour avoir le temps de lui parler tranquillement.

Toute joyeuse, elle monta à son appartement et ouvrit la porte à toute volée. Dégaina son téléphone et composa le numéro d'Alex. Elle tomba directement sur son répondeur. Elle était déçue. Ah, c'est vrai, il donnait des cours jusqu'à 18 heures… Tant pis, elle allait lui laisser un message.

— Alex ? C'est Lizzie. J'ai reçu ta carte et il faut que je te dise que je partage tes sentiments. Vraiment.

Elle raccrocha et sourit, contente d'avoir pris la bonne décision. Elle se servit un verre d'eau. Et si elle se faisait couler un bain ? Très vite, la pièce se retrouva tout embuée, et l'air, parfumé. Lizzie se glissa dans l'eau délicieusement chaude et ferma les yeux. Le bourdonnement insistant de l'interphone la réveilla. Elle devait s'être endormie... Elle sortit de la baignoire, passa son peignoir et alla à la porte d'entrée.

— Oui ?

— Lizzie ? C'est moi. Alex.

Elle sourit.

— Je t'ouvre !

Dans l'idéal, elle aurait préféré porter quelque chose de plus sexy qu'un peignoir de bain, mais quand elle le vit monter l'escalier elle oublia tout.

Arrivé en haut des marches, il s'arrêta et plongea son regard dans le sien :

— J'ai eu ton message.

Une fraction de seconde s'écoula avant qu'ils ne s'embrassent, assez pour que Lizzie perçoive un déclic dans sa tête. Voilà, c'était ça. Il était temps qu'elle s'autorise à être heureuse. Alors que leurs lèvres se touchaient, elle eut l'impression que sa vie rentrait dans l'ordre, que les planètes s'alignaient entre elles au sein d'un univers enfin organisé. Une existence cohérente, neuve, parfaite.

Lorsqu'ils s'écartèrent l'un de l'autre, Alex se mit à lui caresser les cheveux avec une immense tendresse, tout en la mangeant des yeux.

— Tu es belle.

Lizzie pouffa.

— Rappelle-moi de porter mon peignoir de bain plus souvent.

Il sourit.

— Je n'y manquerai pas. Bon, ça te dérange si

j'entre ? Parce que j'ai très envie de fêter la Saint-Valentin avec ma copine...

— Tu as raison, ce serait bien. Et même très bien !

Rayonnante, elle s'effaça pour le laisser passer.

Chapitre 15

Fin février

Lizzie roulait sur les chemins de campagne tortueux menant à Smallchurch. C'était donc ça, tomber amoureuse ? Quand elle pensait à ces dernières semaines, elle avait l'impression qu'un tourbillon était passé dans sa vie. Il n'y avait pas d'autre mot. Etre sur un petit nuage… elle comprenait désormais le sens de cette expression. Tout son corps était en apesanteur, comme si elle flottait dans une piscine, détendue et insouciante.

Bea n'était plus la première personne à laquelle elle pensait en se réveillant. Mais ça ne signifiait pas qu'elle l'avait remplacée. Sa sœur était le pilier de son existence et Lizzie se demandait souvent ce que son aînée aurait pensé de son histoire avec Alex. Bea avait joué un rôle décisif dans leur rupture, mais ça, c'était durant leur adolescence, époque où Lizzie avait besoin d'être protégée. Elle se remémora cette fragile version d'elle-même. Cette période était très floue dans sa tête, mais elle aurait bien voulu remonter le temps pour prendre cette jeune Lizzie dans ses bras et lui dire que tout s'arrangerait un jour.

Alex Chambers était aussi un homme bien différent du garçon qui la faisait craquer lorsqu'elle avait dix-sept ans. Et si elle n'avait jamais cessé de l'aimer ? Et si cet amour-là avait simplement été mis entre parenthèses durant ces années où elle ne ressentait rien d'autre que de la souffrance ? Pourtant, non, c'était une autre sorte d'amour qui l'habitait aujourd'hui. Elle n'avait pas encore exprimé ses sentiments à Alex. Trop prématuré. Ils n'avaient même pas couché ensemble. On aurait dit qu'ils prenaient soin de ne pas brûler les étapes, tous les deux, de ne rien bousculer : marqués par leur première expérience, mais résolus à faire les choses bien, cette fois.

Leurs sorties du dimanche se poursuivaient selon un rituel désormais bien établi : musée, café, parc et cinéma. Lizzie se délectait de la compagnie d'Alex : il était passionnant et instruit. Ils appréciaient tous les deux le même genre de livres, il lui faisait découvrir d'autres musiques et ils allaient voir les derniers films. Lors de leurs promenades dans le parc, elle sentait la main d'Alex chercher la sienne, et c'étaient de tels gestes qui la réconciliaient avec elle-même. C'était une sensation inédite, exaltante et merveilleuse.

Ensemble, ils discutaient de tout : du passé, du présent, de leurs espérances et de leurs rêves. Avec lui, elle avait l'impression de soulager son âme. Le seul sujet qu'Alex semblait réticent à aborder, c'était Bea. En même temps, il n'avait rien contre le fait que Lizzie évoque sa sœur ; il l'écoutait et réagissait avec les mimiques et les remarques appropriées. Il craignait sans doute d'être indiscret, il préférait ne pas forcer ses confidences. C'était bien lui, ça ! Attentionné à tous points de vue : un vrai gentleman, dans tous les sens du terme.

Ils devaient se voir aujourd'hui, même si Lizzie comptait d'abord faire un détour par la ferme pour rendre visite à Sam et Joe. Elle allait découvrir l'appartement d'Alex et cette perspective lui faisait battre le cœur. Elle s'était surprise à hésiter longuement sur les dessous qu'elle allait mettre et à se raser sous la douche. Elle avait beau prétendre ne pas y penser, de temps à autre, une montée de désir irradiait au plus profond d'elle-même. Leurs baisers s'étaient faits de plus en plus passionnés et, la dernière fois qu'Alex était venu chez elle, il lui avait tendrement pris la tête entre ses mains et avait plongé son regard dans le sien.

— J'ai terriblement envie de te faire l'amour, Lizzie, mais je veux que ce soit toi qui décides du jour.

Une partie d'elle-même avait failli lui crier : « Là, tout de suite ! », mais l'autre, l'ancienne Lizzie, avait exercé son pouvoir.

— D'accord, avait-elle répondu sans conviction.

Alex lui avait caressé le visage.

— J'ai hâte.

Lizzie sourit toute seule à l'approche de la petite ville. C'était une belle journée — l'air était vif. La terre regorgeait de promesses d'une nouvelle vie avec toutes ces jeunes pousses qui se hissaient vers la lumière. Elle aperçut des jonquilles sur le bas-côté de la route, hochant leur jolie tête vers le soleil. La nature tout entière semblait déborder d'impatience et d'espoir. Lizzie avait également hâte de voir Sam et Joe. Elle parlait régulièrement à son neveu au téléphone, mais, comme il ne manquait jamais de le lui faire remarquer : « C'est pas pareil que de te voir en vrai. » Elle s'était organisée pour déjeuner avec eux avant de retrouver Alex chez lui. C'était ce que faisaient les gens normaux le dimanche, non ? Une bouffée de bonheur l'envahit à nouveau : elle faisait partie du monde réel.

Elle s'engagea dans l'allée de la ferme et coupa le moteur. La petite bouille de Sam apparut à la fenêtre. Il lui tirait la langue, le sale gosse ! Elle sourit et lui fit coucou. Alors qu'elle approchait de la maison, elle l'entendit crier de l'intérieur :

— J'y vais !

Et il ouvrit la porte en grand, d'un air triomphant. Elle entra dans le vestibule.

— Salut, Sam ! Comment ça va ?

— Bien, répondit-il du ton évasif qui caractérise les jeunes du monde entier.

Joe apparut dans l'escalier, le sourire aux lèvres.

— Lizzie ! Quel plaisir !

Il l'étreignit avec sa chaleur habituelle.

Lizzie éprouva une vague d'affection fraternelle pour lui.

— Moi aussi, je suis contente de vous voir, tous les deux !

— C'est que ça fait un peu trop longtemps que t'es pas venue…

— Sammy ! le gronda son père.

— Non, il a raison. J'ai été une très mauvaise tante, mais je te promets d'être tout à toi pendant les heures qui viennent.

Sam brandit un poing victorieux.

— Yessss ! Je vais allumer la wii, d'accord ?

— De toute façon, tu vas me battre à tous tes jeux, alors…

— Y a pas photo !

Sam partit en courant vers le séjour.

— Tu veux un café ? proposa Joe. Il y en a du tout prêt.

— Je veux bien, merci.

Lizzie le suivit dans la cuisine.

Quel souk ! Une vaisselle de plusieurs jours s'empilait dans l'évier, un tas de linge sale traînait par terre, une machine de vêtements mouillés attendait d'être étendue et des lettres, des documents et autres papiers s'amoncelaient un peu partout.

— Désolé pour le bazar. J'ai pris un peu de retard, s'excusa Joe en lui servant un café. Du lait ? Du sucre ?

— Juste du lait, merci.

Lizzie se tourna vers lui et eut un choc. Sous la vive lumière de la cuisine, son beau-frère avait le teint blafard. Des ombres noires cernaient ses yeux rougis et vitreux de fatigue.

— Comment tu vas ? lui demanda-t-elle, inquiète.

— Oh ! je fais aller… C'est toujours aussi difficile, mais il faut bien tenir, pas vrai ? C'est ce que me dit ta mère.

Lizzie sourit.

— Si je puis me permettre, Joe, tu es un peu différent de maman…

Elle avait mal pour lui. Le chagrin prend le dessus si vous le laissez faire…

— Mais bon ! Je me suis enfin décidé à trier les affaires de Bea.

Il brandit un rouleau de sacs-poubelle. Lizzie le considéra d'un air dubitatif.

— Tu te sens prêt pour ça, tu es sûr ?

Il hésita.

— C'est ce que Bea aurait voulu, je pense…

Lizzie allait lui poser d'autres questions lorsque Sam se manifesta depuis le séjour :

— Tatie Lizzie ! Tu viens ou quoi ?

Joe parut soulagé par cette interruption.

— Va voir Sam, moi, je monte.

Lizzie le regarda quitter la cuisine, le dos voûté, la figure défaite, et son cœur se serra. Elle emporta sa tasse de café dans le séjour. Sam leva les yeux :

— Tu veux être qui ? Je te laisse Funky Kong si tu veux. Il est trop fort.

Lizzie sourit et s'empara d'une manette de jeu. Après l'avoir battue en F1, en football et en danse, Sam se renversa en arrière sur le canapé, souriant.

— T'es vraiment trop nulle, tatie Lizzie !

Elle éclata de rire et se pencha vers lui pour lui faire des chatouilles.

— Dis donc, un peu de respect pour ta vieille tante !

Sam se mit à rire. C'était un son si libre et si joyeux qu'il faillit l'attrister. Si seulement Bea était encore là pour les voir s'amuser ensemble…

— Alors, qu'est-ce que tu deviens ? lui demanda-t-elle quand il se fut un peu calmé.

— Ça va.

— Et à l'école ?

— Ça va.

— Tu sais dire autre chose que « ça va » ?

Sam lui fit un grand sourire.

— Euh… ça va ?

Ils repartirent pour un second round de chatouilles et de rigolade.

— Et ton père, il va bien ?

Lizzie guettait sa réaction sur son petit visage.

Sam haussa les épaules, soudain grave.

— Il me dit pas grand-chose, mais des fois je l'entends, la nuit.

— Qu'est-ce qu'il fait ?

— Il pleure.

Lizzie fut submergée par le besoin impérieux de protéger Sam et Joe à tout prix.

— Ça doit être carrément dur pour toi.

Le petit garçon haussa de nouveau les épaules.

— C'est maman, elle lui manque. Des fois, il me laisse veiller super tard. Il dit que c'est notre moment entre hommes, mais moi je sais que c'est parce qu'il veut pas rester tout seul en bas.

Lizzie sentit ses yeux se remplir de larmes, mais elle les refoula. Tout à coup, un drôle de son inarticulé leur parvint de l'étage : un cri étouffé, comme quelqu'un qui a du chagrin mais cherche à le dissimuler. Sam lui jeta un regard triste.

— C'est papa…

Elle lui posa une main sur la tête.

— Toi, reste ici et continue à jouer. Je vais voir là-haut si tout va bien.

Sam opina et reporta aussitôt son attention sur l'écran de télé. Lizzie monta l'escalier. La chambre était fermée. Elle frappa.

— Joe ? Tu t'en sors ?

— Entre…, répondit une voix noyée de chagrin.

Elle ouvrit la porte et retint de justesse une exclamation : Joe était assis sur le lit, entouré par la garde-robe de Bea au grand complet. Les vêtements étaient tous éparpillés comme des pétales de fleurs : un arc-en-ciel de couleurs gaies, éclatantes, autour d'un homme seul et écrasé par la douleur, serrant des morceaux de tissu à pleines mains comme s'il pouvait encore étreindre la femme qui les avait portés un jour. Le contraste était bouleversant.

— Oh ! Joe…

Elle lui ouvrit ses bras et il s'y laissa tomber avec gratitude, comme un enfant réconforté par sa mère. Lizzie, la vue brouillée par les larmes, embrassa de toutes ses forces son beau-frère secoué de sanglots.

Ils restèrent enlacés un petit moment, jusqu'à ce que Joe finisse par se calmer.

— Je n'arrive pas à tourner la page, murmura-t-il. Je croyais qu'avec le temps ça serait plus facile, mais au contraire c'est de plus en plus dur…

Lizzie le prit par les épaules et le regarda droit dans les yeux.

— Ecoute, Joe. Le chagrin, c'est quelque chose de très personnel. On ne peut pas faire son deuil du jour au lendemain. Tu ne devrais pas être aussi exigeant envers toi-même. Et, si tu n'es pas encore prêt à te débarrasser des vêtements de Bea, ne le fais pas. Ça ne regarde que toi. On se fiche de ce que pense ma mère et même de ce que tu imagines que pourrait dire Bea. Cette décision n'appartient qu'à toi, Joe.

Il la dévisagea avec reconnaissance.

— Merci, Lizzie.

Elle lui sourit et baissa le regard sur les dizaines de vêtements.

— La vache ! Ma sœur avait des tonnes de fringues, non ?

Joe fit oui de la tête. Il choisit un manteau en haut de la pile. D'un profond vert émeraude, il était aussi douillet qu'une couette.

— Elle le portait pour les balades en automne avec Sam, quand il était petit. Il marchait entre nous et on lui prenait chacun une main pour le soulever. Il criait : « Encore, encore, encore ! »

Joe sourit à l'évocation de ce souvenir et serra le manteau sur son cœur avant de le reposer sur le lit avec soin. Lizzie étudiait l'expression de son visage. Elle avait l'impression d'observer quelqu'un qui pataugeait dans son chagrin, incapable d'en trouver la sortie.

— Tout a encore son odeur, dit-il d'une voix douce. Comme si son esprit était encore là, mais plus son corps. C'est ça que je n'arrive pas à accepter pour le moment.

Lizzie lui serra affectueusement l'épaule. Joe lui sourit avec gratitude.

— Je savais que je pouvais me confier à toi, Lizzie. Tu es la seule qui puisse vraiment me comprendre. Tu vois, je n'ai littéralement personne à qui parler. En fait, nos amis étaient ceux de Bea. Tu sais comment elle était : une flamme étincelante qui attirait les papillons de nuit. Les gens ne m'adressaient la parole que parce que j'étais avec elle.

— Je suis sûre que c'est faux.

Joe secoua la tête avec tristesse.

— Non, c'est la vérité, malheureusement ! Et je ne peux pas parler à ta mère non plus. Elle a déjà suffisamment souffert et puis c'est une femme très...

— Stoïque ? suggéra Lizzie avec diplomatie.

— Oui. Stoïque, ça doit être ça. Et avec mes parents... j'ai du mal.

Il s'interrompit et la regarda d'un air contrit.

— Pour tout te dire, ils n'ont jamais vraiment accroché avec Bea.

Lizzie se mit à rire.

— A mon avis, ça doit être un euphémisme !

Joe sourit et acquiesça.

— Ils lui reprochaient de m'avoir fait trahir mes racines du Nord en m'obligeant à vivre dans le Sud. Je me souviens... quand on préparait notre mariage. Bea avait décidé de garder son nom de jeune fille et ma mère était horriblement déçue. J'ai essayé d'en discuter avec Bea, mais elle me répétait : « Putain, Joe ! Je ne peux pas exercer sous le nom de B. Goode, enfin ! Ça fait "*be good* : sois sage" ! Tous mes collègues vont se foutre de ma gueule ! »

Lizzie s'esclaffa d'un air complice :

— J'ai l'impression de l'entendre !

Joe éclata de rire.

— Les gens s'imaginent qu'à la maison c'était Bea le chef, mais en réalité on était rarement en désaccord, elle et moi. Quand elle est tombée enceinte de Sam, la décision de savoir qui continuerait à travailler s'est prise très facilement. Bea adorait son boulot, pas moi, et ses revenus étaient plus élevés que les miens : c'était tout vu. En plus, j'aimais m'occuper de Sam — je vivais ça comme un privilège. Bea, elle, aurait très vite eu la bougeotte. Ma mère était contre, mais être contre, c'est une seconde nature, chez elle…

— Vous étiez des pionniers, Bea et toi…

Il eut un petit sourire.

— Peut-être. Je ne vois pas pourquoi on devrait se compliquer la vie alors qu'elle est déjà suffisamment compliquée comme ça.

On frappa à la porte de la maison. Lizzie, surprise, se tourna vers Joe.

— Ça doit être ta mère, expliqua-t-il. Lorsqu'elle a appris que tu venais, elle s'est un peu invitée elle-même. Ça ne te dérange pas, j'espère ?

Lizzie sourit.

— Pas de souci. Ecoute, Joe. Et si, dans un premier temps, tu mettais toutes ces fringues dans des sacs et qu'on les entreposait au grenier ? Bon, je descends voir maman. Pendant ce temps, prends quelques minutes pour te ressaisir.

— Merci, Lizzie. Je ne sais pas ce que je deviendrais sans toi.

— Tu rigoles, j'ai rien fait du tout… Mais si tu as besoin de moi je suis là. Pour toi et Sam. Tu le sais, ça, hein ?

Elle l'étreignit une dernière fois avant de descendre. Stella était déjà en train d'étendre le linge dans le jardin.

— Salut, maman ! Comment tu vas ?

Stella se retourna. Oups, de toute évidence, il y avait un problème…

— Eh bien, pour être franche, je me sens un peu accablée en ce moment.

— Ah ? Tu m'en vois désolée…

— Hum, oui… Enfin, j'aimerais quand même

bien avoir de tes nouvelles, de temps en temps ! Ça m'aiderait.

Lizzie entraperçut la Stella d'avant : critique et déçue par sa cadette.

— Toi aussi, tu aurais pu m'appeler.

Pas question de laisser sa mère prendre l'avantage.

Stella parut surprise, mais ne dit rien.

— Tu te fais du souci pour Joe, c'est ça ?

Sa mère leva les bras d'un air exaspéré.

— Pour Joe, pour ton grand-père et pour Sam, bien sûr !

— Grandpa ? Qu'est-ce qu'il a ?

— Il a qu'il est vieux, Lizzie ! Il est vieux et il oublie tout. Je devrais aller le voir plus souvent, en fait.

Lizzie ramassa un des T-shirts de Sam dans le panier et entreprit de l'accrocher.

— Ça ne séchera jamais si tu l'étends comme ça, allons !

Adolescente, Lizzie aurait levé les yeux au ciel et serait partie bouder dans un coin. Sauf qu'elle avait grandi.

— Maman, je comprends que toutes ces choses te fassent de la peine, mais moi, je n'y suis pour rien. Si tu as besoin de parler, je suis là. D'un autre côté, j'ai l'impression qu'on en est encore à refaire connaissance, toutes les deux. Alors, ne gâche pas tout maintenant.

Sa mère la regarda avant de soupirer.

— Excuse-moi. C'est juste que je me fais beaucoup de souci pour Joe… Il n'a pas l'air de surmonter son deuil, et je m'inquiète de l'effet que ça peut avoir sur Sam.

Lizzie hocha la tête.

— Ces choses-là prennent du temps. Bea lui manque, c'est tout. Elle était l'amour de sa vie. On ne se remet pas d'une telle perte en claquant des doigts.

— Je le sais, Lizzie. Crois-moi, je le sais.

Stella finit d'étendre les derniers vêtements et posa une main sur l'épaule de sa fille.

— Tu es douée pour remonter le moral des autres, tu le savais, ça ? dit-elle en la contournant pour rentrer dans la cuisine. Bon, je vais préparer le déjeuner, d'accord ?

— Attends, je viens t'aider.

Et elle suivit sa mère à l'intérieur.

Joe descendit pour manger. Le repas se passa bien. Seul Joe restait silencieux ; il avait les yeux rouges à force d'avoir pleuré, mais il semblait quand même content d'avoir du monde autour de lui. Après le déjeuner, Lizzie s'apprêta à partir.

— Oh ! non..., fit Sam. Faut vraiment que tu t'en ailles ? On s'amuse bien quand t'es là.

Joe sourit.

— Alors, ça, c'est ce que j'appelle un compliment !

Lizzie était ravie.

— Oui, je suis obligée de vous quitter maintenant, mais je reviendrai bientôt. Promis !

Elle embrassa Joe et Stella.

Sam, lui, fila hors de la cuisine lorsqu'elle voulut lui dire au revoir. Elle se mit à rire et se lança à sa poursuite. Elle le rattrapa près de la porte d'entrée et l'immobilisa en lui faisant une clé autour du cou.

— Je t'ai eu !

Sam se rejeta en arrière avec une moue de dégoût

quand elle lui plaqua un gros bisou bien sonore sur la joue.

— Berk !

Mais il riait.

Lizzie reprit l'allée gravillonnée et monta dans sa voiture. Elle démarra et jeta un dernier regard vers la maison. Sam se tenait sur le perron devant Stella et Joe, légèrement en retrait. Sam lui fit une grimace idiote qui la fit rire. La place qu'elle occupait dans leur univers lui apparaissait clairement, à présent. Désormais, elle était aussi importante pour eux qu'ils l'étaient pour elle. Cette prise de conscience soutenait son existence comme un pilier, solide et inébranlable. En roulant vers l'appartement d'Alex, elle décida de faire tout son possible pour soutenir Joe. Elle comprenait sa souffrance et voulait l'aider à la dépasser, dans la mesure de ses moyens. Elle y était bien parvenue, elle. Et heureusement ! Joe se sentirait mieux s'il arrivait à progresser dans son travail de deuil, ne serait-ce qu'un tout petit peu.

Elle se gara et regarda l'immeuble où habitait Alex. Devant l'entrée, elle parcourut les numéros sur l'interphone et en sélectionna un.

— Oui ? dit une voix.

— C'est moi.

Un bourdonnement se fit entendre, déverrouillant la porte. Lizzie pénétra dans le hall et gravit l'escalier jusqu'au premier étage. Alex se tenait dans l'encadrement de la porte de son appartement. Elle sourit en le voyant. Il ouvrit les bras et elle s'y jeta avec gratitude. Puis elle leva la tête et rencontra ses yeux. Alex la considérait d'un regard vibrant de désir tout en dégageant les cheveux de son visage avec tendresse. Il l'embrassa sur la bouche. Lizzie avait l'impression d'être parfaitement à sa place, comme si elle était enfin rentrée à la maison. Elle se laissa conduire jusque dans l'appartement ; Alex faisait pleuvoir des petits baisers sur ses lèvres, son visage et son cou, en même temps que ses mains s'aventuraient le long de son corps.

Il la lâcha une seconde et lui sourit.

— Excuse-moi, je ne peux pas m'empêcher de te toucher. Tu dois me trouver horriblement mal élevé. Après tout, tu viens juste d'arriver.

Elle l'attira contre elle.

— Non, continue ! Je ne veux surtout pas que tu arrêtes.

Il scruta son visage :

— Tu es sûre ?

Lizzie se perdit dans ses yeux et sentit la flamme du désir l'embraser tout entière.

— Je n'ai jamais été aussi sûre de ma vie.

Chapitre 16

Début mars

Lizzie allait et venait dans son appartement, se préparant pour sa soirée avec Alex. Son existence s'était transformée à une vitesse incroyable ! On aurait dit que chacun des souhaits que Bea avait formés pour elle se réalisait. Elle n'avait jamais été aussi heureuse. D'une solitude qu'elle avait choisie, elle était passée à un cocon d'amour. Et tout ça grâce à sa sœur ! Lizzie avait gommé toute trace de déception au sujet de cette fameuse lettre jamais transmise à Alex. De toute façon, Bea, où qu'elle soit, continuait de veiller sur elle.

Alex... Il n'y avait que deux mois qu'ils étaient ensemble, mais elle ne pouvait déjà plus imaginer sa vie sans lui. Il était facile à vivre, attentionné et au lit... le seul fait d'y penser la faisait rougir. A Smallchurch, il avait la réputation d'être un homme à femmes, mais il la présentait comme sa copine, à présent. Leur amour semblait si évident et si merveilleux qu'elle ne se posait plus aucune question. Dire que, quelques mois auparavant, elle était convaincue qu'il valait mieux ne pas remuer le passé ! Aujourd'hui, cette attitude lui paraissait ridicule. Le destin lui offrait une seconde chance et elle avait bien l'intention de la saisir !

Alex l'enlaça et se mit à lui bécoter le cou.

— Rappelle-moi pourquoi nous devons sortir ce soir…

Elle frissonna de plaisir et se tourna vers lui.

— Ben a proposé qu'on se retrouve tous à ce nouveau resto italien, et de mon côté j'ai invité Joe parce que… enfin, bref, tu sais très bien pourquoi.

Alex afficha une mine compatissante.

— Oui, bien sûr. Le pauvre…

Lizzie le caressa juste au-dessus de la tempe : elle adorait cet endroit où ses cheveux bruns devenaient plus clairs, presque argentés.

— Tu es un homme bien, Alex.

— Et toi, tu es une très belle femme. A propos, cette robe me plaît beaucoup. Enormément, même.

Lizzie s'épanouit. C'était Bea qui la lui avait offerte il y a longtemps, pour lui remonter le moral après qu'un énième type avait piétiné ses rêves… La robe avait coûté cher. Elle était d'un beau gris argent. Lizzie adorait le bas en tulle, évasé et bouffant. C'était la première fois qu'elle avait l'occasion de la porter.

Alex prit possession de sa bouche, les mains posées légèrement sur ses reins, et Lizzie sentit son bas-ventre se liquéfier de désir. Elle le poussa en direction de la chambre et le fit asseoir sur le lit. Il se laissa déshabiller sans la quitter du regard tandis qu'elle embrassait chaque partie de son corps au fur et à mesure qu'elle lui ôtait ses vêtements. Ses baisers descendirent de plus en plus bas et il émit un soupir. Alors, elle l'enfourcha et guida son sexe en elle avec passion et gourmandise. Alex poussa un gémissement de plaisir. Ils se mouvaient au même rythme, les yeux dans les yeux, et à chaque ondulation de leur corps Lizzie se rapprochait un peu plus de la femme qu'elle avait toujours rêvé d'être : sûre d'elle-même et maîtresse de son destin.

Après l'amour, Alex lui murmura à l'oreille :

— Tu es sacrément sexy, tu sais…

Lizzie sourit. *Belle et sexy.* Elle n'avait pas souvenir qu'on ait jamais employé ces deux adjectifs pour la décrire. Et cette nouvelle image d'elle-même lui plaisait beaucoup.

— A quelle heure on doit être au restaurant ? lui demanda Alex.

Elle consulta sa montre :

— 20 heures. Ce qui me laisse juste le temps d'ouvrir la lettre de Bea.

Alex hocha la tête.

— Ça t'embête si je prends une douche rapide pendant ce temps ?

— Non, pas du tout. Mais tu peux rester, ça ne me dérange pas. Je te la lirai, si tu veux.

Alex hésita.

— Je ne sais pas, Lizzie… Et d'ailleurs tu es vraiment obligée de continuer à lire ces lettres ?

— Comment ça ?

Il haussa les épaules.

— Eh bien… Bea voulait que tu sois heureuse,

d'accord. Mais maintenant tu l'es, non ? Ses vœux se sont réalisés. Elle est un peu ta bonne fée.

Lizzie fronça les sourcils, perplexe.

— Oui, sûrement… Mais je pense que je devrais continuer à les lire quand même. Bea a peut-être quelque chose d'important à me communiquer, tu ne crois pas ?

Alex leva les mains.

— Oh ! moi, je disais ça comme ça…

— Grâce à ses lettres, j'ai l'impression qu'elle est toujours là. Je les trouve réconfortantes, expliqua Lizzie avec calme.

Alex l'embrassa.

— Fais ce qui te semble le mieux, ma chérie.

Là-dessus, il partit vers la salle de bains.

Ce n'était pas la première fois qu'elle remarquait cette attitude chez lui, dès qu'elle mentionnait Bea. D'un côté, elle aurait aimé lui lire les lettres, partager cet aspect-là de sa vie avec lui ; mais elle appréciait aussi de les savourer toute seule. C'était un rappel précieux et très personnel de ce qu'avait été leur complicité de sœurs. Alex respectait cette intimité, et elle ne l'en estimait que davantage.

Lizzie prit la lettre et ouvrit proprement l'enveloppe, un sourire aux lèvres en retrouvant l'écriture de Bea.

Chère Lizzie,

Je sais que mon dernier souhait était costaud et pas facile à réaliser. Je t'entends râler d'ici : « Mais bien sûr, trouver le grand amour, trop de la balle ! Merci, sœurette ! » Enfin, j'espère du fond du cœur que tu fais des progrès. Que tu as croisé la route de Ryan Gosling et que vous êtes en pleins préparatifs pour votre mariage hollywoodien. Je suis trop dégoûtée de ne pas pouvoir y assister, mais comme tu sais je n'ai jamais été fan des longs-courriers. Du coup, c'est sans doute un moindre mal.

J'espère que tu considéreras le défi suivant comme un plaisir, car il concerne mon petit garçon adoré.

Tu te souviens du jour où je t'ai présenté Sam bébé ? Moi, j'avais peur que ça soit trop dur pour toi, mais tu as été catégorique : tu voulais absolument tenter le coup. Pauvre Sam ! Tu le tenais comme un ballon de foot et tu avais l'air terrorisée à l'idée de le lâcher. Il hurlait et j'étais à deux doigts de l'imiter. Tu croyais avoir fait quelque chose de mal. Du coup, j'ai fait de mon mieux pour te rassurer, en te disant que ça n'était pas ta faute, mais tu t'es dépêchée de me le rendre. Ensuite, j'ai bien vu que tu n'arrêtais pas de le regarder et je sais que tu pensais à ton propre enfant et à ce qui aurait pu être.

Lizzie interrompit sa lecture. Si seulement Alex était là pour entendre ces mots… Ses yeux se mouillèrent de larmes.

J'ai culpabilisé de t'avoir fait subir une telle épreuve et c'est en partie pour ça que je ne t'ai pas poussée à revoir mon fils. Aujourd'hui, je le regrette, et c'est pourquoi j'ai tenu à ce que lui aussi soit présent dans mes dernières volontés.

Donc, ma Lizzie chérie, je veux que tu fasses ce que je ne suis plus en mesure de faire : organiser une virée avec Sam pour son anniversaire. Il te dira lui-même où il a envie d'aller, sans doute dans un endroit où il y a des montagnes russes. Je vous ordonne de vous y rendre, de crier comme des malades et de vous éclater. Prenez Ryan avec vous, si ça lui fait plaisir. Je regrette de ne plus être là pour voir ça !

Comme tu le sais, Sam, c'est mon point faible. J'ai accompli beaucoup de choses dans ma vie : je suis parvenue au sommet de ma carrière, j'ai gagné le respect de mes pairs, j'ai donné des conférences réputées dans le monde entier et j'ai participé à de nombreux dossiers d'envergure, mais tout ça ne signifie rien pour un gosse. Pour lui, tu es celle qui nettoie, qui joue, qui crie, qui aime et qui forme son univers, mais, en retour, nos enfants nous construisent, ils nous façonnent. Grâce à eux, on prend conscience de tas de trucs qu'on ignorait sur soi : de ses qualités comme de ses plus horribles défauts, mais en tout cas de vérités qu'il faut connaître et assumer. C'est tout ça que j'ai mis en œuvre en t'écrivant ces lettres. J'espère que, grâce à Sam, tu apprendras tout ce que tu dois savoir sur toi-même.

Je t'aime,

Bisous,

Bea.

Lizzie était en larmes lorsque Alex revint de sa douche, une serviette de toilette autour des reins. Il la scruta, essayant de comprendre ce qui se passait dans sa tête. Il parut soulagé quand elle tendit les mains vers lui. Il referma les bras sur elle et déposa un baiser sur ses cheveux.

— C'est rien… ça va aller. Je suis là, Lizzie. Tout va bien, mon amour. Mais voilà, c'est pour ça que je me demande si tu fais bien de lire ces lettres. Je n'aime pas te voir dans un état pareil.

Elle releva la tête et le dévisagea à travers ses larmes.

— Bea veut que j'emmène Sam en virée pour son anniversaire.

Alex opina.

— C'est une très bonne idée, je trouve.

— Tu viendras avec nous ?

Il hésita.

— Et Joe ? Il ne devrait pas être avec son fils pour son anniversaire ?

— On n'est pas obligés de faire ça le jour même. On pourrait en faire un cadeau supplémentaire. Sam le mérite largement, et à mon avis ça lui ferait plaisir de sortir rien qu'avec toi et moi. Et puis si c'est vraiment sérieux entre nous, comme je le crois, il va falloir que tu apprennes à le connaître vraiment. Vous êtes tous les deux très importants pour moi.

Alex n'avait pas l'air très convaincu. Lizzie l'implora des yeux.

— S'il te plaît…

— Bon, d'accord.

Il lui caressa le visage et la regarda droit dans les yeux.

— De toute façon, je ne sais rien te refuser.

Elle lui sourit.

— Merci. Laisse-moi arranger ma tête de clown et ensuite on devrait y aller. Je ne veux pas que Joe arrive le premier.

Joe arriva le premier. Seul à une grande table ronde près de la fenêtre, il les attendait, l'air perdu. Lizzie se précipita vers lui, remplie de compassion.

— Oh ! Joe ! Je suis vraiment désolée qu'on soit en retard !

Il sourit.

— Pas grave. C'est moi qui étais en avance. Je manque un peu d'entraînement.

Elle l'étreignit avec tendresse.

— Je suis si heureuse que tu sois là…

Alex apparut derrière eux et tendit la main à Joe.

— Content de te voir, Joe.

La serveuse vint prendre commande de leurs boissons. Quelques minutes après, Susie fit irruption dans le restaurant et fonça sur eux comme un missile.

— A boire, il me faut à boire !

Elle héla l'employée :

— Giorgi, tu m'apportes un verre de pinot, s'il te plaît ?

L'employée acquiesça d'un signe de tête assorti d'un clin d'œil.

— Merci, mon chou !

— Où sont Ben et Fran ? demanda Lizzie alors que Susie s'asseyait à côté de Joe.

Susie eut un sourire angélique :

— Avec un peu de chance, ils auront été bouffés tout cru par un lion qui passait par là. Désolée, j'ai parlé à voix haute ? Non, en fait, ils sont en train de s'engueuler pour garer la voiture. (Lizzie fit la grimace.) Mais… je suis trop malpolie ! Joe, je suis ravie de te revoir. Moi, c'est Susie. On s'est croisés à la soirée shopping de Noël, à la librairie. Il faut que je te dise que ton fils est vraiment trop mignon !

Joe semblait terrifié par ce cyclone féminin assis à côté de lui.

— Euh… merci.

Alex tendit la main à Susie avec un charme naturel.

— Et moi, c'est Alex. Enchanté de faire ta connaissance.

Il sourit à Susie, qui haussa un sourcil à l'intention de Lizzie.

— Mais moi aussi... Il me tardait de rencontrer l'homme qui a conquis le cœur de notre Lizzie, dit-elle avec coquetterie.

Lizzie leva les yeux au ciel avec indulgence. A ce moment-là, Ben arriva, visiblement stressé :

— Désolé pour le retard !

A la traîne, Fran, perchée sur des talons d'une hauteur impressionnante, affichait un air d'ennui, imitant à la perfection quelqu'un qui aurait préféré être ailleurs. Lizzie, qui attendait avec une certaine curiosité de rencontrer la fameuse ex de Ben, lui jeta un regard à la dérobée. C'était une femme très grande, à la silhouette anguleuse et au visage aigu, ce qui donnait à sa mine renfrognée un côté franchement rébarbatif. Ses cheveux étaient tirés en queue-de-cheval haute et elle portait une tenue immaculée, sans doute exclusivement composée de vêtements de créateur, estima Lizzie, qui aurait sûrement été incapable de citer leur marque et encore moins de se les offrir.

Susie ignora royalement son frère et son ex-belle-sœur, et Lizzie, gênée, se rendit compte qu'elle aurait dû faire les présentations.

— Pas de souci, Ben, on vient à peine d'arriver. Hum, tu dois être Fran ?

Celle-ci lui adressa un sourire que contredisaient ses yeux et se contenta de hocher la tête affirmativement.

— Donc, Fran… je te présente Alex, Joe… Tu connais Susie, bien sûr, et moi, c'est Lizzie.

— Et moi, c'est Ben, plaisanta ce dernier en lui tendant la main.

Lizzie se mit à rire.

— Enchantée, Ben. Allez-y, asseyez-vous.

Souriant, Ben prit place à côté d'elle :

— C'est pas de refus !

Lizzie sentit la main d'Alex se poser sur sa cuisse. Fran, qui était restée debout, toisait Ben avec insistance. Celui-ci leva sur elle un regard d'incompréhension. Une certaine tension subsistait entre eux, c'était clair. En fin de compte, Ben tira une chaise pour Fran, qui s'assit. Susie marmonna sa réprobation de façon plus qu'audible.

— Il y a quelqu'un qui n'est pas très content…, chuchota Alex à l'oreille de Lizzie.

— Bon, qu'est-ce que vous prenez, vous ? leur demanda Lizzie avec un enthousiasme exagéré. Les gnocchis me semblent délicieux !

Susie referma son menu :

— Pour moi, ce sera bruschettas et tagliatelles aux fruits de mer avec une barrique de vin ! Lizzie, on partage une bouteille de pinot ? Les garçons ont l'air d'être à la bière.

Le tout sans accorder un regard à Fran. Lizzie soupira intérieurement : apparemment, elle allait passer la soirée à jouer les arbitres…

— Ça me va. Et toi, Fran ? s'enquit-elle, un peu gênée.

— Je ne bois jamais de vin blanc.

— Et moi, je ne bois jamais de vin rouge, rétorqua Susie.

OK... Lizzie avait l'impression d'être dans la cour de récré, obligée de choisir entre deux filles qui voulaient chacune être sa meilleure amie.

Heureusement, Alex vint à son secours :

— Pour moi, ce sera un verre de rouge.

Lizzie chercha sa main et lui pressa les doigts avec gratitude.

— Très bien, c'est réglé, alors ! On prend une bouteille de chaque.

La serveuse réapparut à leur table et ils passèrent commande. Joe avait à peine ouvert la bouche depuis leur arrivée. Lizzie, inquiète, se tourna vers lui.

— Comment ça va ? Et Sammy ? Je parie qu'il est tout excité : c'est bientôt son anniversaire.

Interrogé sur un sujet inoffensif, Joe se détendit visiblement.

— Ça dépasse tout ce que tu peux imaginer. La semaine prochaine, je vais accueillir cinq gamins de onze ans pour une soirée pyjama.

Lizzie se mit à rire.

— Ça s'annonce plutôt marrant.

Joe opina.

— Bizarrement, il me tarde d'y être, moi aussi.

— En fait, je voulais te demander quelque chose pour l'anniversaire de Sammy. Est-ce que tu serais d'accord pour que je l'emmène passer une journée avec moi ?

Joe sourit.

— Je suis sûr qu'il sera ravi.

— Elle m'a convaincu de les accompagner, glissa Alex.

Lizzie lui donna un coup de coude.

— Tu as dit que ça te faisait très plaisir !

— Moi, je te trouve surtout très courageux, intervint Fran. Parce que, de l'extérieur, ça ressemble à l'enfer sur terre.

Susie la fusilla du regard :

— Heureusement que t'es pas invitée, alors !

Sur ce, elle se mit à arranger nerveusement ses couverts.

— Tiens, s'exclama Ben avec un soulagement évident, voilà la serveuse qui nous apporte nos boissons !

— Je vais me repoudrer le nez, dit Fran.

Elle se leva brusquement et s'éloigna, sans un regard en arrière.

— Pourvu qu'elle ne revienne pas, marmonna Susie dans son verre de vin.

— Tu es obligée de te conduire comme ça ? siffla son frère.

— Comme quoi ?

— Comme une garce !

Susie croisa les bras.

— Souviens-toi juste que j'étais là, après votre dernière dispute. Alors, excuse-moi si je ne saute pas au plafond à l'idée que vous repartiez pour un tour !

Alex s'éclaircit la voix.

— Pardon si je mets les pieds dans le plat, mais je pense qu'on est tous venus ici pour passer un moment agréable entre amis. Je trouve que les six derniers mois ont été particulièrement rudes pour Lizzie et Joe et qu'on devrait faire en sorte d'oublier nos rancœurs, ne serait-ce que le temps de cette soirée.

Lizzie lui pressa les doigts en murmurant un merci.

Il l'embrassa sur la joue.

Gêné, Ben se racla la gorge.

— Bien dit. Pardon, Joe. Et pardon à toi aussi, Lizzie.

Susie était toute penaude.

— Oui… Désolée. Je me suis conduite comme une gamine.

Lizzie lui tapota l'épaule en souriant.

— N'arrête pas de dire ce que tu penses, mais peut-être que tu pourrais te contrôler juste pour ce soir, d'accord ?

Susie fit oui de la tête.

Fran revint à leur table et se rassit. Ben lui prit la main tandis qu'Alex faisait tinter son couteau sur son verre à vin.

— Je propose qu'on porte un toast, il me semble que l'occasion s'y prête.

Il leva son verre.

— Aux nouveaux départs !

Tous reprirent en chœur.

Fran intervint :

— J'aimerais prononcer quelques mots, si c'est possible.

Tout le monde la dévisagea avec étonnement. Elle sourit à Ben et lui serra l'épaule.

— Je voulais juste vous dire à quel point je suis heureuse d'avoir une seconde chance avec Ben. Je ne la méritais pas, mais comme c'est quelqu'un de merveilleux il m'a pardonnée et depuis je fais tout ce que je peux pour regagner sa confiance. On essaie de recoller les morceaux, même si, comme vous avez pu le constater, ce n'est pas toujours facile. Mais il me semble que c'est la seule chose à faire parce que j'aime cet homme. Enormément.

Elle regarda Ben, et Lizzie fut frappée par la façon dont il lui rendit son sourire : avec un profond désir de croire à tout ce qu'elle disait.

— Je sais que tu ne m'aimes pas, Susie. Quant à vous autres, vous devez avoir entendu des horreurs à mon sujet, mais je vais m'efforcer de vous faire changer d'avis, si vous êtes d'accord. Tout le monde a droit à une seconde chance, non ?

Ses mots résonnèrent dans l'esprit de Lizzie. A son tour, elle leva son verre et passa un bras autour d'Alex.

— Aux secondes chances !

Fran lui sourit avec gratitude et son visage se transforma, ses traits anguleux s'adoucissant. Elle trinqua ensuite avec Lizzie :

— Aux secondes chances…

La serveuse revint avec leurs entrées et, après la tension du début, l'ambiance se détendit. Il était clair que Susie n'avait pas été convaincue par le discours de Fran, mais elle ne fit plus aucune remarque. Lizzie, elle, était ravie de s'afficher avec Alex devant ses amis. Il était charmant et tout le monde le trouvait sympa. Alors que leurs plats arrivaient et que le vin coulait à flots, Lizzie promena son regard sur les visages qui l'entouraient. Elle était contente. C'était ça qui lui avait manqué durant toutes ces années, ce sentiment d'appartenance : côtoyer des personnes qui vous aimaient et que vous aimiez en retour. C'était essentiel, dans la vie.

Au moment du café, Joe se tourna vers elle.

— Je voulais te remercier, Lizzie.

— De quoi ?

— D'avoir essayé de m'aider. Tu es notre ange gardien, à Sam et moi.

« Notre ange gardien ». Lizzie avait toujours considéré Bea comme son ange gardien. C'était étrange, de penser qu'elle-même pourrait tenir ce rôle auprès de quelqu'un d'autre… Etrange mais gratifiant.

— Ça se fera petit à petit, Joe. Tu n'es pas obligé de tourner la page tout de suite. Par contre, tu as besoin d'aller de l'avant. Comme nous tous, ajouta-t-elle en jetant un regard à Alex.

— Je suis vraiment ravi pour toi, Lizzie. Tu mérites d'être heureuse.

— Toi aussi, Joe.

Il hocha la tête, mais ne dit rien de plus. Elle voyait bien qu'il lui était impossible d'envisager de nouveau le bonheur, du moins pour le moment.

— Je serai toujours là pour Sam et toi, tu le sais.

Le repas terminé, ils se retrouvèrent devant le restaurant pour se dire au revoir. Fran serra très fort Lizzie dans ses bras et lui fit promettre de venir dîner avec Alex dès qu'elle et Ben seraient installés dans leur nouvelle maison. Lizzie alla dire au revoir à Ben.

— Merci, lui dit-il en lui faisant la bise.

— De quoi ?

— D'avoir été sympa avec Fran. Ça compte énormément pour moi.

Lizzie fit une petite révérence.

— Bah, toi et moi, on est embarqués dans la même galère, pas vrai ?

— Possible, oui… Espérons qu'on ne nous balancera pas par-dessus bord, hein ?

Elle lui donna une bourrade amicale dans les côtes.

— Ne dis pas de bêtises ! Tout va bien se passer.

Ben opina.

— Je croise les doigts. A plus, Lizzie Harris !

Il eut à peine le temps de lui sourire que Fran l'entraînait déjà vers la voiture.

Alors que Lizzie regagnait son appartement en compagnie d'Alex, il la prit par le cou et l'attira tout contre lui.

— Tu as passé une bonne soirée ? lui demanda-t-elle.

Il lui lança un regard entendu.

— Disons… intéressante. Dans le genre « étude du comportement humain en société ».

Elle se mit à rire.

— Si tu m'aimes, tu aimes aussi mes amis.

— Je préférerais n'aimer que toi.

Lizzie s'arrêta net. Avait-elle bien entendu ?

— Pardon ?

Il lui prit la tête à deux mains et l'embrassa.

— Tu as très bien entendu. Je t'aime.

Il se mit à danser dans la rue en criant :

— Je t'aime, je t'aime, je t'aime !

Une voix d'homme lui lança de loin :

— Moi aussi, mec !

Lizzie éclata de rire et porta la main à la bouche, tandis qu'Alex la faisait tourbillonner dans ses bras comme pour une valse. Pour finir, il la fit plonger en arrière et la regarda dans les yeux.

— Alors ? Tu en dis quoi ?

Lizzie n'hésita pas une seule seconde.

— Moi aussi, je t'aime, espèce d'idiot romantique !

Alex poussa un cri de joie et ils rentrèrent en dansant et en riant dans la rue, heureux et libres.

Chapitre 17

Fin mars

— Tu es bientôt prêt, Sammy ?

— Ouais ! fit une voix étouffée au premier étage.

— Parce que ta tante poireaute devant la porte et qu'elle a l'air trop vénère, poursuivit Joe avec un clin d'œil à l'adresse de Lizzie.

— N'importe quoi !

Joe et Lizzie éclatèrent de rire. Sam descendit enfin, l'allure traînante mais le visage radieux. Il portait sa nouvelle casquette des Red Sox, un jean skinny, un sweat à capuche et des baskets montantes.

— T'es stylé, mon pote ! commenta son père.

— Merci, répondit Sam avec un sourire.

Joe le regardait fièrement.

— Tu te rends compte, Lizzie, que ce gamin va entrer au collège à la rentrée ? Qu'est-ce que sa maman serait fière si elle le voyait !

— Papa…

— Quoi, c'est la vérité ! Il va falloir que tu l'assumes.

Sam secoua la tête et ramassa son sac à dos.

— On pourra écouter mon iPod dans ta voiture, tatie Lizzie ?

— Bien sûr.

Lizzie le prit par les épaules et le conduisit au-dehors.

En voyant Alex assis du côté passager, Sam pila net et son visage se rembrunit.

— Je croyais qu'on serait rien que tous les deux...

Lizzie chercha du secours du côté de Joe, qui les suivait dans l'allée.

— Ah, oui, Sammy... J'ai oublié de te préciser qu'Alex vous accompagnait. Mais c'est cool, non ?

— Plus personne dit « cool », papa...

Le petit garçon regarda Alex d'un œil méfiant, tandis que Lizzie ouvrait la portière en se justifiant :

— J'ai pensé que ça serait plus sympa pour toi d'avoir un allié face à ta vieille tante barbante.

Sam se renfrogna.

— Je préférerais y aller qu'avec toi...

— Sam ! intervint Joe. Ne sois pas impoli !

Alex balaya la remarque d'un geste et sourit.

— Aucune importance. Il ne s'attendait pas à me voir, c'est tout. Je suis sûr qu'on va très bien s'entendre, tous les deux. Je ne serai pas un boulet, Sam, promis ! Dis donc, drôlement cool, tes fringues !

Le petit garçon leva les yeux au ciel et monta dans la voiture.

— Bon, on y va ? A plus, papa...

— A plus, Sam. Sois sage !

Joe se tourna vers Lizzie, les mains écartées en signe d'excuse.

— Désolé. Je sens depuis quelque temps en Sam un

ado qui ne demande qu'à se manifester. Appelle-moi si jamais tu as du mal.

Lizzie acquiesça.

— Tout ira bien. Je sais qu'il lui faut parfois un petit moment pour se dégeler.

Joe opina.

— Bon, amusez-vous bien, tous les trois. J'espère qu'il sera mignon.

Il regarda son fils, qui, assis à l'arrière de la voiture, bras croisés, affichait un air désabusé.

— A tout à l'heure ! lança Lizzie en s'installant au volant.

Lizzie donna une bourrade amicale à son neveu.

— Alors, tu veux faire quoi en premier ? Le Dragon ou le Vampire ?

Sam haussa les épaules.

— M'est égal.

— Moi, je vote pour le Dragon ! dit Alex.

— Le Vampire, répliqua Sam d'un air de défi.

Alex lui sourit gentiment :

— Comme tu veux, c'est ton anniversaire.

Lizzie lui lança un regard de gratitude.

— Très bien, va pour le Vampire, alors !

Elle mit un bras autour des épaules de Sam et ils allèrent faire la queue au guichet. Des nacelles de montagnes russes filaient au-dessus de leur tête, leurs passagers hurlant de joie.

Lizzie feignit d'avoir peur.

— Oh ! la vache... c'est ça, le Vampire ? Ça a l'air terrifiant, ce truc ! Euh, finalement, il se pourrait que je garde vos manteaux en bas...

— Ah, non ! Moi, je monte pas avec lui, s'écria Sam sans regarder Alex.

Lizzie fronça les sourcils.

— Sam, c'est très impoli, ce que tu viens de dire.

Alex intervint pour calmer le jeu :

— C'est bon, Lizzie… Ecoute, Sam. Je sais que tu t'attendais à passer la journée seul avec ta tante et je suis désolé que ma présence te contrarie. Mais on ferait mieux d'essayer de s'entendre, tu ne crois pas ? Ces nacelles sont à deux places. Tu peux t'asseoir à côté de Lizzie, et moi je me mettrai derrière vous, ça marche ?

Sam fixait le sol d'un air boudeur.

— Ça marche…

Lizzie jeta un regard excédé à Alex, qui, d'un mouvement de tête, minimisa ses inquiétudes. N'empêche. Elle était désolée pour lui. Alex faisait de son mieux, alors qu'il n'avait pas l'habitude de gérer des pré-ados. Le trajet en voiture n'avait été supportable que parce que l'iPod de Sam avait meublé son silence maussade. Elle se mit à observer Sam, et elle reconnut l'ombre de Bea sur le visage de son neveu. Son impatience envolée, elle tendit les bras vers Sam et Alex et les étreignit tous les deux.

— Oh ! que c'est sympa de sortir avec mes deux hommes préférés ! dit-elle avec un enjouement exagéré.

— Tu préfères quelle équipe de foot, Sam ? s'enquit Alex.

— J'aime pas le foot.

Lizzie protesta :

— Mais si ! Tu m'as fait jouer des heures à ce truc

sur ta wii, la dernière fois qu'on s'est vus ! Comment ça s'appelle, déjà ? Manager quelque chose...

Elle tentait désespérément de relancer la conversation.

— Fifa 13.

— Ah, je l'ai, celui-là ! s'exclama Alex. J'adore le Complete Dribbling. On peut jouer comme Messi.

Lizzie secoua la tête.

— Je n'ai pas la moindre idée de ce que vous racontez. C'est un jeu de garçons, ça. Notez bien que moi aussi je peux jouer comme Messi... *mais si, mais si !*

Elle donna un petit coup de coude à Sam, qui ne daigna même pas sourire.

Heureusement, leur tour était arrivé. Lizzie s'installa à côté de son neveu dans la nacelle.

— Hé, Sam... Je pourrai te tenir la main si j'ai trop la trouille ?

— Si tu veux, répondit-il sans croiser son regard.

La sensation de vitesse était euphorisante. Lizzie observait Sam en douce. Le petit garçon semblait bien s'amuser, il avait le sourire et criait de joie lors des accélérations et des descentes impressionnantes, mais jamais il ne se tournait vers elle pour partager son excitation et son plaisir.

— C'était génial ! s'exclama Lizzie lorsqu'ils furent descendus. Bon, on va où, maintenant ?

Sam était redevenu sérieux et impassible.

— Je peux aller m'acheter un truc à boire ?

— Bien sûr. Mais tu ne traînes pas, OK ? Tu reviens tout de suite.

Il hocha la tête.

— Tu veux de l'argent ?

Alex lui proposa de la monnaie.

— Merci, j'ai le mien, répliqua Sam sans le regarder.

Quand il fut parti, Lizzie poussa un gros soupir.

— Pff, il n'est pas facile, aujourd'hui…

— C'est peut-être moi ?

Elle embrassa Alex sur la joue.

— Ne sois pas bête ! Ça lui arrive de temps en temps, et puis tu as entendu ce qu'a dit Joe. Il entre dans l'âge ingrat. Je suis sûre qu'il va s'ouvrir petit à petit.

— Je l'espère.

Devant l'air dubitatif d'Alex, Lizzie se sentit tenue de prendre la défense de son neveu.

— On oublie trop vite qu'il vient de perdre sa mère et que c'est son premier anniversaire sans elle. Il faut essayer d'être indulgent avec lui et le lâcher un peu, je crois.

Alex opina.

— C'est sûr.

Lizzie noua ses bras autour de son cou.

— Tu es un amour. Comment pourrait-il ne pas t'aimer ? De toute façon, moi, je t'aime, et c'est ça, le principal. D'ailleurs, je t'ai promis que ta patience serait récompensée, lui murmura-t-elle à l'oreille.

Il l'embrassa.

— T'inquiète, je saurai te le rappeler…

Elle jeta un coup d'œil par-dessus son épaule.

— Tu as vu par où il est parti ?

— Il est allé vers ce kiosque, je crois.

Lizzie regarda dans la direction que lui indiquait Alex. Il y avait là une queue de cinq ou six personnes, mais Sam n'y était pas.

— Et merde ! Je crois qu'il a filé.

Alex soupira.
— Génial... Bon. Toi, tu restes là au cas où il reviendrait pendant que moi, je vais le chercher.
Lizzie l'attrapa par le bras.
— Merci. Et... désolée.
Il lui déposa un baiser au sommet du crâne.
— Ne t'en fais pas. Je vais le retrouver. Je t'appelle dès que je lui ai mis la main dessus.

Lizzie commença à faire les cent pas, de plus en plus paniquée. Devait-elle téléphoner à Joe ? Non, ça ne ferait que l'inquiéter. Elle regarda les groupes de gens qui déambulaient tout autour. Sam pouvait être n'importe où ! Elle était en colère contre lui, mais plus encore contre elle. Jamais elle n'aurait dû demander à Alex de les accompagner, c'était une erreur ! Sam voulait avoir sa tatie pour lui tout seul et, même s'il se comportait en gamin capricieux, ça restait sa journée d'anniversaire... Elle se sentait également coupable envers Alex. Le pauvre faisait de son mieux, et le moins qu'on puisse dire, c'est que ses efforts étaient bien mal récompensés. Décidément, elle avait été stupide sur ce coup-là ! Tout ça parce qu'elle avait eu envie de faire fusionner les différents compartiments de sa vie. Avec Alex, la situation semblait tellement bien engagée... et puis elle voulait que Sam fasse partie de leur existence, qu'il partage son bonheur ! Etait-ce vraiment si terrible que ça ?

Le temps lui paraissait s'écouler au ralenti. Elle n'arrêtait pas de regarder son téléphone, exhortant mentalement Alex à l'appeler pour lui donner des nouvelles. Par deux fois, elle aperçut un petit garçon portant une casquette similaire à celle de Sam, et par deux fois son cœur se gonfla de soulagement, mais c'était une fausse joie. Au bout d'environ vingt minutes, son téléphone se mit à vibrer. Alex !

— Tu l'as retrouvé ?

— C'est un vigile qui l'a repéré, il se baladait dans le zoo. Apparemment, ça arrive tout le temps. On est dans la zone d'attente de l'administration du parc.

— Ouf ! Dis à Sam que j'arrive tout de suite. Merci, Alex !

De l'extérieur des bureaux, elle aperçut Sam. Tassé sur un siège, il avait les yeux rivés au sol. Alex, le visage sévère et furieux, le dominait de toute sa hauteur, agitant un doigt menaçant pour bien marquer ses propos. Lizzie était gênée de les observer à leur insu, quand soudain Sam bondit de sa chaise, les poings levés, et se jeta sur Alex, l'atteignant à l'aile du nez. Le coup n'était pas très violent, mais suffisant pour provoquer un saignement.

Lizzie se précipita vers l'entrée.

Alex se tenait le visage.

— Espèce de sale petite merde !

— Barre-toi ! Tu la connaissais pas, ma mère ! Je vais te tuer ! hurlait Sam en martelant la tête d'Alex de ses poings serrés.

Lizzie s'efforça de les séparer, mais il fallut l'intervention d'un vigile pour faire lâcher prise à Sam, aveuglé par une colère noire. L'homme le conduisit vers un siège et le força à s'asseoir en lui tenant les poignets :

— On se calme, fiston !

Sam tremblait de tous ses membres et des larmes de rage ruisselaient sur ses joues. Lizzie se tourna vers Alex, affolée.

— Qu'est-ce qui s'est passé ?

— Il a pété un plomb et il m'a attaqué. Je ne sais pas pourquoi.

Alex tenait son nez, qui continuait à saigner.

Lizzie scruta son visage, en quête de vérité.

— Alex, qu'est-ce que tu lui as dit ?

Il haussa les épaules.

— Simplement qu'il ne devait pas te traiter comme ça et que sa mère aurait honte de lui.

Lizzie porta la main à sa bouche, consternée.

— Oh ! Alex, qu'est-ce qui t'a pris ?

— Je suis désolé, j'étais en colère... Il n'avait pas le droit de te faire un coup pareil, Lizzie.

Elle le regarda droit dans les yeux. Elle aimait cet homme, de toute son âme, mais elle aimait Sam aussi.

— Mais ce n'est qu'un enfant...

Alex secoua la tête.

— Je suis désolé, Lizzie. C'était une mauvaise idée que je vienne, je le savais depuis le début. Bon, je vais vous attendre dehors.

Lizzie soupira et baissa le regard sur Sam, qui semblait s'être calmé. Pourtant, il ne leva pas la tête lorsqu'elle s'agenouilla devant lui.

OK, elle allait devoir la jouer finement...

— Tu peux m'expliquer pourquoi tu t'es enfui, Sam ? J'ai dit ou fait quelque chose de mal ?

Pas de réponse.

Elle soupira.

— J'aimerais que tu sois franc avec moi, Sammy.

Elle esquissa le geste de lui prendre les mains, mais il se recula vivement.

— D'accord, mais il va bien falloir qu'on en parle

à un moment ou un autre. Et surtout je vais devoir appeler ton père.

Toujours pas de réponse. Lizzie était à bout.

— Parce que ça n'est pas un comportement acceptable. Tu le comprends, hein ? On ne peut pas cogner sur les gens comme ça ! Alex t'a peut-être dit quelque chose qui ne t'a pas plu, mais tu dois quand même essayer de t'entendre avec lui. Il ne t'a rien fait, et puis maintenant il occupe une grande place dans ma vie. Je tiens à ce que vous soyez amis, tous les deux.

Sam respirait fort. Finalement, il releva la tête. Ses yeux étaient emplis d'une souffrance et d'une haine incroyables.

— Je veux rentrer à la maison, articula-t-il. Et je veux plus jamais te revoir.

Chapitre 18

Début avril

Mme Nussbaum leva le nez de sa grille de mots croisés :

— Si je puis me permettre, ma petite Lizzie, tu m'as l'air un peu bizarre, aujourd'hui. Ça fait cinq bonnes minutes que tu nettoies ce rayonnage…

Lizzie se retourna, surprise.

— Excusez-moi, madame N. J'avais la tête ailleurs. Quelques soucis qui me tracassent.

La vieille dame balaya les soucis en question d'un haussement d'épaules.

— Tu n'as pas à t'excuser. Simplement, tu me semblais bien plus heureuse, ces derniers temps, grâce à ce charmant jeune homme. Il ne s'est rien passé de grave, au moins ?

Lizzie fit non de la tête.

— Tout va très bien entre Alex et moi. C'est pour mon neveu que je m'inquiète — le fils de ma sœur.

— *Ach ja*, c'est normal. Ça doit être très dur pour lui d'avoir perdu sa maman si jeune.

— Oui. Et justement j'ai peur d'avoir sous-estimé son chagrin.

Mme Nussbaum la dévisagea avec attention, les yeux plissés comme si elle tâchait de résoudre une définition de mots croisés particulièrement ardue.

— Tu finiras bien par trouver une solution, Lizzie. Tu es une fille pleine de sagesse.

Lizzie se mit à rire.

— C'est bien la première fois qu'on me dit ça !

— C'est la stricte vérité. Je sais ces choses-là, moi...

Bambi jeta un petit aboiement qui amusa Lizzie.

— Quoi ? Tu approuves ou tu veux qu'on aille se promener ?

A ce mot, Bambi se leva d'un bond et effectua un tour complet sur lui-même avant de la regarder, impatient, la tête penchée d'un côté.

— OK pour la promenade, alors ! Vous pourrez vous débrouiller seule, madame N. ?

— *Natürlich*. Vas-y, ma fille, et profite bien du soleil ! Ça t'aidera peut-être à y voir plus clair.

Lizzie alla chercher la laisse de Bambi et ils sortirent dans la rue. C'était une belle journée. Le ciel était d'un bleu parfait, avec à peine quelques nuages. Lizzie avait hâte d'avoir cinq minutes à elle pour réfléchir quand soudain quelqu'un l'appela par son prénom. Elle se retourna. Ben trottinait vers eux.

— Salut, Bambi ! Ça fait un bail qu'on s'est pas vus ! Qu'est-ce que tu deviens ?

Le chien aboya en guise de réponse. Ben lui caressa la tête et lui gratta le dos avant de se figer, faisant semblant d'être surpris.

— Tiens, Lizzie ! Je t'avais pas vue.

Elle sourit.

— Très drôle. Salut à toi, étranger ! Où étais-tu passé depuis tout ce temps ?

— Je pourrais te renvoyer la question, lui fit-il remarquer joyeusement. J'imagine que nous avons tous les deux été accaparés par nos histoires de cœur... Au fait, comment va Alex ?

— La grande forme. Et Fran ?

— La grande forme.

Ils se dévisagèrent quelques instants, puis Lizzie désigna Bambi.

— Bon, je ferais mieux d'emmener ce monsieur au parc.

Ben hocha la tête.

— Bien sûr, bien sûr... euh, ça t'embête si je vous accompagne ? Fran a pris sa journée, histoire d'apprendre les ficelles du métier au café, et...

— Et ?

— Et Susie risque de l'étrangler avec l'une des ficelles, justement.

— Je vois. Du coup, tu as préféré partir en courant.

Ben fit mine de réfléchir.

— Oui, oui... c'est ça. Tu cours avec moi ?

Lizzie éclata de rire.

— Hum, je vais garder mon allure d'escargot, si tu n'y vois pas d'inconvénient.

— Encore mieux !

Ils marchaient en silence. Lizzie n'éprouvait pas le besoin de le meubler à tout prix. C'était agréable de retrouver Ben. Elle appréciait leur badinage, et son sens de l'humour lui avait manqué. Elle aimait aussi lui parler. Ben savait écouter et, apparemment, ils partageaient la même vision du monde. Que se serait-il passé entre eux si… Elle se le demandait parfois. Mais ils étaient heureux chacun de leur côté et elle était heureuse de pouvoir le compter au nombre de ses amis. C'était le scénario idéal, vraiment.

Comme ils arrivaient devant le parc, elle détacha Bambi, qui, avec son exubérance habituelle, partit comme une fusée sur la vaste étendue de pelouse.

— Alors, comment s'est passée ta journée avec Sam ?

Que répondre à ça ? Lizzie se sentait encore profondément perturbée par le terrible épisode du parc d'attractions. C'était une question piège, oui, parce qu'elle aimait Sam tendrement et qu'il avait beaucoup souffert depuis la mort de sa mère. A bien des points de vue, elle lui aurait presque tout pardonné, mais elle avait été extrêmement choquée par la réaction qu'il avait eue envers Alex et aussi par son regard glacial quand il lui avait annoncé qu'il ne voulait plus jamais la revoir. Elle avait l'impression d'avoir perdu le fil de leur relation. Et, maintenant, comment le retrouver ? Elle avait également été perturbée par la façon dont Alex s'était adressé à Sam. Bien sûr, Alex avait voulu se montrer protecteur envers elle, mais il y avait quand même quelque chose là-dedans qui la gênait. Elle ne lui en avait pourtant pas reparlé, dans l'espoir de pouvoir oublier cette journée pénible une fois que la paix aurait été rétablie avec Sam. Cependant, ce n'était pas tant la paix que la communication qu'elle ne parvenait pas à rétablir avec son neveu.

Sam n'avait pas desserré les dents jusqu'à la voiture, et pas davantage sur le trajet du retour. Lizzie avait téléphoné à Joe pour lui raconter ce qui s'était passé, mais dès qu'ils étaient arrivés à la ferme Sam avait monté l'escalier en courant, sans un mot, les plantant tous les deux sur le pas de la porte. Alex avait attendu dans la voiture pendant qu'elle s'efforçait de s'expliquer avec Joe. La conversation avait été particulièrement embarrassante : Lizzie détestait critiquer son neveu, et Joe, confus, s'était répandu en excuses pour son fils. Il avait ensuite tenté d'amener Sam à faire de même. Sans résultat.

— Je suis absolument désolé, Lizzie. Je n'arrive pas à croire qu'il se soit conduit comme ça juste le jour où vous sortiez ensemble.

D'un geste désinvolte, elle avait dédramatisé, mettant la réaction de Sam sur le compte du chagrin, puis elle était repartie. Le lendemain, Joe lui avait renouvelé ses excuses par texto. Depuis, ils s'étaient entretenus deux ou trois fois au téléphone, mais Sam refusait de venir lui parler, malgré les exhortations de son père.

— Je pense que Sam se débat comme il peut, conclut-elle.

Ben approuva de la tête.

— Ça doit être tellement difficile, pour lui. Perdre un parent, c'est dur à tout âge, mais à dix ans… Bon sang… c'est le pire moment, je crois.

Lizzie fut touchée par sa compassion.

— Il en veut au monde entier, parfois.

Ben haussa les épaules.

— Pas étonnant. A sa place, je me serais vengé à coups de poing dans les murs pendant un bout de temps, si j'avais perdu ma mère si jeune. Enfin ! Heureusement, il a sa tatie pour veiller sur lui.

Lizzie se mordit la lèvre.

— En fait, il a complètement pété les plombs lors de cette journée d'anniversaire... il a même frappé Alex. Depuis, il refuse de me parler, je ne sais pas pourquoi. Oh ! Ben, c'était horrible !

Elle se prit le front à deux mains, désespérée.

Ben lui effleura l'épaule.

— Allez, ça va s'arranger... Tu trouveras une solution, tu es douée pour ça.

— Tu crois ?

Elle releva la tête, les yeux pleins de larmes.

— Parce que moi, j'ai plutôt l'impression d'avoir déçu tout le monde : Sam, Bea, Joe et même Alex.

— OK, Lizzie Harris. Est-ce que je dois être dur avec toi, comme la fois où tu t'es mise à pleurer comme une Madeleine ?

Elle eut un petit rire sans conviction.

— Tu vois, Lizzie, ce qui me frappe, c'est que tu essaies d'imiter ta sœur alors qu'il te suffirait d'être toi-même, en fait.

Elle le dévisagea avec stupeur. Il avait raison.

— Si Bea t'a laissé ces lettres, c'est pour t'aider à transformer ta vie, non ? Elle ne t'a jamais demandé de la remplacer. C'est impossible. Non, elle voulait juste que tu sois toi-même, mais en plus heureuse. Et moi, j'ai l'impression que ça marche, son système. Tu es très différente de la fille que j'ai rencontrée. Avant, tu avais l'air terrifiée par la vie, alors que maintenant...

— Maintenant ?

Lizzie était impatiente d'en entendre davantage.

Ben prit une intonation caverneuse, genre voix off de bande-annonce :

— Dans un monde de ténèbres, une nouvelle héroïne

s'avance. Elle est venue à bout de toutes les crasses de l'existence pour devenir… Lizzie la Vaillante !

Lizzie partit d'un éclat de rire.

— T'es complètement barré !

Il s'inclina comme si c'était un compliment.

— Tu trouveras la solution à tout en temps voulu, seulement, tu devras t'y prendre à ta manière.

— On dirait un truc tiré d'une chanson !

Ben lui fit un sourire de crooner ringard :

— Tu veux que je te la chante ?

Elle se remit à rire.

— Plus tard, peut-être. Et merci, Ben.

Il haussa les épaules comme pour dire : « Qu'est-ce que j'ai fait ? »

— Ça me fait du bien de pouvoir en parler à quelqu'un qui voit ça de l'extérieur. Avant, je n'avais que Bea à qui me confier, mais, bon, la famille, ce n'est pas la même chose…

— Tu peux le dire ! Ça donne plutôt des envies de meurtre ! A ce propos, il faudrait que je rentre au café histoire de vérifier que les filles s'amusent gentiment.

— Donc, ça roule avec Fran ? Tu es heureux ? lui demanda Lizzie alors qu'ils rebroussaient chemin.

Il opina.

— Elle fait d'énormes efforts pour que ça marche, elle est très motivée, cette fois.

Ben n'avait pas répondu à sa seconde question… Mais mieux valait ne pas le bousculer. Ces choses-là prennent du temps, Lizzie était bien placée pour le savoir. Comme ils arrivaient devant les commerces, elle lui donna l'accolade.

— Tu es un ami précieux, Ben.

Il sourit.

— Tout le plaisir est pour moi. Toujours ravi de pouvoir venir en aide à une demoiselle en détresse.

Il tapota la tête de Bambi avant de rentrer dans le café.

De retour à son appartement, Lizzie se mit à penser aux lettres de sa sœur. Alex travaillait, alors, exceptionnellement, elle avait une soirée en solo. Le moment idéal pour découvrir le prochain souhait de Bea et y réfléchir sans risque d'être dérangée. Elle repensa aux paroles de Ben. Pourvu que les lettres l'aident à trouver une solution pour Sam ! De toute façon, c'était à elle d'agir. Son neveu lui manquait et elle voulait plus que tout repartir du bon pied avec lui. Elle prit l'enveloppe, s'installa sur le canapé et commença sa lecture.

Chère Lizzie,

J'espère que tu as passé une formidable sortie d'anniversaire avec Sam. Il a dû s'éclater, j'en suis sûre.

Lizzie sentit son cœur se serrer. La difficulté, quand on se pliait aux volontés d'une morte, c'était qu'on ne pouvait jamais savoir quel tour allaient prendre les choses. Elle soupira.

Bien. Mon souhait suivant concerne uniquement notre père. Tu dois déjà te mettre à paniquer en lisant ces lignes parce que tout le monde a son point faible, et je sais que le tien, c'est papa.

Je me souviens qu'on s'était retrouvées, toi et moi, quand il était malade. On était allées manger une pizza dans un resto, près de l'endroit où je travaillais. Ce jour-là, il faisait un froid de canard et tu étais arrivée vêtue d'un jean usé jusqu'à la trame et du blouson le plus fin que j'aie jamais vu. Moi, je voulais t'embarquer, te ramener à la maison pour m'occuper de toi, mais tu as refusé catégoriquement. A l'époque, tu étais avec ce mec chelou, Guy. Je savais qu'il dealait, mais toi, tu pratiquais le déni. Au moins, tu n'as jamais touché à ces trucs-là, ma Lizzie. Tu as vécu dans des endroits carrément atroces, avec des gens carrément glauques, mais tu es toujours restée clean.

Bref, ce jour-là, j'ai dû t'annoncer que papa était mourant. Je me souviens encore de l'expression de ton visage. Tu ressemblais au bébé que tu étais quand tu me suivais partout en tendant tes menottes potelées et en m'appelant « Bea-Bea, Bea-Bea », chaque fois que tu voulais un câlin. Sauf que là tu es restée complètement immobile, les mains posées sur les genoux. Une statue de sel. Finalement, tu m'as demandé si tu devais aller le voir. Je me souviens d'avoir esquivé la question. Je savais comment ça se passait à la maison, le mal qu'avait maman à accepter la maladie de papa. Je savais que, si tu revenais, sa réaction serait terrible. Ça ferait forcément un drame et j'étais d'avis d'épargner ce genre d'émotions à papa. Le jeu en valait-il la chandelle, sous prétexte que la fin était proche ? La plupart des gens n'ont pas la chance de pouvoir dire adieu à leur famille avant de mourir, alors après tout qu'est-ce que ça aurait changé ? Voilà le raisonnement que je me faisais.

Aujourd'hui, confrontée à ma propre disparition, je me rends bien compte de mon erreur et je me sens coupable. J'aurais dû t'aider à revoir papa au lieu de t'en dissuader. Mais, en définitive, c'est toi qui as pris ta décision et mon souhait sera donc que tu cesses de t'en vouloir pour ça. Tu n'étais pas la seule à blâmer dans l'histoire et papa a toujours su que tu l'aimais, j'en suis sûre. Demande à maman, si tu ne me crois pas.

Je t'aime,

Bisous,

Bea.

Lizzie reposa la lettre, en larmes. Son père adoré, son papa chéri ! Bea avait raison. Son père, c'était son point faible, mais il y avait bien longtemps qu'elle avait refoulé toutes les pensées le concernant. Il avait toujours été l'antidote à l'intransigeance de sa mère, celui vers qui elle se précipitait quand la situation devenait incontrôlable. Il faisait de son mieux pour la soutenir, mais ça n'était pas toujours facile face à Stella Harris. Lizzie avait eu le cœur brisé qu'il n'ait pas cherché à la retenir lorsqu'elle était partie de la maison. Et, après sa fausse couche, elle avait cru que son père viendrait à son secours tel un preux chevalier sur son destrier blanc. Son silence avait été un coup de massue supplémentaire et elle lui en avait voulu terriblement.

Elle avait souvent pensé à rentrer chez ses parents, mais chaque fois quelque chose la retenait : le scepticisme de Bea, la réaction inévitable de Stella ou plus probablement sa propre colère et sa douleur — ce sentiment que les êtres qui auraient dû l'aimer le plus au monde l'avaient complètement bannie de leur vie. Si seulement elle avait eu à l'époque la force qu'elle avait maintenant ! C'est justement cette force-là qui la fit se résoudre à aller voir sa mère. Ben avait raison.

Aujourd'hui, elle était Lizzie la Vaillante, ou du moins Lizzie la plus Vaillante qu'avant. Certains points restaient à élucider, et elle continuerait d'accomplir les volontés de sa sœur jusqu'à ce qu'elle trouve une réponse à chacune de ses questions. Elle le devait à Bea, à Sam, à son père, mais avant tout elle se le devait à elle-même.

Chapitre 19

Fin avril

Deux mois s'étaient écoulés depuis la dernière visite de Lizzie à sa mère et Stella parut contente de la voir.

— Je te trouve changée, observa-t-elle en conduisant Lizzie dans la cuisine. C'est tes cheveux ?

— Non, je ne pense pas.

Sa mère la regarda de plus près.

— Tu as l'air en forme. C'est en lien avec Alex ?

Lizzie sourit.

— Il me rend très heureuse.

Stella parut satisfaite.

— Je sais, sa mère ne parle que de ça. En tout cas, je suis bien contente pour toi, Lizzie. Bon, tu veux un café ?

— Oui, s'il te plaît.

Lizzie s'assit à la table de la cuisine et promena un regard sur l'espace immaculé. Rien, absolument rien ne traînait dans la pièce, pas même une miette oubliée du petit déjeuner. Quelle différence avec le chaos qui régnait chez Joe... Sa mère aurait-elle toléré un tel désordre quand Bea et elles étaient petites ? Impossible de se souvenir…

Sam continuait d'occuper ses pensées. Devait-elle discuter avec Stella de la crise de rage qu'il avait piquée au parc d'attractions ? Non, ce n'était pas le but de sa visite, elle aborderait le sujet un autre jour.

Sa mère se tourna vers elle, la bouilloire en suspens :

— Tu as parlé à Grandpa, récemment ?

— Je lui ai téléphoné la semaine dernière.

— Et tu l'as trouvé comment ?

— Confus… Il m'a appelé deux fois Bea et une fois Stella.

Stella hocha la tête.

— Son état s'aggrave. Je réfléchis à la possibilité de le mettre en maison de retraite.

Lizzie ne voulait pas être détournée du sujet de son père, mais elle ne pouvait pas non plus écarter d'emblée le problème de Grandpa. Et puis elle était contente que sa mère en discute avec elle.

— Il ne va pas aimer ça…

— Oh ! il y a beaucoup de choses qu'il n'aime pas, mais ce serait pour son bien, tu sais.

« Pour son bien ». Tout était toujours fait pour le bien des autres, même si on se passait de leur demander leur avis…

— Sûrement, oui…

Sa mère perçut l'hésitation dans sa voix, mais choisit de l'ignorer.

— En fait, je lui ai trouvé un établissement charmant en bord de mer. Je pense qu'il pourrait s'y plaire, si seulement j'arrivais à le convaincre de le visiter.

— On pourrait peut-être l'y emmener ensemble un de ces quatre ?

Sa mère, qui apportait à table une cafetière et deux mugs, lui sourit avec étonnement et gratitude.

— Eh bien, si c'est possible, j'en serais très heureuse, oui. Tu veux un biscuit ?

— Non, merci. En fait, maman, il faut que je te parle.

— Ah.

Stella haussa un sourcil méfiant.

— De quoi ?

— De papa.

Sa mère se mit à fouiller dans le placard comme si elle n'avait pas entendu.

— Finalement, je crois que je vais prendre un biscuit…

— Maman ! Il faut qu'on en parle !

Stella retourna à table en soupirant comme une ado de mauvais poil.

— Pourquoi ? Je pensais que tout ça était réglé. Le passé, c'est le passé. Pourquoi veux-tu à tout prix le remuer ?

Avant, cette réaction aurait mis Lizzie en colère, mais cette fois, elle resta volontairement calme. Sa mère allait devoir comprendre à quel point cette conversation était indispensable.

— Parce que c'est important pour toi et pour moi. Personnellement, j'en suis encore à me réconcilier avec mon histoire. Je ne peux pas tourner la page ou plutôt *nous* ne pourrons pas tourner la page tant qu'on n'aura pas tout mis à plat une bonne fois pour toutes.

Sa mère leva les yeux au ciel.

— Pff… Tu t'exprimes comme dans ces horribles émissions américaines où les gens passent leur temps à se crier dessus…

— On n'est pas forcées de se crier dessus, maman, mais je pense qu'il est important qu'on se parle. Ça vaut mieux que de tout refouler.

— Ah, bon ? J'aimerais bien qu'on m'explique pourquoi les gens se croient tout le temps obligés de chercher des coupables !

— Pour pouvoir leur pardonner.

Stella marqua une hésitation. Elle considéra Lizzie, et son regard s'adoucit au fur et à mesure que son esprit reconnaissait le bien-fondé de ce principe. Elle s'assit et joignit les mains, signe qu'elle consentait à faire un effort.

— Qu'est-ce que tu veux savoir ?

Lizzie inspira un grand coup et se jeta à l'eau :

— Est-ce que papa était au courant pour l'enfant ?

Sa mère baissa les yeux.

— Non.

— Tu ne lui en as jamais parlé.

— Non…

— Mais pourquoi ? Et ne me réponds pas « pour le bien de la famille », sinon, je vais hurler.

Sa mère semblait pleine d'appréhension.

— J'allais tout lui dire… Et puis tu as perdu l'enfant et j'ai pensé qu'il serait furieux que je lui aie caché ton état.

Lizzie était atterrée.

— Alors c'est pour te protéger que tu lui as laissé croire que j'avais fugué ? Mais comment tu as pu faire ça ? J'en ai voulu à papa jusqu'à sa mort parce que j'étais sûre qu'il se foutait de ce que j'étais devenue.

— C'est faux, il ne t'a jamais abandonnée.

— Qu'est-ce que tu en sais ?

— Il a tenté plus d'une fois de te retrouver.

Lizzie réfléchissait à toute vitesse. Son papa avait bel et bien essayé de la sauver. Sans succès. Ses yeux se remplirent de larmes à la pensée de son père partant à sa recherche, convaincu que sa fille ne voulait plus le voir. La culpabilité et le chagrin la submergèrent. A sa grande surprise, elle sentit Stella lui prendre les mains. Avant, elle les aurait retirées vivement, mais là elle se laissa réconforter par ce geste.

Au bout d'un moment, sa mère la lâcha et la fixa avec tristesse.

— Tu as téléphoné ici, n'est-ce pas ?

Lizzie leva les yeux, stupéfaite. Quelques jours après avoir appris par Bea que leur père était mourant, elle avait appelé la maison d'une cabine. C'était Stella qui avait répondu. Ses « allô » de plus en plus irrités avaient résonné dans le combiné, jusqu'à ce qu'elle finisse par demander : « Lizzie, c'est toi ? » Lizzie avait aussitôt raccroché et elle avait regagné en courant le refuge de son autre vie.

— Oui. C'était moi. Sur le moment, j'ai été prise de court.

— J'ai dit à ton père que tu avais appelé.

Lizzie dévisagea sa mère, sidérée.

— Je lui ai raconté que tu regrettais de ne pas pouvoir venir le voir tout de suite, mais que tu l'aimais beaucoup.

Stella planta son regard dans celui de sa fille.

— Je ne lui ai pas menti, n'est-ce pas ?

Lizzie secoua la tête.

— Non, tu ne lui as pas menti.

Son cœur s'allégea un peu.

— Et qu'est-ce qu'il a répondu ?

Sa mère semblait perdue dans ses souvenirs.

— Il a souri. A ce stade de sa maladie, il ne pouvait plus beaucoup parler, mais je me rappelle qu'il a souri et qu'il a prononcé ton prénom.

Lizzie sentit encore une fois ses yeux se remplir de larmes et à son tour elle saisit les mains de sa mère.

— Merci. J'avais besoin d'entendre ça.

Lizzie roulait vers l'appartement d'Alex. C'était comme si elle avait été libérée d'un grand poids. Elle n'aurait jamais imaginé que ce serait sa mère qui l'en soulagerait, mais la vie est pleine de surprises… S'il y avait une chose qu'elle avait apprise sur Stella, c'était qu'elle ne la connaissait pas. Elles avaient encore du chemin à faire sur la route du pardon, mais pour le moment c'était déjà bien qu'elles arrivent à se parler franchement.

Sam, en revanche, continuait de lui causer du souci. Elle avait d'ailleurs brièvement évoqué le problème avec Stella, qui, tout en partageant ses inquiétudes, se sentait elle aussi démunie face à son petit-fils. Elle avait quand même proposé d'organiser un repas de famille pour l'anniversaire de Lizzie, le mois suivant. A cette occasion, ils pourraient tous chercher une solution pour venir en aide au petit garçon. Lizzie appréciait de pouvoir affronter ce genre de problèmes avec sa mère : ses rapports avec Stella commençaient à ressembler à une relation mère-fille normale.

Arrivée devant l'immeuble d'Alex, elle sonna à l'interphone. A peine fut-elle entrée que toutes ses préoccupations s'envolèrent. C'était Alex qui préparait le repas, ce soir, et elle avait hâte de s'asseoir à table avec lui. En apercevant son visage souriant en haut des marches, elle sentit son cœur se gonfler de joie.

Il l'embrassa sur la bouche et la débarrassa de son manteau.

— Bonsoir, ma chérie. Comment s'est passée ta journée ?

Elle lui rendit son baiser.

— Disons que ça va mieux, maintenant que je te vois. Mmm… ça sent bon.

Alex haussa un sourcil.

— Je suis en train de mitonner un dîner spécial pour la femme que j'aime.

— J'en ai, de la chance…

Radieuse, elle l'enlaça par la taille et l'attira contre elle.

— Plutôt, oui, murmura-t-il. Et le plus beau, c'est que ça ne sera pas prêt avant au moins une demi-heure…, ajouta-t-il en la poussant gentiment vers la chambre.

Il l'allongea sur le lit et se mit à l'embrasser avec lenteur. Lizzie se laissa aller en arrière et soupira. Alors qu'il se couchait sur elle, elle sentit quelque chose lui rentrer dans la cuisse.

— Tiens…, fit-elle en sortant un petit objet de la poche d'Alex. Et moi qui croyais que tu étais juste content de me voir…

Il se mit à rire.

— Je voulais garder ça pour plus tard, mais tu m'as démasqué.

Il s'agenouilla à côté du lit et lui tendit l'écrin ouvert.

— Lizzie Harris, il n'y a que trois mois que je suis revenu dans ta vie, mais je ne peux déjà plus imaginer un monde sans toi. Et, comme tu es la personne la plus belle, la plus merveilleuse, la plus extraordinaire que j'aie jamais rencontrée et que tu fais de moi le plus heureux des hommes, je voulais te demander si tu me ferais l'immense honneur de devenir ma femme.

Lizzie le contemplait, muette. Non, elle ne rêvait pas, ça lui arrivait, à elle. En vrai. Tout était allé si vite… et en même temps c'était comme une évidence. Absolue. Son regard passa de la bague au visage radieux d'Alex et des larmes de joie coulèrent de ses yeux.

— Oui ! Oh ! oui !

Ils s'embrassèrent passionnément. Lizzie soupira :

— Je ne peux pas y croire, c'est trop de bonheur.

— Tu le mérites, ma chérie. Bon, il me semble que l'heure est plus au champagne qu'au sexe, non ? Qu'est-ce que tu en dis ?

Lizzie l'embrassa encore.

— Je dis oui. Oui à tout !

Elle s'étira sur le lit et regarda sa bague de fiançailles. Magnifique, exactement le genre de forme qu'elle aurait choisi… Elle se mit sur le ventre et la tint en l'air pour pouvoir l'admirer sous tous les angles. La passa à son doigt, à titre d'essai. L'anneau était un peu grand, mais rien qui ne puisse être arrangé par un bijoutier. Alex revint avec deux flûtes de champagne.

— Cette bague est splendide..., murmura-t-elle en levant la main pour qu'il puisse juger de l'effet.

— Elle appartenait à ma grand-mère. Je pense qu'elle serait satisfaite de mon choix.

Lizzie s'illumina et prit la flûte qu'il lui tendait.

— A nous, dit Alex en guise de toast.

— A nous !

Elle l'embrassa, but une gorgée de champagne et contempla sa bague de fiançailles, heureuse.

— Je me demande ce que Bea aurait pensé de tout ça. De nous deux...

Alex haussa les épaules.

— Je n'en sais rien.

— Tu crois qu'elle aurait été heureuse ?

— Je crois qu'elle aurait été contente de te voir heureuse, oui.

Lizzie sourit.

— C'est ce que je pense aussi.

— Bon, et maintenant il faut vraiment que j'aille finir de préparer le repas !

Il l'embrassa et repartit vers la cuisine avec son verre.

Lizzie se laissa aller en arrière, étira les bras au-dessus de sa tête, ramena sa main pour admirer la bague... Elle n'était plus à son doigt !

— Merde !

Elle se leva d'un bond et entreprit de chercher par terre avec frénésie. Rien ! Affolée, elle se mit à quatre pattes et commença à tâtonner tout autour. Elle était désespérée. Sous le lit, peut-être ? Ouf ! La bague était tombée contre une boîte à chaussures remplie de photos. En la récupérant, Lizzie aperçut des scènes remontant à son adolescence. Une photo en particulier attira son regard : une sortie paroissiale où elle posait avec Bea au milieu d'un groupe de jeunes. Elle se pencha pour explorer davantage.

— Qu'est-ce que tu fabriques là-dessous, ma chérie ?

Lorsque Alex vit ce qui l'intéressait, son expression changea du tout au tout.

— Tu fouilles dans mes affaires ?

Sa voix avait pris une intonation légèrement crispée.

— Mais non. J'ai fait tomber la bague et je me suis accroupie pour la ramasser. C'est comme ça que j'ai repéré les photos. Je voulais les regarder d'un peu plus près, c'est tout. Tu es fâché ?

Les traits d'Alex se décontractèrent et il lui sourit.

— Ne dis pas de bêtises… (Il l'enlaça.) Ce sont juste de vieilles photos. Je ferais mieux de m'en débarrasser. Bon, le dîner est servi, madame, alors si vous voulez bien me suivre…

Un détail tracassait Lizzie. Elle avait bien envie de questionner Alex, mais ses pensées furent interrompues par la sonnerie de l'interphone.

Alex alla répondre. Lizzie entendit une voix familière, et quelques instants après sa mère apparut à la porte d'entrée. Elle semblait bouleversée.

— Maman ? Tu vas bien ?

— Ah, Lizzie, Dieu soit loué, tu es là ! Ça fait des heures que j'essaie de te joindre sur ton portable, mais tu ne réponds pas.

— Désolée, je n'ai rien entendu, il était dans mon sac. Qu'est-ce qui se passe ?

— C'est ton grand-père, il a fait une chute. Il est à l'hôpital.

Chapitre 20

Début mai

Dans le train qui traversait l'Essex en direction du Suffolk, Lizzie contemplait le ciel qui se dégageait au fil de l'itinéraire sinueux : derrière une nappe de nuages blancs se profilait la promesse d'un bleu pur. Elle se rendait à Dove Cottage à la demande de sa mère. Grandpa se remettait de sa chute, mais il était évident qu'il ne pouvait plus rester seul. Stella lui avait proposé de venir habiter chez elle, perspective qui avait tellement horrifié le vieil homme qu'en comparaison l'idée d'une maison de retraite avec vue sur la mer lui était tout de suite devenue plus acceptable.

— Je ne peux pas quitter le Suffolk ! C'est là que j'ai passé toute ma vie, avait-il déclaré. Je veux rester près de mon Ivy jusqu'à la fin.

Le débat était clos, donc. Mais Stella était à la fois blessée et soulagée par cette conclusion.

Conséquence des dernières péripéties, il allait falloir vendre le cottage et Stella avait demandé à Lizzie de lui consacrer quelques jours pour l'aider à tout vider.

Lizzie était triste à l'idée de perdre la maison de ses grands-parents, à laquelle elle était énormément attachée, mais également contente que sa mère ait pensé à l'appeler.

Plongeant la main dans son sac, elle en tira la lettre de Bea. Un voyage en train, c'était l'occasion idéale pour lire et assimiler les mots de sa sœur à tête reposée. Elle déplia la feuille.

Chère Lizzie,

J'espère que tu as pu résoudre certains points qui te tourmentaient à propos de papa. Si tu as parlé à maman, elle t'a sans doute fait comprendre qu'il n'a jamais cessé de t'aimer. J'espère que ça te réconforte, Lizzie jolie.

Bien. Mon prochain souhait concerne maman, justement. Puisque tu en es à cette lettre, tu dois commencer à cerner un peu mieux sa personnalité. A l'adolescence, il est impossible de voir sa mère comme une femme. On oublie ou on choisit d'ignorer le fait que cette personne est un être humain, donc faillible, qui se coltine son propre vécu et les sentiments qui vont avec.

Voilà pourquoi je veux que tu interroges maman sur le médaillon qu'elle porte au cou. Tu penses sûrement que c'est papa qui le lui a offert, mais c'est faux et il est important que tu apprennes sa véritable histoire. Moi, je ne l'ai découverte qu'il y a deux ans et ça m'a fait prendre conscience de l'influence que peut avoir le passé sur quelqu'un.

Ça m'a aussi fait réfléchir au rôle de mère. Dans l'esprit des gens, il faudrait qu'on soit des êtres irréprochables qui prennent toujours les bonnes décisions, font toujours les bons choix, et tout ça avec amour, équité et bonne humeur. Mais la vie n'est pas comme ça parce que les humains ne sont pas comme ça. On commet tous des erreurs et on est tous forcés de vivre avec.

Désolée si j'ai l'air un peu énigmatique, mais le moment venu tu comprendras. Mon but, c'est de te faire admettre que tu as besoin de pardonner à maman. J'espère que ce souhait t'aidera à y parvenir.

Ces médocs à la con me crèvent aujourd'hui, voilà pourquoi cette lettre sera brève, mais très douce.

N'oublie jamais que je t'aime,

Bisous,

Bea.

Lizzie reposa la feuille de papier et se tourna vers la fenêtre du compartiment. Les mots de sa sœur l'intriguaient. Cette lettre était différente des autres, mystérieuse. Tout ça était un peu effrayant... Que pouvait être ce lourd secret de famille ? Mille possibilités lui traversèrent l'esprit. Elle se rassura en touchant sa bague de fiançailles, qui venait d'être ajustée à son doigt. Penser à Alex lui fit reprendre courage. Elle saurait affronter la révélation que lui réservait cette visite, quelle qu'elle puisse être.

Le train entra en gare. Stella attendait sur le quai, scrutant les fenêtres en plissant les yeux. Lizzie rassembla ses affaires et zigzagua pour accéder à la porte. Seules quelques personnes descendaient à cet arrêt et sa mère s'avança vers elle avec un sourire ponctué d'un petit signe de main. Lizzie remarqua tout de suite le médaillon. Il était en or jaune, orné d'une volute de fleurs. Stella l'enlevait toujours pour dormir et le déposait avec précaution sur sa coiffeuse.

Un jour, Lizzie s'était fait gronder pour l'avoir pris. Elle avait voulu se faire belle… Elle ne devait pas avoir plus de quatre ou cinq ans, à l'époque, mais elle se rappelait encore la colère de sa mère. Elle lui avait arraché le médaillon et s'était empressée de se l'attacher au cou.

Lizzie chassa ce souvenir tandis que Stella l'embrassait et la débarrassait d'un de ses sacs.

— Tu as fait bon voyage ?

— Oui, merci. Comment va Grandpa ?

Sa mère pencha la tête de droite à gauche.

— Comme ci comme ça. Sa hanche est guérie, mais il est très désorienté. La nuit dernière, il a voulu se lever pour faire sa valise et rentrer chez lui. On pourra aller le voir tout à l'heure.

Lizzie acquiesça.

— Et toi, ça va ?

Sa mère renifla.

— Ça va. Il y a juste beaucoup à faire. Tu connais ton grand-père : il ne jette rien. J'ai trouvé au fond du placard des bocaux encore plus vieux que moi !

Elle guida Lizzie vers un fourgon garé dans un angle du parking. Lizzie se mit à rire :

— C'est à toi, ça ?

Sa mère opina avec fierté.

— Joe a pensé que ce serait une bonne idée d'en louer un. C'est plutôt amusant à conduire, en fait, dit-elle avec un grand sourire. Allez, monte !

Stella négocia les chemins de campagne jusqu'à Dove Cottage avec une habileté surprenante, et très vite elles parvinrent à destination.

— Tu veux bien ouvrir le portail ?

Lizzie s'exécuta, pendant que sa mère rentrait le fourgon en marche arrière dans l'allée de gravier.

— Tu as loupé ta vocation, maman !

Stella se contenta de sourire.

— Bon. On a du pain sur la planche, mais avant de commencer on pourrait peut-être prendre un thé ?

Lizzie la suivit dans le vestibule, qui lui parut étrangement vide et plein d'échos. Laissant sa mère s'engager dans l'étroit couloir menant dans la cuisine, elle s'arrêta pour regarder autour d'elle, se remémorant le passé avec émotion.

— J'ai déjà débarrassé le plus gros du rez-de-chaussée, mais il reste tout l'étage à faire, lui lança Stella par-dessus son épaule.

— Qu'est-ce que tu as fait de l'horloge de parquet ? demanda Lizzie en essayant de contrôler le tremblement de sa voix.

— Oh ! je l'ai donnée à Jim, au village... Il s'est toujours montré très serviable avec Granny et Grandpa, et c'est lui qui s'est occupé du jardin, ces dernières années. Ça m'a paru normal.

Lizzie eut envie de crier : « Non, ça n'est pas normal ! Cette horloge appartenait à mes grands-parents ! Grandpa nous laissait la remonter quand on passait les vacances ici. Elle faisait partie de mon enfance, et toi, tu n'as rien trouvé de mieux que de la fourguer au premier venu ! » Mais elle se retint. Ç'aurait été puéril, et d'ailleurs elle n'avait aucun droit sur cette horloge. Ce Jim avait été là pour son grand-père quand il avait eu besoin d'aide. Pas elle. Tâchant d'ignorer son ressenti, à savoir qu'une partie de son enfance lui avait été arrachée, elle se rendit donc dans la cuisine.

La table était couverte de cartons. Ouf ! Sa mère n’avait pas tout jeté. Certains étaient remplis de photos — depuis leur portrait de mariage, ses grands-parents lui souriaient. Tiens, il y avait aussi la belle porcelaine que Granny ne sortait que pour les grandes occasions… Stella avait commencé à l’emballer. Lizzie dégagea l’une des soupières à liseré doré pour en examiner le délicat motif de fleurs bleues. Lors d’un repas de Noël chez ses grands-parents, ce service avait été utilisé au grand complet. Sa grand-mère avait également sorti sa plus belle argenterie, et Lizzie et Bea avaient eu la permission de dresser la table, sortant avec précaution les couteaux, fourchettes et cuillers du large écrin en acajou, telles des magiciennes exécutant un tour.

Stella était en train de remplir la bouilloire, qu’elle posa doucement sur la cuisinière. Se retournant, elle sourit en voyant Lizzie avec la soupière.

— Je me demandais si tu aimerais avoir ce service en cadeau de fiançailles ?

Lizzie s’attendait à tout sauf à ça.

— Tu es sûre ?

Sa mère acquiesça.

— Evidemment. C’est beaucoup plus logique que ce soit toi qui l’aies. En plus, ça aurait fait plaisir à Granny.

— Mais tu ne penses pas qu’on devrait d’abord demander la permission à Grandpa ?

Sa mère fit un signe de dénégation.

— Il ne s’en souviendra même pas. Tout ça, c’est pour toi, Lizzie. D’ailleurs, tu devrais emporter tout ce qui te fait envie. Sinon, ça ira à des associations caritatives.

Lizzie n'en revenait pas.

— Tu ne veux rien garder ?

Stella promena le regard autour d'elle.

— Bah, je prendrai quelques bricoles pour la future chambre de Grandpa, bien sûr, mais hormis quelques photos qu'est-ce que tu veux que j'en fasse ?

Quel détachement de la part de sa mère !

Stella se justifia, consciente de l'incompréhension de sa fille :

— Les objets ne ramènent pas les gens que tu as aimés, tu sais.

Le téléphone se mit à sonner dans le salon. Stella jeta un coup d'œil à sa montre et alla répondre.

— C'est sûrement Lawrence. Tu veux bien t'occuper du thé, s'il te plaît ?

Lizzie hocha la tête. Elle s'avança vers la fenêtre et regarda au-dehors. La vaste pelouse qui, dans le temps, avait fait la fierté de son grand-père commençait à devenir miteuse, mal entretenue sur les bords. Les arbres et les végétaux lui parurent également gigantesques, tentaculaires... La bouilloire se mit à siffler. Lizzie l'ôta du feu et prépara deux mugs de thé. Elle en porta un à Stella, qui semblait avoir une discussion houleuse avec son frère.

— Eh bien, tant pis ! Qu'est-ce que tu veux que je te dise ? Si tu ne peux pas venir, tu ne peux pas venir ! Mais ne me reproche pas ensuite de m'être débarrassée de quelque chose que tu voulais !

Elle marqua une pause, le temps que Lawrence réplique. L'exaspération se lisait sur son visage.

— Oui, je sais que tu as une boîte à faire tourner... Figure-toi que moi aussi j'ai ma vie, Lawrence ! Mais, malheureusement pour toi, il se trouve que ta famille est ici !

Encore une pause.

— Bon, très bien. Dans ce cas, il n'y a plus rien à dire. Oui, je ne manquerai pas d'embrasser Pa pour toi. Ça lui sera d'un grand réconfort, j'en suis sûre... C'est ça, au revoir.

Elle reposa le combiné sur son socle et prit le mug que lui tendait Lizzie.

— Qu'est-ce qu'il peut être agaçant ! Merci. Bon, on ferait mieux de se mettre au travail, maintenant. Tu veux trier les affaires de ta chambre pendant que je me charge de celle de Granny et Grandpa ?

Lizzie était un peu déçue. Elle avait espéré qu'elles auraient le temps de discuter en buvant le thé, mais sa mère avait clairement d'autres projets.

— Oui, d'accord.

De toute façon, il allait falloir qu'elle choisisse son moment avec soin...

Une infirmière était en train de s'occuper d'Ernest lorsque Stella et Lizzie arrivèrent à son chevet. Elle les salua aimablement sans pour autant interrompre ses soins : prise de pouls et de température. Le vieil homme rayonna de fierté en apercevant sa fille et sa petite-fille.

— Vous voyez, Connie, je vous avais bien dit qu'elles ne tarderaient pas.

L'infirmière lui sourit.

— C'est vrai, Ernest, et vous m'aviez dit également qu'elles vous apporteraient le journal et un beau pyjama tout propre. Vous en avez, de la chance...

Lizzie brandit joyeusement une barquette en plastique.

— On a aussi du raisin pour toi !

— Ah, merci, Stella, tu es gentille.

Lizzie et sa mère échangèrent un regard, mais ne relevèrent pas. Elles laissèrent l'infirmière remplir son dossier et replacer le presse-papiers au pied du lit.

Stella s'avança pour lui parler.

— Comment va papa ?

Connie adressa un rapide sourire à Ernest.

— C'est notre patient préféré. Et il se remet très bien de sa chute.

Stella prit l'infirmière à l'écart, pour que son père n'entende pas.

— Et sa mémoire ? Vous lui avez fait faire des tests ?

— Le médecin va bientôt passer le voir. C'est à lui qu'il vaut mieux poser la question.

— Ivy ! Qu'est-ce que tu racontes sur moi, Ivy ?

Stella haussa un sourcil à l'adresse de l'infirmière.

— Il me prend pour sa femme.

Connie sourit gentiment.

— C'est normal… on est toujours un peu désorienté à l'hôpital. Et puis votre père n'est plus tout jeune… Ne vous inquiétez pas, le médecin saura évaluer son état.

Stella hocha la tête.

— Merci.

Lizzie s'était assise au bord du lit. Son grand-père lui souriait, mais il avait l'air un peu perdu.

— Dis-moi… tu es laquelle, déjà ?

— Elle, c'est Lizzie, ta petite-fille. Et moi, je suis Stella, ta fille.

Une lueur de compréhension traversa le regard d'Ernest.

— Oui, je sais, je sais…, marmonna-t-il, agacé.

— Comment va ta hanche, Grandpa ?

Le vieil homme tapota la main de Lizzie.

— Encore un peu fragile, mais sinon pas trop mal.

Stella lui remonta ses oreillers.

— Tu devrais te redresser.

— Arrête de m'enquiquiner, Stella !

Lizzie jeta un regard à sa mère, qui resta impassible.

— Je vais te chercher de l'eau, papa.

Et, saisissant la carafe en plastique vide posée sur la table de chevet, elle partit dans le couloir.

— Toujours à faire des tracasseries, celle-là, rouspéta Ernest dans sa barbe. Et toi, petite, comment vas-tu ?

— Très bien, merci, Grandpa. En fait, j'ai même une grande nouvelle à t'annoncer.

— Ah oui ?

— Je suis fiancée !

Son grand-père eut un sourire ravi.

— Mais c'est merveilleux ! Et qui est l'heureux élu ?

— Il s'appelle Alex. Alex Chambers.

Ernest secoua la tête.

— Connais pas. Il saura bien s'occuper de toi, au moins ?

Lizzie s'épanouit.

— Je le pense.

Son grand-père se pencha vers elle.

— Il a intérêt, sinon, il aura de mes nouvelles ! J'irai lui régler son compte, moi !

Il fit mine de se remonter une manche et de brandir son poing pour la faire rire.

— Merci, Grandpa.

Lizzie s'approcha pour l'embrasser sur la joue.

Ernest se déplaça dans le lit, mouvement qui lui arracha une grimace.

— Ça va, Grandpa ? Tu veux que j'aille demander des antidouleurs à l'infirmière ?

— Non, merci, Bea.

— Lizzie.

— Oui, Lizzie…

Stella revint avec une carafe pleine. Derrière elle, une infirmière tenait un petit gobelet en papier contenant plusieurs comprimés.

— Vos médicaments, M. Palmer. Vous en avez, de la chance, d'avoir toutes ces gentilles dames pour vous chouchouter !

Ernest lui rendit son sourire et tendit la main vers les comprimés et la carafe d'eau.

— Bon, j'ai parlé au médecin, papa. D'après lui, tu récupères très bien. Il veut juste que tu passes quelques examens supplémentaires dès que tu te sentiras mieux.

— Quel genre d'examens ?

— Des examens… parce que tu perds un peu la mémoire.

— N'importe quoi !

Stella prit une profonde inspiration.

— Tout ça ne doit pas t'inquiéter. C'est juste histoire de faire un petit bilan.

— Tu crois que je deviens gâteux, c'est ça ? Tu veux me coller à l'hospice et jeter la clé, hein ?

— Mais pas du tout… Je veux te trouver un endroit où on s'occupera bien de toi et où tu seras en sécurité.

— Chez les fous !

— Non. Dans une maison de retraite.

— Quelle maison de retraite ?

Stella inspira profondément, prête à recommencer la même conversation pour la énième fois.

— Celle avec vue sur la mer, on en a déjà parlé, papa, tu te souviens ?

Ernest eut l'air perdu.

— Mais moi, je veux rentrer à la maison.

Stella soupira.

— Ce n'est pas possible, papa. Tu ne peux plus rester seul. Tu risques de tomber de nouveau.

— Mais Ivy s'occupera de moi, dit-il d'une toute petite voix.

Stella leva les yeux au plafond comme pour demander une intervention divine. Lizzie pressa affectueusement les doigts de son grand-père.

— Granny est morte, Grandpa, et c'est parce qu'on se fait du souci pour toi que maman a trouvé cette jolie maison de retraite, tout près de Dove Cottage. Tu pourras voir la mer et, quand je viendrai te rendre visite, on ira se balader sur la promenade. Tu te feras plein de nouveaux amis et tu ne seras plus tout seul.

Le vieil homme réfléchit, assimilant peu à peu toutes ces informations.

— C'est vrai que je me sens seul, parfois...

Lizzie lui tapota la main.

— Je sais que c'est dur, Grandpa. On sera tous très tristes de vendre Dove Cottage, mais la priorité, pour nous, c'est ta santé.

Ernest opina sans rien dire, puis leva les yeux sur sa fille.

— Merci, Stella.

Cette dernière, surprise, lui fit un gentil sourire.

— Lizzie m'a aidée à trier certaines choses. Nous

en avons mis de côté pour que tu puisses les installer dans ta chambre.

Il hocha de nouveau la tête.

— Tu as des nouvelles de Lawrence ? Il est au courant que je suis ici ?

Stella pinça les lèvres, mais choisit d'être diplomate :

— Oui, il est au courant. D'ailleurs, il t'embrasse.

Ernest gloussa, redevenant lui-même l'espace d'une seconde.

— C'est un bon garçon. Il est très occupé, tu sais.

Stella renifla de mépris.

— Ah, ça ! Pour le savoir, je le sais !

Elles restèrent jusqu'à la fin des heures de visite. Lizzie embrassa tendrement son grand-père au moment de lui dire au revoir.

— Raccroche-toi aux gens qui t'aiment, lui murmura-t-il. Aussi longtemps que possible.

Lizzie ravala ses larmes.

— Promis, Grandpa.

Une infirmière entra au moment où elles s'en allaient. Depuis le couloir, Lizzie l'entendit demander :

— Vous aviez de la visite, Ernest ?

— Oui, c'était ma femme et ma fille. Elles viennent me voir tous les jours !

Lizzie se tourna vers sa mère, mais Stella continua son chemin vers la sortie. Elle regardait droit devant elle.

Le retour à Dove Cottage se fit en silence. Lizzie se sentait accablée par les problèmes familiaux : voir son grand-père désorienté et apeuré l'avait déprimée, mais elle avait bien conscience du fardeau qui pesait sur les épaules de Stella. Chacun mène son propre combat — et seul, la plupart du temps. Elle jeta un regard à sa mère ; le médaillon scintillait dans le soleil de fin d'après-midi.

— A quoi tu penses, maman ?

Stella soupira.

— J'adore ton grand-père, mais il peut parfois être exaspérant.

— J'ai trouvé que tu t'y prenais très bien avec lui. C'est terrible, de voir quelqu'un qu'on aime décliner comme ça.

Sa mère la regarda d'un air entendu.

— A vrai dire, il a toujours été difficile. La maladie ne fait qu'accentuer son côté pénible. Mais ça reste mon père.

Le silence retomba. Au bout d'un moment, Stella demanda :

— Des *fish and chips* pour le thé, ça te dit ? On pourrait s'arrêter pour en acheter si tu as faim.

— Moi, ça me va.

A l'entrée du village, Stella descendit du fourgon, refusant le porte-monnaie de sa fille :

— C'est moi qui t'invite.

En attendant, Lizzie laissa traîner son regard sur les commerces qui bordaient la place. Certains magasins étaient désormais des enseignes connues, mais le bureau de poste et le magasin de bonbons où elle claquait l'essentiel de son argent de poche avec Bea étaient toujours là. Leur grand-mère leur donnait vingt pence à chacune, ce qui leur permettait d'acheter un petit sachet en papier blanc de souris en chocolat, de fraises Tagada, de bouteilles de Coca et de tas d'autres bonbons.

Sa mère revint à la voiture avec leur dîner. Lizzie lui prit le sac de *fish and chips*, humant l'odeur chaude et réconfortante qui émanait de l'emballage. De retour au cottage, Stella s'occupa de les faire réchauffer pendant que Lizzie mettait la table.

— Tu veux un verre de vin ? demanda Stella.

Elle ouvrit le réfrigérateur et sortit une bouteille.

Lizzie sourit.

— Pourquoi pas ?

Sa mère leur prépara deux assiettes, qu'elle apporta à table.

— A la tienne, dit-elle en levant son verre.

— A la tienne !

Elles trinquèrent.

Lizzie but une gorgée de vin et se détendit aussitôt. Les *fish and chips* étaient délicieux et elles se régalèrent en émettant de petits murmures appréciateurs. A la fin du repas, Stella se laissa aller contre le dossier de sa chaise et regarda sa fille.

— Alors, tu avances dans les lettres de Bea ?

Lizzie marqua une hésitation. Elle ne s'attendait pas à ce que sa mère mette le sujet sur le tapis, mais Stella devait avoir envie d'en savoir plus.

— Oui. En fait, j'en ai encore lu une, aujourd'hui.

— Ah oui ? Est-ce que tu veux en parler ?

— Oh ! je peux même te la lire, si tu veux.

Lizzie attrapa son sac sous la table et en sortit la lettre.

Stella prit une gorgée de vin.

— Je veux bien.

Tout en lisant les mots de Bea à voix haute, Lizzie ne cessait de jeter des coups d'œil à sa mère pour jauger sa réaction. Lorsqu'elle arriva au passage concernant le médaillon, Stella porta la main à sa gorge et serra le bijou entre le pouce et l'index. A la fin de la lettre, elle se leva et alla mettre leurs assiettes dans l'évier. Puis elle resta là-bas, de dos, immobile, le regard perdu en direction du jardin dans la lumière déclinante de cette soirée d'été. Lizzie ne savait trop quoi faire. Il se passa un petit moment avant que Stella se décide enfin à parler.

— Ivy n'était pas ma mère, murmura-t-elle.

Si bas que, tout d'abord, Lizzie crut avoir mal entendu.

— Qu'est-ce que tu as dit ?

Stella se retourna.

— Ivy était ma tante. Ma vraie mère n'était pas mariée quand elle est tombée enceinte de moi, et ses parents l'ont chassée de la maison.

Lizzie la dévisagea, bouche bée.

— Mais alors ça veut dire que…

Stella opina.

— Ivy et Ernest sont en réalité ta grand-tante et ton grand-oncle.

Lizzie fut prise d'un vertige. Granny ! Sa Granny adorée n'était pas sa grand-mère. Encore une fois, c'était comme si les fondations de son existence avaient été bâties sur des sables mouvants. Stella comprit tout de suite son désarroi.

— Ça ne change rien, tu sais. Ernest et Ivy sont toujours tes grands-parents, à tous points de vue. Moi-même, je ne les ai jamais considérés autrement que comme mon père et ma mère.

Stella la regardait avec calme et aplomb. Oui, elle avait raison : ça ne changeait rien.

— Ivy était l'âme de notre famille. Et elle le restera quoi qu'il arrive.

Lizzie approuva de la tête.

— Et qu'est-ce qui s'est passé, alors ?

Stella se rassit à la table et but une gorgée de vin.

— Quand ma mère est tombée enceinte de moi, on l'a éloignée le temps qu'elle accouche. Il fallait à tout prix éviter le scandale, tu comprends, alors on a prétendu que c'était Ivy, sa sœur mariée, qui attendait un enfant. Personne ne savait à part mes grands-parents. Les gens ont jasé, bien sûr, mais Ivy et Ernest m'ont élevée comme leur propre fille. J'avais un air de famille avec eux, alors c'était facile de tromper le monde. Il faut dire aussi que mon oncle et ma tante essayaient depuis un moment de fonder un foyer. Alors ça tombait bien : d'une certaine manière, ma naissance était pour eux une aubaine. Ivy m'adorait parce que j'étais la fille de sa sœur et qu'elle voulait à tout prix être mère. Ernest, lui, a mis un moment avant de se faire à cette idée.

— Mais il s'y est fait ?

Stella haussa les épaules.

— Il s'y est fait, oui, jusqu'à l'arrivée de Lawrence… Alors qu'Ivy et lui n'avaient jamais imaginé pouvoir avoir des enfants de façon naturelle, il est né : un petit frère.

Lizzie secoua la tête, elle avait du mal à tout intégrer d'un coup.

— Et ta vraie mère, qu'est-ce qu'elle est devenue ?

Stella regarda le plafond ; ses yeux s'étaient remplis de larmes.

— Elle a tenté de revenir au village, mais c'était trop dur. Elle ne pouvait pas supporter que je ne sois plus sa fille et elle a fait une dépression.

Lizzie sentit elle aussi les larmes lui brûler les yeux.

— On l'a mise dans un asile où elle est restée jusqu'à sa mort...

Stella secoua la tête comme pour chasser sa tristesse.

— Je ne l'ai même pas connue.

— C'est affreux...

Du doigt, Stella effaça une larme au coin de son œil.

— Je me souviens d'une dame qui venait me voir quand j'étais petite — je devais avoir cinq ou six ans. Elle était tout le temps très triste, et puis un jour elle a disparu. Dans ma famille, on ne prononçait jamais son nom. Ils avaient honte, tu comprends ? Je pense qu'Ivy a toujours porté ce chagrin enfoui au plus profond de son cœur, mais elle a attendu que j'aie seize ans pour me dire la vérité. C'est ce jour-là qu'elle m'a remis ce médaillon.

Lizzie était bouleversée.

— Toute cette tristesse, toute cette souffrance... Jamais exprimées...

Stella soupira.

— Ça se passait comme ça, à l'époque... On ne parlait pas de ces choses-là, on continuait à vivre avec le poids du secret. Et j'ai été heureuse avec Ivy et Ernest. Ils ont été d'excellents parents pour moi et d'excellents grands-parents pour vous.

Lizzie la regardait, essayant de lire dans ses pensées.

— Ce secret a quand même dû être lourd à porter pour toi, maman.

Stella réfléchit.

— Granny m'a toujours aimée comme sa fille. Grandpa, lui…

— Préférait Lawrence ?

Sa mère soupira.

— C'est possible. Peut-être parce que c'était un garçon… C'est vrai que j'avais parfois l'impression d'être une étrangère pour lui.

— En fait, on a plus de choses en commun que ce qu'on imagine, toi et moi.

Stella la regarda fixement.

— Est-ce que je t'ai donné l'impression que tu ne faisais pas partie de la famille ?

Lizzie réfléchit.

— Disons que tu me donnais toujours l'impression que j'étais inférieure à Bea.

Sa mère secoua la tête, triste.

— Tu étais différente d'elle… moins conciliante, sans doute. Bea a toujours été facile, elle ne m'a jamais causé aucun souci, alors que toi… (Stella lui adressa un sourire entendu.) Toi, tu étais toujours en train de manigancer quelque chose. J'aurais peut-être préféré que tu ressembles un peu plus à Bea, c'est vrai, mais je n'ai jamais voulu que tu te sentes moins aimée que ta sœur. Si c'est le cas, je suis désolée.

« Je suis désolée. » Trois mots : trois mots que Lizzie avait attendus durant plus de quinze ans. Elle avait le sentiment que sa mère l'entendait enfin pour la première fois de sa vie ! Elle hocha la tête et Stella poursuivit.

— Quand tu m'as annoncé que tu étais enceinte, ça m'a mise dans une colère noire... Tu avais fait la même erreur que ma mère. Je ne pouvais pas supporter que l'histoire se répète. Je me suis déchaînée contre toi et j'ai eu tort. J'aurais dû essayer de te retrouver quand tu as fugué, mais je devais avoir l'habitude de ces secrets de famille qui facilitent prétendument la vie... Aujourd'hui, je le regrette profondément et ce remords me poursuivra jusqu'à la fin. Mais sois sûre que je vous ai aimées autant l'une que l'autre, Bea et toi. Vous étiez mes filles, mes petites filles chéries.

Lizzie regarda sa mère. Ses yeux étaient pleins de larmes. Bea avait raison. Stella était un être humain comme tout le monde, une femme qui avait commis des erreurs, trébuché sur sa route et fait le mauvais choix quand l'histoire familiale s'était mise à se répéter. Elle lui prit les mains.

— Je te crois, maman.

Sa mère la regarda avec gratitude, comme si elle venait de se voir accorder une sorte d'absolution. Elle ôta le médaillon de son cou et l'ouvrit. A l'intérieur se trouvait un minuscule portrait en noir et blanc. Celui d'une femme très jeune, pleine de vie et d'espérances.

— Elle a dix-huit ans sur cette photo. C'était un an avant qu'elle ne tombe enceinte de moi.

— Elle ressemble à Granny...

Stella leva les yeux.

— Elle s'appelait Elizabeth. Et pas un jour ne passe sans que je pense à elle.

Lizzie contempla le portrait de sa véritable grand-mère et sourit.

— Elizabeth... bien sûr.

Ce soir-là, Lizzie alla se coucher épuisée. La journée avait été riche en émotions, révélations et secrets insoupçonnés. Elle monta à la chambre qu'elle avait partagée avec Bea dans son enfance. Sa mère lui avait préparé le lit, mais tout le contenu de la pièce était enfermé dans les cartons faits par Lizzie dans la matinée. Elle se laissa tomber sur le matelas et prit la photo d'elle et de Bea, cette photo sur laquelle elle avait versé des larmes silencieuses, lors de sa dernière visite. A cet instant, elle aurait tout donné pour avoir encore six ans, grimper dans le lit avec sa sœur et partager à voix basse petites histoires et grands secrets. Comme les lourds non-dits des adultes étaient différents des rêves gais et insouciants de l'enfance… Ils vous écrasaient de leur poids et pouvaient vous détruire si vous les laissiez faire. Elle repensa à sa véritable grand-mère. Aux souffrances qu'elle avait endurées et à son désespoir d'avoir été rejetée, abandonnée par sa famille. Lizzie compara la situation de la pauvre Elizabeth à sa propre peine, à sa propre douleur, et frissonna. Si elle avait surmonté toutes ces épreuves, c'était grâce à une seule personne. Elle fit courir un doigt sur la photo, caressant le visage de sa sœur avant de reposer le cadre sur la table de chevet. Elle le contempla longuement, les yeux rivés à ceux de Bea, et un grand sentiment de paix se répandit dans son cœur. Ses paupières devinrent lourdes et elle sombra dans le sommeil.

Chapitre 21

Fin mai

— Joyeux anniversaire, joyeux anniversaire, joyeux anniversaire, future Mme Chambers, femme de ma vie pour toujours, amen, joyeux anniversaire !

Alex avait une voix de ténor remarquable. Il apportait un plateau chargé de croissants, d'un cocktail buck's fizz et d'une rose jaune dans la chambre de Lizzie.

Radieuse, elle tapa dans ses mains et s'assit en tailleur pour lui faire de la place sur le lit.

— Oh ! Alex, c'est adorable ! Merci mille fois.

Elle se pencha pour l'embrasser.

— Et j'ai là des messages qui t'ont été envoyés par tous tes admirateurs !

Il déploya un éventail de cartes, comme un magicien.

— Sans oublier les cadeaux, ajouta-t-il avec un grand sourire en brandissant un gros paquet joliment emballé.

Lizzie prit un croissant et de la confiture et but une gorgée de son buck's fizz.

— Mmm... C'est le plus bel anniversaire que j'aie jamais eu.

C'était la vérité. Bea l'avait toujours chouchoutée, mais jamais ce jour-là. Lizzie, quant à elle, préférait ignorer cette date. Pendant longtemps, elle n'avait pas éprouvé le besoin de fêter le jour où sa mère l'avait mise au monde. Cette année, elle avait l'intention de le célébrer, au contraire, comme pour rattraper tous les anniversaires ratés du passé.

Alex mordit dans un croissant et lui sourit :

— Tu le mérites, ma chérie.

Après le petit déjeuner, elle ouvrit ses cartes. Il y en avait une de Mme Nussbaum, adressée à « sa chère Lizzie » dans une élégante écriture en pattes de mouche, et aussi une de Carol et Trevor — musicale — avec un message :

Bon anniversaire, ma choute !

C'était si gentil à eux d'y avoir pensé !

Elle but encore une gorgée et tendit la main vers sa table de nuit où elle avait posé une enveloppe la veille.

— C'est de la part de Bea.

Elle avait repéré la carte parmi les lettres : Bea, toujours très organisée, avait inscrit la date au dos, pour que Lizzie comprenne qu'elle devait l'ouvrir ce jour-là. Alex la dévisagea pendant qu'elle déchirait l'enveloppe. Dedans, il y avait une carte d'anniversaire réalisée à la main. Bea avait pris un double de la photo que Lizzie avait trouvée dans sa chambre, à Dove Cottage, et l'avait collée sur le dessus. A l'intérieur, elle avait écrit :

Chère Lizzie Lou,

Tu te souviens de ce jour-là ? Je crois que c'était un peu après la fois où je t'ai écrasé un paquet d'algues sur la figure et que tu m'as poussée à la mer. Le bon temps, quoi ! Joyeux anniversaire, ma petite sœur chérie ! Mon seul souhait pour aujourd'hui, c'est que tu passes cette fête entourée des gens que tu aimes. Je regrette juste de ne pas être là pour pouvoir te traiter de vieille peau !

Je t'aime,

Bisous,

Bea.

Lizzie sourit et rangea la carte avec les autres lettres. Alex continuait de la regarder.

— Ça va ?

Elle hocha la tête. Sa Bea adorée, sa grande sœur chérie ! Toujours à ses côtés encore aujourd'hui, qui s'assurait qu'elle était heureuse et lui envoyait son amour depuis le nuage où elle était perchée.

Alex brandit le paquet.

— Et maintenant, les cadeaux !

Lizzie poussa un cri de joie et attrapa le paquet. Alex lui avait offert un livre de son auteur préféré, de la lingerie très suggestive (« pour plus tard », avait-il précisé avec un sourire coquin) et une édition collector de *Grease* avec les Pink Ladies sur la jaquette. Elle l'embrassa :

— Tu es trop gentil, d'avoir pensé à ça !

— Je me suis souvenu que c'était votre film culte, à Bea et à toi. Alors, je me suis dit qu'il fallait que tu l'aies.

— Merci, Alex. Ça me touche énormément, tu sais.

Elle étira les bras au-dessus de sa tête et sourit.

— J'ai trop de chance…

Elle finit son cocktail et regarda l'heure.

— Je ferais mieux de me préparer, maintenant. Je ne veux pas qu'on arrive en retard chez maman.

Dans son infinie sagesse, Stella avait décidé de transformer le repas d'anniversaire de sa fille en célébration de ses fiançailles. Résultat : Alex et Lizzie durent subir l'ambiance de détestation mutuelle, mais implicite, qui régnait entre Stella et Evelyn Chambers. C'était comme ça depuis toujours. Lizzie se rappelait une conversation entre les deux femmes, alors que Bea était partie faire son droit à l'université.

— Evidemment, l'année prochaine, ce sera le tour de mon Alex, avait fanfaronné Evelyn.

— La musique et le droit sont deux choses bien différentes, avait rétorqué Stella.

— En fait, il y a plus de compétition en musique, mais quand on est doué comme mon fils…

Lizzie, qui redoutait leur comportement, avait exprimé ses craintes à Alex.

— Tout se passera bien, lui avait-il affirmé avec confiance, alors qu'ils se dirigeaient vers la porte d'entrée. Ça leur fait du bien, de se disputer, ça leur stimule les neurones !

Stella leur ouvrit avec un grand sourire :

— Bon anniversaire, ma chérie !

Elle étreignit Lizzie.

— Et bienvenue à toi, Alex, ajouta-t-elle en lui faisant la bise. Venez, nous prenons l'apéritif au jardin. Il fait si beau…

Elle les mena le long du couloir jusque dans la cuisine où Evelyn papillonnait en tous sens. Celle-ci se précipita sur son fils pour l'embrasser en premier, puis elle déposa un petit baiser sur la joue de Lizzie en lui souhaitant un joyeux anniversaire.

— Ça sent bon, ici, fit remarquer Alex en tendant une bouteille de vin à Stella.

— Merci. C'est un gigot d'agneau.

Evelyn en profita pour mettre son grain de sel :

— Oh ! vous êtes bien brave, de faire un rôti par cette chaleur ! Moi, en cette saison, je me contente de faire des quiches.

— Oui, mais c'est le plat préféré de Lizzie, n'est-ce pas ? répliqua Stella en passant un bras autour des épaules de sa fille.

Lizzie sourit à sa mère et elles sortirent dans le jardin. C'était une belle journée, chaude et agréable. Alors qu'Alex leur emboîtait le pas, le révérend Arthur Chambers se leva d'un bond pour les saluer.

— Bon anniversaire, Lizzie, et félicitations à tous les deux ! Nous avons apporté du champagne, mais nous ne voulions pas déboucher la bouteille avant l'arrivée de l'heureux couple ! dit-il en désignant le plateau chargé de flûtes et d'un seau à glaçons que Stella avait posé sur la table de jardin en bois.

— Merci, dit Lizzie.

Joe se tenait en retrait. Il souriait, un bras passé autour de Sam, qui, lui, semblait maussade et malheureux. Stella s'avança pour ouvrir le champagne.

— Et si vous laissiez Arthur s'en charger ? suggéra Evelyn en désignant la bouteille qui était entre les mains de Stella.

— Mais bien sûr, répliqua Stella entre ses dents. Merci, Arthur.

Le révérend fit sauter le bouchon sous les acclamations. Il distribua ensuite les flûtes à chacun, et Stella se tourna vers sa fille.

— Joyeux anniversaire, Lizzie.

— Et félicitations pour tes fiançailles ! intervint Evelyn en tapotant l'épaule d'Alex.

Ils levèrent tous leur verre et burent une gorgée de champagne.

— Si vous voulez bien m'excuser, il faut que j'aille surveiller le repas, dit Stella en emportant sa flûte dans la cuisine.

Lizzie s'approcha de Joe et de Sam.

— Salut, vous deux !

Le visage de son beau-frère s'illumina.

— Bon anniversaire, Lizzie.

Il lui fit la bise et leva son verre :

— Et félicitations.

Elle sourit et s'intéressa à Sam. Son neveu affichait une expression figée, indéchiffrable. Joe se tourna vers lui, puis croisa le regard de Lizzie. Il était manifestement gêné par l'absence de réaction de son fils.

— Sam…, fit-il doucement. Tu as souhaité un bon anniversaire à Lizzie ?

Le petit garçon leva les yeux au ciel.

— Non. Je peux avoir des chips ?

Joe regarda Lizzie d'un air désolé.

— Très bien. Et si tu allais demander quelque chose à boire à Granny ?

— Quoi, pour que tu puisses parler de moi dans mon dos ?

— Ecoute, tu n'es pas d'une compagnie très agréable pour ta tante. Franchement, j'ai honte de ta grossièreté.

Sam les considéra tous les deux d'un œil froid avant de rentrer dans la maison.

— Hum, fit Lizzie après son départ. Je pensais qu'il se serait calmé depuis le temps…

Joe secoua la tête.

— Je suis vraiment désolé, Lizzie. J'ai bien essayé de lui parler, mais je n'arrive pas à lui faire entendre raison. Il s'est comme retiré dans sa coquille.

Lizzie éprouva un pincement de culpabilité et de tristesse.

— J'ai dû faire quelque chose de mal…

— Quoi ? Qu'est-ce que tu as fait ? s'enquit Alex en se joignant à eux.

— Sam est toujours furieux contre moi.

— Mais pourquoi ? Qu'est-ce qu'il y a, encore ?

Alex semblait exaspéré.

Joe passa d'une jambe sur l'autre, mal à l'aise face à cette critique implicite, mais ne dit rien.

— Je ne sais pas, mais il faut que je le découvre, répliqua Lizzie, les sourcils froncés, déterminée.

Alex passa un bras autour de son cou.

— Ça doit être ses hormones qui le travaillent… Tu sais comment sont les ados. Ça lui passera. Hein, Joe ?

Joe s'efforça d'acquiescer d'un air rassurant.

— Tiens, tu vois ? Et personne ne le connaît mieux que son père, pas vrai ? Alors, ne le laisse pas te gâcher ta journée, d'accord, ma chérie ?

Lizzie soupira.

— D'accord. Bon, je vais voir si maman a besoin d'un coup de main.

C'était le cas, en effet, même si l'expression de Stella suggérait clairement qu'elle aurait préféré qu'on lui donne un gourdin pour qu'elle l'abatte sur le crâne d'Evelyn. La mère de Lizzie fixait le plateau d'un regard assassin tandis que la mère d'Alex critiquait l'air de rien ses talents culinaires.

— Ah, c'est comme ça que vous liez votre sauce, ma chère Stella ? fit-elle en l'observant ajouter un peu de Maïzena dans le plat à rôtir. Hum, j'espère que ça ne va pas faire de grumeaux...

Stella semblait envisager très sérieusement de lui verser le paquet de farine sur la tête.

— Ne vous en faites pas, Evelyn, ça sera très bien, merci.

Et ce fut très bien. Mieux que ça, même : délicieux. Le repas terminé, Lizzie se laissa aller contre le dossier de sa chaise et prit son verre de vin.

— C'était un régal ! Merci, maman.

Stella sourit.

— Je suis contente que tu aies aimé.

— Eh bien, Lizzie ! Je dois avouer que ça fait plaisir de te revoir parmi nous, déclara Evelyn. Mais où étais-tu passée pendant toutes ces années ?

Lizzie regarda sa mère, puis Alex.

— Oh ! de-ci de-là... Mais vous avez raison, c'est agréable d'être de retour, dit-elle en posant une main sur l'épaule de son amoureux.

— En tout cas, nous sommes ravis que vous soyez fiancés, Alex et toi, renchérit Arthur. Par contre, il faudra vite nous donner la date à laquelle vous voulez réserver l'église. C'est déjà presque complet pour cet été.

Lizzie sourit à Alex.

— Merci. Oui, nous allons fixer une date très bientôt, je pense.

— Alors, Sam, comment ça va, à l'école ? s'enquit Evelyn.

Le garçon se renfrogna, mais un coup de coude de son père le fit sortir de son silence.

— Ça va.

— Et tu rentres au collège en septembre ?

— Oui.

— Tu dois être tout excité, non ?

Elle s'adressait à lui comme à un enfant de cinq ans. Forcément, Sam se contenta de hausser les épaules. Mais Evelyn Chambers n'était pas femme à renoncer si facilement.

— Tu aimes la musique ?

— Ouais.

— Tu fais du piano, n'est-ce pas ? Tout comme mon Alex.

Evelyn rayonnait, ravie d'avoir pu établir un lien entre eux.

Sam ne releva pas cette dernière remarque.

— Je peux jouer sur ton téléphone, papa ?

— Pas à table, Sammy, répondit Joe, un sourire plaqué sur ses lèvres pour dissimuler sa gêne.

— Très mal élevé, marmonna Evelyn à son mari, juste assez fort pour que tout le monde puisse en profiter.

Stella se leva et commença à empiler les assiettes vides.

— Sammy, tu veux bien m'aider à préparer le dessert ?

— Attends, je viens, moi aussi, dit Lizzie, agacée par le commentaire de sa future belle-mère.

Sa mère lui sourit.

— J'ai fait une pavlova. J'espère que ça ira.

— Hum, sans doute trop sucré pour moi, mais merci quand même, ma chère…

Stella suivit Lizzie jusqu'à l'évier où elle déposa la vaisselle avec un profond soupir.

— Cette femme est horrible !

— Je sais. Elle n'avait pas le droit de parler comme ça.

Sam s'encadra dans l'embrasure de la porte. Il avait l'air si petit que Lizzie eut envie de se précipiter pour lui faire un câlin. Mais il l'ignora et s'approcha de sa grand-mère, qui le prit par les épaules et le regarda droit dans les yeux.

— Fais comme si elle n'était pas là, Sammy. Ce n'est qu'une vieille chouette stupide qui ne comprend rien à rien.

Et, sur ces bonnes paroles, elle l'embrassa sur le front. Sam lui adressa un petit sourire. C'était la première fois que Lizzie le voyait se décrisper depuis qu'elle était arrivée.

— Bien. Tu peux m'apporter les coupes à dessert, s'il te plaît, Sam ? Et si cette femme te fait encore une réflexion, ignore-la, d'accord ?

Sam hocha la tête et repartit vers la salle à manger. Lizzie était admirative.

— Tu sais t'y prendre avec lui !

— Oui, je suis meilleure grand-mère que mère, hein ? répliqua Stella avec un sourire ironique.

Lizzie se mit à rire.

— Je n'ai jamais dit ça.

Sa mère lui posa la main sur l'épaule.

— Je suis vraiment contente qu'on se soit retrouvées, toutes les deux.

— Moi aussi, maman. Et je serai surtout contente de t'avoir dans mon camp pour me défendre le jour où Evelyn sera devenue ma belle-mère !

— Avec grand plaisir ! Et maintenant, profitons du fait que nous sommes seules. J'ai quelque chose pour toi. Une sorte de cadeau d'anniversaire. J'espère que ça te plaira.

Lizzie sourit en voyant Stella lui tendre un petit écrin. Elle l'ouvrit. A l'intérieur se trouvait le médaillon. Elle regarda sa mère avec stupéfaction.

— Le médaillon d'Elizabeth ? Tu es sûre ?

Stella hocha la tête.

— Tu devrais l'avoir. Pour te rappeler de ne jamais laisser le passé être un frein dans ta vie. Elizabeth n'a pas eu le choix, mais toi, si.

Lizzie regarda sa mère et soudain se jeta à son cou.

— Merci, maman. Je le garderai toujours comme un trésor.

Stella parut étonnée, mais contente.

— Bon anniversaire, ma fille ! Et à présent, mon autre surprise.

Elle alla au réfrigérateur et en sortit la pavlova.

— Et voilà la merveille !

— Elle est magnifique, maman !

Elles retournèrent dans la salle à manger où Stella entreprit de servir tout le monde.

— Donc, Evelyn, vous n'en voulez pas ?

La mère d'Alex pinça ses lèvres.

— Eh bien… C'est bourré de crème et de sucre, mais j'imagine qu'il faut bien que j'y goûte, vu qu'il s'agit d'une grande occasion, soupira-t-elle avec un sourire de sainte martyre.

Stella déposa une énorme part dans son assiette et la lui passa avant d'adresser à Lizzie un clin d'œil complice.

Lizzie regarda autour d'elle.

— Où sont les garçons ?

Sam, Joe et Alex manquaient à l'appel. Evelyn s'empressa de répondre, rayonnante :

— Je crois que Joe est en haut, et Sam est sorti dans le jardin. Alex est allé voir s'il avait envie de jouer au foot. Alex est vraiment adorable avec les enfants…

— Je vais leur dire que le dessert est servi. Ça m'étonnerait que Sam veuille rater ça, dit Lizzie en adressant un gentil sourire à Evelyn et Arthur.

Elle avait soudain comme un mauvais pressentiment.

En sortant dans le jardin, elle plissa les yeux, gênée par le soleil : Alex et Sam n'étaient pas là. En tout cas, ils ne jouaient pas au foot. Elle promena son regard tout autour. Ils devaient être de l'autre côté. La voix d'Alex lui parvint. Elle n'entendait pas ce qu'il disait, mais étant donné le ton ça n'était pas un échange amical. Elle s'immobilisa, hors de leur vue, et écouta.

— De toute façon, tu pourrais pas comprendre ! T'es qu'un gosse !

Pas de réponse du côté de Sam.

— Mais je ne te laisserai pas bousiller l'anniversaire de Lizzie, tu piges ?

Elle n'y tint plus et alla vers eux :

— Qu'est-ce qui se passe ?

Alex parut surpris de la voir, mais il se donna une

contenance en avançant vers elle, bras tendus, un sourire décontracté aux lèvres.

— Lizzie ! Tu nous as fait peur ! Depuis quand tu es là ?

— Pas longtemps. Vous parliez de quoi, tous les deux ?

Alex jeta un coup d'œil à Sam.

— De rien d'important. On bavardait gentiment, pas vrai, Sam ?

Le petit garçon se rembrunit, mais garda le silence.

Alex avait trop bu. Lizzie regarda Sam qui fixait le sol et s'adressa à lui avec douceur.

— Il y a un gâteau, si tu en veux.

Sam la regarda d'un œil noir, mais ne répondit pas. Il les bouscula tous les deux et rentra dans la maison.

Alex secoua la tête d'un air consterné.

— Il faudrait vraiment que quelqu'un lui apprenne les bonnes manières, à ce gamin.

— Alex ! Il est passé par des moments très durs.

— Et alors ? Toi aussi. Ce n'est pas pour ça que tu traites les gens comme de la crotte.

— Mais ce n'est qu'un enfant… un petit garçon terriblement triste et terriblement seul.

— Ce n'est pas ton fils, Lizzie.

— Non, mais c'est celui de Bea et il compte énormément pour moi.

Lizzie sentit les larmes lui monter aux yeux. Elle les refoula d'un battement de paupières.

— J'aurais cru que toi, justement, tu pourrais le comprendre.

Alex se décomposa.

— Je suis désolé, Lizzie. Bien sûr, que je comprends. Je te demande pardon, dit-il en lui prenant les mains.

Elle planta son regard dans le sien. Elle avait envie de lui pardonner. Elle l'aimait tellement... Mais elle détestait la façon dont il avait parlé à Sam, aujourd'hui, et aussi l'autre fois, au parc d'attractions. Quelque chose dans son discours la mettait mal à l'aise. Quelque chose la chiffonnait.

— Tu ne me caches rien, Alex ?

Son visage changea d'expression et elle retrouva l'Alex d'avant : charmant, séduisant et toujours prêt à dire ou faire ce qu'il fallait.

— Rien du tout, ma chérie. Simplement, je t'aime et je veux que tu sois heureuse.

Il la serra dans ses bras avec chaleur.

— Désolé si j'ai été un peu... vif avec Sam. Je voulais juste que ton anniversaire soit parfait.

Lizzie avait envie de le croire, vraiment. Alex n'oserait quand même pas lui mentir les yeux dans les yeux ? Mais il y avait une particularité dans son attitude qui la dérangeait. Il était trop empressé, trop désireux d'enterrer le sujet. Etait-ce parce qu'il avait trop bu ? Le voyait-elle soudain sous un autre jour ? N'était-il pas un peu trop parfait ? Elle n'arrivait pas à mettre le doigt sur ce qui la perturbait... En proie à un mélange d'appréhension et de crainte, elle s'interrogeait : la prochaine lettre de Bea lui fournirait-elle les réponses dont elle avait besoin ?

Chapitre 22

Juin

Susie, plantée au milieu du salon, lançait en l'air des boules soufflées au fromage qu'elle essayait de gober au vol. Sur le canapé, Lizzie, les mains refermées sur un verre de vin, riait beaucoup de ses tentatives plus ou moins réussies.

— Pourquoi sortir un samedi soir, je te le demande ? s'écria Susie. Alors que tu n'as qu'à me regarder pour te divertir. C'est même mieux que l'émission, là... La Grande-Bretagne a un incroyable machin.

Lizzie s'esclaffa.

— T'as raison ! Ce serait un nom super pour ton numéro de crackers : « La Grande-Bretagne a un incroyable machin ! »

Susie pouffa de rire et s'écroula sur le canapé. Elle donna à Lizzie une claque sur la cuisse avant de lui demander d'une voix grave :

— Alors, ma jolie, comment ça se passe avec Mister Perfect ?

— Pourquoi tu l'appelles comme ça ?

Une imperceptible sirène d'alarme se déclencha dans son cerveau.

Susie haussa les épaules.

— Bah, parce qu'il me semble juste parfait… Il est beau, intelligent, craquant à mort… Après, pour ce qui est du lit, je sais pas ce qu'il vaut.

Lizzie se mit à rire.

— Je te rassure, il est excellent dans ce domaine-là aussi.

— Bon, bon. C'est bien ce que je disais. Du coup, je ne vois rien qui coince chez lui. Toi, si ?

Lizzie secoua la tête.

— Pas vraiment, non.

Susie la dévisagea.

— T'as pas l'air très convaincue…

Lizzie ne savait pas comment exprimer sa pensée. C'était vrai que, sur le papier, Alex était parfait. Et pourtant… il y avait quelque chose dans son attitude envers Sam et Bea qui la laissait perplexe. Elle coula un regard en direction de Susie.

— Je trouve qu'il réagit bizarrement quand je lui parle de ma sœur. Et il ne s'intéresse pas du tout à Sam.

— La mort et les gosses, c'est peut-être pas sa tasse de thé, suggéra Susie, la bouche pleine de biscuits apéritifs.

— Possible.

— Tu devrais lui poser la question.

— Il va me prendre pour une folle, non ?

— Pourquoi ? Tu as le droit de savoir ! Et puis tu dois être sûre du mec avec qui tu comptes passer ta vie, pas vrai ?

Lizzie opina.

— Un peu plus de vin ? proposa-t-elle à son amie.

— Ah, je veux bien, ouais !

Lizzie alla chercher la bouteille dans le réfrigérateur. En passant, elle laissa courir son regard sur la lettre de Bea qu'elle avait mise de côté. L'avant-dernière. Incroyable… Elle était presque arrivée au bout du paquet. Comment se sentirait-elle lorsqu'elle aurait réalisé tous ses souhaits ? Depuis le mois d'août, elle avait l'impression que sa sœur était encore à ses côtés, qu'elle la guidait vers un avenir plus heureux. Pourvu que ce sentiment de bonheur perdure une fois toutes les lettres lues…

Elle remplit le verre de Susie à ras bord.

— A la tienne, ma Lizzie ! Au fait, je t'ai pas parlé de Ben, si ?

— Pourquoi, qu'est-ce qu'il lui arrive ?

— Fran et lui se sont séparés. Rebelote !

— Oh ! merde ! Qu'est-ce qui s'est passé ?

Le visage de Susie se fit grave.

— Ben a découvert que Fran n'avait jamais fait de fausse couche. En fait, elle a avorté.

Ces mots atteignirent Lizzie en plein cœur. Elle porta une main à sa bouche.

— Oh non, c'est terrible ! Pauvre Ben…

— Je sais. C'est vraiment la reine des salopes, cette fille !

Lizzie éprouva une bouffée de tendresse pour Ben. Il avait été là pour elle quand elle avait eu besoin de lui et elle souhaitait lui apporter le même soutien.

— Et ton frère, il vit ça comment ?

— Pas trop mal, finalement. Je m'attendais à un gigantesque contrecoup mais, assez bizarrement, ça a l'air d'aller. En tout cas, il est nettement moins détruit que la dernière fois.

— Après tout ce qu'elle lui a fait, plus rien ne le surprend, peut-être.

— Possible, oui. Et toi, alors ? Tu vas avoir une conversation avec Alex ?

— Oui. C'est toi qui as raison. Je dois découvrir ce qui bloque pour qu'on puisse régler le problème.

— Bien dit ! Bon, faut que je rentre. Et il vaudrait mieux que j'appelle un taxi, parce que je suis particulièrement bourrée.

Susie se leva du canapé en titubant et se mit en quête de son téléphone.

Après le départ de son amie, Lizzie envoya un texto à Ben.

Susie m'a dit pour toi et Fran. Suis absolument désolée. Toujours là pour bavarder si besoin. Biz, L.

Une minute après, la réponse arriva.

Merci. Possible que je te prenne au mot. B.

Lizzie alla se coucher, la conscience tranquille : elle se comportait en véritable amie pour Ben. L'amitié, ça s'entretient. En cas de coup dur, on peut toujours s'y raccrocher.

Le lendemain matin, Lizzie se réveilla de bonne heure et entreprit de préparer le petit déjeuner. Elle se fit un plateau avec tout ce dont elle avait besoin, sans oublier la lettre, et l'emporta dans le séjour. Une fois installée, elle contempla l'enveloppe fermée : il s'en était passé, des choses, depuis qu'elle avait ouvert la première, des mois plus tôt… Elle avait remporté tant de victoires, entre-temps ! Une famille, un fiancé, mais surtout la foi en sa propre force. Elle n'accomplissait plus les souhaits de Bea par respect pour sa sœur disparue. Non, elle le faisait par envie. Les dernières volontés de Bea étaient comme un livre inachevé dont elle voulait à tout prix connaître la fin.

Elle retourna l'enveloppe entre ses mains avant de l'ouvrir avec soin : c'était devenu un rituel sacré. Enfin, elle déplia la feuille en inspirant profondément. Tout de suite, l'écriture familière lui parut bizarrement tremblotante, comme si Bea avait eu du mal à former ses phrases. Lizzie sentit sa gorge se serrer.

Chère Lizzie,

Hier, je t'ai vue pour la dernière fois et ça m'a tellement coûté que j'ai attendu aujourd'hui pour t'écrire. En effet, j'ai quelque chose de très important à te dire, quelque chose que je tiens à formuler correctement. Après t'avoir quittée, j'ai pleuré dans le train depuis la gare jusqu'à la maison. Je suis désolée de t'avoir plantée là. Je ne supporte pas les adieux et, comme celui-ci était carrément définitif, je me suis dégonflée et je me suis enfuie.

Et puis j'avais aussi envie de gerber, après toutes ces pâtisseries.

Lizzie essuya une larme et sourit. Chaque détail de cette journée restait gravé dans sa mémoire. Elles s'étaient donné rendez-vous en ville, près de la gare, pour que Bea n'ait pas trop à marcher.

Elles devaient déjeuner ensemble, mais Bea avait dit : « Et si on faisait un repas de gâteaux ? » Lizzie n'avait pas pu cacher son étonnement, mais sa sœur avait aussitôt enchaîné : « Au point où j'en suis, je me fous de mon poids, de ma cellulite ou de mon taux de cholestérol ! »

Elles avaient commandé une tarte banane-caramel, un moelleux au chocolat, un cheesecake new-yorkais, un strudel, une énorme coupe glacée, et s'étaient empiffrées avec une joie d'enfants. A un moment, Bea avait fait exprès d'approcher son visage de sa coupe pour que de la crème reste accrochée au bout de son nez. Lizzie s'était esclaffée.

— Quoi ? avait dit sa sœur en enfournant une cuillerée de glace dans sa bouche. Qu'est-ce qu'il y a ? Hein ? Qu'est-ce qui te fait marrer ?

Et elle avait terminé sa coupe en feignant de ne pas avoir conscience de son maquillage à la crème fouettée. Lizzie en avait pleuré de rire.

Mais, à l'heure de se quitter, Bea avait eu ces mots définitifs :

— C'est la dernière fois qu'on se voit, Lizzie Lou. A partir de maintenant, mon état va se dégrader et je ne veux pas que tu viennes me rendre visite, compris ? Garde de moi l'image de la personne que je suis aujourd'hui, pas celle de la loque que je vais devenir : écrasée par la maladie et attendant la mort.

Lizzie avait bien tenté de protester, mais Bea l'avait attirée à elle et serrée dans ses bras de toutes ses forces. Lizzie en avait eu le souffle coupé.

Puis sa sœur était partie en courant vers le hall de gare :

— Faut pas que je loupe mon train ! Je t'aime, sœurette !

Lizzie brûlait de la rattraper mais, connaissant Bea, elle avait scrupuleusement obéi à ses ordres.

Agirait-elle de même, aujourd'hui ? Sans doute pas, non. Son regard revint à la lettre.

Il y a tant de choses que j'aurais voulu te dire, hier ! Mais je tenais à ce que tu gardes un souvenir heureux de notre dernière journée ensemble. Et, heureuse, cette journée l'a été, je crois. On s'est bien amusées, hein ? De toute façon, on s'est toujours bien amusées, toutes les deux.

Tu dois te demander où je veux en venir. Disons que je pourrais appeler ça l'ultime confession de Bea Harris. Je vais enfin te révéler la vérité sur ta sœur sans défaut. J'espère que tu es prête à l'entendre.

Si tu as réussi à accomplir mes autres volontés, elles auront fait de toi une Lizzie plus forte, plus épanouie : une Lizzie capable de voir sa grande sœur sous son véritable jour et de lui pardonner ses fautes. A l'approche de la mort, j'ai dû me regarder en face et reconnaître les erreurs que j'ai commises. Voilà pourquoi mon souhait aujourd'hui est entièrement axé sur le pardon. Parce que je me suis rendu compte d'une chose : une fois débarrassée du superflu, la vie se résume à deux notions essentielles : l'amour et le pardon.

Lizzie sentit un frisson glacé lui parcourir la colonne vertébrale. Quelle révélation l'attendait au détour de ces phrases ? La Lizzie du passé voulait l'empêcher de poursuivre sa lecture, mais la Lizzie du présent refusait de la laisser faire. Elle ne pouvait détacher son regard de cette feuille de papier. Elle continua à lire, et au fil des mots son cerveau se mit à assimiler le principe horrible qui avait gouverné l'existence de sa sœur, tandis que son corps se glaçait peu à peu de rage et de détermination. Arrivée à la fin, elle envoya valser la lettre, s'empara de son sac, de ses clés de voiture, et sortit en trombe de l'appartement.

Arrivée devant l'immeuble, Lizzie ouvrit fébrilement la porte avec sa clé. Jeta un coup d'œil par-dessus son épaule. Personne ne la regardait. Alex ne devait pas rentrer avant un petit moment, mais elle ne voulait courir aucun risque. Elle avait besoin de temps pour fouiller ses affaires. Elle monta l'escalier d'un pas déterminé, animée par une fureur dont elle sentait presque le goût dans sa bouche. Elle s'introduisit dans l'appartement, les mains tremblantes. Elle se faisait l'effet d'une intruse, même si Alex lui avait donné un double des clés « pour aller et venir comme elle voulait ». De l'entrée, elle passa rapidement dans la chambre. Marqua une pause sur le seuil, ses yeux balayant la pièce de gauche à droite. Elle savait exactement ce qu'elle cherchait.

Aucun vêtement, aucune chaussette ne traînaient par terre, négligemment abandonnés. Tout était rangé, nickel. Le lit était fait au carré, les oreillers soigneusement disposés sur le dessus, le drap et la couverture parfaitement tirés, sans l'ombre d'un pli, comme à l'hôtel. Sur la commode, très peu de choses : juste un portrait d'eux fait le jour de l'anniversaire de Lizzie. La vue de cette pièce immaculée et de ce cadre sagement exposé la fit bouillir de rage.

Elle tâtonna sous le lit à la recherche de la boîte à chaussures remplie de photos, mais elle n'y était plus ; ses mains ne rencontrèrent que le vide. Lizzie était à présent dans une fureur noire. Elle haïssait cette chambre, haïssait tout ce qu'elle représentait, tout ce qu'elle renfermait ! Il lui fallait la saccager, la ravager, à l'image de sa propre vie détruite. Elle ouvrit en grand la penderie d'Alex et la vida de tout son contenu. Empoigna les vêtements, tira dessus, les tordit, les déchira. Oui, elle avait pété les plombs, mais elle s'en foutait ! Elle brandit leur portrait à bout de bras et l'abattit de toutes ses forces sur la commode. Crac ! Le verre vola en éclats et la photo tomba à terre en même temps qu'une petite clé d'aspect ancien. Lizzie promena son regard tout autour : un secrétaire à cylindre jouxtait la fenêtre. D'un geste vif, elle ramassa la clé et l'enfonça dans la serrure, qui s'ouvrit sans aucune difficulté. Elle remonta le rideau coulissant du bureau... La boîte à chaussures était là, bourrée à craquer de photos et de lettres. C'était son trésor à elle : indésirable et déchirant.

Elle s'empara d'une liasse de documents et, même si elle connaissait déjà la vérité, l'envie de vomir lui étreignit la gorge. Les mots éclataient devant ses yeux, lui explosaient dans la tête.

Je n'arrête pas de penser à toi.
Je veux sentir tes lèvres sur les miennes.
J'ai besoin de te voir.

Cette écriture, autrefois si familière et si réconfortante, la poignardait en plein cœur.

— Lizzie ?

Elle fit volte-face : Alex se tenait dans l'encadrement de la porte. Méconnaissable. Envolée, toute sa belle assurance ! Son visage n'exprimait plus que le désespoir : il savait ce qu'elle avait découvert. Lizzie le considéra d'un air de défi. Monta sur le lit, sans le lâcher du regard. Se saisit de la boîte, la souleva à bout de bras et laissa son contenu s'éparpiller comme un jeu de cartes sur le lit.

— Lizzie, non ! Ne fais pas ça !

Mais elle ne pouvait plus arrêter, maintenant.

Elle jeta la boîte vide par terre. Elle dominait la situation, quasi triomphante au milieu des photos et des mots doux : ces portraits de Bea, sa grande sœur sans défaut, heureuse, radieuse, et ces messages qu'elle avait envoyés à Alex, le « fiancé modèle ».

Il se prit la tête à deux mains.

— Oh ! Lizzie...

Sa réaction provoqua chez elle un regain de colère. Elle se mit à le bombarder de lettres et de photos par poignées.

— Espèce de sale menteur ! Tout ce que tu as fait, tout ce que tu as dit, ça n'était que des mensonges !

Alex leva les mains devant son visage pour se protéger tout en protestant faiblement :

— Non... Ce n'est pas vrai...

— N'essaie même pas de nier ! Tu ne peux plus, maintenant. Regarde tout ça ! Ces lettres, ces photos ! Décidément, Bea aimait ça, écrire, hein ? Putain ! Quelle conne j'ai été ! Non, mais quelle conne ! Comment j'ai pu tomber amoureuse de toi ? Et toi, comment tu as pu me laisser tomber amoureuse de toi ?

Elle sauta à bas du lit et se mit à le rouer de coups de poing, prise d'une rage folle.

Alex tenta de s'emparer de ses mains, mais elle le repoussa et le foudroya du regard.

— Eh bien, si les lettres de ma sœur t'ont plu, tu vas

adorer celle-là ! dit-elle en sortant le dernier message de Bea de la poche arrière de son jean.

— Lizzie, non, tu n'es pas obligée de faire ça !

Elle lui enfonça un doigt dans la poitrine.

— Ah, non ! Ne t'avise surtout pas de me dire ce que je dois faire ! Vous m'avez tous toujours dicté ma conduite : toi, Bea, maman ! Cette chère Lizzie, cette pauvre Lizzie ! La petite sœur dont on avait pitié, celle qu'il fallait protéger ! Mais tout ça, c'est fini, je n'ai plus besoin de vos conseils ! Je n'en veux plus ! Quant à toi, siffla-t-elle, en le poussant avec une telle force qu'il tomba assis sur le lit. C'est toi, maintenant, qui vas m'écouter !

Alex la regardait, hagard, entouré par les lettres et les photos de Bea. Lizzie le considéra avec une haine froide et commença à lire.

— Je vais sauter le début et aller directement aux passages les plus croustillants, d'accord ?

Alex joignit les mains comme un homme en prière.

La seule et unique vérité, c'est que je t'ai manipulée tout au long de ton existence. Je t'ai laissé croire que j'agissais au mieux de tes intérêts, alors qu'en fait je n'ai jamais pensé qu'à moi.

Lizzie toisa Alex.

— Passionnant, n'est-ce pas ?

Il ferma les yeux et courba la tête tandis qu'elle poursuivait :

Je t'ai laissée blâmer maman et papa pour tout ce qui s'est passé, je t'ai laissée croire que tes propres parents t'avaient abandonnée, je leur ai laissé croire que tu te désintéressais d'eux, et à toi que tu ne pouvais pas remettre les pieds à la maison. J'ai permis que tout ça arrive parce qu'en réalité j'ai toujours aimé être la préférée. Tout le monde veut être la chouchoute et, en m'obéissant aveuglément, tu m'as facilité la tâche. J'aurais pu te ramener à la maison, j'aurais pu te persuader de revenir, mais je me suis bien gardé de le faire parce qu'en fait ça m'arrangeait.

— Ça en dit long, pas vrai ? lança Lizzie d'un ton sarcastique. Mais attends un peu la suite. C'est encore mieux !

Alex restait la tête baissée.

Pourtant, ce n'est pas le pire que j'ai commis, Lizzie, quoique ce soit déjà bien assez moche. Non, ma pire faute, c'est que je t'ai laissée croire qu'Alex se fichait de l'enfant. En fait, il a toujours ignoré que tu étais enceinte pour la bonne raison que ta lettre, je ne la lui ai jamais donnée. Et je ne la lui ai jamais donnée parce que je voulais Alex pour moi toute seule. La vérité, c'est qu'Alex et moi n'avons jamais cessé d'être amants depuis mes dix-sept ans.

Lizzie interrompit sa lecture. Alex n'était plus qu'une silhouette ramassée sur elle-même. Elle inclina la tête sur le côté, attendant une réaction de sa part.

— Alors, que plaide l'accusé ?

Alex leva les yeux sur elle. Ils étaient pleins de larmes. Minable !

— Je vais considérer ça comme un aveu de culpabilité ?

Il ne répondit rien.

— Oh ! mais ne t'en fais pas, Alex, ça ne s'arrête pas là ! Ma sœur sans défaut n'en est qu'à l'échauffement !

Je ne peux rien dire pour ma défense. J'ai été égoïste, manipulatrice, et je t'ai caché la vérité. Mais à présent l'heure est venue d'affronter la réalité, Lizzie. Il faut que tu te rendes compte de la salope que j'étais. Il faut que tu voies ma véritable personnalité. C'est ton plus grand défi à ce jour. Je te demande pardon pour tout ce que je t'ai fait, mais je comprendrais très bien que tu ne puisses pas surmonter ta haine envers moi.

— Quelle classe, hein ?

Sans attendre de réponse, elle continua :

Je regrette tout ce que j'ai fait, j'ai besoin que tu le saches. Aujourd'hui que je fais le bilan de mon existence, je contemple la personne que j'ai été et j'ai honte. Si seulement je pouvais revenir en arrière et tout changer ! Mais c'est impossible. Ma seule issue, c'est te confesser mes fautes, espérer ton pardon et te dire encore une fois combien je suis désolée.

— Et voilà, c'est tout ! A part, bien sûr, le traditionnel « Bisous, je t'aime, Bea », même si maintenant nous savons tous qu'il s'agit d'un énorme mensonge ! Parce qu'on ne traite pas comme ça les gens qu'on aime, pas vrai ?

Alex ne répondit pas.

— Ah, mais si, ça se fait ! Puisque c'est comme ça que vous m'avez traitée, Bea et toi !

Alex leva sur elle un regard plein de douleur.

— Je regrette tellement que tu aies dû l'apprendre comme ça, Lizzie…

— Menteur ! Tu regrettes juste que j'aie découvert la vérité ! Eh bien, je sais tout, maintenant, alors vas-y : accouche !

— Je ne comprends pas.

— Donne-moi les détails !

Il déglutit.

— Tu es vraiment sûre de vouloir continuer, Lizzie ?

— Ah, mais oui ! Je veux tout savoir, répliqua-t-elle d'un ton mauvais. Alors, raconte !

Alex prit une profonde inspiration.

— Bea venait me voir quand elle avait besoin de s'évader.

— Comment ça ?

Il se passa une main dans les cheveux.

— Exactement ce que je viens de te dire. Tout a commencé à l'époque où elle était ado, elle voulait s'évader de chez vos parents, et plus tard c'est devenu une habitude... Quand elle se disputait avec Joe et ensuite quand elle est tombée malade.

Lizzie était écœurée.

— Autrement dit, elle venait te voir pour le cul !

Elle avait l'impression de parler avec un inconnu, mais sa colère lui permettait de rester concentrée.

— C'était plus que ça...

— Oh, ça, je n'en doute pas ! Vous étiez des âmes sœurs, j'imagine... Et je suppose que ça a continué pendant qu'on sortait ensemble, toi et moi ?

— Non, Bea y a mis fin.

— Quelle élégance !

— Ta sœur t'aimait, Lizzie.

Elle le fusilla du regard.

— Eh bien, elle avait une drôle de façon de me le montrer, bordel ! Elle m'a tout le temps manipulée, sur tous les plans de mon existence, depuis mes rapports avec mes parents jusqu'à l'avenir de mon enfant ! Alors si ça, c'est de l'amour, qu'est-ce que ça aurait été si elle m'avait détestée !

Elle eut soudain une illumination.

— Oh ! putain ! Sam était au courant pour vous deux, c'est ça ?

Alex fixa le sol.

— Bea venait d'apprendre qu'elle était condamnée. Ce jour-là, elle est passée me voir. Elle venait toujours me voir après ses rendez-vous médicaux.

— Oh ! comme c'est mignon… Continue !

Alex lui jeta un regard triste.

— On avait un principe : on ne parlait jamais de sa maladie pendant qu'elle était chez moi, et une autre règle voulait qu'on ne s'embrasse jamais dans un lieu public, mais j'étais tellement inquiet pour elle, ce jour-là… Dès que je l'ai vue arriver à pied dans la rue, j'ai couru vers elle, mais Sam passait à vélo de l'autre côté du trottoir et il nous a aperçus.

— Espèces de crétins égoïstes ! Je comprends maintenant pourquoi Sam était si en colère contre toi ! Pas étonnant qu'il te déteste ! Je peux très bien me mettre à sa place.

— Après ça, Bea a cessé de venir. Elle m'a dit que les sentiments de son fils passaient avant tout.

— Oh… pauvre de toi !

— Bea a essayé de parler à Sam. Je ne pense pas qu'il ait compris ce qu'il a vu.

— Et toi qui n'avais pas un brin de compassion pour lui, qui était toujours si froid… Tu devrais avoir honte !

— Je ne voulais pas qu'il parle devant toi parce que…

— Si tu oses dire que tu voulais me protéger, je vais hurler, Alex ! La vérité, c'est que tu cherchais à sauver ta peau, c'est tout, sauf que tu t'es fait prendre ! Et cette fois tu ne pourras pas t'en tirer par une pirouette !

Alex la regarda d'un air suppliant :

— Je t'en prie, Lizzie, il faut que tu comprennes que pour moi tout ça ne change rien. Je suis tombé amoureux de toi après la mort de Bea. C'était un sentiment complètement nouveau, un sentiment merveilleux, et je t'aime toujours comme un fou. Rien n'a changé.

Lizzie baissa le regard sur lui. Son visage était dur, ses yeux étaient remplis de colère.

— Tout a changé, au contraire. Et, si tu n'es pas capable de le voir par toi-même, c'est que tu es encore plus con que ce que je pensais. C'est fini, Alex !

Elle sortit en trombe de la chambre et fit claquer la porte de l'appartement derrière elle.

Lizzie tremblait encore lorsqu'elle se gara devant chez Sam et Joe et coupa le moteur. Elle n'arrivait pas à se sortir de la tête toutes ces photos et ces lettres, pas plus qu'elle ne pouvait dissiper la rage qui bouillonnait en elle.

Elle regarda la maison. Qu'allait-elle dire, elle n'en savait rien, mais ici, au moins, elle était à sa place. Il fallait d'abord qu'elle se calme. Elle se força à respirer profondément. Bea avait commis des fautes, mais Lizzie allait tout réparer. C'était elle qui tenait les rênes, à présent.

Elle s'approcha de la maison et frappa à la porte. Des pas feutrés traversèrent le vestibule et Joe lui ouvrit. Lizzie sentit son cœur se gonfler d'affection à la vue de son visage souriant. Elle le serra très fort dans ses bras.

— Salut, Lizzie, quelle agréable surprise ! Quel bon vent t'amène ?

— Il faut que je parle à Sam. Enfin, si tu n'as rien contre…

Elle ne voulait pas s'entretenir trop longtemps avec Joe. Elle était encore tellement en colère qu'elle craignait de lâcher une vérité inutile sans le faire exprès. Les souhaits de Bea n'avaient plus aucune valeur à ses yeux ; mais elle appréciait Joe, et lui ne méritait pas de souffrir.

— Bien sûr que non, répliqua-t-il gentiment. Il est dans sa chambre. Tu veux monter ?

Elle fit oui de la tête et grimpa les marches énergiquement.

— Tu veux un thé ? lança Joe depuis la cuisine.

— Je veux bien, merci !

C'était faux, mais l'essentiel, c'était de gagner du temps.

Elle frappa doucement à la porte de Sam.

— Ouais ?

Elle ouvrit la porte. Sam était en train de dessiner à son bureau. Il se tourna vers elle et fronça les sourcils en cachant son dessin sous son bras replié, comme si elle cherchait à copier sur lui.

— Salut, Sam. Il faut que je te parle. C'est important.

Le petit garçon se remit à colorier.

— C'est au sujet d'Alex et de ta maman.

Le crayon de Sam resta en suspens, mais Sam ne bougea pas la tête.

— Je suis au courant pour eux, et toi aussi, n'est-ce pas ?

Pas de réponse.

Lizzie alla jusqu'à lui et vit ce qu'il dessinait. C'était

un gorille qui lui rappela celui qu'ils avaient vu au zoo, bien des mois plus tôt.

— C'est vraiment très réussi, Sam. Je peux regarder ?

D'abord, il n'eut pas de réaction, mais ses frêles épaules se levaient et s'abaissaient en rythme. Lizzie l'enveloppa de ses bras. C'était encore un petit garçon. Un petit garçon qui essayait de gérer des problèmes bien trop lourds pour lui, bien trop lourds pour elle aussi, à vrai dire.

Il se mit à sangloter dans ses bras :

— Pourquoi elle l'embrassait ? Elle l'aimait plus que papa ? Elle ne nous aimait plus, c'est ça ?

Lizzie le serra très fort et sentit les larmes couler de ses propres yeux. Le pauvre gamin avait été témoin d'une scène qu'il n'avait pas comprise et avait porté seul ce fardeau pendant trop longtemps.

Elle s'agenouilla devant lui et lui prit les mains.

— Tout ce que je sais, c'est que ta maman a commis des erreurs, certaines très grosses, qui ont fait du mal à beaucoup de gens, toi et moi y compris. Mais je sais, et j'en suis certaine, qu'elle t'aimait plus que tout au monde, et ton père aussi.

Car, même si elle restait très en colère contre sa sœur, Lizzie était persuadée que Bea avait adoré son fils par-dessus tout, et ça, Sam avait besoin de l'entendre. De nouveau, elle le prit dans ses bras et un grand calme l'envahit, en même temps que sa colère cédait le pas à l'amour qu'elle éprouvait pour son neveu. Ce pauvre petit garçon si mignon. Sam la regarda dans les yeux et elle essuya ses larmes.

— Tu m'as manqué, dit-elle en l'embrassant au sommet du crâne.

Elle ne pouvait pas lui ôter son chagrin, malheureusement, mais elle ferait tout pour en absorber le maximum et lui montrer qu'elle comprenait ce qu'il ressentait.

— Toi aussi, tu m'as manqué.

— Et tu seras content d'apprendre qu'Alex et moi, on a rompu.

Sam hocha la tête.

— Oui, je suis content. Tu mérites mieux, tatie Lizzie.

Elle sourit et lui caressa les cheveux.

Joe apparut à la porte avec un mug de thé. Lorsqu'il les vit, son front se plissa d'inquiétude.

— Tout va bien ?

Lizzie baissa les yeux sur Sam.

— Ça va, papa.

— Tu as vu son dessin ? dit-elle à Joe.

Il s'approcha du bureau.

— C'est magnifique, Sammy. Tu es doué, comme ta maman, ajouta-t-il avec un sourire.

Il tendit un mug de thé à Lizzie.

— Merci, Joe, je descends dans une seconde.

Il hocha la tête et sortit de la chambre. Lizzie s'assit au bord du lit.

— Je suis désolée, Sam.

— De quoi ?

— De ne pas m'être rendu compte de ce qui se passait.

— Pas ta faute, tatie...

— Ça n'a pas dû être facile pour toi de porter ce secret pendant tout ce temps.

Sam haussa les épaules.

— Il fallait que je protège papa, dit-il simplement.

On essaie tous de protéger quelqu'un... Lizzie posa une main sur le bras de son neveu.

— Eh bien, maintenant, tu n'es plus seul. Tu peux me parler. N'importe quand. On pourra garder ce secret ensemble si tu veux, il pèsera moins lourd.

Sam opina avec un soulagement évident.

— Bon. Je vais descendre voir ton père un petit moment, d'accord ?

— 'ccord.

Elle étreignit son neveu une dernière fois et retourna en bas. Son beau-frère était dans la cuisine, il consultait ses mails.

— Merci pour le thé.

Joe leva le nez de son ordinateur portable.

— Et Sam ? Ça va ?

Elle fit oui de la tête.

— Ça va aller.

— Et toi ?

— C'est fini avec Alex.

— Oh ! Je suis vraiment désolé, Lizzie.

— Pas la peine. C'est mieux comme ça.

— Tu es sûre ?

Elle acquiesça en silence : sûre et certaine, même.

— C'est vrai que tu n'as pas l'air trop bouleversée...

Elle sourit.

— Tu sais quoi, Joe ? En fait, je crois que je l'ai échappé belle.

Lizzie rentra chez elle. Elle se sentait remarquablement maîtresse d'elle-même pour une femme dont le monde venait de lui exploser au visage. Surprise aussi, par le soulagement qui peu à peu l'envahissait.

Quelque chose avait changé en elle. Quand, par le passé, son univers s'était écroulé, elle s'était écroulée avec. Pas cette fois, pourtant. Les révélations de cette journée l'avaient profondément mise en colère, mais la différence, c'était qu'elle possédait maintenant la force qui lui permettait de dominer la situation. Et puis elle n'était plus seule. Elle avait des personnes vers qui se tourner, des personnes qui l'aimaient, qui s'intéressaient à elle. Oui, il y avait une vie après Bea. Et elle n'avait qu'à tendre la main pour se l'approprier.

Chapitre 23

Début juillet

— En détachant nettement chaque note. Comme en musique. Huit lettres.

— Staccato, déclara Mme Nussbaum avec autorité.

Lizzie nota la réponse.

— Sta-cca-to. Ville de Birmanie, en huit lettres aussi ?

— Mandalay !

— La vache, madame N. ! Vous déchirez grave, aujourd'hui !

— Je ne sais pas ce que ça veut dire, mais je prends ça comme un compliment.

Lizzie se mit à rire.

— Mais c'en est un.

La vieille dame posa sur elle un regard inquisiteur.

— Comment ça va, petite ? Tu es moins malheureuse que ce que je craignais, vu que tu as rompu tes fiançailles avec ce type.

Lizzie réfléchit. Mme Nussbaum avait raison. Elle aurait cru que le chagrin la rattraperait à un moment ou à un autre, mais non. Depuis qu'elle avait découvert la vérité sur Bea et Alex, la colère l'avait emporté sur tout le reste, c'était clair. Pourtant, au lieu de s'effondrer sous le poids de son ressentiment, Lizzie avait émergé des décombres, armée d'une détermination nouvelle. Deux questions subsistaient. Serait-elle capable de pardonner un jour à sa sœur et lirait-elle sa toute dernière lettre ? Sa décision n'était pas encore prise.

— En fait, je suis plutôt soulagée, avoua-t-elle à sa patronne.

— Il n'était pas assez bien pour toi, ma petite, mais très peu d'hommes le sont, j'imagine...

Lizzie sourit.

— Je n'en suis pas si sûre...

— Eh bien, moi, si ! Tu es une fille formidable et tu mérites de trouver un compagnon tout aussi remarquable que toi.

— En tout cas, je vais continuer à chercher... Bon, et si on les finissait, ces mots croisés ? J'ai l'impression qu'on va les boucler en un temps record, aujourd'hui.

En milieu d'après-midi, Lizzie décida d'aller promener Bambi. Elle consulta son téléphone. Pas d'appels ni de textos d'Alex : c'était bon signe. Dans les jours qui avaient suivi toutes ces révélations, il l'avait tellement harcelée qu'elle avait dû éteindre son portable. Parfois, il lui laissait un message qu'elle effaçait aussitôt, en même temps que ses SMS implorants. D'autres fois, il téléphonait et raccrochait sans rien dire. Bah, il finirait bien par se lasser, sinon elle pourrait toujours bloquer ses appels...

Elle prit la laisse.

— Allez, viens, le chien !

La journée était caniculaire, le soleil brillait comme une boule de feu dans le ciel. Bambi était moins pressé que d'habitude, heureux de trottiner à ses côtés. Arrivée devant le café, elle l'attacha au crochet prévu à cet effet et le laissa boire dans l'écuelle que Ben avait gentiment pensé à mettre dehors pour les toutous de ses clients.

— Attends-moi là, Bambi. Je vais juste voir si ton copain veut venir jouer avec nous.

Le boxer approuva d'un bref aboiement.

Lizzie entra dans le café. Susie était en train de débarrasser les tables.

— Salut. Ça te dérange si je passe faire un petit coucou à Ben, cinq minutes ?

— Je t'en prie !

Lizzie se dirigea vers la cuisine et poussa la porte. Ben leva les yeux de sa paperasse. Dès qu'il la vit, l'air studieux qui plissait son visage fatigué se transforma en un sourire chaleureux.

— Salut à toi, étrangère !

Elle lui sourit.

— Oui, hein ? Ça fait un petit moment qu'on s'est pas vus. Ecoute, Bambi voulait savoir si ça te dirait de faire une balade avec nous ?

Ben se mit à rire.

— Bambi ?

— Mais oui.

— Pas toi ?

Lizzie feignit de réfléchir à un grave problème.

— Bof, tu sais... Au fond, ça m'est un peu égal.

Mais c'est Bambi. Il tient absolument à ce que tu viennes.

Ben sourit et lâcha son stylo.

— Alors, si c'est Bambi qui l'exige, qui suis-je pour lui dire non ?

Ils se promenèrent tranquillement jusqu'au parc. De toute façon, avec cette chaleur, on ne pouvait pas faire grand-chose d'autre. Une fois sur la vaste pelouse, Bambi fit une brève tentative pour courir avant de revenir vers eux en trottinant sans entrain. La langue pendante, il haletait bruyamment.

— Pauvre toutou, il fait trop chaud, hein ? Viens, on va aller se mettre à l'ombre près du café et Ben nous paiera une bonne glace, dit Lizzie avec un grand sourire.

— Ah, je vois. Je comprends maintenant pourquoi vous m'avez invité !

— Ne t'en fais pas. Je n'ai pas des goûts de luxe. Pour moi, ce sera juste un sorbet au citron, s'il te plaît.

Ils trouvèrent un banc à l'ombre. Bambi s'affala par terre, bâilla et s'assoupit.

Ben revint du bar :

— Quelle chaleur ! Je ferais bien comme lui... Et une glace au citron pour cette dame et un eskimo à la fraise pour ce monsieur !

Il s'assit.

— Alors, comment allez-vous, Lizzie Harris ? Au fait, j'ai été désolé d'apprendre pour toi et Alex.

Lizzie haussa les épaules.

— Bah, certaines choses ne sont pas faites pour être, c'est tout.

— A qui le dis-tu...

Elle le regarda.

— Susie m'a appris, pour Fran… Je suis désolée, Ben. Ça a dû te faire un sacré choc.

Il inclina la tête.

— Tu sais l'impression qu'on a quand ce qu'on soupçonnait depuis le début s'avère finalement exact ? Eh bien, voilà. Ç'a été plus un soulagement qu'autre chose, en réalité.

Lizzie soupira.

— A qui le dis-tu…

— Comment ça ? l'interrogea Ben, la bouche pleine de glace.

Elle lui coula un regard. Elle n'avait parlé de ce qui s'était passé avec personne, mais elle voulait se confier à Ben. Il saurait la comprendre. Elle inspira un grand coup.

— J'ai découvert dans une des lettres de Bea qu'elle entretenait depuis plusieurs années une liaison avec Alex.

Ben parut horrifié.

— C'est terrible, Lizzie…

Encouragée par sa réaction, elle poursuivit.

— Mais le pire, c'est qu'elle m'a laissé croire qu'Alex se fichait de moi, que lui, comme mes parents, se désintéressait de mon sort. Elle m'a laissée m'enfuir de la maison et a profité de mon éloignement pour pouvoir mener sa vie comme elle l'entendait. Elle m'a manipulée comme une marionnette, et le pire, c'est que je n'y ai vu que du feu, je lui ai même facilité la tâche.

Ben secoua la tête.

— C'est fou ! Tu dois être anéantie.

Elle le regarda.

— C'est le mot, oui. Tout ce que je croyais savoir sur ma sœur s'est révélé le contraire de ce qu'elle était en réalité. J'ai l'impression que toute notre relation était bâtie sur un mensonge. Mais le plus bizarre dans l'histoire, tu sais ce que c'est ? Je me sens presque soulagée, un peu comme si la vérité m'avait libérée. Ça te paraît idiot ?

Il secoua la tête.

— Pas du tout, au contraire. Ça signifie qu'à présent tu peux mener ta vie comme tu l'entends.

Elle lui adressa un sourire complice.

— Comme Lizzie la Vaillante, tu veux dire ?

Il se mit à rire.

— Ouah, qui a trouvé ce nom-là ? Un génie, sans doute.

Il lui donna une légère bourrade dans le bras.

— Dans le genre produits au rebut, on fait la paire, toi et moi ! ajouta-t-il. Promotion spéciale, deux pour le prix d'un !

Elle rit.

— Condamnés à moisir en rayon ?

Ben sourit.

Ils restèrent un moment sans rien dire sans que ce soit embarrassant. C'était un silence de satisfaction. Le silence de deux personnes qui se comprenaient et c'était une chose rare, finalement. Ça n'arrive pas tous les jours ni même forcément une fois dans la vie.

Le téléphone de Lizzie se mit à vibrer : un appel. Elle soupira, regarda l'écran. C'était le numéro de la librairie.

— Désolée, il faut que je réponde.

Ben acquiesça.

— Madame N. ? Tout va bien ?

— Lizzie ? C'est cet Alex... Il est ici et il dit qu'il ne s'en ira pas avant de t'avoir parlé. Qu'est-ce que je fais ? Je le frappe avec ma canne ?

Le cœur de Lizzie se serra.

— C'est bon, madame N. J'arrive tout de suite.

Ils retournèrent à la boutique ; Lizzie sentait le regard de Ben posé sur elle.

— Ça ira ? s'enquit-il.

Elle lui sourit avec reconnaissance.

— Oui... Je vais l'emmener prendre un café chez toi, si ça peut te rassurer.

Ben plongea ses yeux dans les siens.

— Je ne supporterai pas qu'on te fasse souffrir de nouveau, c'est tout.

Elle l'embrassa sur la joue.

— Tu es un homme bien, Ben Livingstone.

Alors qu'ils arrivaient devant l'enfilade de commerces, elle aperçut Alex dans la librairie, le regard perdu dans la contemplation du sol tandis que, derrière sa caisse, Mme Nussbaum le lorgnait d'un air mauvais.

Lizzie se tourna vers Ben :

— Dans cinq minutes, OK ?

Il lui prit la main et la pressa entre les siennes, ses yeux d'un brun chaud toujours rivés aux siens. Enfin, il la lâcha et entra dans le café. C'était un petit geste de tendresse, mais qui donna à Lizzie tout le courage dont elle avait besoin. Elle fit rentrer Bambi dans le magasin. Dès qu'il la vit, Alex s'avança vers elle. Bambi émit un grognement sourd et menaçant. Alex fit un pas en arrière.

— Il flaire le danger, siffla Mme Nussbaum.

— Euh, on va aller à côté, madame N., si ça ne vous ennuie pas…

— *Natürlich*, ma chère petite, mais ne te laisse pas baratiner, *verstanden* ?

— *Verstanden.*

Lizzie conduisit Alex dans le café, où il n'y avait encore que très peu de clients. Ben se tenait derrière le comptoir, le visage grave. Il ne quittait pas Alex des yeux. Susie, occupée à débarrasser les tables, releva la tête, surprise.

— Lizzie ? Tout va bien ? demanda-t-elle en regardant Alex d'un air méfiant.

— Très bien, oui. Merci, Susie. On va juste parler un peu et puis il s'en ira. Définitivement.

Elle s'assit à une table d'angle et fit signe à Alex de l'imiter.

Il avait l'air pathétique. Blême, les traits tirés, les épaules voûtées, il semblait ne pas s'être rasé depuis une semaine. Pathétique, vraiment. Si elle ne l'avait pas autant détesté, elle aurait pu avoir pitié de lui. Elle s'efforça de garder une voix calme et égale.

— Qu'est-ce que tu veux ?

— Juste te parler. Tu ne répondais pas à mes appels…

— Et ça t'étonne ?

— Non… Non, pas du tout.

Le séducteur sûr de lui avait bel et bien disparu, remplacé par un homme vaincu par ses propres erreurs.

Pas de pitié, Lizzie.

— Alors, vas-y, parle, dit-elle froidement.

Alex balaya le café du regard. Susie faisait semblant de ne pas écouter. Ben, immobile, restait en position de sentinelle derrière le comptoir.

— Euh… On ne peut pas aller dans un endroit un peu plus privé ?

— Ce sont mes amis. Ils sont au courant de tout. Tu peux parler devant eux.

— Ah… Hum, très bien…

— Je t'écoute.

Il lui lança un regard suppliant.

— Je t'aime, Lizzie.

Elle le fixa droit dans les yeux.

— Je ne te crois pas.

— C'est la vérité ! J'aimais Bea, mais maintenant c'est toi que j'aime.

Lizzie était outrée.

— Décidément, tous les moyens sont bons pour entrer dans la famille, hein ? Tu me dégoûtes, Alex !

Il la regarda d'un air implorant.

— Non, ce n'était pas ça… Mon amour pour toi n'a rien à voir avec le reste, je t'assure.

— Ah, non ? Et comment ça se pourrait ? Bea était ma sœur, putain ! Tu n'as rien fait pour m'empêcher de tomber amoureuse de toi, alors que depuis le début tu gardais ton secret, votre saloperie de secret dégueulasse ! Comment tu as pu me faire ça, Alex ?

— Je regrette tellement… Je te l'aurais dit, mais après notre rencontre tout est allé si vite… Pour moi, c'était presque un coup de foudre… en tout cas, ça n'avait rien à voir avec Bea. C'était un sentiment nouveau et différent. Je ne voulais pas tout gâcher, je t'assure… Je voulais simplement te rendre heureuse.

Lizzie leva les mains en l'air, scandalisée.

— On croirait entendre Bea ! Tu t'imagines que tu aurais pu continuer à me cacher votre histoire pendant longtemps ?

— Je n'en sais rien… Je ne voulais pas te faire de mal, Lizzie. Je t'aime.

— Eh bien, moi, je ne t'aime plus.

Devant l'air anéanti d'Alex, Lizzie s'efforça de chasser d'éventuels sentiments de compassion.

— Tout est fini entre nous, Alex. Il faut que tu le comprennes, maintenant.

Il esquissa un geste vers elle, mais elle gardait ses mains fermement posées sur les genoux.

— Ce n'est pas possible, Lizzie. Je sais qu'on peut y arriver. On a une histoire, toi et moi, un passé. On peut tout recommencer.

Elle se leva de sa chaise.

— C'est trop tard.

— Attends, je t'en supplie ! Donne-moi encore une chance de te le prouver. Juste une et, si j'échoue, je te promets de ne plus jamais te harceler.

Il lui prit les mains.

— On était heureux ensemble, non ? On avait une vie heureuse devant nous. Tout ça, c'est encore possible !

Lizzie essaya de se libérer, mais il durcit sa poigne.

— Lâche-moi, Alex.

— Fous-lui la paix !

Ils se retournèrent d'un bloc : Ben s'était avancé

dans leur dos. Les poings serrés, il affichait une expression de rage contenue.

Alex alla droit sur lui.

— Te mêle pas de ça, toi, c'est pas tes affaires.

— Ah non ? Mais c'est les affaires de Lizzie et j'ai très envie de m'en mêler, justement.

Alex le bouscula, mais Ben ne bougea pas d'un pouce.

— Je ne pense pas qu'on soit obligés d'en arriver là, si ?

Alex le poussa de nouveau. Soudain, un coup de poing partit. Alex tituba, tenant son nez ensanglanté.

Lizzie était au désespoir.

— Arrêtez, tous les deux !

— Désolé, Lizzie. Mais il y a longtemps que quelqu'un aurait dû le faire, lança Ben en fusillant Alex du regard.

Elle lui retint le bras.

— Peut-être, mais là il faut que tu te calmes, Ben. S'il te plaît. Pour moi.

Ses yeux rencontrèrent les siens et elle fut immédiatement rassurée : il ferait tout ce qu'elle lui demanderait.

D'ailleurs, il battit en retraite aussitôt.

— Comme tu veux. Mais je suis dans la cuisine si jamais tu as besoin de moi, d'accord ?

Lizzie opina avec gratitude.

— D'accord.

— Pour être franche, si Ben n'avait pas frappé le premier, c'est moi qui l'aurais fait, dit Susie.

Elle decocha un regard noir en direction d'Alex, puis revint vers Lizzie.

— Je vais voir Ben.

Lizzie approuva d'un signe de tête.

— J'irai lui parler tout à l'heure.

Alex se retourna vers elle, l'air implorant.

— Je t'aime, Lizzie... Il faut que tu me croies. Rien ne peut plus nous empêcher d'être ensemble, maintenant. On sait tout l'un de l'autre. On peut tourner la page et être enfin heureux !

Lizzie plongea son regard dans le sien. Il y avait du vrai dans les propos d'Alex. Il l'avait rendue heureuse. Ça ne serait pas bien difficile de poursuivre leur histoire, de rejeter entièrement la faute sur Bea et de marcher vers l'avenir main dans la main avec lui...

— Je ne vois pas comment ce serait possible.

Sentant qu'il pourrait la faire changer d'avis, il la saisit par les épaules.

— Bea a essayé de nous manipuler, tous les deux, c'est vrai, mais on a encore une chance de reprendre le contrôle sur notre vie. Toi et moi, on peut y arriver, Lizzie ! Tu ne comprends donc pas ? On est faits l'un pour l'autre !

Lizzie en avait la tête qui tournait. Que penser de tout ça, à force ? Elle croyait pourtant avoir pris sa décision, mais là, devant Alex, elle voyait bien que lui aussi avait été victime des manigances de Bea. Tout autant qu'elle. Son visage exprimait une telle sincérité, il était prêt à faire tout ce qu'elle lui demanderait...

Il proposa :

— Et si on retournait chez toi pour en discuter ?

Tranquillement. Tu pourras me demander tout ce que tu veux, je te répondrai.

A la mention de son appartement, Lizzie repensa à l'ultime lettre de Bea. Elle l'avait laissée de côté, ce matin, pas vraiment certaine de vouloir l'ouvrir. Elle regarda Alex. Parler avec lui ? Non, elle n'en avait pas envie. Elle avait besoin d'être seule.

— Tu devrais t'en aller, maintenant, Alex.

— Tu en es sûre ?

— Certaine.

— Tu m'appelleras, hein ? Pour me dire ce que tu auras décidé.

Elle acquiesça d'un bref signe de tête avant de sortir du café sans un regard en arrière.

De retour à son appartement, après le travail, elle se servit un verre de vin et alla chercher la lettre de sa sœur. L'angoisse de découvrir ses dernières volontés l'avait désertée. Malgré tout, malgré la manipulation et la trahison, elle éprouvait un pincement au cœur : ce serait l'ultime message de Bea. Elle but une gorgée de vin et se mit à lire.

Chère Lizzie,

Voilà, tu sais tout, maintenant. Tu as vu ta sœur sous son véritable jour et je m'attends à ce que tu me détestes pour ce que je t'ai fait. Pourtant, sache que tu ne me haïras jamais autant que je me hais moi-même. C'est le privilège d'une mourante de se haïr si elle le veut.

Bien sûr, il y a toujours le risque que tu n'ouvres pas cette lettre. Moi aussi, j'aurais été partagée à ta place, mais j'espère quand même que tu es en train de la lire, car c'est dans celle-ci que je vais tenter de t'expliquer au mieux ma conduite.

Le jour où l'on m'a annoncé que j'étais condamnée, je suis retournée à ma voiture et j'y suis restée une heure, seule, à faire le bilan de mon existence. J'ai pensé aux êtres que j'aimais le plus au monde et à la façon dont je pourrais les protéger après ma mort. J'ai pensé à toi, au fait que tu n'étais pas heureuse, et à la responsabilité que j'avais dans ce malheur. C'est à ce moment-là que j'ai décidé de t'écrire ces lettres.

Chacun tient un rôle dans la vie. Le mien a toujours été de protéger notre famille. Dans ce domaine, c'était moi, le chef. Tu pourrais dire qu'entre protéger et contrôler la frontière est floue, tu pourrais dire que je suis allée trop loin. Tu aurais raison, bien sûr. Chaque acte que nous commettons est un moment dans le temps : une décision d'une fraction de seconde dont les conséquences se propagent comme des ondes à la surface d'une mare. Et les conséquences de mes actes n'auront cessé de se propager durant toute mon existence, j'en ai bien conscience.

Je regrette plus particulièrement le mal que je vous ai causé, à toi et à Sam. C'est pour ça que j'ai tenté de vous rapprocher, tous les deux. Je savais que, si j'y parvenais, ça vous aiderait à surmonter votre déception vis-à-vis de moi. Mon souhait le plus cher, c'est que Sam arrive à me pardonner avec le temps, qu'il se souvienne de sa mère comme d'un être humain qui a fait ce qu'elle pouvait et s'est parfois trompée, mais qui l'aimait plus que tout. L'amour et le pardon, Lizzie, il n'y a que ça dans la vie.

Je regrette aussi toutes ces années où tu t'es crue abandonnée par papa et maman, je regrette le rôle que j'ai joué dans ton bannissement. J'espère qu'en renouant avec maman tu as pu te rendre compte que nos parents n'ont jamais cessé de t'aimer.

A l'approche de la mort, je me sens de plus en plus au clair avec la façon dont j'ai mené ma vie (certains pourraient dire que ça a toujours été le cas.) Je vais tenter de t'expliquer ma situation avec Alex. Tu risques de me détester pour ce que j'ai fait et j'ignore si tu pourras un jour me pardonner, mais au moins tu pourras peut-être me comprendre et c'est déjà ça.

Tu n'as jamais éprouvé le désir de fuir ta vie pour revenir à l'époque où tu avais été le plus heureuse ? Moi, oui. Parfois, j'avais envie de m'évader de mon rôle de grande sœur, d'épouse, de femme d'affaires, de mère ou de malade du cancer. J'avais envie de retrouver l'insouciance de l'enfance, sans problèmes ni responsabilités. C'est pour ça que je me suis tournée vers Alex. Il me faisait tout oublier et me permettait d'être la femme que je rêvais d'être à ce moment-là. Ça n'est pas une excuse. C'est simplement la vérité. J'ai vu en Alex un moyen d'évasion, totalement en dehors de ma vie réelle. Voilà pourquoi je peux jurer la main sur le cœur que Joe et Sam sont les deux êtres que j'aime le plus au monde. Je leur ai raconté des mensonges, je leur ai fait de la peine, et pourtant c'est la vérité vraie.

C'est tout, Lizzie. Je croise les doigts pour que ces lettres t'aient permis de te trouver en tant que personne. Je pourrais te dire que ma dernière volonté, c'est que tu sois heureuse, mais j'espère que, ça, tu le sais déjà. Par-dessus tout, je veux que tu te libères du passé, de moi, et de toutes les souffrances que je t'ai causées.

J'espère enfin que tu comprendras qu'au plus profond de moi, tout ce que j'ai fait, je l'ai fait par amour. Certaines personnes aiment trop, malheureusement.

Sois heureuse, ma chère Lizzie, et sois libre.

Avec tout mon amour,

Bisous,

Bea.

Chapitre 24

Fin juillet
Un an après la mort de Bea

Ce matin-là, Lizzie se réveilla, tout excitée. Elle avait pris une décision ; une décision très importante qu'elle mourait d'envie de concrétiser. Dans les semaines qui avaient suivi les révélations de Bea et sa rupture avec Alex, les notions d'amour et de pardon avaient monopolisé ses pensées. Sa sœur avait au moins raison sur ce point-là.

Après leur conversation au café, ç'avait été au tour d'Alex de lui écrire une lettre. Il s'y livrait sans retenue, d'une manière qui l'avait même étonnée. Après un long moment de réflexion, elle avait fini par lui téléphoner. A l'évidence, il était fou de joie d'avoir de ses nouvelles.

— J'ai lu ta lettre, Alex.

— Et ?

— Et je ne sais pas quoi te dire.

— Je t'en prie, Lizzie, viens me voir. Je saurai te convaincre de la force de mon amour. Nous étions heureux ensemble, non ? S'il te plaît... Tu veux bien m'écouter, au moins ?

Il fallait au moins l'admettre : ses demandes semblaient sincères. Peut-être n'avait-il été que la victime des tendances manipulatrices de Bea ? Et puis il avait raison sur une chose : ils avaient été heureux ensemble.

Elle remplissait la bouilloire quand le téléphone sonna. Elle savait qui c'était. Depuis quelque temps, sa mère s'était mise à l'appeler de bon matin pendant qu'elle aussi prenait son petit déjeuner. Stella lui avait avoué que c'était le moment de la journée où elle se sentait le plus seule. L'époque où elle avait mené une vie de famille trépidante lui semblait si loin... Dans le temps, elle devait expédier les enfants à l'école et son mari au bureau avant de pouvoir s'attaquer à ses tâches quotidiennes. Son univers s'était rétréci, mais Stella Harris n'était pas du genre à s'apitoyer sur son sort, d'où ses coups de téléphone matinaux.

— Bonjour, maman !

Sa mère lui avait dit que ces deux mots la comblaient : ils confirmaient son rôle dans la vie et l'aidaient à bien commencer sa journée. Lizzie l'imaginait, assise à sa table de petit déjeuner, le thé infusant dans sa théière, devant une assiette où ne restaient que les miettes de sa tartine grillée du matin.

— Bonjour, Lizzie. Comment te sens-tu aujourd'hui ?

— Très bien. Je n'arrive pas à croire qu'un an a déjà passé.

— Je sais.

Un silence — un moment de réflexion.

— Tu viens toujours tout à l'heure, n'est-ce pas ?

— Oui. Je serai là.

Stella avait voulu que la famille se rassemble autour de Sam et de Joe pour marquer le premier anniversaire de la disparition de Bea. Lizzie s'y rendait parce que sa mère le souhaitait et parce que son neveu avait besoin d'elle. C'est tout. Elle en était encore à digérer l'ultime lettre de Bea, à accepter la véritable personnalité de sa sœur. Mais il était hors de question que ses remises en cause viennent entraver sa vie actuelle. Elle adorait cette existence-là.

Sa mère lui parlait de son jardin. Apparemment, l'herbe avait poussé d'un coup depuis la pluie de la semaine passée et les pois de senteur semblaient assez indisciplinés. Elle allait téléphoner au jardinier pour voir s'il pouvait venir la semaine suivante.

Lizzie aimait entendre les petits détails de son quotidien. Un an plus tôt, elle n'aurait jamais pu imaginer ça, mais aujourd'hui elle y prenait du plaisir.

— Il va falloir qu'on fasse quelque chose pour Joe, dit Stella, sautant sans transition des pois de senteur aux histoires de cœur, comme seule une mère sait le faire.

— Ah ?

— Oui. Il passe trop de temps à se soucier des autres. Il a besoin de se créer de nouveaux souvenirs et d'avoir une vie en dehors de sa famille. Je les aime tendrement, lui et Sam, et ils seront toujours les bienvenus à la maison, mais il y a quand même des choses plus exaltantes dans la vie que le hachis parmentier de la belle-mère !

— Ça, c'est sûr...

— C'est le chagrin, vois-tu. On ne s'en remet pas comme d'un rhume, si ?

— Non, c'est vrai.

— Bref, Sam a un plan pour son père, mais on vous racontera tout ça plus tard, conclut Stella avec une certaine gaieté dans la voix.

— Je ne pensais pas que ce serait toi qui encouragerais Joe à tourner la page, je dois dire.

— Et pourquoi pas ? Ma mère, ton père et ta sœur me manquent tous les jours, mais je ne vais pas laisser leur absence anéantir ma vie. Et Joe doit réagir, lui aussi.

— Tu as déjà pensé à faire des rencontres, maman ?

— Ne sois pas vulgaire, Lizzie…

Mais, à l'intonation de Stella, il était clair que la question l'amusait.

— Allez, maman, tu es encore jeune de cœur…

— Eh bien, il ne faut jamais dire « Fontaine, je ne boirai pas de ton eau »… Au fait, je t'ai parlé de cette femme sur qui je suis tombée par hasard au supermarché, l'autre jour ?

— Non.

Et sa mère enchaîna sur une énième anecdote. Lizzie sourit. A la fin de leur conversation, elle se fit son petit déjeuner avant d'aller s'habiller. Elle vaquait dans l'appartement avec le sentiment d'avoir un but, prête à mettre son projet à exécution. Elle se sentait nerveuse et excitée, mais sa décision était la bonne.

Elle récupéra ses clés et son sac dans la cuisine et, avant de partir, jeta un dernier coup d'œil à la carte d'anniversaire que lui avait écrite Bea. Elle était désormais accrochée sur le réfrigérateur avec un aimant.

Lizzie contempla leurs deux visages souriants : figés dans le temps, jeunes et insouciants pour l'éternité.

— Il est temps pour moi d'être heureuse, confia-t-elle à la photo avant de se diriger vers la porte.

Lizzie descendit de voiture, le cœur cognant à ses oreilles. C'était soit la meilleure, soit la pire idée qu'elle ait jamais eue. Allez, du cran ! D'un pas décidé, elle marcha jusqu'à la porte de l'immeuble. Avant de s'annoncer, elle eut un instant d'hésitation. Regarda par les fenêtres. Aucun signe de vie, aucun bruit à l'intérieur. Elle appuya sur le bouton. Au bout d'une longue minute, une voix s'échappa de l'interphone.

— Oui ?

Elle faillit tourner les talons.

— C'est Lizzie. Je peux entrer ?

Pour toute réponse, le bruit de la serrure qui se débloque. Lizzie poussa la porte pour l'ouvrir et prit une profonde inspiration en montant l'escalier.

Il l'attendait sur le palier. Elle n'avait jamais été aussi heureuse de voir quelqu'un. Son visage lui parut familier, son expression, accueillante. Il lui souriait. C'était un sourire complice qui lui fit réaliser que, oui, sa décision était bien la bonne ! Arrivée en haut des marches, elle se posta devant lui. Ne sachant toujours pas quoi dire, elle lui caressa tendrement la joue. Ça piquait et c'était doux à la fois. Lizzie fut submergée par l'envie de l'embrasser. Alors qu'il esquissait le geste de la plaquer contre lui, elle s'avança vers lui, lui prit le visage en coupe et déposa un baiser sur sa mâchoire, puis sur sa bouche et dans son cou. Elle avait l'impression d'être à sa vraie place dans ses bras. Elle respira son odeur chaude et musquée, et fut parcourue d'un frisson de joie parfaite.

Ils s'écartèrent l'un de l'autre et se regardèrent.

Il sourit :

— Te voilà.

Elle rit :

— Me voilà, oui. Tu es surpris de me voir ?

— Un peu.

— Il fallait que je réfléchisse à certaines choses.

— Ah. Et tu es arrivée à une conclusion ?

— Oui.

— Laquelle ?

— Je me demandais si on pourrait tout recommencer de zéro, toi et moi. Enfin, si tu n'as rien d'autre de prévu ?

Il s'illumina.

— Je ne vois rien de spécial pour le moment.

Elle se rapprocha de lui et leur baiser fut passionné, plein de promesses. Sans desceller leurs lèvres, ils reculèrent jusque dans l'appartement et refermèrent la porte derrière eux.

Il plongea son regard dans le sien.

— Tu sais que je t'aime, n'est-ce pas ?

A ces mots, elle s'épanouit :

— Sentiment réciproque, je t'assure. Et maintenant embrasse-moi encore avant que je change d'avis.

Le soleil brillait haut dans le ciel, frappant le cimetière de sa chaleur écrasante. Les insectes sillonnaient la brume de chaleur dans un bourdonnement incessant. Lizzie passa le portail et s'arrêta pour regarder sa mère, Joe et Sam, qui se tenaient près des tombes.

Elle sourit et, reprenant son chemin, les appela. Son bonheur lui donnait le vertige.

Sam se précipita vers elle.

— Tatie Lizzie !

Elle prit son neveu dans ses bras. Ce geste lui parut simple et naturel, comme l'amour devrait l'être.

Elle sourit :

— Salut, Sammy ! Bon, c'est maintenant que je dois te dire : qu'est-ce que tu as grandi !

— Si tu veux me gaver, oui ! Oh ! regarde, l'autre vieille sorcière est sur son balai !

Il lui désigna Evelyn qui s'avançait vers Stella en agitant la main, tout sourire.

— On ferait mieux d'aller à la rescousse de ton père et de Granny.

— Bonjour, Stella… Bonjour, Joé…, était en train de dire Evelyn d'un ton dégoulinant de compassion.

Elle étendit un bras consolateur vers Stella et lui serra l'épaule.

— Alors, ma pauvre… comment allez-vous ?

— Je vais bien, répliqua Stella, les lèvres pincées, impatiente.

La tête inclinée sur le côté, Evelyn hocha la tête, sa figure affichant un masque de sympathie.

— Ça doit être tellement difficile pour vous tous… Mon cœur saigne pour vous, vraiment…

— En fait, on va tous bien ! intervint Sam en passant un bras autour de la taille de sa grand-mère. Ça fait un an que maman est morte et on a prévu une fête, ce soir. On va lâcher une lanterne chinoise dans le ciel !

Stella serra son petit-fils très fort contre elle et sourit à la mère d'Alex.

— Merci pour votre sollicitude, ma chère Evelyn, mais, comme vous le voyez, je n'ai pas à me plaindre de ma vie.

Evelyn fit la moue et hocha la tête.

— Ma foi, si vous voulez bien m'excuser, je dois aller m'occuper des fleurs. A plus tard…

— Pas si je peux l'éviter, marmonna Stella entre ses dents.

Elle embrassa Sam sur les cheveux.

— Bien ! Et si on s'occupait de ces fleurs, nous aussi ?

Elle ôta les tiges mortes du vase qui ornait la tombe de son mari et vida l'eau dans l'herbe.

— Je peux t'aider, Granny ?

Stella lui sourit et lui tendit une brassée de pois de senteur.

— Gardes-en pour ta maman.

Sam les arrangea soigneusement dans le premier vase, qu'il remplit avec la bouteille que Stella avait pensé à emporter.

— Ravissant, déclara-t-elle lorsqu'il lui fit voir le bouquet.

Elle respira leur parfum et les présenta à Lizzie pour qu'elle puisse les sentir à son tour.

— Cueillis ce matin dans le jardin, précisa-t-elle avec fierté.

Puis Stella les déposa sur la pierre tombale de son mari avant de prendre un vase sur celle de Bea. Elle se tourna vers Joe, qui se tenait un peu en retrait.

— Et si nous laissions ton papa s'occuper de celles-ci ?

Sam opina et donna un petit coup de coude à son père. Joe s'avança et disposa les fleurs restantes dans le vase, qu'il déposa sur la tombe de sa femme. Il recula d'un pas et les regarda tous d'un air complètement perdu.

Sam s'approcha de lui et lui prit la main.

— Ça va aller, papa. Je suis là.

Lizzie sentit ses yeux se remplir de larmes. Elle saisit l'autre main de Joe et passa un bras autour des épaules de sa mère.

— Nous sommes tous là.

Ils restèrent un moment devant la tombe à se remémorer leurs chers disparus, la tête pleine de souvenirs précieux.

Ils regagnèrent à pied la maison de Stella alors que la chaleur commençait à diminuer.

— Et maintenant qui veut un gin tonic avec beaucoup de glaçons ? demanda Stella.

— Moi ! s'écria Sam.

Elle se mit à rire.

— Toi, je vais te chercher un coca.

— Un gin tonic, avec plaisir, dit Lizzie. Pour toi aussi, Joe ?

Il sourit.

— Pourquoi pas ?

Ils emportèrent leur verre dans le jardin et s'installèrent autour de la grande table de bois pour profiter de la douceur du début de soirée.

— Dans un petit moment, je mettrai des bougies chauffe-plats, annonça Stella. Sammy, c'est toi qui les allumeras, d'accord ?

Sam acquiesça avec enthousiasme.

— On la lâchera quand, la lanterne chinoise ?

— Dès qu'il fera nuit. De toute façon, tu n'avais

pas quelque chose à dire à ton papa ? ajouta-t-elle avec un clin d'œil complice.

— Ah, si ! Papa, ça fait un an, maintenant, et je crois qu'il est temps que tu te trouves une copine.

Joe faillit en recracher son cocktail sur sa chemise.

— Ah oui ?

— Ah, oui. Et Granny pense comme moi et aussi tatie Lizzie et sûrement maman, à mon avis.

— Bon, eh bien... je suis ravi de l'apprendre, bafouilla Joe en les regardant tous d'un air considérablement gêné.

— Parce que tu ne vas quand même pas rester tout seul et tout triste quand je partirai de la maison ?

— Parce que ton départ... ce serait imminent ? s'enquit Joe en jetant un petit coup d'œil à Lizzie, qui s'efforçait de ne pas rire.

Sam le regarda avec sévérité.

— S'il te plaît, papa. Je suis sérieux, là.

— Désolé, Sammy...

Joe se mordait les lèvres pour réprimer son amusement.

— Alors, avec Granny, on en a discuté et on t'a inscrit sur un site de rencontres.

Joe en resta bouche bée.

— Non, vous avez fait ça ?

— Bah, oui ! C'est un truc très bien pour les vieux comme toi.

Stella éclata de rire.

— Eh ! Un peu de respect pour mes cheveux blancs, jeune homme !

— Alors, tu vas essayer, papa ? Allez... Steuplé... T'as déjà cinq contacts !

— Cinq ! Vraiment !

Joe avait l'air plutôt content…

— Bien joué, Joe ! s'exclama Stella.

Il se mit à rire et leva les mains en signe de capitulation.

— D'accord. J'irai y jeter un petit coup d'œil, mais je ne vous promets rien.

Sam lança en l'air un poing victorieux.

— Yesss !

— Beau boulot, agent Sam !

— Merci, agent Lizzie ! répliqua Sam en la saluant.

Tout le monde partit d'un éclat de rire.

Stella finit son verre et se leva.

— Bon, je vais aller préparer le dîner. Il y a juste une quiche et une salade, j'espère que ça vous ira.

Tout le monde émit des murmures d'approbation.

— Je vais vous donner un coup de main, dit Joe en la suivant dans la cuisine.

Lizzie sourit à Sam.

— On allume les bougies ?

— Oui !

Alors qu'ils se lançaient dans l'opération, Lizzie observa le visage de Sam à la lueur vacillante des flammes. Son neveu grandissait à toute vitesse ; elle ne le connaissait pas depuis longtemps, et pourtant le changement était flagrant.

— Alors, comment tu te sens au bout d'un an ?

Sam haussa les épaules.

— Chais pas. J'ai réfléchi à ce que tu m'as dit et je pense que maman m'aimait vraiment.

— Evidemment, Sammy. Il faut absolument que tu en sois convaincu, c'est très important.

Il hocha la tête.

— Elle t'aimait aussi, tu sais ?

Lizzie sourit et passa un bras autour du cou de son neveu.

— Je sais.

— Nous revoilà ! lança Stella en apportant un plateau chargé d'assiettes, de couverts et de plats.

Joe la suivait de près avec une bouteille de vin et trois verres. La soirée était belle, la lumière déclinante colorait le ciel d'été d'un orange profond et l'air était encore chaud. Stella se recula pour admirer la table.

— Magnifique ! déclara-t-elle avant de disposer les assiettes. Allez, servez-vous !

A la fin du repas, Lizzie se cala contre le dossier de son fauteuil et prit son verre de vin.

— C'était un régal, maman. Merci.

Sa mère sourit de fierté.

— C'est bien agréable de vous avoir tous ici. Et maintenant je pense que nous devrions porter un toast.

Elle leva son verre et se tourna vers Lizzie.

— Aux familles réunies !

— Aux familles réunies ! reprirent-ils en chœur.

— Et qu'est-ce qu'il y a pour le dessert, maman ? Tu nous as encore concocté une des délicieuses pavlovas dont tu as le secret ?

Sa mère lui sourit.

— Mais oui… Tout le monde en prendra ?

— On peut d'abord lâcher la lanterne pour maman dans le ciel, Granny ?

— Bien sûr !

Sam rentra en courant dans la maison et en ressortit quelques minutes après, muni d'une boîte d'allumettes et du sachet contenant la lanterne. Il les tendit à son père, qui déchira l'emballage et en tira le mode d'emploi. Il fronça les sourcils.

— Hum, je ne suis pas sûr que ça soit très prudent, tout ça... Il ne faut pas la lâcher à proximité des habitations et des arbres...

Il promena un regard inquiet sur les habitations et les arbres qui les entouraient.

Sam se rembrunit, mais Stella balaya les inquiétudes de son gendre d'un geste désinvolte :

— Bah, ça ne risque rien ! Allons plutôt nous mettre au milieu de la pelouse !

Sam étreignit sa grand-mère et partit avec elle dans l'herbe. Joe et Lizzie leur emboîtèrent le pas. Ils déplièrent la lanterne et Joe chercha l'extrémité de la mèche.

— Je peux l'allumer, s'il te plaît, papa ?

— D'accord, mais fais attention.

— Promis.

Sam gratta une allumette avec précaution. Il n'y avait qu'une légère brise, pourtant, la flamme fut aussitôt soufflée.

Lizzie s'avança :

— Attends, je vais t'aider.

Elle mit ses mains en coupe pour parer le vent. Sam gratta une seconde allumette, qui, cette fois, ne s'éteignit pas. Il tendit le bras et alluma la mèche. Une flamme claire s'éleva. Joe souleva la frêle structure en papier à bout de bras.

— Prêt ?

Sam opina et son père lâcha la lanterne.

Elle vola sur un mètre avant de retomber au sol.

— Zut ! fit Joe en allant la ramasser.

Il la brandit pour une seconde tentative. Nouvel échec.

— Attends, laisse-moi essayer, papa !

Sam récupéra la lanterne et la tint une minute dans la brise du soir. Lentement, elle se gonfla d'air. La concentration se lisait sur le visage du petit garçon ; Lizzie sentit son cœur s'emplir d'amour pour lui. Il lâcha la lanterne, qui s'éleva d'abord timidement dans le ciel. On aurait dit une séquence de film au ralenti.

— Elle va mettre le feu à l'arbre ! cria Joe.

Sam et Lizzie échangèrent un coup de coude complice, réprimant un fou rire.

Une brusque rafale emporta la lanterne, qui commença à monter, monter… Elle dérivait très haut en direction des étoiles, par-dessus les arbres. Ils la suivirent du regard jusqu'à ce qu'elle ne soit plus qu'un minuscule point de lumière au-dessus de leur tête.

Lizzie sentit le bras de sa mère se glisser sous le sien ; elles contemplèrent le ciel en silence.

Les yeux toujours rivés au ciel, Stella s'enquit :

— Je voulais te demander… Tu as accompli tous les souhaits de Bea ?

Lizzie hocha la tête.

— Oui. Tous sans exception.

— Et est-ce qu'ils t'ont rendue heureuse ?

Lizzie se tourna vers Sam, qui continuait de fixer le ciel, et vers Joe, qui se tenait à côté de lui, un bras protecteur passé autour de ses épaules. Elle inclina la tête contre sa mère et sourit.

— Oui… je crois que oui, maman. Très heureuse, même.

Epilogue

Un an après

Lizzie se tenait debout dans le cimetière ensoleillé. Les oiseaux chantaient, un couple de papillons blancs — des piérides du chou — voletait parmi les digitales roses. Le monde était lumineux, plein de vie, et en même temps calme et paisible.

Un vase débordant de pois de senteur violets avait été disposé avec soin près de la stèle de Bea. Lizzie s'avança et attacha à l'une des tiges une feuille de papier enroulée. Après une dernière hésitation, elle tourna les talons en direction du portail.

Chère Bea,

Je me suis dit qu'il fallait qu'à mon tour je t'écrive une lettre. Après tout, ce n'est que justice. Moi aussi, j'ai éprouvé le besoin de coucher mes sentiments sur le papier. Tes dernières volontés ont provoqué un vrai cataclysme dans ma vie et ce n'est qu'aujourd'hui, deux ans après ta disparition, que j'arrive à discerner une véritable logique dans tout ça.

Quand j'ai eu fini de lire tes lettres, je t'ai détestée : détestée, oui, pour ce que tu nous avais fait, à moi, à Joe, à Sam et même à papa et à maman. Tu as agi de façon égoïste, manipulatrice, sans compter que tu as bien failli bousiller ma vie. Mais au moins tu as essayé de réparer tes torts avant de partir. Tu as eu le cran de me dire ce que je devais savoir et j'imagine que cette confession t'a demandé beaucoup de courage.

Tes lettres m'ont permis de comprendre ce qui s'était vraiment passé au cours de ces dernières années en me montrant comment j'avais laissé mon amour et ma confiance en toi influencer mes actes. C'est en partie ta faute si je n'ai pas revu papa avant sa mort et, ça, je le regretterai jusqu'à la fin de mes jours. En même temps, je regrette de ne pas avoir été plus forte. De ce point de vue, c'est aussi ma faute à moi et je dois l'assumer. Je t'ai laissée me dicter ma conduite parce que j'aurais fait n'importe quoi pour toi, Bea. Tu étais ma grande sœur chérie, ma meilleure amie, et j'avais une confiance aveugle en toi.

Lorsque j'ai enfin découvert la vérité sur toi et Alex, j'ai cru t'avoir perdue pour de bon. Je ne voyais vraiment pas comment j'aurais pu dépasser mon ressentiment jusqu'à ce que je comprenne que cette colère, c'était toi qui m'avais donné la force de l'éprouver envers toi. C'est grâce à tes lettres que j'ai cessé d'être Lizzie la victime. Elles m'ont forcée à prendre ma vie en main. C'est la raison pour laquelle je me sens capable de te pardonner, aujourd'hui. Je ne peux pas gaspiller mon énergie à en vouloir à une personne qui n'est plus là. D'ailleurs, on ne peut pas pardonner sincèrement à quelqu'un tant qu'on est encore en colère contre lui.

En vous perdant, papa, Granny et toi, j'aurai au

moins appris une chose : la vie est terriblement courte, précieuse et fragile. Je ne veux pas passer le reste de la mienne à te haïr, car j'en suis incapable. Je t'aime, Bea. C'est aussi simple que ça.

Tes lettres ont eu des répercussions sur toute la famille, mais il en est ressorti énormément de positif, au bout du compte. Je vois beaucoup maman et, même s'il suffit qu'elle pousse un soupir ou hausse un sourcil pour me rendre folle de rage, je suis contente de l'avoir retrouvée. C'est une grand-mère extraordinaire pour Sam, mais, ça, tu le savais sans doute déjà. Quant à ton fils, justement, c'est la prunelle de mes yeux. Je l'adore, ce gosse. Littéralement. Même s'il aime bien me traiter de nulle quand on joue à ses jeux vidéo. Joe, de son côté, se débrouille pas mal du tout. Figure-toi que Sam et maman l'ont inscrit sur un site de rencontres ! Il est déjà sorti avec deux femmes — choisies à chaque fois très consciencieusement. Aucune ne t'arrivait à la cheville et n'aurait pu te remplacer, mais il semble reprendre goût à la vie. Ah, et puis Grandpa a pris ses quartiers dans sa nouvelle maison de retraite. Figure-toi qu'il a même une copine ! Elle s'appelle Mavis. Ils aiment se promener sur le front de mer ensemble et s'énerver contre le présentateur du JT du soir.

Et pour finir j'ai une grande nouvelle à t'annoncer : je suis enceinte ! Je t'imagine déjà en train de jaser sur tous les kilos que je vais prendre. Je suppose que tu veux savoir qui est le père... Eh bien, c'est avec un immense soulagement que je puis te dire qu'il ne s'agit pas d'Alex. Je ne peux pas te décrire le sentiment de libération qui m'a envahie quand on a enfin rompu pour de bon, tous les deux ! D'une certaine manière, c'était comme briser les chaînes du passé. Et j'ai gardé le meilleur pour la fin : depuis un an, je suis amoureuse de Ben, que j'apprends tous les jours à mieux connaître. Je suis sûre que tu l'aimerais également, Bea. Il est tendre et attentionné ; OK, il est un peu grognon le matin, mais moi aussi, alors... Il me rend heureuse et j'ai hâte que nous formions une famille.

Voilà, l'histoire se termine bien pour moi ! Et tu peux être contente de toi, Bea, car tout ça, c'est ton œuvre. Tu nous as tous aidés d'une façon ou d'une autre. D'accord, tu as aussi commis certaines fautes, mais c'est la vie, ça ! Tu sais, un sage a dit un jour : « L'erreur est humaine, le pardon, divin. » Il me semble que ça résume bien les choses, non ?

Avec tout mon amour,

Bisous,

Lizzie.

Dans la même collection

Colocs (et plus) **– Emily Blaine**

La plupart des hommes se divisent en deux catégories :

Les ***serial lovers*** *à mémoire de poisson rouge – ceux qui notent le prénom de leur conquête d'un soir sur la paume de la main pour être sûrs de ne pas l'oublier au réveil.*

Les ***idiots*** *qui ne voient pas plus loin que le bout de leur nez – ceux qui promettent de ne jamais toucher à la sœur de leur meilleur ami.*

Connor n'échappe pas à la règle : il réussit même l'exploit de faire partie des deux catégories à la fois. Connor, c'est le meilleur ami de mon frère. Le mec le plus canon que j'aie jamais rencontré. Et accessoirement l'heureux élu avec qui ~~je me suis honteusement envoyée en l'air~~ j'ai passé un délicieux moment lors d'une soirée très arrosée à la tequila. Une nuit intense, passionnée, mémorable... suivie d'une douche froide quand il a compris qui j'étais et qui j'allais devenir – sa colocataire.

Depuis, j'ai découvert qu'il appartenait en fait à une troisième catégorie : les *serial lovers* idiots qui n'assument pas leurs erreurs nocturnes, mais qui vous font des pancakes en boxer dès qu'ils en ont l'occasion...

***L'homme idéal (en mieux)* – Angéla Morelli**

Un joyeux bordel... Voilà à quoi ressemble la vie d'Emilie, 35 ans, mère célibataire, qui se retrouve à devoir squatter chez Clara, sa meilleure amie, en attendant des jours plus favorables. Cela dit, si elle n'avait pas emménagé chez Clara, jamais elle ne serait retombée sur Samuel Winterfeld, un homme qu'elle avait perdu de vue depuis longtemps, et qui allie deux qualités irrésistibles : être le sosie de Bradley Cooper, et avoir très envie de la revoir ! Evidemment, c'est pile le moment que choisit son ex, le père de sa fille, pour retenter sa chance avec elle. De quoi la mettre définitivement sens dessus dessous !

***Hot Love Challenge* – Cécile Chomin**

Hot, comme Julien, alias mon boss terriblement sexy, qui est aussi l'être le plus odieux et le plus détestable du monde. Julien, qui m'oblige à le vouvoyer alors qu'on se connaît depuis l'époque où on était bourrés d'hormones et de boutons, et qui, accessoirement, est également l'heureux invité du mariage de ma meilleure amie Sophia.

Love, parce que je suis réquisitionnée à J – 7 pour aider Sophia dans les derniers préparatifs de son mariage – privilège ô combien réjouissant réservé à mon statut de témoin. Sophia est folle amoureuse de son futur mari. Et folle tout court, ce qui laisse présager une semaine très, très chaotique. Surtout avec Julien dans les pattes.

Challenge, comme le défi que me lance la vie pour les sept jours à venir : assurer en tant que témoin, ne pas étriper Julien. Ah, et surtout : ne pas coucher avec lui.

Le goût de la vie – Anouska Knight

Dans sa vie, Holly n'a que trois priorités : sa famille (même s'il faut avouer que, ces derniers temps, sa sœur, enceinte jusqu'aux dents, lui tape prodigieusement sur le système), son chien Dave (boule d'amour probablement issue d'un croisement entre un labrador et une vache) et sa boutique de pâtisserie, Cake, qu'elle tient avec son meilleur ami, Jesse. Le reste, elle s'en fiche : plus rien n'a d'importance à ses yeux depuis que Charlie, son mari, son âme sœur, est mort dans un accident de voiture.

Mais voilà que déboule dans sa vie un certain Ciaran. Ciaran est beau, Ciaran est riche, Ciaran est écossais. Mais, surtout, Ciaran la trouble profondément et provoque en elle des sensations inattendues... Non, non et re-non, l'amour, elle y a déjà goûté et cela lui a laissé un terrible goût amer. Un goût de douleur et de solitude, de larmes et de regrets. Et, pourtant, une part d'elle ne peut s'empêcher de croire qu'il est – peut-être – l'ingrédient qui manque à sa vie...

Le club des héroïnes qui n'ont pas froid aux yeux – Emily Blaine

Bienvenue dans le cercle très fermé des héroïnes d'Emily Blaine, la reine de la romance moderne à la française.

Des femmes d'aujourd'hui qui savent ce qu'elles veulent : vivre un amour vrai et intense !

C'est le cas des héroïnes de *Passion sous contrat, Une nuit dans tes étoiles* et *Ma vie sous tes étoiles*, des femmes indépendantes et volontaires, qui revendiquent leur droit au bonheur. Et pour cela, elles sont prêtes à tout, et surtout à :

- Accepter une mutation pour devenir l'assistante personnelle d'un PDG aussi sexy que troublant
- Se laisser porter par la magie d'une rencontre dans un aéroport et succomber à un bel inconnu
- Envisager de tout plaquer pour tenter une histoire d'amour avec son amant d'une nuit